KB049962

황구의 비명

소설 르네상스

황구의 비명

천승세

책세상

일러두기

• 이 책은 《황구의 비명》(창작과비평사, 1975) 중 희곡 편을 제외한 소설 편을 저본으로 삼았다.
• 〈불〉은 1973년 발표 당시 〈보리밭〉으로 게재했었다.

작가의 말 | 새로 펴내며

1958년도 '동아일보 신춘문예'의 엄장한 문턱을 겨우 기어올라 대한민국 문단의 소설가로 등명한 명색 그대로라면 낯부끄러운 문력(文歷)이 올해로 50년 세월을 눈앞에 두고 있다. 성과로 내세울 만한 올찬 내력 하나 없이 허송한 그 세월이 아깝다 못해 눈물겹다.

이런 실심(失心)의 으뜸가는 몫은 타고난 문재(文才)의 열졸함에다 끈을 대야 마땅할 것이나 한편으로는 문예 환경의 질긋질긋한 신고(辛苦)가 내 문학의 속살을 이렇듯 박략(薄略)하게끔 거든 탓도 있다.

어차피 운명이나 다름없는 적빈여세(赤貧如洗)의 가난쯤은 제쳐놓더라도, 문학에의 올곧은 정신과 진실의 영혼을 떨이 값으로 팔아 아무에게나 그럴싸하게 두루 먹힐 작품들을 타래 묶음으로 써갈겨 실쌈스럽게 돈도 챙기는 '문학적 걸태질'엔 아예 숙맥불변(菽麥不辨)의 외고집에다, 그 무엇보다도 문단 초년생 적부터 이른바 중진급에 이르는 30여 년의 문필 세월을 줄곧 악역무도한 군사정권의 패역(悖逆)에 문학의 정명성으로 맞서야 했던 기구함이 그것이다.

군사정권의 서슬 푸른 오랏바람에 주눅 들어 살았던 참담한 문학적 질곡을 낱낱이 바르집을라 치면 끝이 없겠으나 그중 가슴 아팠던 상흔이 문학예술의 자율적 창의(創意)와 작의(作意)마저 '내 것'이 아니었다는 사실이다. '민족'·'자유'를 외치는 문사들은 그 당장 국사범이나 진배없는 누명을 씌워 척결·발본색원하는 따위의 논고로써 물타작을 당해야 했고, 심지어는 가난한 사람들의 이야기만 써도 이 민족중흥의 시대에 웬 가난 타령이냐며 착살맞게 욱대기기 일쑤였다. 그 악패질의 기세가 '너희들의 예술적 생명을 내놓으라!' 하는 지경에 이르러 집필의 임의적 포기는 물론이요 끝내는 소속 단체의 예술적 강령을 걸고 '절필 선언'을 감행해야 했던 혈루 단장의 울한을 어찌 다 이를 수있겠는가.

졸저 《황구의 비명》 절판본을 다시 꾸리는 일에 이런 서문을 얹자니 그 모진 세월 속에서도 이런 책이 상재(上梓)됐었구나 하는 콧날 시큰한 자위와 함께, 목숨이 다하는 날까지 신인 정신으로 정진해야 할 문학적 경각(警覺)에 더욱 마음이 무거워지기도 한다.

2007년 6월 25일 강화도에서
천승세

천승세 소설집 황구의 비명

차례

그날의 초록

솜사탕처럼 보송보송 부푼 뭉게구름들이 무척 많이, 얕게 떠, 손을 뻗으면 가슴에 들 듯 가까웠고, 서늘한 들국화의 향내가 온몸에 배어 끈덕지던 황혼. 새끼 양의 턱 밑 몽실거리는 새하얀 털 속으로 차츰 물줄이 되어 번지는 오랜 동안의 초록처럼, 그날의 초록은 그렇게 질기게도 울다가 먼먼 곳으로 사라졌다. 애잔한 한 방울의 눈물, 아니면 이마 위로 버얼건 홍분의 열기가 사르는 기쁨의 한 조각, 그 어느 것이고 간에, 그늘이 먼저 번져와 눈꺼풀이 열리던 그 초록은 이제 새하얀 영원보다 더 먼 곳에서 시야(視野)가 되어 펼쳐져 있는지도 모른다.

조약돌이 깔린 시냇물은 풀이끼 없는 징검다리로 채 못 미쳐 남실대다간 전나무 숲 속의 암반을 비집어 산곡을 발기발기 찢으며 흘렀다. 다섯 손가락 사이로 다 들어앉은 몇 가호의 초가집들, 영광 앞바다가 버얼겋게 불이 붙으면 그 빗줄들의 살이 퍼져와 노을이 되는, 그리고 퍽은 흔한 산새소리로 아침이 열리는, 그런 답답한 마을이었다. 이런 흔한 정경들 외에 여느 농촌과 좀 다른 풍경이 있다면 그것은 시냇물 속에 떠 있는 어항들이었다. 한 줌 소나기가 뿌리고 지나간 뒤면 진한 초록의 그늘들이 떨어져 잠긴 시냇물 위로 으레 어항들이 떴다. 어떤 날은 대여섯 개, 많은 날은 열 개도 넘는 어항들이 줄을 지어 떴다. 어항 속에다 된장을 넣고, 그 속의 거품들을 보릿대로 쪽쪽 뽑아내고, 뒤쪽으로 뚫린 구멍에 풀잎들을 돌돌 뭉쳐 막아두면 한 시간쯤 뒤에는 펄펄 뛰는 피라미나 중고기 따위들이 어항 속으로 가득 들었다.

신경쇠약이라는 진단을 받고 이곳으로 온 후, 매일의 생활은 거의 지루하고 답답한 것이어서, 한의사가 지어준 새까만 환약들을 스무 개씩이나 숭늉에다 넘기고 나면 나는 으레 이 시냇물가 얕은 둑에 앉아 애들이 어항으로 고기를 잡는 것을 해 지도록 바라보는 것이 유일한 즐거움이었다. 이 마을 아이들은 나를 박사 아저씨라고 불렀다. 쉬운 수학 문제나 자연 문제 같은 것을 묻는 대로 가르쳐주었더니 그만 이런 엄청난 이름이 붙어버렸다.

조심조심 다가간 아이들이 어항을 들고는 나를 향해 "박사 아저씨 이봐유!" 하기 전에 대개는 내 편에서 먼저 다소 바보 같은 탄성을 지르기 일쑤였다. "와, 많이 잡혔다" 한다든가 "어휴 굉장하네!"라든가 하는, 무엇보다도 아이들의 서툴고 앳된 행동들이 좋았다. 어항을 놓을 때도, 어항 속의 거품을 보릿대롱으로 뽑아올릴 때도, 그리고 양쪽 손을 얼굴 뒤로 모아세우곤 조심조심 돌아설 때도, 아이들은 저마다 꼭 둑 위의 나를 향해 씽긋 웃어주는 것이었다. 어항을 놓고 돌아와서는 내 곁으로 주욱 둘러앉아 그 싱거웁고 귀찮은 질문들을 해댔다. 귀찮다 생각될 때는, 번듯이 누워, 보던 책으로 얼굴을 가리곤 부러 코를 골아대면 아이들은 저마다 낮은 목소리들로 "시끄럽게 하지 마, 박사 아저씨

잔다으" 하며 시냇물 속의 어항들에 집요한 시선들을 모두었다. 쨍쨍한 햇빛이 기계충 자리에 반질거리는 살 위로 돋은 땀방울들을 끓이는데도 아이들은 조금도 더위를 타지 않고 마냥 그대로였다.

나는 책갈피를 비스듬히 들어 이런 아이들의 진지한 모습들을 훔쳐보면서 나도 모르게 쿡 웃음을 터뜨리고 만다. 자세히 관찰하면, 아이들의 속눈썹들은 약속이라도 한 듯 똑같이 깜박깜박하면서 한곳에다 눈길을 떨어뜨린 품이 그렇게 속절없이 우스운 것이었다. 거기다 언제 싸웠는지 얼굴 한복판에 말라붙은 핏자국이라든가, 누런 고름이 엉켜 마른 머리통 속의 기계충 자리라든가 꼭 못 구멍처럼 콧물로 좁혀져 뽕 뚫린 콧구멍으로 숨을 쉴 적마다 흠쩔흠쩔 드나드는 콧물이라든가 하는 것들이, 그렇게 우스웠다.

비녀풀에다 잡은 고기들을 주렁주렁 꿰매 들고, 벼 잎 냄새가 물씬 독한 비좁은 논길로 아이들과 줄줄이 서 걸으면, 으레 영광 앞바다는 불을 지피기 시작하고 그 빛줄들은 살이 되어 비녀산 낮은 허리에다 노을을 심었다.

아이들은 꼭 돌아가는 길목에서 한두 차례 치고받고 싸웠다. "박사 아저씨, 아까 아저씨 잠잘 때 저 영돌이가 방귀 꼈대유, 몰랐지유?" 누군가 이런 새삼스러운 말을 고자질이라고 하면 "내가 은제? 박사 아저씨, 내가 말 안 했지만유 쟤가 아까 아저씨 잠잘 때 종다리에서 털 뽑았대유, 몰랐지유?" 하면서 두 아이들의 "은제? 내가 은제?"는 급기야 아이들 죄다의 입들로 합치면서 싸움이 시작되는 것이었다. 여간해선 아이들의 싸움을 말리기는 퍽 어려운 일이었으나 "너희들 아저씨는 병 앓잖아. 너희들이 싸우면 아저씨 병 막 더한다" 하는 이 말엔 싸움질도 뚝 끊고 나섰다. 싸움 통에 논물 속으로 달아나선 뻐끔뻐끔 더운 숨들을 내쉬는 고기들을 다시 잡아 비녀풀에 꿰는 아이들의 천진한 동작들 위로, 이젠 퍽은 짙게 번진 황혼이 웃옷처럼 입혀지는 것이었다.

이렇게 유일한 정양이 되던 시냇물가의 둑이나 아이들의 재롱들이, 몹시 비가 내리던 어느 날 이후부터 나와 무관한 것이 되고 말았다. 시냇물 징검다리를 건너 비녀산을 오르는 다소 바쁜 나의 걸음을 두 팔을 벌려 막고 서선,

"박사 아저씨! 오늘은 고기 더 많이 잡을께유. 고기가 쬐끔 잽히닝게 재미없어 그러지유?"

하는 이런 속절없는 투정을 당할 때마다 나는 어설프게 웃고 서선 머리통만 긁적거렸다. 이렇게 어설픈 웃음을 물고 고무신 끝으론 땅만 파작거리고 있는 내가 몹시도 답답했던지, 아이들은 서로의 눈들로 무슨 다짐이라도 하는 듯하다가

"우리들보다 큰애기가 더 좋지유? 그래서 인저는 우리하고 안 놀지유?"

해놓고는 뿔뿔이 흩어져 도망가버리는 것이었다.

아이들의 함성들이 포플러 진초록 그늘이 내린 시냇물 둑 위로 바보처럼 길게 몰려갈 때까지 나는 멍청하게 선 채 손으로는 비녀풀을 뽑고 있었다.

허긴, 어젯밤에도 아이들의 저 소리에 꿈속에서 가위에 눌렸

었다. 첫닭이 울 때야 다시 잠을 이루었던가.

무척 비가 질기게 내렸다. 뿌연 비안개에 묻혀 비녀산 산자락도 뚝 끊겼다.

소녀는 징검다리에 이르러 잠시 머뭇거렸다. 한쪽 다리를 앞으로 뻗쳐 앞의 돌멩이를 가늠하고 나선 훌쩍 뛰었다. 다리 하나를 건너뛸 때마다 소녀는 두 손을 모아 가슴에다 대고는 후——하고 긴 한숨을 몰아쉬었다.

허리께까지 늘어진 머리카락은 그대로 비에 젖어 쉴 새 없는 빗물이 낙수졌다. 소녀는 징검다리를 건너뛰는 짓이 무척 즐거운 것이었던지, 그때마다, 앵두빛이 도는 볼과 입술이 픽 조용하게 웃고 있었다.

나는 그런 소녀의 모습을 신기한 구경거리라도 되는 양 쳐다보고 서선 소녀의 두 눈을 가리운 짙은 밤색 색안경을 원망했다. 저 소녀의 두 눈은 지금 어떤 모양으로 웃고 있을까. 저 안경만 아니면 그 눈을 볼 텐데. 그리고 소녀의 눈은 무척 새까맣고 클 것이라는 생각들로 좀 멍청해 있을 때, 바로 내 앞 돌멩이로 훌쩍 뛰어 선 소녀가 불쑥 내 손을 움켜쥐었다. 그러고 나선 연약한 어깨를 들먹이며 가늘게 웃었다.

"미안해요. 하마터면 빠질 뻔했네."

나는 다소 당황해하며 눈 안으로 스미는 따가운 빗물들을 닦았다. 그러다가 새삼스럽게 놀랐다. 소녀의 갑작스러운 행동에 놀란 게 아니라 가슴까지 서늘해지는 소녀의 차디찬 손 때문이었다.

무엇보다도 궁금한 일은, 여태까지 한 번도 본 적이 없는 이 소녀가 하필이면 이렇게 모진 빗속을 우산 하나 없이 거닐고 있는 것과 상냥하기 그지없는 소녀의 서울 말투였다.

징검다리를 다 건너는 동안 소녀는 예의 가늘고 연약한 웃음을 어깨로 웃으며 무척 오랜 친구의 손목이라도 잡은 양 지극히 태연하게 아무 말이 없었고, 나는 무릎까지 차는 시냇물을 첨벙 걸으며 소녀의 차디찬 손을 잡고 있었다.

"박사 아저씨, 고마웠어요."

꼭 무슨 말인가 해야 될 때의 그 망설임처럼 한동안 두 손바닥을 비비적거리며 헛눈을 팔고 섰던 소녀의 입에서 나로서는 실로 놀랄 수밖에 없는 이런 인사를 들었을 때, 하마터면 바보스러운 감탄을 해버렸을 듯한 조바심을 나는 용하게도 참고 견디고 있었다.

"…나를 알고 있었다니, 참, 이상한데."

소녀의 손목을 놓고 나는 한두 번 고개를 내저었다. 소녀는 내 손아귀에서 빼낸 조그마한 손을 허리 뒤쪽으로 돌려 깍지를 끼고는, 흡사 전혀 무관한 사람의 헛소리라도 듣는 양 천천히 돌아서 산길을 올랐다.

전나무 애가지에 비 거품이 쏴아 하고 머물더니 젖은 나의 얼굴로 진초록 물방울들이 튀었다. 한동안, 무척 서투른 소녀의 걸음걸이를 지켜보고 선 채, 소녀는 어쩌면 동네 조무래기들 중에서도 유별나게 나를 따르는 영돌이 누나일지도 모른다는 다소 건방진 단언을 하며, 소녀가 일구고 가는 바람결에 묻어오는 아릿한 그의 향내를 맡고 있었다. 그 향내는 조금도 나의 성인을 자극하는 그런 매운 것이 아니었다. 막 머리를 감고 들어온 어머니의 그 젖은 머리칼에서 풍기는 비누 냄새의 여운 같은. 조금 더 욕심을 부리자면, 훌쩍훌쩍 울고 난 어린 조카의 마른 눈물 자국으로 번지는 고소한 입김 같은.

소녀의 걸음이 키만 한 높이의 바위 앞에서 멈춰 섰을 때 나는 황망하게 다가가 소녀의 홈빽 빗물이 밴 손을 움켜쥐었다.

앞을 분간키 어려울 정도로 점점 세차지는 빗발. 그 빗줄기 속으로 열리고 닫히는 무서운 초록. 끝내는 내뿜는 입김에도 진한 풀 냄새가 섞여 내가 한 그루 전나무의 고된 몸부림으로 영원히 서버릴 것만 같은 아찔한 무섬 기가 하늘처럼 누를 때, 나의 이 같은 용기는 상추 잎 같은 그늘 속을 뻗치는 그리움의 마디마디로 자라는 것이었다.

"어딜 가는 거야. 응? 산에 뭐가 있다구. 더구나 이렇게 막 비가 오잖아."

어쩌면 나는, 울음을 터뜨리기 전의 착잡한 얼굴로 소리쳤는지 모른다. 소녀의 밤색 색안경, 그 짙은 색깔 속의 눈빛은 이런 나의 조급함을 나무라고 있었다. 쿡——하고 터뜨리는 소녀의 짧은 웃음은 곧 전나무 가지 끝에 열려 모진 빗발을 맞고 있었다.

"오늘 찾아가기로 했는걸요. 무척무척 기다릴 거예요."

소녀는, 돌아서며, 그 차디찬 손아귀에 힘을 줘, 약간은 떨리고 있었던 나의 손을 잡아끌었다.

"집이 산속에 있었나."

"아뇨. 비 오는 날이면 무척 허기져 있는 내 친구를 찾아가는 거예요. 밥을 가지구요."

"그럼 친구의 집이 산속에 있군."

"글쎄요…말하자면 그런데요…하여튼 나와 처지가 비슷해요. 보긴 보는데요 진한 건 몰라요. 가엾잖아요? 그렇죠?"

소녀의 수수께끼 같은 물음에 나는 건성으로 고개를 끄덕이며 산길을 올랐다. 팔과 팔이 닿은 그 사이로 나의 체온과 소녀의 체온이 섞였을 법한 따뜻한 빗물이 흘렀다.

어린 소나무들이 질펀하게 앉은 좁은 낮은 산지락에 이르러 소녀는 문득 걸음을 멈추었다. 그러고는 발아래 조그만 돌멩이를 집어들더니 서너 차례 주위로 던졌다. 푸드득 멥새가 날았다.

소녀는 멥새가 날은 어린 소나무께로 조심스럽게 다가가더니 그 곁에 바싹 쪼그려 앉았다. 소녀는 소나무 가지 위로 연신 손가락을 뱅글뱅글 돌려대며,

"들리죠? 안 들려요?"

했다.

"무슨 소리가? 빗소리?"

"피이――내 친구가 날 부르는 소리 말예요. 그래도 안 들려요?"

그제야 나는 귀를 쫑그리며 소나무께로 다가갔다. 빗소리에 섞여 가녀린 찌이――찌이 소리가 연달아 났다. 나는 소리 나는 쪽을 향해 고개를 돌리다 말고 바보스러운 웃음을 몇 번 웃고 말

았다. 꼭 쥐면 손안에 들 듯한 조그마한 멥새 둥지 속에서 멥새 새끼들이 우짖고 있었다. 소녀의 손가락이 움직일 적마다 퍼런 핏줄이 분홍빛 살 속으로 드러난 몹시 어린 멥새 새끼들은 누런 입가의 테두리를 세모꼴로 벌리고는 찌이찌이 우짖는 것이었다.

"밥을 줘야지."

소녀는 젖가슴 속에 감춘 네모꼴 종이를 꺼내들고 한 겹 한 겹 종이를 벗겼다. 성냥갑 속에는 파리가 가득했다.

소녀는 파리를 손가락 끝에 쥐곤 훼훼 고개를 내두르는 멥새 새끼들에게 차례차례 밥을 줬다.

나는 그런 소녀의 어깨에 턱을 얹고 앉아, 기실 멥새 새끼보다는, 소녀의 하이얀 목덜미나 다소 가쁘게 들먹거리는 젖가슴에 눈길을 모으고 있었다. 약간 빗발이 멈춘 잿빛 하늘에다 왠지 자꾸 닳아오르는 얼굴을 식히며 나는 한 가지 기억을 더듬었다.

국민학교 육학년 때던가 그랬다. 다리를 절어 무척 애들의 놀림을 받던 혜원이라는 소녀가 있었다. 그 소녀는 항상 아이들의 눈을 피해 혼자 놀았다. 여름이면 집 앞 조그마한 사철나무 그늘에 앉아 돌 줍기로 해를 보내고 겨울이면 헛간 앞의 손바닥만 한 양지에 양 무릎을 세우고 앉아 혼자 보자기받기를 하고 놀았다.

어느 날이었다. 혜원이는 돼지울 앞에 앉아 여느 때와 달리 무척 불안하고 조급해 보였다. 한번 놀려줄 심산으로 양팔을 벌려 날개를 세우고는 "따따따따" 총 쏘는 시늉을 하며 우르르 그에게 다가갔다. 그런데 여태까지 한 번도 본 적이 없는 혜원이의 글썽한 눈과 곧 울 듯 상기된 얼굴을 보고, 나도 몰래 의아해 섰

는데, 혜원이는 양팔을 둥그렇게 해서 자기 앞을 막고는,

"그러지 마! 그러지 마!"

애타게 하소하는 것이었다. 혜원이의 그 둥그렇게 짠 팔 아름 속을 들여다보다 말고 나는 "어?" 하고 놀라 서버렸다. 등어리를 활처럼 굽혀 엉거주춤 섰는 어미 쥐의 배 밑으로 일곱 마리나 되는 새끼 쥐들이 억척스레 젖을 빨아먹고 있었다. 금방 땅바닥으로 툭 떨어져내려 구슬처럼 대굴대굴 구를 것만 같은 불안한 눈알을 부라리며 어미 쥐는 한사코 앞발을 뻗치지만, 그럴 때마다 일곱 마리의 새끼 쥐들은 얄미웁기도 한 팥알만 한 눈들을 초롱초롱 뜨고 억세게 매달렸다.

나는 이미 눈물이 맺힌 채 나의 눈을 똑바로 쳐다보고 있는 혜원이의 눈을 향해 몹시도 매서웁게 흘겨주고는 주먹보다 큰 돌멩이를 집어들었다.

"병신…쥐는 죽여야 해! 안 배웠니? 쥐가 얼마나 해로운 동물이라는 것을 말야!"

혜원이가 외마디 소리를 지르며 내 손을 잡고 일어섰을 때에는 이미 돌멩이는 내 손을 떠나 아주 기분 나쁜 소리로 어미 쥐의 머리 위에 떨어진 뒤였다.

깨진 어미 쥐의 머리에서 선지가 흐르고, 뒷다리가 파들파들 떨더니, 지렁이 꿈틀대듯 긴 꼬리가 몇 번 꼬였다 늘어졌을 때는, 한 마리의 새끼 쥐도 보이지 않았다. 그러자 그 순하기만 하던 혜원이가 어디서 그런 용기가 생겼는지 내 팔목을 꼭 물고 늘어졌다. 나는 "어? 이 병신 안 놔? 안 놔" 하다 말고 힘대로 혜원이의

가슴팍을 내질렀던 것이다. 혜원이는 강그라지며 쓰러졌다.

그런 일이 있은 뒤 몇 달간을, 혜원이는 사철나무 그늘 아래도, 돼지울 앞에도, 도무지 그 모습을 나타내지 않았다. 눈이 펑펑 쏟아지던 어느 겨울날, 혜원이네의 낮은 초가집에서 울음들이 터졌다. 앓던 혜원이가 피가래를 쏟고는 죽은 것이었다.

"박사 아저씨 추우세요?"

소녀의 조용한 물음에야 내가 그동안 무척이나 떨고 있었음을 알았다.

나는 순간, 애써 소녀를 혜원이라 생각하며, 다소 성급하게 소녀의 허리통을 꼬옥 안으며 젖가슴 속에다 얼굴을 묻었다. 이런 나의 갑작스런 행동에도 소녀는 조금도 당황하지 않고 또 쿡──하고 웃을 뿐이었다. 밤색 짙은 색안경이 타이르듯 나를 내려다보고 있었다.

"이봐, 눈을 보여줘! 안경 좀 벗었으면 좋겠다. 응?"

소녀는 설레설레 고개를 내저었다.

"왜?"

"쌍꺼풀 수술을 해서 다 나을 때까진 숭해요."

"그래? 그까짓 시시한 짓을 뭣 때문에 한단 말이야! 여잔 도무지 시시하거던!"

피식 웃다 말고 나는 좀은 뻔뻔스러울 수도 있는 나를 타이르고 있었다. 마을에 온 지 달포가 지나는 동안 한 번도 본 적이 없었던 소녀의 젖가슴에 안겨 나는 먼먼 혜원이의 추억까지 되새긴 것이다. 소녀는 지금 어떤 마음일까. 아니 그것보다도 도대체

이 소녀는 누구람. 나는 이런 생각을 하며 무척 어색해 있었는데 소녀의 차분한 한마디의 말로 이내 기특하리만치 당당해질 수 있었다.

"박사 아저씨! 모두 다 비 탓으로 돌리면 어떨까요? 사실 전 그리운 게 너무 많거던요? …그래요, 꼭! 죄다 비 탓으로 돌려요, 네?"

소녀의 참으로 기특한 이 말로 나는 금세 무뢰한 사내가 될 수 있었다.

"맞았어! 비 탓이야. 그리구 꼬마 놈들이 먼저 토라졌었구. 그러구 말야 나는 병자니깐 잠잘 때 빼놓고는 매양 성한 사람들이 그립거든. 난 신경쇠약 환자야, 난…."

"피이——고까짓 거."

소녀의 후끈한 한숨이 내 얼굴 위로 번졌다. 소녀의 볼에다 꼭 입을 맞추면 어떨까, 화낼까, 하는 생각으로 새끼손톱을 지근지근 깨물던 나는 이렇게 소나기가 걷혔을 때의 그 시냇물 어항들이 생각나 일어서고 말았다.

"명함이나 한 장 놓고 가시지 그러세요. 엄마 아빠한테 할 말이 없을 텐데요. 네?"

갑작스런 소녀의 이런 말에 나는 잠을 못 이뤄 고생하다가 문득 거울 속의 나를 향해 지어 보이는 그런 멍청한 얼굴로 망연히 서 있었다.

"명함이라니?"

"멥새 둥지에다 명함 한 장 놓고, 가는 게 뭐 그리 어려워요.

엄마 새가 돌아오면 이런 사람이 왔다갔다구 말할 게 아녜요? 좀 시시해요?"

그제야 나는 소녀의 말을 알아들었다. 그런 소녀가 무척이나 대견스러웠다.

"그러지. 그것 멋있는데."

마침 뒷 호주머니에 흠뻑 비에 젖어 글자도 알아보기 힘들 만치 닳고 닳은 명함 한 장이 있었다. 소나무 가지 새에다 명함을 꽂아놓고 돌아섰을 때 소녀는 앵둣빛 입술을 열고 크게 웃었다.

구름 사이로 하늘 한쪽이 열리더니 눈이 시릴 만큼 밝고 찬연한 햇살이 산자락으로 뻗쳐왔다.

"해가 떴죠?"

"그렇군."

"참 이상해요. 다른 색깔들은 보이는 곳에 그 색이 있는데요, 왜 초록색은 감은 눈꺼풀에 와서 그늘을 느리우죠?"

"초록은 희망이니깐. 그리구 포부구 의욕이니까…."

"그래요! 안 봐도 애당초 사람의 감각 속에 초록이 있나 봐요."

산을 내려오면서 소녀는 두 번이나 발을 헛디뎠다. 두 손으로 나의 허리를 감고, 나의 가슴에 얼굴을 묻은 채, 소녀는 비녀풀을 뽑아 꼬옥꼬옥 깨물고 있었다.

소녀를 만난 뒤로부터는 지겨울 정도로 답답하고 단조로웁기만 하던 나의 정양 생활이 다소 새 물을 가르는 물고기의 지느러미처럼 나날이 활기스러워져갔다.

불면증으로 고생하던 무서운 밤도 소녀의 얼굴을 생각하는 것만으로 깊은 잠에 빠질 수 있었고, 체증마냥 가슴 한구석에 걸렸던 시냇물가 그 둑의 초록도 이젠 싱거운 코웃음 하나로 달래버릴 수 있었으며, 무엇보다 기실 아무 상관도 없었던 초록색 그 하찮은 그늘을 두고 무척이나 고심해가며 나의 철학을 가꿔가는 일이었다.

이런 갑작스러운 변화들이 나의 정양 생활에 되려 해가 되는 것인지 아니면 나의 병은 이 변화들로 하여금 나도 모르는 새 다 나아버린 것인지는 몰라도, 예를 들면 소녀의 쌍꺼풀진 아름다운 눈을 곧 보게 될 거라는 심심찮은 기대 따위로 날마다 나의 의식이 선명해져가고 활달해져가는 것만큼은 사실이었다. 그리고 소녀로 하여금 색깔 하나만이라도 분명히 알아두자고.

소녀는 내가 생각했던 것과는 너무나 판이한 조건 속에서 생활하고 있었다. 영돌이의 누나도 아니었고 이 마을 처녀도 아니었다. 소녀의 말로는 이모네 집에 정양하러 왔다 했다. 무슨 병이냐고 물으면 소녀는 예의 앵둣빛 입술을 보조개가 파이도록 꼭 다물어 물고는 언제나 쿡──하고 한 번 웃을 뿐이었다. 그럴 때의 소녀는 정말로 사뭇 귀여운 것이어서 자칫했으면 소녀를 사내로서 갖고 싶은 여러 번의 충동을 애써 참아대곤 했던 것이다.

콩새의 눈꺼풀에 진하고 찬 초록 물방울이 튈 때쯤, 그러니까 산자락에 물김 같은 안개가 축축이 젖어 흐르다가 해돋이와 함께 거짓말인 양 걷히고 마는 그 사이면 으레 소녀는 멥새 둥치 곁에 앉아 있었고, 내뿜는 입김에도 초록의 진한 냄새가 끈덕지 게끔 왼통 그 속에서 젖다가, "쌍꺼풀진 눈은 언제 보여줄 것이냐"고 졸라대며 산길을 내릴 때면 영광 앞바다는 벌겋게 불길이 오르고 있었던 것이다.

나는 소녀를 품에 안을 때마다 되지못하게도 꼭 혜원이가 생각나는 것이었다. 소녀는 항상 검정 코고무신을 신고 있었다. 너무나 하이얀 색깔이 되려 서러움마저 드는 그 가늘고 긴 다리. 숨 쉬기에도 무척 고돼 보이는 좁은 젖가슴에 손을 얹고 있을 때면, 헛간 앞 조그마한 양지에 양 무릎을 세우고 앉아 혼자 보자기받기를 하던 그 핼쑥한 혜원이가 왜 그렇게도 생각나는 것인지──.

"살려줄 걸 그랬어! 어미 쥐를 살려줄걸! 그렇지? 그렇지?"

나는 소녀의 가슴을 파고들며 불현듯 이러기를 잘했고 그때마다 소녀는

"뭘요? 어미 쥐가 뭐예요, 네?"

하며 짙은 밤색 색안경으로 찬찬히 나를 내려다보다가 그 차디찬 손으로 나의 뒷덜미를 쓸어주는 것이었다.

나의 병도 사실은 쥐덫을 놓을 때마다 생각나는 혜원이의 얼굴로 생겼는지 모른다. 아니, 그랬다. 그렇기 때문에 걸핏하면 생각나는 혜원이의 얼굴이, 그 까마죽 같던 눈알을 부릅뜨고 등어리를 활처럼 굽혀 선 채 앞발을 뻗치던 어미 쥐가, 조금도 새삼스러운 것은 아니었다.

하여튼 나는 혜원이의 생각을 반쯤은 그 몸속에 가지고 있는 소녀와, 소녀의 고된 숨소리가 그렁거리는 좁은 젖가슴에다 내

병을 묻고는, 꽤 많은 날들을 그렇게 열심히 사는 편이었다.

비녀산 낮은 산자락, 그 질펀하게 깔린 잔솔밭의 멥새 둥지가 빈 달빛만 그득히 담고 조는 그때부터, 소녀는 다른 사람처럼 말도 몸짓도 전혀 달랐다. 멥새 새끼들은 왜 자라서 어디로 날아가 버렸을까. 소녀의 애잔한 한숨 소리를 들을 때마다 나는 이렇게 안타까운 원망을 하며 소녀의 차디찬 손에, 앵둣빛 입술에, 그리고 가늘고 긴 다리에다 입을 맞춰주었지만, 소녀는 꼭 혼이 나간 듯 산 사람 같지가 않았다.

여느 때 같으면 힘을 줘 나의 목덜미를 안아주었을 법한 그 차디찬 손으로 마냥 비녀풀만 훑어내고 있었다. 쿡──하는 웃음은 멥새 새끼가 날아간 후로 한 번도 들을 수 없었다.

그날, 종아리를 넘어 훤칠하게 자란 들국화들이 사태로 무더기져, 그 서늘한 향기가 온몸에 배도록, 나는 수심에 찬 소녀를 안고 진종일 들국화 밭 속에 누워 있었다.

무척이나 답답한 마음으로 얕게 떠 흐르는 눈부신 금빛 뭉게구름에다 허망한 눈길을 꽂고 있던 나는 진초록 블라우스의 그 바삐 들먹거리는 소녀의 등을 두들기며 낮게 말했다.

"하여튼 말야, 태어나는 것은 죄다 자라구 말야, 자라선 어른이 되구 말야, 그러다간 또 죽는 거야. 멥새 새끼는 지금쯤 어미 새가 되려구 무척 바쁘고 즐거운 거야. 안 그래?"

내가 생각해도 이렇게 멋없고 싱거운 말이, 소녀에게 털끝만큼의 위로가 될 수는 없었으나, 하늘을 향해 반듯이 누운 소녀의 너무나 태연한 태도가 몹시 못마땅하다 못해 서러웁기까지 했다.

"…그럼 나하구 서울 갈까?"

짐짓 가슴속을 떨려나온 이 말에 소녀는 여태 볼 수 없었던 완강한 힘으로 고개를 내저었다.

"그럼? ….."

"서울엔 아마 영원히 안 갈 거예요!"

"그럼? ….."

바보스러우리만치 다급하고 맥없는 나의 질문에 소녀는 한마디의 대꾸 없이 이번엔 등마저 돌아누웠다.

순간 나의 가슴속으로는 야릇한 욕심이 물결처럼 일면서, 그것은 제일 정직한 열기의 바다로 하늘 끝과 맞닿아 펼쳐지는 것이었다.

소녀의 입에서 감당하기 어려운 신음이 자지러질 듯 연신 새어나왔으나, 나는, 꼭 이때, 들국화 꽃 더미 속에 그렇게 이름을 붙여주고 싶던 소녀의 초록 블라우스가 하늘을 향해 있을 때, 어떻게든, 소녀를 가져야 한다는 엉뚱한 울먹임으로 조금도 힘을 풀지 않았다.

소녀는 죽을힘을 다해 나의 성급한 욕망과 싸우고 있었다. 아니, 여태까지의 내게 준 소녀의 애정으론 감히 이런 냉대가 어디 있는가 싶게, 나의 정직을 있는 힘을 다해 거부하고 있었다. 나의 우악스러운 손끝에서 소녀의 초록 블라우스가 찢겨 속살이 드러났을 때 나는 그 속살의 색깔을 보고 한동안 어지러웠다. 얼마나 이 옷만 입고 지냈으면 소녀의 속살은 진초록 물이 배었을까.

소녀는 애써 앞가슴을 여미며 애타게 부르짖었다.

"박사 아저씨는 절, 절 아주 죽이실 마음이군요! 네? 그렇죠?"

"아냐! 아냐! 그렇지 않어! 난 그렇지 않대두!"

몹시 몸부림을 쳐대는 소녀의 몸짓에 들국화 무더기가 줄기를 꺾고 그 꽃더미들은 꽃다발마냥 나의 머리통 위로 소녀의 얼굴 위로 쓰러져내렸다.

소녀의 갑작스러운 비명이 소름이 돋게끔 처절했을 때, 잠시 고개를 들고 거친 숨결을 다스리던 나의 시야로 들국화 꽃 더미 위에 팽개쳐진 그 진한 밤색 안경이 들었다. 소녀는 두 손바닥을 펴 꼬옥 얼굴을 가린 채 그 소름이 돋게끔 강그라지는 비명을 지르고 있었다. 나는 소녀의 아랫도리를 헤집던 손을 멈추고, 바삐 뒹굴어, 꼬옥 막은 소녀의 두 손바닥을 펴려고 무척 애를 썼다.

좀 전까지의 무서운 내 가슴속 물이랑은 차츰 평온한 하늘 끝을 가면서, 먼저 소녀의 그 쌍꺼풀진 아름다운 눈을 보라고 타이르고 있었다. 기실, 어느 것보다 더 성급한 나의 갈원이었다. 나는 잠시 들국화 더미 속으로 열린 새파란 하늘을 목이 아프도록 치켜올려다 보면서, 사람은 얼마나 착하게 살아야 되겠는가 하고 뜨겁게 되뇌었다.

기를 쓰던 소녀의 두 손이 파릇파릇 떨리는가 싶더니, 두 손은 곧 힘없이 가슴 위로 내려졌고, 그와 때를 같이하여 참으로 서러운 소녀의 긴긴 울음이 터졌다.

그 크고 새까만 동공, 그 위로 반달처럼 열려 내린 쌍꺼풀을 보려고 얼굴을 가까이하던 나는, 하마터면 큰 소리를 지르며 나자빠질 듯 놀랐다.

눈두덩만 앙상하게 솟아 그 깊은 눈자위 속으로 꺼질 대로 꺼
져버린 두 눈. 바들바들 떨고 있는 눈꺼풀을 다 덮고 내린 깊디
깊은 초록의 그늘. 황혼의 여린 빛살이 들국화 줄기 새로 퍼져와
그 깊은 소녀의 초록 그늘 속으로 고였다.

"저에게 남은 건요, 아니 세상의 제일 뚜렷한 마지막 기억은
요, 탱자나무의 진초록색 그것 하나뿐이에요! 전 탱자 숲으로 날
아간 빨래를 주우려고 사다리를 탔다가 그 초록색 탱자 숲의 창
끝 같은 가시에게 죄다 다 뺏겼어요!"

소녀는 온몸을 뒤틀며 몸부림쳤다. 소녀의 울음소리가 빗기
는 나의 귓전으로 이제는 다 익은 가을이 따라 울었다.

"미안해! 미안해! 잘못했어. 정말! 다시는 안 그럴 거야!"

나는 몹시 들먹거리는 소녀의 등을 힘주어 조여안고 몸부림
쳤으나 소녀는 아까보다 더 차가웁게 내뱉을 뿐이었다.

"죽어선 꼭 별이 되겠어요. 아주 진한 초록색 별이 되겠어요!
그래서 언젠가는 제일 높은 곳에서 내 눈을 찾을래요!"

소녀의 볼에 몇 번이고 닳은 나의 볼을 비벼보다가, 그 차디찬
소녀의 손에다 호호 입김을 불어보다가, 아무래도 소녀를 달랠
수 없는 지금 이 가을을 뉘우치며, 나는 이 소녀에게 그리고 먼
먼 혜원이에게, 무척 많은 말로 용서받고 있었다.

소녀는 열흘이 넘도록 한 번도 비녀산을 찾지 않았다. 내 방
봉창으로 처음 보는 풀각시가 떨어지던 날 그 밤부터 소녀는 이

마을에 없었다.

비녀풀로 만든 풀각시는 봉창 문풍지 틈에 끼워, 소녀가 징검다리를 건너갔을 법한 그 밤을 홀로 새웠던 것이다. 까만 밤길을 걸으며 나는 이런 생각을 하고 있었다. 소녀에게는 어떻게든 멥새 새끼를 주었어야 했었고 혜원이에게는 어미 쥐를 죽여 미안하다고.

나는 조무래기들 집 앞에 이르러 일일이 좀은 떨리는 목소리로 크게 크게 소리쳤다.

"애들아 놀저으── 놀저으──고기 잡으러 가자으──."

조무래기들의 대답 소리는 어느 곳에서고 없었다.

"나 잘 때 누가 방귀 꼈니이? 누가 종다리에서 털 뽑았니이?"

아무 대답 없는 사립문을 돌아서면서 나는 불현듯 울먹이고 있었다. 저 많은 별자리에서 소녀의 초록을 찾기는 아직 이른 것이라고 애써 다짐할 때, 대답 없는 조무래기들의 기계총 자리에서 마을의 대낮이 끓었다. 그 초록의 대낮들이──.

삭풍

　수림(樹林)들은 맵고 쓰린 바람을 받으면서 미친년처럼 울었고 하늘을 다 채운 눈발들은 무서운 속도로 능선의 허리들을 덮어갔다. 덕지덕지 빙층을 얹은 조그만 내(川)가 쩍, 쩌억——얼음 결을 찢었다.

　야전 앰뷸런스는 오래전부터 발동을 건 채 덜덜거리고 서 있었다. 앰뷸런스의 뿌연 헤드라이트가 어지러운 눈보라 속을 뚫고 길게 뻗쳐 있었다.

　불길은 벙커시유를 먹을 때마다 불기둥을 세우면서 널름거렸다. 불길은 내리는 눈발을 녹이면서 뿌연 밤하늘에다 휑한 구멍을 냈다. 불길에 헐름헐름 드러나는 눈 맞는 산야와, 꽁꽁 언 내와, 눈보라 속에 갇혀 형체마저 희뿌옇게 어른대는 사병들의 을씨년스러운 모습들을 채운 밤하늘은, 흡사 너훌대는 휘장처럼 펄럭거렸다.

　"씨파알 되게 춥구나."

　"이거 왜 이렇게 불김을 안 먹어."

　"멕힐 턱이 있어? 눈은 사태로 내리붓구 시체는 왼통 벌집이구…. 배때기가 봉봉해야 펑펑 터지면서 불김을 먹지."

　"추워어. 아휴 추워 씨파알."

시체처리반 사병들이 투덜댔다. 그들은 정강이까지 파묻힌 눈을 털고 있었다.

불길 속에서 지글지글 기름을 태우고 있던 다리 한쪽이 흡사 중환자가 일어설 때처럼 서서히 무릎을 꺾기 시작했다. 그것은 허공을 향해 오르다가 썩은 고목의 가지처럼 ㄱ자로 오그라들며 굳었다. 벙커시유를 또 한차례 뒤집어쓴 불길은 기세 좋게 타오르고 ㄱ자로 굽은 다리는 마치 산불 속의 고목처럼 불길에 휩싸였다. 고속 촬영으로 찍은 발레의 동작처럼 뭔가를 더듬듯 서서히 일어서는 두 팔이 외줄로 하늘을 향해 뻗치다가 빠른 속도로 갈퀴 날처럼 오그라붙었다.

"메뚜기 다리로 팍 꺾이누나. 이제 됐어."

시체처리반 사병의 마지막 말 끝, 그리고 불길 속의 다리가 메뚜기 다리처럼 뚜욱 하고 관절을 꺾던 그 순간 윤 하사는 고함을 내지르며 불길 곁으로 치달렸다.

"야 이 좁쌀 같은 영현 새끼들, 뭐라구 아구창 놀렸어? 뭐, 메뚜기?"

윤 하사는 대고 주먹을 휘둘렀다. 영현 부대 사병은 방한모 위로 수북이 쌓인 눈을 먼지처럼 털며 발랑 나자빠졌다.

눈 속에 파묻히다시피 한 사병은 끙끙대며 겨우 일어섰다. 움직이는 눈동자만 아니라면 시체처리반의 사병은 그대로 눈사람이었다. 사병은 긴 입김을 담배 연기처럼 뿜으며 투덜댔다.

"그러지 마슈우——. 나도 동네구반장 설설 기구 로타리 김 순경 코피 따는 하사요 하사. 아무리 송장 뼈대만 가는 각설이지만 이 추운 날에 너무했수다 너무….”

그는 낮게 투덜대며 불길 쪽으로 저벅저벅 걸어나갔다.

“이 새끼, 정말 지오피 뽄때를 뵈줘야….”

윤 하사가 그의 둔중한 등을 향해 잽싸게 돌아섰을 때 헤드라이트 두 줄이 부챗살처럼 눈발 속으로 뻗쳐왔다. 덜거덕대던 체인 소리가 멎으면서 지프차는 멎었다. 지프차는 그렁그렁 가쁜 숨을 내뱉었는데 그 소리는 산릉을 할퀴는 매운 바람 소리 속에 섞여 야릇하고 소름 치는 메아리로 되돌아오곤 했다.

김 중령은 지프차에서 내려 불길 앞으로 다가왔다. 쓴 약을 씹는 듯 착잡한 경련을 담고 있는 김 중령의 얼굴 위에서 널름대는 불길이 놀고 있었다.

“도대체 어떻게 된 일이야? 당일 소대장은 누구였지? …맞아 최 소위였군.”

김 중령은 얼굴 위로 날아드는 눈발을 쓸면서 불길 속에다 시선을 못 박았다.

──새끼이, 싱겁게도 죽었군. 당일 소대장이 엄연히 근무하는데도 네가 무슨 명분으로 매복 순찰을 돌았나. 그걸 알고 있다. …맞아, 그때 나는 술집에 있었다. 어쩌잔 말이었어?

김 중령은 속으로 이렇게 말하고 있었다. 김 중령의 시선이 서서히 윤 하사의 얼굴로 향해 왔다. 윤 하사는 눈 한 번 껌벅이지 않고 김 중령의 시선을 맞고 있었다. 김 중령은 그 시선을 천천히 밤하늘 속으로 떠올리며 말했다.

“…윤 하사, 너야?”

"…네."

"당시의 상황을 상세히 설명할 수 있겠지?"

"네…. 허지만 지금까지 어리뻥뻥해서…."

"그거 이상하잖나아. 모병탁 소위로 말하면 너와는 둘도 없는 단짝이었고, 그리고 당일엔 근무도 아닌 모 소위가 뭣 때문에 자네를 찾아왔을까. 더구나 잠복호에!"

김 중령은 잽싸게 휙 몸뚱이를 돌리며 윤 하사의 얼굴을 뚫어질 듯 쳐다봤다. 김 중령의 얼굴은 무수한 의문을 담은 채 비열하도록 웃고 있었다.

"한 가지 의문이 있습니다. 저…."

윤 하사는 김 중령을 맞쏘아보며 다급하게 내뱉었다.

"뭐야? 말해봐…."

김 중령은 야전파카의 윗주머니를 열고 담배를 꺼내 물었다.

"아시다시피 잠복호 정면에 노출되는 유동체는 수하 없이 갈겨왔습니다. 그런데 왜 어젯밤엔 암호가…, 더구나 그런…."

윤 하사의 대꾸에 김 중령은 별안간 험악하게 눈꼬리를 치뜨고는 윤 하사를 노려봤다.

"뭐라구…. 이 새끼!"

김 중령은 가차 없이 윤 하사의 다리를 걸어찼다. 윤 하사는 눈밭 위로 나동그라졌다.

김 중령은 윤 하사 얼굴 가까이 그의 상체를 꺾고 가쁜 숨을 헐떡였다. 산허리를 돌아가는 증기기관차의 덩이진 연기처럼 희뿌연 입김을 내뿜으며 이를 갈았다.

"뭐라구! 암호가 어쩌구 어째? 임마, 하사 달 때까지 넌 도대체 뭘 배웠어. 암호는 훈련 기간 중 자유자재로 갖다댈 수 있잖나. 작전사에서 내려온 암호가 뭐가 어쨌다는 거야? 엉?"

"어제가 훈련이었습니까?"

"근데 이 자식이? …야 임마, 난 대대장이야, 자체 훈련은 순전히 내 권한이야."

"하필이면 왜 그런 암호…."

윤 하사의 핏발 서린 말이 채 끝나기도 전에 김 중령은 또다시 발길질을 해댔다. 시야가 흐리도록 희뿌연 눈가루가 연기처럼 피어올랐다. 김 중령의 발길질은 회오리바람처럼 눈가루를 뽑아 올리고 있었다.

"나쁜 새끼! 임마 모병탁 소위를 쏘아 죽인 놈은 어떻든 너야! 알겠나, 알겠어?"

김 중령의 바쁜 발걸음이 저벅저벅 눈밭을 밟고 갔다. 그렁대던 자동차의 엔진 소리가 몇 번인가 높고 낮게 울리더니 그 소리는 길고 높게 메아리를 치면서 멀어져갔다.

철거덕 철거덕——.

눈길 위를 구르는 체인 소리는 고막이 멍멍하도록 울리다가 이내 멀리 사라져갔다.

널름대는 불길 너머로 싸늘한 새벽이 트여오고 있었다.

군 수사대 장교는 쩌업 쓴 입맛을 다셔대고는 길게 하품을 했다.

"모병탁 그 친구 되게 모난 사람이었다더군. 그래, 친했었나?"

"부대 안에서는 아마 저 혼자 가까웠던 것 같습니다."

"그것참, 조옷 같네. 하필이면 제일 가까웠던 놈 총에 맞아 죽을 건 뭐야. 안 그래?"

윤 하사는 씁쓸하게 웃었다. 수사 장교의 도시 귀찮다는 표정이 천만다행이다 싶었고, 그런 수사 장교의 심정에 가능한 한 열심히 동조하며 섬뜩한 기억을 떨쳐내버리고 싶었던 것이다.

"죽은 사람은 죽은 사람이고…하여튼 그 당시 너 참 혼 뺐겠구나."

수사 장교는 푸우푸우 담배 연기를 내뿜으며 또 한 번 쓴 입맛을 다셨다.

"당일 소대장 말을 들어보면, 그 친구 죽고 싶어 환장했던 꼴이더군. 그런데 그 친구가 대대장과는 앙숙이었다며? …그랬어?"

수사 장교는 한 눈을 지그시 감은 채 그 감은 눈꺼풀 위로 가느다란 담배 연기를 피워올리고 있었다.

"…그런 건 잘 모르겠습니다."

윤 하사는 분명하게 말해버리고 말았다. 수사관의 질문 중에서는 모 소위의 죽음에 제일 깊이 관련된 사건의 실마리나 다름없는 말이었으나 윤 하사는 모 소위의 죽음과 함께 이미 모든 것을 체념해버린 뒤였다.

졸음이라도 참듯이 지루한 권태 속에 나른해 있던 수사 장교가 갑자기 서둘러댔다.

"몇 마디 주고받고 끝내버리자구. …당시 자네는 개나리에 있었나?"

"맞습니다. 제삼 초소니까요."

"그렇다면 모병탁 소위가 백 미터 거리를 포복해오는 동안에도 자넨 기미를 못 차린 거군."

"우회해서 제삼 초소로 접근했던 것 같습니다. 하여튼 전방에 노출됐을 때 그냥 갈겼던 것 같습니다."

"새끼 그거 미쳤지. 그래 잠복호에 사전 통고도 없이 나들이를 했었나…. 수하를 했었다며? 훈련이었던 게로군."

"…."

윤 하사는 입을 다물고 말았다.

수사 장교는 약간 신경질을 부리면서 내뱉었다.

"뭘 어물거리는 거야? 너도 알다시피 너는 어디까지나 정상 근무를 한 것이고, 이런 사건은 여기서 끝나버리는 것 아니겠어? 좆나발 개나발 캐자는 것도 아니고 형식상의 수사인데 뭘 어물거려? 자, 빨리 끝내버리자구. 나도 오랜만에 술독에다 몸 좀 녹여야겠고."

윤 하사는 수사 장교처럼 쩌업 쓴 입맛을 다셨다. 결국은 시시껄렁한 일로 매듭지어지고 말 그런 얘기를 해야 하는구나 하는 실의였다.

두 달 전이었다.

3소대 내무반으로 당당한 체구의 신임 소위가 들어섰다. 잠복근무를 끝내고 한참 늘어지게 자고 난 소대원들은 대수롭지 않게 그를 쳐다봤다.

신임 소위는 내무반을 오락가락하며 소대원들을 아니꼬운 눈길로 훑어갔다. 두 팔을 양 허리에다 얹고 잔뜩 위엄을 담은 그런 모습이었다.

그는 갑자기 멈춰 서더니 오른손 손가락을 계급장 위에다 올려 세우면서 느닷없이 불호령을 내렸다.

"야, 이 새끼들!"

그는 그런 자세로 한동안 서 있더니 천천히 오른팔을 내려 허리에다 갖다 붙였다.

"야 이 새끼들아! 이 밥풀은 막소주 마셔가면서 오장육부 다 재리고 나이롱뽕 해서 딴 건 줄 알아? 새끼들 형편없구먼 이거 안 보이나, 이거 안 보여? 이 삼 캐럿짜리 다이아몬드는 하숙집 과부 조지고 빌려 단 줄 알어? 나, 나를 소개하겠다. 3소대 신임 소대장 모병탁 소위다!"

모 소위의 말이 끝나자마자 소대원들은 내무반이 떠나갈 듯 웃어젖혔다. 윤 하사는 꿀꿀꿀——꿀꾸울 해가며 사실상 신빠이 소위의 당돌하고도 천진스러운 행동을 비웃고 있었다.

모 소위는 서부영화의 정의한처럼 어깨를 으쓱해 보이면서 말했다.

"엇쭈우. 너희들 배꼽 열었어어? 너희들 말야. 알오티시 출신 밥풀들을 우습게 보는 모양인데, 나한테는 안될걸. 야 그 배꼽들 안 닫쳐, 엉?"

모 소위는 양어깨로 가쁜 숨을 없고 내뱉었으나 내무반은 다시 웃음 북새통이 됐다.

모 소위는 고개를 푸욱 떨구더니 야릇한 웃음을 문 채 그대로 서 있었다. 유독 치켜들린 어깻죽지를 가들가들 떨며 어색한 웃음을 웃고 있었다. 훤칠한 키에 비해 치켜들린 어깻죽지가 몹시도 수척하고, 길게 흐느적대는 그의 양팔과 두 다리는 늦가을의 굵은 거미 다리를 연상케 하는 그런 묘한 체격이었다.

내무반이 온통 웃음통이 되자 모 소위는 또 한 번 어깨를 으쓱해 보이더니

"차아, 이거 군기가 엉망인데? 차아…이거 안 되겠어어?"

하는 실의에 찬 발성과 함께 휙 내무반을 나가버렸다.

내무반은 술렁대기 시작했다. 한마디로 "묘오한 노옴——"이라는 것이었다. 그가 ○○에서 두 달도 못 채우고 이곳으로 전속돼 온 신참 소위라는 것과 또 사단장 줄을 어느 정도 타는 장교라는 중론들이었는데, 그것도 무슨 인척간의 연고가 아니라 그가 알오티시 후보생으로 재학 시절 교관의 소개로 알게 된, 그런 관계라는 이야기였다. 그러니까 시쳇말로 '별 볼일 없는' 그런 사람이고 순전히 깡짜로만 노는 그런 장교라는 것이었다.

모병탁 소위가 전속돼 온 지 불과 사흘 뒤의 밤이었다. 그는 엎치락뒤치락 잠을 못 이루면서 끙끙 앓고 있었다. 그는 장교들과 별로 어울리는 일도 없었고 장교 숙소를 사절하고 좁은 내무반 구석에서 잠을 자곤 했다.

모 소위는 그 기다란 발로 윤 하사의 정강이를 툭툭 건드리며

혼자 중얼거리는 것이었다.

"야 씨파알 좆 같은 게 말아아…, 어이 윤 하사, 적은 본질적인 모순인 거야. 본질적인 모순을 적으로 설정할 수밖에 없는 거야. 어이 윤 하사, 근데 이거 미치겠는데? 차아 이거야 어디…."

윤 하사는 자는 체 듣는 시늉도 않고 모 소위의 얼굴을 상상하고 있었다. 그는 내무반에 들어설 때 눈두덩이 세 곱은 부어올라 있었다. 조 하사의 말로는 대대장에게 몇 대 터졌다는 것이었다.

"어이 윤 하사, 그 새끼 그거 뭐 그러지? 글쎄 그 말을 어느새 대대장에게 일러바쳐서는 내 안면의 부피와 면적을 늘려줄 게 뭐야. 근데 말야 윤 하사도 봤을 거야. 난 대대장 책상 위에 놓인 그 사진이 영 밸이 꼴려 못 봐주겠거든. 그게 뭐야? 그런 본질적인 모순이 어디 있어…. 을지문덕이나 이순신 사진을 모셔놨으면 모르지만 말야, 후후훗, 그것도 자랑이다 자랑…. 끌끌끌, 차아 이거 고걸 또 고자질하는 놈이 다 있구…."

윤 하사는 휑 돌아누우며 모 소위의 말뜻을 새기고 있었다. 모 소위가 말하는 사진인즉, 대대장의 딸과 서양인 사위가 포옹하고 있는 그 사진일 거라는 생각이었다.

"어이 윤 하사. 최 소위 거 사람 덜 여물었더구만. 내가 최 소위에게 말했지. 백번 이해해서 연애 정도는 좋다, 그러나 피를 갈려서야 되겠는가 하고 말야. 진돗개에다 도베르만을 붙여봐야 개 좆도 진돗개 할애비가 나오느냐구 말야. 진돗개는 진도에서 살아야 된다구 말야. 아, 그랬더니 그 새끼가 나발을 불어댔어. 어이, 내가 틀렸어? 어이…."

모 소위는 연신 윤 하사의 정강이를 툭툭 건드리며 안절부절 못했다. 윤 하사는 버럭 내쏘았다.

"그게 어떻다구 야단이오? 잠 좀 자자구 제발…. 젠장, 남이야 쇠죽을 쑤든 개죽을 쑤든 무슨 상관이야. 하여튼지 괴짜는 괴짜구면 당신…. 소위님보다 나이도 더 먹었고 내 딴엔 군바리 풍상 다 겪은 놈이오, 이거. 고참 하사 잠 좀 잡시다, 제발."

모 소위는 휙 돌아눕더니 괜히 모포 깃을 들썩하며, 못 참겠어, 못 참겠어! 해대더니, 급기야는 모포를 차고 일어섰다.

"못 참아, 못 참겠어 이거!"

모 소위는 옷을 주워 입더니 어깻죽지를 바짝 치켜세우고는 내무반을 나갔다.

"에이 개나발 같은 신빠이 녀석! 설치다가 3소대 연대 기합이라도 따올 셈인가?"

윤 하사는 담배에 불을 붙이고는 일어나 앉았다. "소문대로 보통 괴짜가 아니구면. 설치다가 6종으로 후송돼야 알갔나 저거", "비오큐로 몰아냅시다, 저거"…. 사병들은 저마다 투덜대는 것이었다.

잠시 후 밖에서 웅성대는 소리가 났다.

그 소리는 금세 욕설로 변해가더니 이내 둔탁하게 땅을 울렸다.

윤 하사가 창문으로 밖을 살폈을 때 모 소위는 웅크려 앉아 꼼짝 않고 있었고 그런 모 소위를 향해 최 소위의 집요한 공격이 가해지고 있었다.

몇 번 나동그라진 모 소위는 툭툭 먼지를 털며 어슬렁어슬렁 내무반을 향해 왔다.

"하 하 하──."

모 소위는 내무반 문을 밀치듯 밀고 들어오더니 갑자기 미친 사람처럼 웃어젖혔다.

"풍월 까네에. 한 방도 못 넣어보구 맞긴 왜 맞아. 3소대 뻘 됐네, 뻘 됐어."

윤 하사가 야릇한 동료 의식에 분노를 물고 있을 때 모 소위는 웃다 말고 피식 쓰러졌다. 소대원들이 달려들어 그의 군화를 벗겼다. 윤 하사는 모 소위의 어깻죽지를 들쳐메었다.

바로 그때, 모병탁 소위는 윤 하사의 귓전에다 간이 타게 속삭이는 것이었다.

"나 말야…키만 자랐지. 사실은 싸움도 못하구 힘도 없는 놈이다. 때리면 맞는 게 광땡이지. 제발 자네만이라도 나를…나를 이해해줘!"

윤 하사는 가슴속으로 야릇한 충격을 느끼고 있었다. 윤 하사는 모병탁 소위를 떠메고 몇 걸음 걷다가 피식 웃고 말았다.

먼 곳으로부터 총성이 일었다. 그 소리는 길게 메아리치면서 내무반 지붕 위를 흘러갔다.

잠복호에서는 허깨비라도 본 모양이었다.

김 중령은 유리창문을 통해 들어오는 차디찬 햇살을 이마 위에다 얹고 쩝쩝 달갑잖은 입맛을 다셔댔다.

"서무계가 그러는데 모 소위가 사단장에게 편지를 냈다며? 귀관은 모 소위와 다소 친분도 있을 테니 알 듯도 싶은데."

"전혀 모르는 사실입니다. 고향으로 편지를 낸 걸로 알고 있습니다."

윤 하사는 그러면서도 분명한 사실 하나를 기억하고 있었다. 어젯밤, 모 소위는 밤을 새워 뭔가를 쓰고 있었던 것이었다. 그러나 모 소위는 끝내 편지의 내용을 알려주지는 않았다. 윤 하사가 몰래 넘겨다보면 모 소위는 쓰던 것을 덮어버리곤 했었다. 그러면서 "나도 힘을 좀 내야겠어" 하며 알 듯 모를 듯 중얼대는 것이었다.

김 중령은 야릇한 웃음을 흘리며 나직이 물었다.

"그래, 그 친구가 정말 사단장 연줄을 타는 친가?"

"그렇지 않습니다. 인척 연고도 없고 그저 모르는 사이는 아니라는 것만 알고 있습니다."

윤 하사의 대답이 끝나자마자 김 중령은 빠드득 이를 갈며 내뱉었다.

"개자식! 어디 두고 보자. 이 미친놈의 자식을 그냥….'

김 중령은 담배를 태워물더니 버럭 고함을 질렀다.

"돌아갓."

윤 하사가 막 문을 나서려 할 때 김 중령은 등 돌아 앉은 채 내뱉었다.

"그 새끼 당장 비오큐로 쫓아보내! 차후 또 내무반에서 취침하면 내무반 날아가는 줄 알고 있어. 그리고 그때는 너에게 책임을 묻겠다."

윤 하사는 대대장실을 나왔다.

모 소위는 윤 하사 자리에서 잠이 들어 있었다. 며칠째 야간 근무도 하지 않고 내무반에 처박혀 있는 탓인지 그의 얼굴은 유독 핼쑥했다.

모 소위가 잠복근무 소대장으로 나가는 것을 바라는 사람은 아무도 없었다.

모 소위가 근무하는 밤엔 유선전화가 불이 날 정도였고 심지어는 P-10 무전기로까지 쑤셔대며 대대 상황실을 들볶는 것이었다.

며칠 전 3소대가 잠복근무하는 밤이었다. 여덟 개 초소를 순찰하고 난 모 소위는 제사 초소로 기어들며 늘어지게 하품을 해댔다. 그는 초소 벽에 등을 기댄 채 멍청하게 밤하늘을 올려다봤다.

"되게 싱겁구나. 잠복호가 이렇게 공일이니 대대장 허리 늘겠구먼. 아아하암──아아함."

모 소위는 연신 하품을 해대더니 갑자기 쉿! 하며 상체를 일으켰다.

"윤 하사, 방금 무슨 소리가 났어!"

모 소위는 긴장해서 앞을 내다보면서 윤 하사의 옆구리를 쿡쿡 찔러대는 것이었다. 그러는데 잠복호 뒤에서 펄럭하는 소리가 나더니 곧이어 전방에서 탁 하는 소리가 났다. 분명히 돌멩이가 떨어지는 소리였다.

"야 이 새끼야 뭣 하고 있는 거야 임마! 김 상병, 얼른 대대로 보고해. 전방에 돌멩이가 떨어진다고, 임마."

모 소위는 낮게 명령하며 김 상병의 옆구리를 쥐어박았다. 김 상병이 유선전화를 들었다.

"임마, 시시하게 그건 왜 들어? 피-텐으로 쏴시란 말야. 어서!"

긴장한 김 상병이 무전기로 대대 상황실을 부를 때였다. 윤 하사는 머리 위로 휙 스치는 모 소위의 팔을 느꼈다. 그러자 또 한 번 전방에서 돌멩이가 구르는 것이었다. 모 소위가 주머니 속에 담아온 돌멩이를 매복조가 모르게 던지고 있는 것을 윤 하사는 알았다. 윤 하사는 할 수 없는 일이라고 생각했다. 결정적인 상황이 아니면 선제 사격을 않는 것이 잠복조의 상식이었다. 성급한 선제 사격은 적에게 목표를 노출시키기 때문이었다.

윤 하사는 할 수 없이 낮게 부르짖었다.

"김 상병! 갈겨!"

김 상병의 총구에서 파란 인광을 그으며 예광탄이 날았다. 때를 같이 하여 팔 개 초소가 벌집 속처럼 콩을 볶아댔다.

"됐어. 대대장에게 직접 보고해. 적은 패주했다고 말야."

윤 하사는 모 소위의 귓바퀴를 틀어잡고 바싹 소곤댔다.

"또 장난치면 그땐 당신을 죽일 테야. 알았어?"

모 소위는 태연하게 고개를 끄덕이는 것이었다.

윤 하사는 모 소위를 흔들어 깨웠다.

모 소위는 부스스 일어나 앉았다.

"어휴, 벌써 이렇게 됐나?"

그는 시계를 보고 나더니 황급히 옷을 주워 입었다.

"외출이야?"

"좀 다녀올 곳이 있지…. 이 메뚜기에도 독침이 있다구. 대대장이 나의 별명을 하사한 모양인데 거 심히 불쾌한 껍데긴데? 뭐? 광야의 메뚜기라고 했다며? 거 상당히 서구적인데 자기 손자 이름으로 딱 좋군."

윤 하사는 어정어정 내무반을 나가는 모 소위를 불러 세웠다.

"오늘부터 비오큐로 가셔야 되겠어. 대대장의 엄명인데 말야…."

"그래? 헐 수 없지. 최 소위 새끼헌테 좆이나 빨려봐?"

"…사단장 줄을 좀 타보지그래. 후방으로 말야. 참 못 봐주겠어."

"오 노우! 난 지오피에다 뿌리박았다구. 그런 건 속물들이 하는 짓이고…."

"뿌리박는 것 좋아하네. 나 같으면 당장에 후방으로 뛰겠어. 끗발 좋은 데로 당장 뛰겠어."

"윤 하사가 염려하는 그런 것은 아니래도 딱 한 번 사단장을 이용하겠어."

모 소위는 후적후적 내무반을 나가버렸다.

윤 하사는 모포를 뒤집어쓰고 누워버렸다.

──사나이로으 태어나서으 하알 일도 많다마안….

모 소위의 흥얼거리는 군가 소리가 창밖을 흘러 멀어져갔다.

윤 하사는 잠에서 깨어났다. 저녁 햇살이 싸늘하게 창을 뚫고 있었다. 창밖의 헬리콥터 한 대가 낮게 날고 있었다. 헬리콥터는 내무반을 통째 울리며 지붕 위를 넘어갔다.

잠시 후였다. 내무반 앰프가 삐익삐익 고막을 찢더니 다급한 목소리가 터져나왔다.

—— 중대장 이하 전 하사관들은 즉시 연병장으로 집합해주기 바란다. 각하께서 비래하셨다. 비번 전 소대원들은 취침 상태를 유지할 것, 이상.

윤 하사가 연병장으로 뛰어갔을 때, 연병장은 정렬하는 사관들로 북새통이었다. 헬리콥터는 연병장 상공을 낮게 날더니 서서히 내려앉기 시작했다.

대대장 이하 전 사관들은 부동자세로 굳어 있었다.

헬리콥터가 내려앉고 문이 열렸다. 요란한 구령이 떨어지고 거수경례의 정연한 손들이 매운바람을 가르며 얼어붙었다.

대열이 동요하기 시작한 것은 잠시 후였다. 윤 하사는 경악하며 굳어버렸다. 헬리콥터에서 내린 사람은 사단장이 아니라 바로 모병탁 소위였다. 모병탁 소위는 잔뜩 어깻죽지를 치세우고 긴 팔을 흐느적거리며 내무반을 향해 걸어가고 있었다.

김 중령의 얼굴에 핏기가 가셨다. 그의 얼굴은 집요한 경련을 얹고 부들부들 떨고 있었다.

헬리콥터가 하늘로 오르기 시작했을 때, 김 중령은 그제야 자세를 흩트리며 천천히 담배를 꺼내 무는 것이었다. 그의 손은 마구 경련하고 있었다. 필터를 질근질근 씹고 있던 김 중령은 그것을 내뱉어버리며 벽력같이 고함을 질렀다.

"야 이 새끼야! 이리 와!"

걸어나가던 모병탁 소위는 태연히 되돌아서 걸어왔다.

"이 새끼! 이 메뚜기 새끼!"

김 중령은 와락 달겨들어 모병탁 소위의 멱살을 움켜쥐었다.

"왜 이러십니까. 나는 정확한 귀대 시간 때문에 사단으로부터 편의를 받았을 뿐입니다. 갓 쓴 놈이 미제 날틀을 탔다 이겁니까?"

모병탁 소위의 눈은 김 중령의 이글거리는 눈길을 뚫어져라 맞쳐다보고 있었다.

"뭐라구? 그따위 서툰 엄포에 내가 꺾일 줄 알았나? 얏, 죽어라, 이 새끼!"

김 중령의 가차 없는 발길질을 신호로 모든 장교들이 우르르 달려들었다. 모병탁 소위는 난무하는 주먹에 갇혀 기진한 투계처럼 퍼덕거렸다.

구릉을 훑는 삭풍이 눈보라를 날리우고 있었다. 눈보라는 원주처럼 피어오르며 설화를 이고 늘어진 상록수의 가지 새로 빠지고 있었다.

김 중령을 뒤따르는 1중대장 박 소령과 최 소위가 가끔 뒤를 힐끗힐끗 돌아다봤다. 김 중령의 널찍한 야전파카의 등이 야릇한 수모를 감내하며 묵묵히 행진하고 있었다. 쪼르르 내닫는 김 중령의 사냥견(전형적인 한국 잡종견이지만 사냥에는 천부적 재능을 가진)이 뽀얀 눈가루를 흩날리며 오랜만의 나들이에 미쳐 있었다.

윤 하사는 모병탁 소위와 함께 뒤처져 걷고 있었다.

"풀어놓지그래. 끌고 다닐려면 뭣 하려고 고걸 사왔어."

"모르는 소리. 이놈을 풀어놓으면 저 똥개를 겁탈하고 말 거다."

모병탁 소위는 피식 웃었다. 모 소위의 손에 단단히 매달린 포인터가 길게 혀를 빼고 헐떡였다.

"김 중령이 사냥을 납신다기에 기어코 사온 개야. 자그마치 일만 원정이야. 근데 이 새끼 이거 좆만 컸지 세대로 사냥 한번 못할 뿐때란 말야."

앞에서 총소리가 울렸다. 빗맞았는지 장끼 한 마리가 바로 머리 위를 푸드득 날아갔다. 장끼는 산협의 굴곡 속으로 길게 포물선을 그으며 사라졌다.

"병신 같은 새끼. 벌써 세 번째나 허탕이군."

모 소위는 중얼거렸다.

김 중령의 헛기침 소리가 가끔 꺼렁꺼렁 산을 울렸다.

묵묵히 걸어나가던 모 소위가 윤 하사의 옆구리를 꾸욱 찔러댔다.

"헛기침 연방 쏟는 게 속으로는 되게 불안한 모양이군. 나를 웃겼다. 이 광야의 메뚜기를 뉴햄프샤의 뚱돼지가 웃겼어."

윤 하사는 모 소위의 얼굴을 빤히 건너다보며 물었다.

"…무슨 소리야?"

"내가 사냥에 따라나서리라곤 상상도 못 했을 거란 말씀인데에…, 보다시피 내 손엔 총이 들렸단 말이다. 저 친구, 행여나 내가 한 방 내갈길까봐 제정신이 아닐 거라, 훗훗. 비록 메뚜기이되 그렇게 비열하지는 않아. 나는 모순을 증오하는 거지…. 그리고 시껍잖은 이유 하나로도 한번 싫어지면 그게 끝장이야. 그놈의 사진을 책상 위에서 내릴 때까지 해보는 거야."

"…."

"그리고 행여나 하고 내 눈치만 슬슬 살피는 것도 구역질 난단 말이야. 헬리콥터 사건 이후로 되게 찔리는 모양인데, 후우웃──그것도 이 광야의 메뚜기를 웃겼다! 말했잖아? 딱 한 번 사단장을 이용해보겠다고. 그 결과는 내가 죽 되도록 터지고 말았지만 말이야."

모 소위는 어깻죽지를 바싹 추켜세우고 끼들끼들 웃어댔다.

윤 하사는 걸어나가다 말고 주춤 멈춰 섰다. 김 중령과 박 소령이 눈밭 위에 주저앉아 이쪽을 쳐다보고 있었다. 그들의 시선은 모 소위가 그 앞을 지나칠 때까지 흡사 서치라이트의 광열처럼 훑어가고 있었다.

"윤 하사."

"네."

"그 개 자네 건가? 조웅군."

김 중령은 입술을 떨며 조소했다.

"아닙니다. 모 소위님 개입니다."

뒤에서 껄껄 웃는 소리가 났다. 최 소위였다. 최 소위는 윤 하사의 뒤를 간격을 두고 따라왔던 듯싶었다.

윤 하사는 모 소위의 뒤를 따라 그들을 지나치면서 섬뜩한 생각이 들었다. 그때 모 소위가 소곤댔다.

"윤 하사, 거 보라구. 녀석은 어느새 우리 뒤를 밟아온 거야. 말하자면 감시였겠지. 후웃, 내 배꼽은 감정이 예민해서 탈이야. 훗훗——."

모 소위가 능선을 내려섰을 때 뒤에서 총소리가 울렸다. 총소리는 간격적으로 계속됐다.

"본격적으로 시작하는군. 이제 우리가 앞섰으니 심사가 편할 거라. 좀 쉴까?"

모 소위는 눈밭 위로 털썩 주저앉더니 이내 번듯이 누워 지그시 눈을 감았다.

"한 방도 안 쏘고 내려갈 참이야? 괜히 오해받지 말구 사냥이나 하자구."

모 소위는 눈을 감은 채 중얼거렸다.

"사냥해서 뭘 해."

"그럼 뭣 하러 왔어?"

"조금 있으면 알게 돼."

"…뭐라구?"

윤 하사가 다급하게 묻자 모 소위는 눈을 털며 일어섰다.

"천만에! 자네가 염려하는 그런 건 결코 아니고…차아 이거, 날 그런 속물로 알다니."

능선 위쪽에서 김 중령의 머리가 불쑥 내밀었다. 모 소위는 가늠쇠 위에 얹힌 목표물을 보듯 상반신이 드러나는 김 중령의 모습을 한쪽 눈 안에 담고 있었다. 잇달아 박 소령과 최 소위의 모습이 서서히 능선 위로 떠올랐다.

"잠복호를 향해 포복해오는 적들 같군."

모 소위는 천천히 카빈을 들었다. 그러고는 안전장치를 풀고 딱 한 발의 탄환을 재는 것이었다.

윤 하사는 와락 모 소위에게 달려들며 그의 덜미를 붙잡았다.

"이 새끼! 너 미쳤어? 엉?"

모 소위는 윤 하사의 손을 뿌리치며 완강히 저항했다. 그리고 침착하게 내뱉었다.

"제발 이러지 말라. 넌 날 뭘로 보는 거야? 아, 이러지 마! 날 그렇게 비열한 속물로 보면 후회한다."

윤 하사는 스르르 덜미를 풀었다.

모 소위는 눈 위에 앉아 버얼건 물건을 립스틱처럼 반쯤 까고 있는 포인터를 쳐다보며 중얼거렸다.

"좆 한번 되게 크구나. 저 녀석은 아까부터 김 중령 암캐한테만 혼을 빼고 있어."

김 중령 일행이 모 소위 앞을 지나갔다. 최 소위의 손에는 꿩이 다섯 마리나 들려 있었다.

"대대장님 많이 잡으셨습니다."

김 중령은 모 소위의 돌연한 태도에 잠시 당황한 듯하더니 이내 엷은 웃음을 물었다.

헬리콥터 사건 뒤로 찜찜했던 의문 같은 것이 단숨에 걷히는 그런 기미였다. 말하자면 "네까짓 놈이 그럼 그렇지" 하는 표정이었다.

"그런데 저놈의 개새끼는 물어올 줄도 모르는군요. 그러니까 외국제라고 다 좋은 것은 아니군요."

김 중령의 웃는 얼굴에 웃음기가 걷히면서 그의 눈은 점점 당황해가기 시작했다. 모 소위의 총구가 포인터의 골통을 겨냥하고 있는 것이었다.

──타앙….

포인터는 한 번 껑충 뛰어올랐다. 그러고는 루비 빛 선혈을 눈밭 위에 뿌리며 길게 늘어지는 것이었다.

눈 속으로 배어드는 선지에 시선을 못 박은 채 김 중령은 입술을 떨고 있었다. 김 중령은 천천히 시선을 떠올려 시위를 떠난 화살처럼 차고 빠르게 분노를 익혀갔다. 그의 시선은 모 소위의 시선과 교차하며 불꽃처럼 이글이글 끓고 있었다.

김 중령은 그대로 선 채 말했다.

"박 소령, 내일은 훈련이오. 제삼 소대가 야간 근무한다. 소대장은 최민수 소위…. 너 모병탁의 소대장 직을 박탈한다. 오랜만에 실컷 술을 마시게 됐군."

달빛이 희끄무레했다. 얼음쪽처럼 굳은 달이 매운바람 속에 떨고 있었다.

유선전화가 울렸다.

"여기는 진달래. 삼십 분 후면 아군 가상적이 잠입한다. 위치는 팔 개 초소 후방 전역이다. 잠복호 전방은 상시 근무 조건 그대로다. 수하 불응자는 적이다. 이상."

윤 하사는 수화기를 놨다. 최민수 소위의 목소리였다.

윤 하사는 내무반에 덩그렇게 남아 있던 모병탁 소위를 생각하고 있었다.

"어이 윤 하사, 내가 너무했나?"

"그걸 말이라고 해?"

윤 하사가 내쏘는 말끝에 모 소위는 어깻죽지 속으로 모가지를 묻고 키들거렸다.

"맹추 새끼는 할 수 없군. 그래서 모순은 악순환하는 거야, 차아, 이거 내가 뭘 잘못한 게 있어? …고별주는 어디서 들까. 낌새가 지오피도 마지막일 것 같은데. 후웃."

모 소위는 창가에 기대어, 엔진을 부릉대고 있는 수송 트럭의 눈부신 비상 라이트에 눈이 멀고 있었다. 그는 탈출하다가 서치라이트의 집광 안에 갇힌 죄수처럼 허탈을 씹고 있었다.

유선전화가 기진한 소리로 또 울었다.

"여기는 잠자리. 귀 초소 우측 전방에 유동체 출현."

"뭐?"

윤 하사는 수화기를 놓고 총구를 세웠다.

"잘못 기어든 아군 아냐?"

"시간도 안 됐고 위치도 틀립니다. 수하를 해보면 알겠죠."

김 상병과 이 상병이 수류탄을 빼어 들고 우측 전방을 응시했다.

잠시 후, 우측 전방 구릉에서 서서히 노출되는 물체가 있었다. 윤 하사는 가늠쇠 위로 유동체를 떠올려놓고 숨을 죽였다.

그것은 분명히 사람이었다. 구릉을 따라 우측 측면으로 이동하고 있었다. 김 상병의 수하가 떨어졌다.

"메뚜기!"

수하와 동시에 괴물체는 벌떡 일어서며 부르짖었다.

"뭐? 메뚜기? 야 이 썅…."

윤 하사의 총구에서 예광탄이 목표를 향해 날았다. 이어 예광탄의 방향을 따라 숨돌릴 새 없는 총성이 터졌다. 초소 우측 전방은 순식간에 폭죽처럼 화광 속에 덮였다.

총성들은 삭풍을 따라 한없이 메아리쳐 흘러갔다.

불

할매바위를 싸고 멍울멍울 모인 타래솜 같은 구름들이 한 줌 시원한 빗줄이라도 뿌릴 듯 잔뜩 웅크리더니 이내 드문드문 파란 하늘 구멍을 내곤 눈돌림질이었다.

먼 눈어림에도 대봉산 산자락은 뿌연 흙바람을 설치고는 눈이 맵도록 지글지글 탄다. 꽁지발이 아프도록 시퍼런 하늘을 이고 맴돌이를 쳐봐도 비가 오실 기미라고는 좀체 없다. 마른 바람질 한 번에도 신작로는 온통 황토 먼지 속에 싸이고 물줄을 찾아 파득대는 할미새가 숨 가쁘게 도랑골을 탄다.

이만한 가뭄이라도 천만다행이다 싶은 것은, 보릿대에서 곰삭은 두엄 냄새가 나도록 보리농사는 파장을 봤고, 상동면 열두 고을로부터 샘말 방개등에 이르기까지 그런대로 타작멸 푸샘을 서두르게끔 된 사실이었다.

배미말 산당터를 돌아 십오 리를 실히 물줄을 뻗치다가 샘말 방개등을 빠지면서는 다섯 갈래로 물골을 펴던 왕자 냇물이 벌써 두 달째나 빠득거리는 차돌 더미를 불볕 아래 내솟으며 바짝 말랐다. 상동면 수리조합이 바닥나 밀떡처럼 쩍쩍 결을 찢으며 갈라져보기는 샘말에다 농사를 부쳐먹은 뒤 처음 당하는 오진 가뭄이다.

용배는 아무 곳에나 가리지 않고 풀썩 주저앉는다. 고무신 콧날에 한 삽질은 될 만한 흙먼지가 얹히면서 뽀얀 황토 먼지가 인다. 오장이 틀리도록 쥐어짜는 참매미 울음도 가닥가닥 겨우 이어지며 어지간히 용심을 쓴다.

"진장칠 놈어 불볕은…원, 숭헌 놈의 개불질도 다 당허네그랴. …썩어질 놈의 보릿대는 지레살을 찾는다고 다 퍼서는…끌끌."

물 한 줌 제대로 못 먹어서는 보릿대만 훤칠하게 키를 뻗고, 그나마 왕골자루 밑의 마른 빈대 꼴로 겨우 겉살만 피우다 시든 보리톨 그까짓 거 기를 쓰고 털어봐야 몇 섬일까만, 용배는 보리밭 생각만 해도 가슴속에서 화덕불이 타는 것이었다.

상도면에서 기껏 백여 리 치닫는 거리였지만 대장촌만 해도 풋각시 가마골 같은 훤한 수로가 와 닿았다. 상동면이 온통 가뭄에 폭폭 쪄서 생지옥처럼 인심이 마르는데도 수로의 꿀물로 밭가랑을 적시는 대장촌은 오진 대풍이라지 않는가.

용배는 말라 짜들어진 몰초를 인둣불 다지듯 곰방대에다 재고는 불을 댕긴다. 볼따귀가 뻐근하도록 한 모금 길게 빨아 내뿜는다. 펄펄 끓는 불볕 속이라 그런지 대통으로 빨리는 담배가 사뭇 불김이다. 입천장이 따끈하도록 얼얼한 몰초 연기가 유독 입성을 망친다.

연신 쓴 입맛을 다셔대며 관자놀이가 재려오도록 궁리를 해봐야 뾰족한 묘안이 없다. 그저 쌀줌이라도 벌어 치성을 드리는 수밖에 별도리가 없다. 보리밭에다 불을 처지르는 한이 있더라

도 우선 석조 영감의 기세등등한 낯짝에다 생색을 내고 볼 일이
요, 배미말 최가 놈에게 보란 듯이 허세라도 부릴 참이었다.

필시 할매바위에 큰 재앙이 붙은 것이렷다. 논 한 뙈기 없는
살림에 읍내 장터까지 찌는 삼복을 훈김으로 멱질을 하면서까
지 쏘시개 나뭇짐을 네 행보나 했었고, 늦봄에야 밀겨울 떡으로
푸짐하게 배 속을 채워본 뒤, 구경 한번 못 해본 금싸라기 같은
쌀 두 되를 바꿔, 숨줄이 입속에다 끈끈한 엿물을 설쿠도록 곧장
뛰어서는 이내 할매바위에다 재쌀로 바치지 않았던가.
속창자가 명주올이 되도록 기름기라곤 벌써 이태 전에 잊은
불쌍한 놈 재쌀 두 되가 흙가루만도 못했을까, 할매바위 고랑신
은 용배의 간절한 소원을 딱 입맛 다셔버리고는 저렇게 불솥 같
은 훈기만 이고 섰다.
옛날, 저수지 옆에다 부처먹던 상답 열 마지기에서 오진 쌀톨
로만 스물세 가마씩 털어 먹던 때야, 칠만 원 같은 돈쯤 투전판
꼬리 벗어지기 무섭게 눈 딱 감고 인심 써버리던 한판 기분에 족
했던 터였다. 그런데 이까짓 칠만 원이 청대 같은 보리밭 아홉
가랑을 숨도 못 쉬게 목줄을 움켜쥐었다.
할매바위 위에서 불볕을 내려쏟고 있는 불덩이 같은 해를 눈
이 썩어져라 맞쳐다보고 있으니 금세 새큰한 눈물이 사르르 고
이면서 종아리는 장마철 개울 건너온 두꺼비 뒷다리만큼이나
후들후들 지랄이다.
용배는 사뭇 할매바위 고랑신이 밉다. 밉다 못해 고랑신이 거

릉거릉 가래를 끓이면서 상기 숨줄을 잇고 있다는 저놈의 비녀 꼭지쯤을 한 아름 볏단을 후벼치는 시퍼런 낫날로 요절이라도 못 낼까 싶은 것이다.

용배의 움푹 팬 볼때기를 힐끗 곁눈질하다 말고 망경댁은 뗏물이 꼬질꼬질 흐르는 가랑이를 아무렇게나 벌려 털썩 주저앉으며 숨넘어가는 소리다.

"그만저만 보시고는 한잠 시들기라도 하시제는…썩어질 놈의 보리밭 눈에다 생불 쓰고 보면 뭇 해? 뭇 할 꺼여…."

"잡것아 주둥이나 단속혀. 지랄친다고 사설은 문자 사설이엿? 보리밭이 으째 썩어? 아니, 뭇이 썩엇?"

"이치가 안 그라요? 칠만 원이 뉘 애기 이름이라고 하늘에서 떨어질 끄라우 상여 간 속에 죽어 나자빠졌을 끄라우. 꼼짝없이 일이제 머…."

"후웅——보리 키가 청대 같은디 칠만 원에 뗀단 말이냐아? 아, 누구 맘대로? 어엉?"

"엇따 간 쪽이여으! 무담씨 역정을 대고 지랄이시네거. 뭇을 잡쳤다고 오기는 저렇게도 깔대같이 억셔빠졌으까잉."

고래고래 악을 써대며 외쪽 마루가 덜그럭덜그럭 보채도록 껑충껑충 뛰는 품이 징 박은 풋망아지 설치는 꼴이다. 그런 용배를 흘기면서 톡톡 쏘는 망경댁의 심술도 어지간히 군물이 오른다.

용배는 땀에 밴 주먹을 불끈 쥐면서 목줄을 타고 치솟는 홧김을 애써 참는다. 불김이 목뒤로만 처얹히는 꼴로 돌잡이 도리질이 무색하게 초랭이 방정을 떠는 용배의 거동이 통개구리 삼킨 오리 방정처럼 파득댄다.

하루 종일을 눈이 아프도록 쳐다봐도 질리기는커녕 저절로 콧노래가 솟고 곁에만 가도 싸아 하니 비린 보리 향기가 한 가슴을 다 채우던 보리밭이 글쎄 단돈 칠만 원에 뗀다니 꼬리 잘리운 살모사처럼 독물을 뿜고 오두방정질을 안 떨게 됐더냐.

샘말 풀 난 자리 죄다 싹 쓸어봐라. 용배네 보리밭처럼 그만큼이라도 농사를 치른 보리밭이 또 어디에 있던가. 보릿대 키도 다른 밭에 비해 갑절은 실히 컸고 대마디에 유독 청무살이 오른 품이 한두어 섬쯤은 더 털어 내고도 남을 숫자렷다.

"허어——환장칠 놈어 막장 아니냐."

생각이 끝간 곳 모르게 미치자 용배의 입에서는 절로 뜻 모를 비명이 샌다. 불볕을 담은 눈이 벌침 맞은 것처럼 맵고 새큰거린다. 순간 어질어질한 정신을 애써 모두고는 있는 힘을 다해 기둥을 껴안고 선다. 후들거리는 장딴지에 힘을 주곤, 세월 편한 때면 밤마다 으레 그랬듯, 망경댁의 낭창거리는 허리통을 바싹 조일 때처럼 기둥에다 두 가랑이를 또아리로 감아 쥔다.

용배의 눈 속으로 보리밭이 술렁대는 것이다. 한 바람 몰아가면 보리밭은 온통 비릿한 보릿멸 냄새에 흠뻑 떠서는 출렁출렁 댕기춤을 춰댔다. 코안이 맥맥하도록 보릿멸 냄새가 파랑질이다.

용배는 두 눈을 딱 감은 채 흡사 실성한 사람처럼 벌름벌름 대구 냄새를 들이마셔본다. 이내 모가지가 저리도록 울음 같은 홧김이 터져 샌다.

"밭도 내 것이고 보리 씨도 내가 묻었다. 내 손안에서 보릿대가 다 컸고 내 손끝에서 멀이 다 폈다! 용배가 안 털어 묵으면 누가 털어 묵냐? 누가?"

그만 기력이 다해 기둥을 감아쥐고는 스르르 주저앉는데 망경댁이 맞받아 장난을 쳐본다.

"말이사 을메나 오지냐아? 그라제만 몰강스런 놈어 속창아리들이 으디 그라요? 요새가치 궁할 때 당장 빚 돌라 하면 뻘건 두 손바닥만 멀쩡할지 뻔히 알고는 꿩도 묵고 알도 묵겠다는 석조 영감 심술이 눈에다 쌩불 키고 지랄인디…"

"흥! 어림 콧물도 없다! 이무기 같은 놈의 그 심통을 누가 몰라서? 허제만 멱줄이 뜯겨서는 피도랑을 갈고는 나자빠지기 전에는 어림 반푼도 없다. 배냇가랭이에서 밥풀을 뜯어먹을 놈들, 후웅!"

"우리 보리밭을 보면 그 노랭이 속이 상투춤을 추게 생겼제 머. 이고오―― 속에서 풀무질을 하능가 원, 시끌사끌 지랄이게…"

산나물이라고 배실배실 시들어빠져서는 돼지도 못 먹을 것을 무슨 금싸라기라도 되는 양 아랫배 사추리에다 꼭 안아 낀 망경댁이 허기에 지친 탓인지 활줄처럼 허리를 다 굽히고는 연신 아이고아이고 방정맞은 신음을 뱉으며 뒤꼍으로 돌아간다.

산나물죽이나마 하루에 두 끼를 제대로 먹기가 힘들었다. 걸쭉한 곡기에다 간물을 말아 어금니가 뻐근하도록 시어빠진 청무순을 터억 숟갈에다 걸쳐서는, 인중이 당기도록 한숨에 삼키고는 배꼽이 마슬을 돌게끔 시원한 용트림질을 곁들여본 적이 언제였던가.

한 옹큼이나 겨우 남았던 좁쌀 가루마저 경기가 일어 밤새 칭얼대는 쌍둥이 어린것들 주둥이에다 흘려줘버리고는 집 안엔 어쩌다 잘못 흘린 곡식톨 한 알 찾아볼 수 없다.

돈아나기가 바쁘게 캐 먹어버리는 탓인지 가까운 산속을 온종일 뒤져봐야 바구니 밑바닥을 덮기도 채 모자라고 해서 한 바구니 가뜩 나물을 캐려고 이십 리나 족히 되는 가파른 산길을 헤매다 보면 장딴지에 버얼건 멍울이 돋쳐 며칠이고 쑤시고 아리기 일쑤였다.

용배는 땅이 꺼져라 길기도 한 한숨을 내뱉다 말고는, 쫓긴 동냥쟁이처럼 어슬렁 사립을 들어서는 은순이 년이 눈에 들자, 겨우 사그라져가던 분통이 다시 치어올라 또 한 차례 허깨비 샛바람질을 친다.

"이런 염병을 헐 년아 믄 지랄 났다고 동네방네 갈고 댕김시러 야단이엿? 방구석에 안 처백힐라냐, 엉?"

제풀에 몇 번 텅텅 발을 굴러대니 흡사 열무 뜯다 들킨 오리꼴로 은순이 년이 벼락같이 방문을 열고 자취를 감춘다.

문지방을 훌쩍 넘는 은순이 년 가랑이가 어쩌자고 저렇게 배배 틀려버렸단 말인가 하는 생각이 들자 용배의 가슴속으로 검불 불 같은 설움과 열기가 지레 솟는다.

샘말 싹 쓸어 은순이 년 같은 처녀가 없었다. 박속처럼 새하얀 살결에다 몸뚱이엔 포동거리는 복살이 올라 배미말 최가가 아니래도 사내 꼬타리라면 죄다 군침에 엿물을 달았다. 그런데 아무리 생각해도 시원찮은 이유로 신방에서 하룻밤 새우기가 무섭게 소박맞고 쫓겨온 뒤로는 시들시들 못돼가는 꼴이 서리 맞은 고명 호박이다.

"쳐죽일 놈어 지집년! 아니, 으짜자고 홀릴 것을 알 흘려? 엉?"

그 생각만 하면 밭갈이를 하다가도 곡괭이 쥔 손이 삿대차일을 치던 터라 역정을 못 이겨 버럭 악을 쓰고 만 용배는 금세 아차 싶다. 이 소리만은 은순이 년이 안 들었어야 했을 걸 그랬다 싶어 멋쩍게 헛기침 몇 번을 쥐어짜보는데 벌써 두 끼니나 굶은 배 속이 영 맞장단질을 잊었다.

생각할수록 배미말 최가 놈이 밉다. 아니 최가 놈보다도 상동면을 다 쓸어 제일가는 부농이랍시고 그 송곳날 같은 눈꼬리를 번뜩번뜩 굴리면서 호들갑을 떠는 원창댁이 더 밉다.

말이야 밉다지만 용배의 지글지글 끓는 속이 어디 그것뿐인가. 분김대로라면 맷돌에다 연놈을 갈아도 분통은 남아돌 것이었다.

원창댁이 세 차례나 몸소 행보를 했고 최가 놈은 해거름만 됐다 하면 그저 용배의 중의 가랑이를 붙잡고 늘어지는 통에 벼 열닷 섬을 받기로 하고 선뜻 은순이 년을 내놓았지만, 명색이 혼사날인데, 소금물에 손등 적셔낼 수도 없는 일, 석조 영감 비위에다 살살 뜸물을 지펴서는 급전 이만 원에다 곡기 열 가마를 얻어내 혼사를 치렀던 것이다.

그 돈 이만 원과 곡기 열 가마 값이 칠만 원이란 장리를 줄레줄레 새끼쳐서는 보리밭 아홉 가랑을 숨 못 쉬게 움켜쥐었다 생각하니 새삼 불김이 온 가슴에 다 찬다.

세상에 그런 이치는 없으렷다. 첫날밤을 새우고 아직 신랑도 기침을 않은 꼭두새벽에 원창댁이 다리미를 들고 성큼 신방으로 들어서더란다.

"으디 보자아── 으디 보자아──."

요망스러운 눈꼬리에다 잔뜩 명주 주름을 잡고는, 그저 대견해서 실실 웃음기를 흘리며, 몸종을 불러 비누하고 대얏물을 떠오라고 수선을 떨더니 두말없이 훅── 이불을 걷어치우더라는 것이다.

놀라 깬 최가 놈이 허겁지겁 옷을 꿰입으며 어무니도! 어무니도! 하고 경기를 떨어보지만 원창댁은 막무가내 미친 사람처럼 요판을 바삐 살피더니 떠억 입을 벌리며 혼이 빠지더란다.

"아니 이 일이 워짠 일이라냐! 시상에 이런 변이 또 으디 있당가! 웠따 이 꼴이 믄 난리여? 으디서 화냥년이 집에 기어들었구나! 시상에! 시상에!"

은순이 년은 영문을 몰라 채 꿰입지도 못한 옷가지를 주워들고는 겨우 사추리만 가리고 앉아 바들바들 떨고만 있고 최가 놈도 어리벙벙 혼이 나가 앉았는데 원창댁의 그 해괴스러운 말이 독살스럽게 벼락을 치더란다.

"내가 며느리 셋 봤지만 이러 숭헌 놈의 일은 처음 당하네그랴! 느그 성들은 셋이나 다 숫처녀만 만났어야! 셋이나 다 내 손으로 피를 빨어서는 다르미질로 싹싹 문대서는 첫 이불을 개어줬느니라. 그란디, 아, 그란디 이것은 으째 그것이 없다냐? 요판이 으째 이렇게 깨끗하다냐? 아니, 응당지사 흘려 있어야 할 것이 으째 없당가? 엉? 아이고 이 손하고 다르미 부끄러워서 으짠당가!"

부잣집 대청 아래 묶여 온 촌닭 꼴로 은순이 년은 그저 놀라 토끼 간이 다 되는데 그만 최가 놈의 삽자루 같은 발길이 은순이 년 면상을 서너 번 치어받는가 싶더니 원창댁은 더욱 기가 높아 고래고래 악을 쓰더란다.

"나가! 썩 나가라! 약조한 곡기 가마나 쩸매서는 후딱 쫓아보내! 시상에 쌍것들하고는⋯그래 여기가 으디라고 개구멍처럼 들쑥날쑥 썩어빠진 지집년을 각씨라고 속여 보냈으끄나? 시상에 통도 크제, 통도 커!"

복날 더위 추세에 늘어 뺀 황구 혓바닥처럼 한 발을 늘여 뺀 혓바닥으로 훼훼 오진 방정을 떨던 원창댁은 손에 들었던 다리미를 급기야는 내동댕이치며 금세 실성하더란다.

원창댁이 내려붙인 다리미에서 시뻘건 숯불들이 지글지글 마루를 태우고 그 불이 바직대며 지레 시들어 재가 될 때까지 정신을 빼고 앉아만 있던 은순이 년은 그만 피에 미쳐버린 것이다.

날만 궂어도 은순이 년 헛소리는 천만번이고 똑같았다. 양 가랑이 속에다 얼굴을 묻고 죽은 듯이 앉아 있다가도 통알 삼킨 뱀 모가지 꼴로 하늘 속을 우러르며 연신 "피! 피!"다.

은순이 년이 쫓겨온 바로 그날 밤 더없이 분한 일이 그예 터졌다. 첫날밤 신방에서 있었어야 할 그것이 무슨 일인지 이튿날 밤에야 터졌다.

눈이 뒤집힌 망경댁이 원통해서 목을 놓았고 용배는 피가 흐른 요판을 부욱 찢어 들고는 황소숨을 씨근덕거리며 그길로 읍내 최가 놈 집을 향해 치달렸다. 배미말 가는 길이 그렇게 서러워보기는 상동면에 호적을 올린 뒤 처음이었다.

"은순이 애미한테는 나도 피를 못 봤어! 사람이 으찌게 다 한가지란가? 지집년 사추리 속이 으찌게 다 한속이랑가? 그래도 은순이 애미는 동네가 쩡쩡 울리는 방정한 숫처녀였는디…이것을 봐! 이것이 뭣잉가? 피가 아니고 뭣이여! 없는 놈 딸년은 이렇게 생트집 잡고 쥑이놔도 괜찮당가? 하늘이 멀쩡혀! 하늘이 내려다보네!"

목 틀린 장닭처럼 실성해서 날뛰던 용배는 최가 놈 머슴들에게 그예 쫓겼다. 약속한 쌀은 보내줄 테니 죽은 듯 처박혀 있으란 지가 벌써 석 달인데 그나마 쌀가마 소식은 영 꿀 먹은 벙어리다.

관자놀이를 연신 꾹꾹 눌러대며 대구 도리질인 것이 실은 다른 속셈에서지만 기어코는 생각 밖의 분통이 터진다.

기왕 칠만 원은 빚진 것이다. 그러나 먼저 석조 영감과의 싸움에서는 꼭 이겨야 한다는 생각에 용배는 더 괴롭다.

"아문…꼭 이겨사제, 아암. 봐라! 누가 보리를 털어 묵는가…."

석조 영감의 딸 달순이를 시샘 않으려 해도 은순이 년만 보면 절로 울화통이 터지는 용배다. 배미말 최가 놈이 달순이를 맞아간 것이다.

원창댁은 은순이 년에게 했던 것처럼 그런 꼭두새벽에 신방에 들어와 합죽한 주둥이를 호박살 씹듯 그렇게 오므려 물고 실실 웃음기까지 흘리며 신나게 다리미질을 했다지 않은가.

높은 대청에 앉아, 긴 장대 부삽으로 막 똥 갈기려는 닭들의 엉덩이에다 잽싸게 부삽을 갖다 받쳐서는 갓 튀긴 옥수수알처럼 따그르 구르는 닭똥을 받아 휘익 두엄 쪽으로 던지는 일로 하루해를 다 넘기는, 그 깔끔하고 독살스러운 원창댁 앞에서 석조 영감 면상에다 찰엇 같은 가래침을 앵겨 칠만 원을 뿌리려니 하고 용배는 불끈 주먹을 쥐어본다.

천수답 부쳐먹는 농가래야 기껏 세 집, 죄다들 열 마지기가 실히 넘게 저수지 물받이에다 부치는 상답 농군들 틈에 끼여 용배는 그나마 논 한 뙈기 없는 동냥치나 다름없다.

여섯 식구 목줄이 걸린 보리밭 아홉 가랑만이라도 이것만은 절대 남의 손에 넘길 수 없는 것이라고 다짐하며 끓는 불볕을 그대로 받으며 벌렁 나자빠진다. 자꾸 처지는 뱃가죽에다 있는 힘을 다 모으고

"여보게 망경댁. 노물 버무리 한 줌이라도 아꼈다가 할매바위에다 재 안 올릴랑가?"

소리쳐보지만 망경댁은 죽었는지 살았는지 기척도 없다. 땡볕 아래론 그나마 잘쑥한 허리춤을 기를 써 곧추세운 불개미 떼들이 기척도 없는 물줄을 찾아 외길로 뻗쳤다.

벌써 엿새째나 가을 샛바람에 알밤 지듯 뚝뚜욱 한두어 방울 건성으로 빗물을 떨구다가도 첩첩한 구름 덩이는 그새 파란 하늘을 군데군데 열고 모진 더위만 내쏟던 터였다.

비 한 방울 적시지 못한 보리밭 가랑에 바람기가 일 때마다 배실배실 타가는 보릿대가 뽀얀 흙먼지 속에서 곧 끊어질 듯 배들 거린다.

보리톨이 채 여물기도 전에 이삭들은 누렇게 떠 지레 겉여무는가 하면, 입김만 한 바람에도 말복 송충이 떨어지듯 툭 하곤 이삭이 떨어져 날리기 일쑤이니, 산나물이래야 어금니가 맞치도록 질겅질겅 씹어야 겨우 진물이라도 빠지는 억센 것이나마 가뭄에 콩 꼴이다.

벌써 이틀째 배 속이 비었다. 백일이 갓 지난 어린 쌍둥이 빼놓고 실성한 은순이 년도 산나물을 뜯노라 온종일 산속을 헤매지만 단님이가 뜯어온 한 조리만큼 한 나물까지 합쳐 쏟아놔야 입 안에 퍼런 풀기도 못 적시고 만다.

"허어──이러다가는 영락없이 지는구나! 석조 영감한테 져? 헛 참──아니, 불여시 콧날 같은 고 원창댁 년하고 최가 놈을 한테 묶어 용질을 친대도 분이 안 삭는디, 허어 참, 진다? 져? 즈 그덜이 언제 적 상감이라고 흥?"

바들바들 떨리는 가랑이에다 힘을 주고 끄응──등줄이 저리도록 힘을 쓰며 겨우 일어선 용배는 보리밭께를 보다 말고 기겁이다.

"엉? …저것이 인자 제 보리밭처럼 잡풀까지 솎아주고 지랄이세, 허어──."

기분 같아서야 그냥 한달음에 내처 먹살을 쥐고 두엄 지게 푸듯 밭가랑에다 메꼬나붙이고 싶지만 신음 같은 소리를 내뱉으며 풀썩 무릎을 꺾고 만다.

마룻장이 울리는 바람에 새까만 파리 떼 새로 가쁜 숨을 내쉬던 어린것들이 금세 자지러진다. 한 놈은 곧 숨이 넘어갈 듯 강그라지고 또 한 놈은 그나마 겨우 우는 시늉이라도 하듯 소리에 맥이 없다.

"시상에 내 새끼덜! 을메나 창사가 고프끄나. 애미가 믓을 묵었어야제 자네들 배를 불려주제. 젖통이라고 쑤세미같이 쪼글쪼글 오그라붙어서 믓으로 느그덜 뱃속을 채워준다냐!"

저고리 섶만 스쳐도 병치 입 같은 주둥이를 내두르며 보채는 어린것들에게 망경댁은 나뭇가지처럼 퍼런 힘줄만 갈래갈래 불거진 젖통을 들이대며 울먹인다. 코가 생생하게 저려와 금세 눈물을 부른다.

"시상에 내 새끼들! 빨아봐여! 억척스럽게 빨아보랑께! 에미 젖통에서 믓이 나오겠냐? 물줄처럼 줄줄 젖줄이 흐르끄나? 이 속창아리 없는 것들아, 끌끌."

"사설은 그만 허고 대고 젖줄을 짜줘. 그래야 젖줄이 트제 원."

"헛 참. 말 한번 멋지네 거. 젖줄이 으디서 터져라우? 보틀 대로 보타버린 젖통에서 믓이 새? 속이 폭폭해서 썩는 판에…시상에 이놈 섯바닥은 펄펄 끓네여! 이마빡도 불댕이같이 훅훅 찌는구먼…이고, 복쪼가리 없는 것들아. 으짠다고 이런 에미년 가랑이로 생겨 빠졌으끄나? 붕알들이 아까워서 으짜끄나, 응?"

"단님이는 으디 갔는고?"

"가기는 으디 가? 노물 뜯는다고 산고랭치는 다 쏘아다니겠제. 많이 뜯어와야 죽 쒀준다고 이 모진 에미가 으찌께나 볶았던지 아메도 그 말이 무서워서 노물 뜯는다고 기 쓰고 있능갑다."

양팔로 두 어린것을 싸안은 망경댁의 눈에서 또록또록 눈물이 떨어질 때마다 어린것들이 섬뜩섬뜩 놀라 젖꼭지를 뱉어내고 더 강그라진다.

용배는 부스스 일어나 앉아 스르르 눈을 감는다. 눈앞에서 총총 밴 보리톨들이 톡톡 튀어내리고 귓바퀴로는 고막이 따갑도록 탈곡기가 웅웅 돌아간다. 생각대로 두 섬은 실히 더 털어냈고 빈 밭으로는 금세 진초록 콩잎들이 너훌너훌 잎을 영근다.

털썩 주저앉는 소리에 겨우 눈을 부라려 뜬 용배는 나물 바구니 밑바닥도 채 못 채운 은순이가 병아리 모는 암탉처럼 고갯짓을 해대는 통에 눈앞이 어지럽다.

"쌀 받어와! 쌀 받어와!"

은순이 년의 눈 안에 독기가 서렸다. 실성한 주제에도 하루 몇 차례씩은 정색을 하고 어금니를 빠드득 간다.

"이고 웬수여으! 으째 정신까지 마슬 돌리고는 실성해서 이 지랄이여? 섯바닥 각 깨물고 차라리 디져!"

망경댁의 앙상한 주먹이 은순이의 관자놀이를 사정없이 쥐어박지만 은순이는 그때마다 머리통만 흔들 뿐 꼼짝 않는다.

순간 용배의 가슴속에서 불기둥이 솟는다. 까짓것 머리통이 깨지도록 맞았으면 맞았지 이번 기회에 무슨 수를 써서라도 원창댁네 창고에서 쌀 여섯 가마만 빼내고 말리라. 밤길을 택해 읍내에서 수리 장터까지 달구지로 실어 날라 털보 싸전에다 팔면

오만 원은 얻어논 계산이다.

"아니, 위째서 그 생각을 못 했댜? 사리가 바른 방도를 두고 위째 이렇게도 속만 끄렸댜?"

용배는 토방에 내려서기가 무섭게 사립께로 내닫는다.

"으디 간당게유?"

"내 보리밭 허세비 좀 내쫓고 옴세. 이틀을 굶었어도 그깐 놈의 허세비 하나 내쫓는 것은 호박에 칼 꽂기랴."

"허세비라니, 믄 소리랑가?"

"석조 놈 말이여!"

용배는 목젖에 차일질을 치는 단숨을 물고 줄창 보리밭께로 내닫는다. 밭가랑에다 오랜만에 오기힘이 밴 장딴지를 터억 올려놓는데 막 황토 흙이 묻은 삥코 구두 콧날이 코앞에 닥친다.

"남의 보리밭 잡초는 위째 솎는 거여? 부러 심을 청한 것도 아닌디."

용배는 두말없이 석조 영감의 앙상한 어깻죽지를 턱 거머잡고는 부들부들 떨고 있는 송충이 같은 석조의 콧수염을 겨냥하고는 냅다 차돌 같은 머리통을 벼락쳐놓고 본다.

"음메에――코빵 깨지네에――."

허위대에 딱 알맞게 곧 강그라지는 석조 영감의 비명이 육모초 즙 삼킨 어린것 경기나 다를 게 없다.

"네, 네 이놈! 이놈아 네놈이 백주 대로에서 이런 불법 만행을 강행했어! 엉? 네놈을 의법 조치 안 할 내가 아녀! 사후 일체 책임은 네놈한테 가중되능겨! 이놈, 이노옴――."

"지애미 문자 연설 누가 듣자 혀? 빚 갚어주면 되능 거 아녀? 으짠다고 남의 보리밭은 넘봐? 아, 당장 여기서 퇴장허란 말여! 아, 어섯!"

용배는 내친김에 석조 영감을 불끈 업어 줄달음을 놓다가 두엄 지게 푸듯 끄응――안간힘을 곁들여 길가 질척한 웅덩이에다 메꽂는다.

"아이고 아이고! 이놈, 네놈이 빚을 갚어? 천장에서 피가 새는 가난에 으디서 돈을 맨들어낸다고! 이놈."

"원창댁허고 약조 사항만 이행허면 되능겨. 은순이 년 몸값은 그저 떼어먹어질 줄 알어? 엉?"

"이놈아, 네 푼수에 우리 사돈까지 건들였겄다? 헛 참――내 개좆 같은 놈의 꼴을 다 본다. 네 이놈 당장 두고 봐라! 네놈 몸 한 곳이 성하게 배겨난가."

"진장친 놈의 것 당장은 뭇이고 또 두고 보는 것은 뭇이여? 보리밭은 명줄이 끊어져도 내 것이여! 해부아! 을매던지 해부아!"

용배는 갑자기 휘몰리는 허기에 겨우 밭가랑까지 가 피식 주저앉는다. 배실배실 말라가는 보릿대 한 옴큼을 쥐고 벌름벌름 냄새를 맡는다. 그러다가 말고 꺼실꺼실한 손등으로 애써 입을 틀어막는다. 손만 떼면 목구멍까지 치어오른 울음이 분별없이 터져나오고 말 것 같은 것이다. 그 향긋한 보릿대 냄새가 어린것 볼따귀 냄새보다도 더 좋았고, 명줄을 자른대도 이 보릿대만은 기어코 움켜쥐리라 울음을 삼키는 것이다.

샘말 통틀어 몇 집――. 그중에서도 석조 영감 집처럼 새경 놓고 사는 알부자들은 그런대로 불볕이고 타는 보리고 아랑곳없었지만 자갈산을 경계로 용말까지 뻗은 십여 부락은 사실상 발칵 뒤집혔다.

인심도 날이 갈수록 매정해가서, 한 끼니나 겨우 풋내를 맡을 나물 한 옴큼도 허한 곳에는 둘 수 없는 것이, 나물바구니 곁에서 재채기 한 번 하느라 몸을 돌리는 순간이면 바구니째 감쪽같이 없어지는 일도 있고 보면, 샘말 사람들은 해거름이면 서로들 마실도 끊었다.

망경댁은 부황이 들어 몸뚱이가 갑절은 부어 변소길도 어려웠고, 단님이는 눈곱 떨어졌다 하면 칡뿌리 하나 캐려고 자갈산 속에서 숫제 살았으며, 은순이는 그 독기 서린 눈도 이젠 희멀겋게 떠 "쌀 받어와!" 소리도 못 하고 죽은 듯 방 속에 처박혔다. 어린 것들 칭얼대는 소리도 모판 넘기는 가락처럼 자지러만 지고──.

홧김이 북새를 놓는 바람에 그만 석조 영감에게 어지간한 찜질을 해버렸던 죄로 용배는 그새 다섯 차례나 지서 행보를 하며 동네북처럼 이손 저손에서 심심찮은 매질을 받아 한 자리만 옮겨 누우려도 청승맞은 비명이 예사다.

허기진 것은 고사하고라도 당장 견디다 못해, 지서 주임이 시키는 대로 모레까지 석조 영감의 빚을 갚기로 했고 만약 빚을 못 갚을 때에는 즉시 보리밭을 양도한다는 각서에다 꾸욱 지장까지 눌러주었으니, 이젠 석조 영감이 보리밭 속에다 칸막을 친다 해도 우격다짐할 건덕지가 없다.

그간 마음 터억 놓고 뻔질나게 보리밭을 오락가락하는 석조 영감 좀 봐라. 퇴종한 황소 등골처럼 뼛가래가 앙상한 어깻죽지를 잔뜩 추켜세우고는, 공진회 때 장판을 쓸었던 춤가락까지 곁들여 어지간히 여윈 발목때기를 활갯짓에 따라 부러 거들대며, 데데하게 갖다 문 곰방대하며, 그새 석조 영감 거동은 청청 오기가 서렸다.

이젠 보리밭 푸념하기도 지쳤고 그보다도 눈 번히 뜨고 보리밭을 빚에 떼이나 싶으니, 살가죽만 남아 배슬거리는 목줄에서 겨우 가락거리는 맥줄에다 우정 한숨을 곁들여, 벌써 산송장이나 다름없는 용배다.

생각하면 그럴수록 원창댁의 심보가 더럽다. 혼사 치른답시고 볏섬은 받았다 치자. 물줄같이 멀쩡한 은순이 년에다 무슨 트집을 못 잡아 겨우 그런 매정스러운 방법으로 아들놈 오입 한 번 시키고 말았으면 준다는 쌀이라도 용배에게 돌아와야 합당한 이치가 아닌가. 오죽 분통이 터졌으면 그랬을까만, 석조 영감에게다 해버린 쩜질로 성미깨나 있는 사람으로 점찍어버린 것들은 기껏 지서 사람들뿐, 용배를 아는 샘말 사람들은 모두 용배의 덕성을 알아줬다.

원창댁 일만 해도 그랬다. 마을 사람들은 죄다 그런 좋은 딸년 멀쩡하게 폐인 만들어놓고 비위는 경치게도 좋아 이렇게 참느냐고들 성화다. 자기들 같았으면 벌써 누가 죽든 끝장을 내고 말았다는 것이다.

용배는 싸아 매워오는 콧날을 손등으로 쓰윽 문질러버리지만 햇닭 알자리만큼 걸리는 게 한두 가지가 아니다.

그러고 보니 원창댁이 은순이 년 하룻밤이라도 데려간 것은 숫제 돈 놀음으로 해본 투전판 아닌가. 뻔질나게 가문가문 찾는 것이 하필이면 샘말 싹 쓸어 제일 가난한 용배 딸년을 며느리로 식구를 만들 의사는 애당초 없었을 게다. 그 최가 놈 색정을 아는지라 그저 아들놈이 탐내는 은순이 년 데려다가 직성 한번 풀어준 계략이다. 널빤지 같은 최가 놈 가슴 아래 깔려 그예 죽는가 싶게 바동댔을 은순이 년을 생각하면 머리끝까지 피가 거슬렸다.

　물씬물씬 땀내가 오르는 중의 가랑이에다 얼굴을 묻고 이런저런 생각에 골똘해 있던 용배는 따그르 아금니가 맞치도록 분통을 씹는다. 아무리 생각해야 동네 사람들 말이 맞나 싶은 것이다.

　빚 칠만 원 그까짓 것 고심할 게 뭔가. 원창댁네 창고쯤 훤히 알고 있겠다, 쌀 여섯 가마만 끄집어내 줄행랑을 친대도 저희들이 할 말이 또 있을까 말이다. 저희들 편에서 큰일 삼지도 못할 것이 이 일만큼은 용배의 허파가 두 쪽이 난대두 맞덮어논 그릇이다.

　용배는 부스스 일어나면서 주먹을 꼬옥 쥐어본다. 더 기다릴 필요도 없다. 오늘 밤에 원창댁네 창고를 뜯어내리라. 가서 창고 동정이나 살펴보려니 하고 사립께로 발을 옮기는데 귀에 익은 계집애의 째지는 듯한 비명이 거푸 들리면서 수선스러운 발소리들이 사립께로 몰려든다.

　용배는 발돋움을 한 채 사립 밖 언덕길을 쳐다보다 말고 눈을 휘둥그렇게 뜬다.

　단님이가 피투성이가 된 채 사립 안으로 쏜살같이 달려들어

와 쓰러지는가 싶더니 시퍼런 낫을 들고 뒤쫓던 사내아이 둘이
가 기겁해서 되돌아 언덕길을 치달려 가버린다.

단님이의 손아귀엔 칡뿌리가 꼬옥 쥐어져 있는 품이 사내애
들이 캔 것을 훔쳐 달려온 낌새다. 망경댁이 수선 통에 뛰쳐나와
단님이의 꼴을 보고는 허옇게 눈알을 뒤집어 깐다.

"아이고 이 꼴이 믄 일이랑가? 아니, 니가 믓을 묵었다고 금줄
같은 놈의 핏물로 멱을 감는대야? 이고 시상에 이 피! 이 피가 대
체 으디서 나오는 피라냐? 응? 어디?"

어깨 뒤쪽으로 허옇게 뼛골이 드러나도록 낫 자국이 깊게도
패었다. 단님이는 목 아래께로 온통 핏물칠을 하고 있으면서도
눈 한 번 까딱 않고 칡뿌리만 뜯는다. 어린것 눈에 소름이 돋도
록 독기가 서렸다.

"시상에에──어린것이 을메나 허기에 미쳤으면 아프단 말
한 번 않고는 이렇게 칡뿌리만 뜯는다냐? 시상에 이 칡뿌리 감
추는 것 좀 보씨요 예! 으짜면 이럴끄라우! 그나저나 물줄같이
새는 놈의 피를 으쩨게 막아사 쓴다냐, 이고, 이고."

망경댁은 치마폭을 부욱 찢어 단님이의 어깻죽지를 감싸면서
이내 목을 놓고 만다.

"얼뜩 쑥고를 해줘! 쑥고를 발라사 피가 멎제."

용배는 등줄로 차디찬 식은땀을 일구면서 사립 기둥을 붙들
고 비틀 몸을 가눈다.

"이 근방에 쑥이 있어사제. 땅속에 있는 뿌리까지 다 캐어 묵
어서는 쑥이라고 낯짝도 못 보는디 으쩨사 쓸꼬."

연신 핏물을 흘리며 앉아서도 그저 우적우적 칡뿌리만 씹는 단님이의 눈은 어린것답지 않게 파들파들 초랭이를 떤다.

용배의 가슴속에서 불솥 같은 훈김이 차오른다. 횟배 떼려고 마신 휘발유 뒤끝처럼 쨍쨍 우는 역한 단내가 코안에 다 찬다.

중의 가랑이를 둘둘 걷어붙이고는 손바닥에다 찰엿 같은 가래침을 퇴퇴 붙여앵긴 용배는 소줏불이 오를 때처럼 씨근대며 사립을 나선다. 이 눈안에 누구든 들었담 봐라. 석조 놈이고 최가 놈이고 원창댁이고 간에 가리지 않고 떡메질을 쳐 분통을 풀 것이었다.

용배는 비틀비틀 논길을 걸으면서 몇 번이고 피가 배도록 입술을 깨문다. 이내 논길을 치달리는 성난 줄달음이다. 고래등 같은 원창댁네 기와집이 해거름 노을을 받아 을씨년스럽게도 섰다. 길기도 한 돌담길을 돌아 창고에 이르니 머슴 하나 얼씬 않는다. 창고 문은 머리통만 한 자물쇠를 달고 굳게도 잠겼다.

간단없이 저 널쭉 같은 판대기 다섯 장만 뜯어내면 일은 식은 죽사발 둘러 마시기나 진배없다. 설령 들킨대도 머슴 놈 까짓것 메다꼰으면 될 것이고, 원창댁이나 최가 놈에게 들키면 어쩐다, 용배는 이 대목에 생각이 미치자 휘휘 고개를 내젓는다.

그만 울음이 솟을 것 같아 창고 옆 아카시아 울타리에 몸을 숨기고는 풀썩 쪼그려 앉는다. 아무래도 판때기는 낫으로 깎아내야 그중 쉬울 것 같다. 생각하는데 발목이 꺾이면서 삭신은 낙지살처럼 피식 쓰러져버리고 만다.

용배가 사립 좀 멀리 이르렀을 때였다. 집 안에서 울리는 망경댁의 곡성이 유독 오장을 다 긁는다. 고의춤을 바싹 추켜세우고는 허겁지겁 사립 안에 들어선 용배는 활활 타오르는 군덕불 가에로 희미하게 드러나는 동네 아낙네들은 본다. 망경댁 옆에서 실성한 은순이 년이 더 혼이 빳게 울고 앉았다.

"쑥을 뜯을라고 보니이 쑥이 있어야제에──그나마 그 지랄 같은 놈의 쑥때가 하나도 안 봤다면 내 불쌍한 딸자식 이 에미 품속에서라도 죽었제에──이놈의 쑥이 오 리 가다 하나 있고 십 리 가다 하나 섰고오──그래서 그놈의 것 반 양재기를 뜯는디 으찌께나 더디든지이── 뜯어와서 봉께는 검불 옆에 누워 있는디 영락없이 자는 줄만 알고느은──이 미련한 에미년은 쑥을 찜시러도 자지 말라고 자지 말라고 소락때기만 쳐대다가아──쑥고를 더덕더덕 묻히다 봉께는 아 글씨 죽었단 말이여어──그새 피가 으찌께나 흘렀는지 쥐어짜도록 배어서는 그 참에 내가 정신을 잃었는지 눈이 뒤집혔는지 별안간 독기가 올라서는 내 새끼 죽인 놈 나도 그놈을 쥑일라고오──샘말부터 훑은 것이 진섬, 매밭굴, 앞말, 주곡, 사당까지 싸악 뒤져봐도 영영 못 찾고느은──이고 이고 이 일을 으쩨사 쓰꼬오──이고 이고오──."

망경댁은 설움이 끝이 없다. 단님이의 얼굴에다 미친 듯이 볼을 부벼대며 불김에 드러나는 실성한 얼굴에도 온통 시꺼먼 피칠을 했다.

"에끼 년! 에끼 년! 시상에 칡뿌리 묵고 싶어 그놈 뺏어 묵다가아──그놈 묵다가 디지라고 이 모진 에미가 니를 키웠으끄나

아——시상에 배때지가 을메나 고팠으면 아픈 줄도 모르고 피가 물줄같이 새는디도 이놈의 주둥이로 칡뿌리만 씹드니이——에미가 뺏어 묵으까봐서 이놈의 눈으로는 에미를 흘기고느은——아이고 으찌께 산대야, 으찌께 산대야아, 아이고오——."

망경댁은 늘어진 단님이를 싸안고 앉아 몸부림을 친다.

용배는 금세 혼이 빠진다. 죽은 자식이 이렇게도 멀단 말인가. 부들부들 떨리는 손으로 몰초를 재 물고 성냥불을 긋는다. 그제야 동네 아낙들이 용배를 알아차리고는 새삼스러운 곡성을 쏟는다.

뚝뚝 떨어지는 짭찔한 눈물이 하냥 몰초의 불을 끈다. 낫자루에다 침을 앵겨붙이고는 사립을 나온다. 아무도 못 들을 곳에서 실커장 울음이나 쏟고 싶다. 축축한 언덕배기를 기어오르는데 정수리가 뻣뻣하게 저려온다.

목줄이 당기면서 막 질긴 울음이 터지지만 용배는 이를 갈며 참는다.

"후웅—— 워떤 놈들에게 눈물을 봬! 이것이 으디 용배냐아——."

벌떡 일어서기가 무섭게 배미말을 향해 치닫는다.

할매바위 한 뼘 남짓 위로 열사흘 호박 덩이 같은 달이 막 돋는다. 용배는 뛰다 말고 그 자리에 풀썩 무릎을 꿇고는 손바닥이 얼얼하도록 연신 빈다.

"할매바위 고랑신님 워째 이리 모질꾸우. 단님이도 바쳤구만은…인자 비나 뿌려주시지라우. 그래사 빚을 갚지랍녀. 믿구만요 믿어유. 그라고 우리 단님이 좋은 자리 골라 묻어주시게라우, 할매바우 고랑신니임──."

용배는 언제 빌었더냐 싶게 다시 낫자루에다 침을 앵긴다. 내처 내닫는다. 원창댁네 집 담 밑을 돌다가 환한 봉창 앞에서 잠시 멈칫 선다.

쌀가마를 빼내는 데야 이쯤에서부터는 도둑고양이 담 타듯 해야 하련만 용배는 무슨 일인지 서슴없이 휘적휘적 걸어나간다. 뱃속이 후련하도록 헛기침마저 네댓 차례 쥐어짜고는 창고 문 앞에 서기가 무섭게 문짝에다 텅텅 낫날을 내꽂는다. 온몸이 땀줄에 젖는다.

한쪽 송판이 비적비적 금이 가는데 두런거리는 소리가 나더니 뒤가 환하게 밝아온다. 머슴 둘하고 최가다. 용배는 헛것이라도 본 양 그저 정신없는 낫질이다.

"아니, 아니 이런 통 큰 놈의 도적놈을 봤어? 안 올 참이여? 안 그칠 것이여?"

최가가 단김에 용배의 낫자루 든 손을 비틀어 잡는다.

"이것 놔! 이놈아 쌀 열 가마를 네놈 손으로 안 건네니 헐 수 없는 노릇 아녀? 쌀만 내놔! 그냥 땅속으로라도 삭어들 텡께."

"아니, 이런 상놈의 영감 보게? 아니 뭇이 어째? 어따아──."

용배의 볼따귀에서 번쩍 불벼락이 인다. 순간 용배의 낫자루 든 손이 타작 보리 도리깨질처럼 간곳없이 허공을 내젓는다.

'쥑여서는 안 돼여! 나는 네놈들처럼 사람을 생골로 잡아 쥑이진 못 혀! 안 쥑여! 못 쥑여! 저리 가, 가아──.'

고막이 쩡쩡 울리는 비명 소리와 함께 용배는 낫자루 든 손에 이끌려 피식 쓰러지고 만다. 최가 놈이 벌렁 눈을 뒤집어 깠다. 머슴들이 뭐라고 소리치며 줄행랑을 쳤을 때에야 용배는 낫자루를 놓는다.

　용배의 뜬 눈이 사뭇 시리다. 맵싸한 눈물이 돈다.

　용배는 최가의 배 위에서 내리자마자 풀썩 고꾸라진다. 사지가 문풍지 떨듯 제멋대로 논다. 손톱이 후벼 터지도록 땅바닥을 기어가던 용배는 땀물로 밴 손등을 중의 가랑이에다 씻어내다 말고 섬찟 놀란다. 피다. 끈끈한 선지가 달빛에 검다.

　그제야 용배는 정신없이 내닫는다. 할매바위 고랑신도, 보리밭도, 믿을 것이라곤 세상천지에 아득하다. 석조 영감의 손으로 보리밭이 넘어가기 전에 보릿대 냄새나 혼이 빳도록 맡아둘 일이었다.

　최가가 벌렁 흰창을 뒤집어 깠으니 빚 갚을 길은 송진 속에 불개미 기듯 훤한 이치였고 내 손으로 탈곡기를 돌리며 뿌연 보릿멀 먼지 속에 서 있기도 다 틀렸다.

　겨우 아홉 가랑 보릿대에 보리톨이 밴 건 기껏 여섯 가랑쯤 털어낼 것이고 나머지는 죄다 지레 말라 불쏘시개다.

　용배는 사립 앞에 길게 늘어져 뻗는다. 훈훈한 땅김이 눈물이 나도록 맵다. 땅결을 파고 듬뿍 쳐넣던 곰삭은 두엄 냄새. 장딴지가 뻐근하도록 삽질로 두엄을 떠 콩밭 물줄에다 질척질척 가래질이나 떠보고 죽었으면 원이 없을 것이었다.

　핏발이 서 마냥 쓰린 눈 안으로 단님이를 안은 채 실성해서 앉아 있는 망경댁이 검불질에 덧보인다. 용배는 망경댁을 불러본다. 소리는 목젖에 걸려 바들바들 떨다 만다.

광솔불이 풀무질을 받듯 용배의 식은 가슴이 스렁스렁 불길을 안는다. 지겟다리를 붙들고 무릎을 세워 용배는 보릿단을 치듯 검불단을 쌓었다. 지게가 기울도록 검불단이 얹혔다.

용배는 죽을힘을 다해 끄응 지겟대를 세운다. 찢긴 중의 가랑이가 한차례 요동을 치더니 시큰한 무릎이 겨우 뿌드득 소리를 내며 종아리를 세운다. 보리밭 가랑이 꿈속처럼 멀다. 오진 샛바람이 보리밭을 휘몰고 간다. 치렁치렁 골을 판 가랑이 속에서 배싹 마른 보리들이 억척스레 결을 부빈다. 용배는 황소숨을 씨근덕대며 마냥 섰다. 그저 샘말에 삽을 박은 선친들 묏자리도 볼 면목이 없다.

"웬수여! 이 웬수여….."

등에 진 검불단에 모진 바람이 비긴다. 중의 가랑이가 펄럭일 때마다 역한 피비린내가 오른다.

기어코 가슴 한구석이 헐리면서 걷잡을 수 없는 울음이 터진다.

한번 뛰어들면 죽어도 보리밭 속에선 나오지 않을 결심이었다. 중의 띠를 푸는 손이 뻣뻣하게 굳는다.

중의 띠를 풀어 다시는 엎어지지 않게 제 몸과 지게를 단단히 묶는다. 자칫하면 허기에 지쳐 검불짐을 놓칠 판이었다.

"이구 웬수여! 이 웬수여! 싸악 타버려! 아조 잿골을 내고 싸악 타버려!"

용배의 손에서 드윽 성냥불이 그어진다.

―― 확 ―― 바지직, 바지직――.

지게의 검불짐에 댕긴 불길이 등제불 솟듯 불기둥을 세운다.

불길은 금세 용배의 중의 가랑이를 다 싼다.

"이 웬수여 싸악 타버려! 아조 하늘 속까지 싸악 타버려!"

용배는 기세 좋은 불길을 싣고 미친 듯 보리밭 속으로 뛰어
든다.

샘말 한복판에서 인 불길은 마을을 다 밝히고도 남았다.

주례기(主禮記)

버스 정류장과 잇대어 있는 조그마한 빈터 안으론 백 개가 실히 넘는 화분들이 꽉 들어차 여느 동네 초입보다는 한결 삭막한 느낌이 덜했다. 게다가 바로 옆에 있는 전파상 스피커는 하루 온종일을 이름깨나 설치는 일류 가수들의 간드러진 유행가 가락들을 뽑아내, 말하자면, 사람들이 살아가기 알맞게 소란했던 것이다.

그 사십이 갓 넘었을 성싶은 미친 사람은 항상 이 노변 화원과 전파상 사이쯤에 서 있었는데 그의 행동 범위는 다소 답답하리만큼 좁았다.

대개는 전파상 앞을 출발하여 노변 화원의 끝까지 유유하게 걷다가, 전파상에서 흘러나오는 유행가 가락을 따라 나직이 흥얼거리며 그 보행을 반복하는 것이었고, 아주 드문 일이지만, 어떤 때는, 노랫가락이 절정을 갈 때쯤 해서 그의 유별난 지휘가 터지기도 했는데 이럴 때도 그의 보행은 전파상과 노변 화원의 거리를 좀 더 빠르게 왕래할 뿐이었다.

그가 분명히 미친 사람이라는 확신도, 손가락으로부터 시작하여 끝내는 두 주먹이 광풍처럼 허공을 내자르는 이 드문 지휘 때문인 것이, 나직이 흥얼거리며 그 거리의 왕래를 반복하는 대개의 거동은 점잖은 중년이 자택의 정원을 산책하는 그 진지한 정상과 한 치도 다름이 없었다.

나는 두 가지 이유에서 이 사십이 갓 넘었을 성싶은 미친 사람을 무척 좋아하고 있는 편이었다.

전파상 앞에서 노변 화원의 끝——기껏 열 걸음 남짓한 거리 안에서 한 치의 변화도 없이 이행되는 그의 거동이 그 하나이었는데, 좀 더 자세히 말하자면, 그의 조용히 들먹거리는 입술의 모양으로 유행가 가사를 그냥 알아차릴 수 있다는 것과 입술의 동작과 함께 한 얼굴 다 차는 진지한 표정으로 그 노래가 다소 즐거운 것인지 혹은 무척 애절한 것인지를 알아낼 수 있는 정확한 확률이었다. 사실 그는 미친 사람답지 않게 너무나 조용했던 것이다.

그리고 그는 분명 어지간히 예술적인 감흥에 심취해 있다는 사실, 그러니까 그가 정말 미쳤다면 음악과는 필연적인 원인이 있어 오늘의 그가 저 유유한 소일을 하게 됐을 것이라는 나대로의 자명한 추측 그것이었다.

나는 벌써 보름쯤 이 미친 사람 곁에서 서성대고 있었는데 우스운 말이지만 그의 안전을 지키고 싶은 퍽 드문 인정에서였다.

언젠가 그가 그 유별스러운 지휘를 〈만리포 사랑〉의 곡조에 따라 시작했을 때 전파상 주인이 한 바께쓰가 다 되는 물을 그의 머리에다 퍼부었다는 소문을 듣고 난 이후부터 나는 정말로 밤잠을 제대로 못 이루었던 것이다. 그때 그는 그 열의의 지휘를 계속하면서 무서우리만큼 태연했었고 무척 강경하게 "미친 자식!"이라고 꼭 한 번 내뱉더라는 것이다. 이 말을 전해주면서 까르르 웃어대던 아내가 끝내는 "얼마나 기맥힌 일이우? 미친놈이 성한 사람더러 미쳤다니" 했을 때 나는 버럭 소리를 내지르고는 줄곧 노변 화원으로 내달았던 것이다.

만약, 또 한 번 물벼락 소동이 일어나면 나는 기꺼이 그를 위해 전파상 주인과 싸울 참이었지만 다행스럽게도 그런 일은 일어날 낌새가 없었다.

어린 시절, 나는 엉뚱한 누명을 받아가면서까지도 꼭 해내고야 마는 괴벽이 하나 있었다. 교미 중인 개들을 지켜주는 일이었다. 옴짝달짝도 할 수 없는 진행의 단절 속에서 밀리고 끌리우고 하는 그것을 서커스단의 삼류 곡예쯤 구경이라도 하는 듯, 어린애들은 고사하고 끝내는 시퍼렇게 젊은 아낙네들마저 뜨거운 물을 퍼다 대야째로 내던지는 꼴을 볼 때면 나 혼자 동동 발을 구르다간 집에 돌아와서도 다락 위나 장독대 같은 곳을 골라 마냥 울었었다. 꽁지발이 땅기도록 그 처절한 자리를 엿보다가 두 마리의 개가 천만다행으로 떨어져 제 갈 길을 갈 때면 나는 "만세 만세!"를 서슴없이 불러댔었다.

"꼼짝할 수 없는 것들을 왜 때린담! 비겁하게, 치이——." 이런 괴벽은 내가 대학을 다닐 때에도 하냥 변하질 않아, 언젠가 무척 추운 날, 바직바직 얼어붙은 휑한 논 가운데서 두 마리의 개가 꼼짝할 수 없게 됐었을 때도, 막대기를 휘두르며 달려드는 조무래기들을 쫓느라 진땀을 빼다가 종내는 절친한 친우와의 약속 시간마저 저버렸던 것이다.

그는 언제나 깊은 목례로 나의 방문에 답했다. 어떤 날은 그 진지한 표정으로 낮게 홍얼거리다가도 시선이 나에게 오기 전 검지를 세워 까딱해 보이며 먼저 인사를 해왔고 어떤 때는 무심한 눈길에 퍽 세심한 웃음을 곁들여 나를 맞아주었다. 그뿐, 언제나 그는 나에게 말을 붙이지 않았다.

담배를 권하는 나에게 "아, 미안하오. 담배를 못 피워서" 하며 그 유유한 보행을 계속하기 일쑤였고 언젠가 비가 오는 날 비닐 우산을 사 건네준 나의 손목을 두 손으로 꼬옥 잡아쥐며 "오, 노우. 비는 맞을수록 좋은 거랍니다. 나처럼 채 덜 자란 화초에게는" 하며 사뭇 서운할 정도로 가볍게 사양하고 말았다.

주위의 사람들도 그보다는 나에게 더 의아한 관심을 갖고 있는 것이 그와 내가 서로 반대의 방향에서 유유한 보행을 반복하기 시작하면 그제야 "또 왔군" 하며 나에게 더 집요한 관심들을 가져주는 것이었다.

나는 그와 좀 더 진지한 말문을 트기 위하여 벌써 보름째나 무척 고심하는 편이었으나 그는 섣불리 나의 이런 계획에 동조할 것 같지 않았다. 어지간히 못난 얼굴이었다. 언제나 그는 검정색 티셔츠에다 색이 바랜 회색 바지를 입고 있었는데, 짙은 자주색 양말보다 더 검어버린 흰 고무신의 꾀죄죄한 땟물처럼, 얼굴을 장식하는 이목구비가 한 사람의 것이 아닌 듯싶게 저마다 다른 구질구질하고 못난 것이었다.

사실, 아내가 그리도 싫어하는, 그리고 이 많은 시선들이 도리어 나에게 의혹의 관심을 쏟는 매일의 내 보행은, 어찌 생각하면 도저히 상식일 수 없는 한 가닥 희망으로 무척이나 열심인 것이다.

벌써 사흘째나 이사도 못 가고 있었다. 그가 분명히 이 동네 사람이 아니란 사실을 알았고 또 그 맑고 아름답던 황혼의 여운이 아직도 나의 계획 속에 남아 있기 때문이었다.

"조그마한 차질, 그리고 엄연히 정상일 수 있는 막대한 정신의 가능을 얼음이 언 휑한 논 가운데의 개들처럼 그렇게 버려둘 수는 없지. 조금만 돌아앉으면 되는 거야, 아주 조그마한 거리만…."

나는 그가 나직이 흥얼거리는 노래를 입김처럼 뜨겁게 귓가로 느끼면서 나도 중얼거렸다. 참으로 어처구니없는 열심인 것이다. 나는 한시라도 빨리 이사를 가야 하는 것이다.

서늘한 개울가로 무척 속 닳이는 가을이 내리고 있었다. 저녁을 먹고 항상 내가 찾는 그 개울가의 편편한 바위에 올라앉아 시린 발목으로 물장구를 치고 있었을 때, 놀은 산불처럼 능선 위로 활활 타고 있었다.

내가 막 얼굴을 씻으려고 허리를 구부렸을 때였다. 서른이 채 못 되어 뵈는 여인 한 사람이 나 있는 곳으로 다가왔다. 여인은 깊이 팔짱을 낀 채 나와는 아주 오랜 사이의 친구나 되는 것처럼 바싹 내 등 뒤에 올라서선 엷은 웃음기까지 흘리며 개울 위로 번지는 놀을 깊은 눈으로 내려다보고 있었다.

훤칠한 키에 발끝까지 끌리는 검정색 롱스커트를 입고, 그대로 개울 위를 내려다보고 있는 여인의 얼굴은 퍽 준수한 편이어서 돌연하고도 어색한 이 여인과의 시간 속에서 몹시 당황하고 있는 사람은 오히려 내 편이었다.

잠시 후 나는 더욱 놀라고 있었다. 그녀가 바로 내 곁으로 살포시 앉았을 때 코가 저리도록 확 풍기는 퀴퀴한 땀 냄새와 울퉁불퉁한 바위를 퍼런 힘줄이 돋도록 딛고 앉은 그녀의 맨발이었다.

예의 감당해내기 어려운 악취나 온통 상처투성이인 하얀 맨발 같은 것은 그녀의 얼굴과는 너무나 어울리지 않는 것이어서 나는 한참 동안을 흡사 바보처럼 그냥 앉아 있을 뿐이었다.

"실례합니다만 비누 좀 빌려주시겠어요? 이거 죄송합니다."

"아, 네네, 어서 쓰시지요."

나는 뭔가 망연해지는 관심으로 여인의 말에 건성으로 대답하며 여인이 하는 꼴을 멍청하게 바라보고 있었다.

여인은 한참 동안 머리를 감는 듯싶었다. 물방울이 튀는 긴 머리채를 쓸어올리며 여인은 머리핀을 질끈 문 입으로 다소 분명치 않게 또 말했다.

"수건도 좀 빌려주세요. 이거 죄송합니다."

"아, 물론 다 다 드리지요, 네."

나는 수건을 여인의 손에 건네주면서 여인의 그 악취가 생각나 어차피 수건을 되돌려받을 수는 없지 않겠느냐고 스스로 다짐하고 있었다.

여인의 곱디고운 얼굴, 그리고 깍듯한 예절, 어느 것을 뜯어봐야 여인이 미친 여자라고 단정할 수는 없었다.

"수건과 비누는 다 드리기로 하겠습니다. 필요하시다면 가지 시죠."

여인은 내 말에는 아무 대꾸도 없이 엷은 웃음기를 띤 얼굴을 들어 한동안 나를 바라보더니 비누를 수건으로 둘둘 말아 들었다.

잠시 후였다. 그러니까 내가 속으로 이런 생각을 하고 있었을 때였을 것이다.

(여인은 무척 좋은 가정의 주부일 게다. 부부 싸움을 해 뛰쳐나왔나? 그래서 몸에서는 저리도 어울리지 않는 악취가 풍기는 것일 게고 신발도 안 신었겠지. 그냥 들어가지 왜 저럴까. 참!)

"이거 실례하겠어요. 용서하세요."

"아, 네네. 전 관여 마십쇼, 네."

이내 나는 나의 이런 말이 얼마나 부질없는 것이었는지를 알고 무척 후회하기 시작했으나 이미 일은 벌어지고 난 뒤였다.

여인은 바로 내 곁에서 롱스커트 자락을 걷어올리더니 쐐애 쐐애 소변을 보기 시작한 것이다.

여인이 분명 미쳤다는 확신을 얻었을 때 나는 걷잡을 수 없도록 슬퍼지기 시작했다.

(무슨 필요로 저런 여자가 미쳤단 말인가 참! 차암——.)

나의 뜨거운 탄식을 뎅겅 바위 위에다 남겨놓고 여인은 아까보다 더 태연한 모습으로 유유히 걸어나갔다. 내가 준 수건 뭉치를 깊이 감싸 팔짱을 낀 채 사뭇 어두워지기 시작한 산속으로 여인은 절름절름 걸어들어갔다. 그 여인이 산속 낮은 언덕 아래에다 가마니 쪽을 쳐 움막을 짓고 산다는 것과, 간혹 밥을 얻으러

동네에 내려왔다가 조무래기들로부터 호된 돌팔매질을 받기도
한다는 사실을 안 것은, 노변 화원 앞 그 사십이 갓 넘은 미친 사
람이 전파상 주인으로부터 물벼락을 맞은 바로 그날이었다.

밤마다 아내는 이사 갈 채비를 서두르느라 나의 이런 상식 밖
의 행동에 대해 무척 불만이었지만 나는 흡사 큰 죄라도 지은 양
아내 앞에서 풀이 죽었다.

"아주 조그마한 차질에서 말요, 멀쩡한 두 사람이 버려져 있
단 말야. 따지고 보면 한 뼘도 못 되는 오차로 어떻든 미쳐 있단
말요. 공교롭게도 남녀가….."

노변 화원 앞의 남자도 산속의 그 여인도 그 막막한 단거리의
집요만 벗어나면 멀쩡할 수 있다고 나는 꽤 어려운 수학을 풀이
하고 있었다. 말하자면 지극히 당연하게 소란한 현실의 정상에
다 눈을 뜨게만 하면 그들이 멈추고 있는 한적한 진공이 얼마나
더 못 견딜 권태인가를 느끼기도 할 것이라는 계산인 것이다.

남자는 왕복하는 거리에서 한 열 걸음만 더 밖으로 나와보면
무슨 일인가 터지고 말 것이요, 여인은 사내 앞에서 소변만 참을
수 있다면 되는 것일 게다. 하여튼 나는 이들의 변화를 위해 누
구도 찬성할 수 없는 노력을 계속해야 될 것 같고, 만약 그들이
나의 노력에 의해 열 걸음을 더 진행해보고 소변만 참을 줄 알
아진다면, 그들이 무슨 짓을 하든 누구도 미쳤다고는 말 못 하리
라. 안 미친 사람이 어디 있담——.

(사실 나는 당산들의 외로움을 달래주고 있는 거요. 아니 어쩌면 기쁨을

주기 위해 이렇게 부질없는 열심을 부리고 있는지도 모른단 말요.)

이제는 사십을 갓 넘은 이 남자보다 거동의 모든 것이 훨씬 더 세련돼버린 나의 보행에 대해 주위 사람들은 적절한 판단쯤 내려버렸을 것이다.

아까운 사람 또 하나 미쳤다든가, 미치기는 간단하군, 구경 나와 서 있더니 도리어 제가 미쳤다든가 하는.

벌써 두 시간째나 퍽은 현기증마저 느껴지는 유유한 보행을 계속하면서 어쩌면 꼭 이룩되고야 말 내 계획의 예감을 스스로 단정하며 나는 자신에 차 있었다.

"아, 볕이 따갑군!"

그가 보행을 우뚝 멈추고 파들파들 떨리는 손바닥을 펴 햇볕을 가렸을 때 나는 또 한 번 쾌재를 불렀다.

"볕을 가릴 조그만 모자 하나가 있었으면 무척 다행할 텐데요."

나는 실로 오랜만에 그의 얼굴 앞에서 크게 소리치다시피 했는데 더욱 감격스러운 일은, 내가 그와 얼굴을 익힌 이후 처음으로 그는 제일 길게 나와 말을 한 것이다.

"그렇군요. 기막힌 영감 속에서 나의 예술이 한창 피크를 가다가도 이 따갑군 한마디에 제로가 된단 말입니다. 이럴 때 느끼는 나의 미진한 정상이야말로 지겨운 것이지요. 오늘은 꼭 베토벤의 초청을 받을까 했는데."

그가 다소 미쳐 있다는 사실을 고려할 때 그의 이 같은 말은 도무지 허황한 헛소리임은 자명한 사실이었으나 어쩌면 내가 빨리 이사를 가게 될 것도 같다는 충동으로 나는 퍽 기뻐 있었다.

어제저녁 때였다. 나는 그 여인의 움막을 찾아 여인을 억지로 끌다시피 해서 동네로 내려왔다.

큰길 위에 여인과 내가 나란히 해 걸었을 때 여인은 언제나처럼 깊은 팔짱을 낀 채 엷은 웃음을 물고 있었고 사람들은 눈이 휘둥그레져 이 진귀한 데이트를 보려고 우르르 몰려들었다.

나는 여인을 끌고 다방으로 들어섰다. 시선의 밀림 속에 둘러싸이다시피 했을 때 여인은 맨발의 하얀 발가락을 연방 까닥거리며

"약간 챙피하네요. 사람들이 왜 자꾸만 날 보죠? 내가 미친년인가."

하고 투덜댔다. 나는 대꾸할 말이 궁해 잠시 망설이면서 티끌만큼도 이상할 수 없는 여인의 의연한 태도에 새삼 놀라고 있었다.

어렸을 적, 시골 바닥을 쩡쩡 울렸던 세 사람의 광녀들. 비만 오면 홀랑 벗은 알몸으로 온 거리를 누볐던 금단이며, 울긋불긋한 천 쪽을 수십 개나 주워 잡고는 부러 사람들이 많이 모인 자리만 찾아 발랑 나자빠져서는 자꾸 속옷 가랑이를 내리던 칠칠이와, 깊디깊은 눈으로 연신 하늘 속만 쳐다보며 "하늘이 내려다본다. 하늘이 내려다본다!"를 목이 타게 외어댔던 청백이와는 달리, 이 여인을 광녀라고 믿을 만한 조건은 기실 하나도 없었다. 그러나 알맞게 미쳐 있는 것이 사실임은, 하이얀 맨발과 늘 얼굴에 젖어 있는 엷은 웃음기와 그리고 내 앞에서 예사로 소변을 봤던 사실이 그랬다.

금단이나 청백이나 칠칠이가 행차했던 날이면 그녀들을 해치

는 조무래기들을 쫓느라 줄창 같이 따라다니며 학교 수업도 빼먹던 때의 그 말 못할 설움이나 의분과는 달리, 이 여인과 함께 커피를 홀짝거리고 있는 나는 무척이나 평온한 것이었다.

아내나 주위 사람들이 나를 손가락질하는 이 어처구니없는 열심은, 좀더 솔직히 말해, 무척 무척 추운 겨울 때문이었다. 여인의 맨발, 이 하냥 같은 웃음기나, 노변 화원 앞 미친 사람의 그 한결같은 보행 앞에 그대로 닥칠 맹렬한 바람과 추위와 눈보라는 생각만 해도 무서운 것이었다.

여인은 커피 한 잔을 다 마시고 난 뒤 묻지도 않은 자신의 과거를 또렷또렷한 말로 이야기했다. 삼 년 전 자기를 범하려던 의부를 어쩌다가 떠민 것이 넘어져 뇌진탕을 일으켰고, 끝내는 반신불수의 폐인으로 만들었고, 완고한 기독교 신자인 어머님을 따라 기도원에 갇혀 정신병 치료를 받다가 한밤중 발목에 차인 쇠사슬을 끊고 도망쳐왔다고 했다.

"난 내가 미쳤는지 성한지 도통 모르겠어요."

여인은 푸우── 하면서 긴 한숨을 뱉더니 스르르 눈을 감았다.

나는 묻고 싶었던 말을 스스로 해대는 여인이 어찌나 대견하고 고마운지, 사뭇 가쁜 숨결로 이야기를 듣다 말고 몇 번이나 "아, 그랬었군요!" "저런! 어쩌다가 그렇게 됐을까요!" 등의 다소 바보스러운 탄성을 내뱉곤 했던 것이다.

나는 다방을 나오기 바로 전에 일금 삼백 원에 산 등산모를 여인의 품에 안겨주면서 말했다. 나의 목소리는 사뭇 떨려 나왔을 것이었다.

"이 모자를 가지고 내일 낮에 한 번만 더 나와줘요! 당신이 만약 이 모자를 누구에게인가 선사하면 그는 무척 행복하다 생각할 것이고, 그리고 말입니다, 또 당신은 절대 외로워지지 않을 겁니다. 꼭입니다, 네에?"

"……"

빤히 나를 올려다보며 가뜩 영문을 몰라 더욱 백치 같은 표정의 여인 앞에서 나는 더욱더 진지하게 말했다.

"겨울이 무섭지 않으세요? 이제 조금만 더 있으면 그 무서운 겨울이 온단 말입니다! 그 지긋지긋한 기도원에라도 간다면 모르지만 그 무서운 겨울을 어디서 나겠습니까? 이 모자를 꼭 안고 나오세요, 내일!"

여인의 깊게 끄덕거리는 목을 다소 흥분해서 내려다보고 있는 나의 시선 속으로 조소에 절은 무수한 시선들이 맞들어와 박혔던 것이다.

그가 두 번째 "아, 따갑군!" 하며 파들파들 떨리는 손을 들어 햇볕을 막다가 그 손으로 다시 조용한 지휘를 시작했을 때 나는 용기를 내어 그의 깡마른 손목을 잡아끌었다. 갑작스러운 나의 행동이 무척 무례했던지 그는 나의 손안에 잡힌 손목을 신경질적으로 뿌리치며 별안간 언성을 높였다.

"이거 왜 이러오? 못 놓겠소?"

"참으로 바삐 선생께 알릴 일이 있어 이러는 겁니다. 자 나를 따라오세요."

"흥! 이거 놓으라니깐. 뭐요, 선생은 뭐요? 사복 경관인가?"

"천만에요. 나는 선생께 기쁨을 전해줄 산타클로스올시다."

그는 버둥대던 손에 갑자기 맥을 풀면서 나는 고사하고 그를 보아온 모든 사람들이면 아마 처음 보는 큰 웃음을 터뜨렸다.

"하하하──미친놈이군, 이놈. 그래 적막강산에 초추가 완연한데 엄동설한이라고 산타클로스가 어디 있어? 하하──."

"여보시오 선생. 너무나 무례한 말 아닌가요, 네?"

그가 불쑥 내뱉은 '미친놈'이라든가, 너무나 당돌하게 행해버린 그의 웃음이라든가 하는 실례보다는, 내 편에서도 인정하고 있는 광인의 호통을 따라 손뼉까지 쳐대며 호들갑을 떠는 주위 사람들의 수선에 나는 꽤 짙은 수치감을 느끼고 있었다.

그는 몹시 계면쩍어 있는 나를 아랑곳없이 예의 보행을 계속하면서 나직이 중얼거렸다.

"충무로에서 많이 당했지. 일당을 벌려고 길가에서 서성대는 악사들을 대구 잡아가더군. 도로교통법 위반이라든가…뭐라던가. 대로에서 교통에 방해가 되는 수단으로 앉거나 서거나 서성대는 자! 그렇소?"

그가 이러면서 내 앞에 우뚝 멈춰 섰을 때 나는 다시 그의 손목을 아까보다 더 세게 움켜쥐었다. 그리고 촌각의 여유도 주지 않고 그의 귓바퀴에다 대고 소곤댔다.

"자아, 이것과 선생에게 절대 필요한 모자와 바꾸지 않겠소? 선생은 아 따갑군! 하면서 예술적 영감을 안 흐려도 되는 것입니다. 자아 보세요, 밑을!"

그는 이미 그의 바른손에다 쥐여주다시피 들이민 일백오십 원짜리 빨간 여자용 비닐 슬리퍼를 내려다보고 있더니 다시 고개를 들곤 왠지 모르게 송알송알 땀이 맺혀 있는 나의 얼굴을 물끄러미 건너다볼 뿐이었다.

나는 다소 성급하게 그를 보도 위로 끌어내면서 길 잃은 유치원 아동을 달래듯 그의 등을 도닥거려주며 여전히 소곤대고 있었다.

"선생의 산보는 너무나 너무나도 짧은 거리 안에서만 행해진단 말입니다. 매일 열 걸음씩만 더 연장해보면 어떨까요. 산에도 오르구요. 아, 산은 얼마나 좋은가요."

그는 도무지 생소한 곳에 던져지기라도 한 듯 나를 따라 서툴게도 보도 위를 걸으며 불쑥 뱉었다.

"도대체 내 모자는 어디 있는 거요. 불볕을 가려줄 내 모자는 말이오. 그리고 이 슬리퍼는 대체 어디다 쓰는 거요?"

나는 그의 손을 붙잡고 재빨리 차도를 건너뛰어서는 다방 문을 밀고 들어섰다.

여인은 좀 전에 내가 시킨 대로 그렇게 얌전히도 앉아 있었다. 어항 속 열대어들의 회유를 진지하게 바라보고 있는 여인의 맞은편 자리에다 그를 앉혀놓고 나는 무척 간절하게 연설하듯 말했다.

"이 선생께서 당신에게 슬리퍼를 선사하는군요. 선생을 위해서 이분은 모자를 샀답니다. 아, 세상은 생각하는 것보단 정말 아름답군요. 어쩌면."

나는 부러 바보 같은 탄성을 연방 내뱉으며 그들의 눈치를 살폈는데 그들의 시선은 이미 나를 잊은 듯 무척이나 조심스러운 눈빛으로 눈싸움할 때처럼 서로를 열심히도 관찰하고 있었다.

나는 부스스 일어나 카운터로 가 커피 두 잔 값을 치르면서 몹시 불만에 찬 마담에게 그럴싸한 거짓으로 또 바보처럼 지껄였다.

"사실은 서로가 오래전에 헤어졌다 만난 부부라는군요. 아, 얼마나 기막힌 일인가요! 가능하면 음악은 조용한 걸로…그리고 저 부인은 간혹 만중 앞에서 소변보는 버릇이 있다는데 그럴 리도 없지만 혹 그럴 땐 마담께서 이해하셔야 되겠지요. 아 기쁘군요, 나의 일처럼…."

내가 이렇게 지껄이고 있는 동안 그들은 서로가 아무 말도 하진 않았을 것이다. 여인이 슬리퍼를 신은 채 이리저리 맵시를 보고 그가 모자를 눌러쓴 채 또 그렇게 우쭐대는 틈에 나는 다방을 나왔다.

다방 문 앞에는 서른은 넘을 성싶은 사람들이 웅성웅성 모여 섰다가 내가 나오자 서서히 흩어졌다.

내가 집에 돌아왔을 때 아내와 전파상 주인은 꼭 같이 몹시 불만스러운 얼굴들이었다.

"아니 이사 갈 채비는 않구 당신은 도대체 무슨 망령이 들어 미친것들 시중만 들구 다니우? 아니 꿈도 아니지 이거…저이헌테 필경 귀신이 씌었다구! 굿을 해야 할까요, 차암——."

나는 아내의 불만스러운 투정을 귓가로 흘리며 전파상 주인에게 퍽 공손하게 인사를 했다.

"웬일이십니까, 여길….."

"딱 잘라 말씀드리죠. 그 사람 때문에 영업상 지장이 많은뎁쇼. 근데 박정하게 쫓을 수 없는 것이 선생 때문이란 말입니다. 도대체 어떤 관계인가요?"

"그는 유명한 악사였을 것입니다. 오갈 곳 없이 돼버린 유명한 악사….."

"그런 소리 듣자는 게 아니굽쇼…그냥 몽둥이찜질이라도 멕여 쫓습니다? 뭐 상관없으시겠죠?"

"아무렴요! 그야 댁의 사정대로 허는 거죠 뭘."

나는 전파상 주인의 단언과 아내의 말을 완강하게 저지하며 나도 모르게 돼지 발목처럼 투실투실 살이 오른 전파상 주인의 손목을 꼬옥 잡아 쥐었다.

"절대 안 되지요! 사람이 사는 동안 제일 슬픈 것은 뭔지 아시나요?"

"그래서요?"

"미친 사람입니다. 미친 사람처럼 슬픈 동물은 없는 것입니다. 그런데 그런데…그 사람은 지금 곧 미치려고 한다는 말입니다."

"아니, 그 사람이 돌아두 천만번은 돈 사람인데 미치려구 한다니요?"

"…하여튼 곧 가게 될지도 몰라요. 아참, 이틀만 참아주시지요! 꼭 이틀만."

나는 마루 위로 벌렁 나자빠지면서 실로 제일 솔직한 뜻을 한숨처럼 내뱉고 있었다.

"난 그 사람의 중매를 서고 있는 겁니다. 겨울이 오기 전에 떠나보내고 싶은 겁니다. 교미 중인 개를 두들겨보신 적이 있나요? 네에?"

이삿짐을 싸느라 끙끙 안간힘을 써대는 아내의 입에서 너무나 아연한 이야기가 새어나왔다.

"공들인 잿밥에 곰팡이 핀다구, 글쎄 이사는 엿새나 미루고 망령이더니 꼴좋구라! 화원 앞에 굿 났대요. 미친 것들이 치고받고 싸운대잖아."

나는 꾸리던 짐을 팽개치고 그냥 내달았다. 내가 화원 앞에 이르렀을 때 그들은 엉겨붙은 채 난투를 계속하고 있었고 개싸움 구경하듯 겹겹이 둘러선 사람들은 저마다 한마디씩 뱉는 것이었다.

"허 참 고것들 맹랑헌데? 한참 사이좋게 서성대더니 별안간 치고받고 야단일쎄그려."

"어려운 싸움이야. 서로 미쳤대니 원 이런 환장할 일이 또 있담!"

나는 잠시 밀집한 사람들 틈새로 비집고 선 채 사뭇 즐거운 충격을 받고 있었다. 우선 여인이 슬리퍼를 신은 채 이 노변 화원을 찾아왔다는 사실이 그랬고, 저 치열한 난투가 어떻든 그들 사이의 퍽은 친근했던 경위의 발전임이 틀림없을 것이라는 확신으로였다. 그러나 이들의 싸움은 이 같은 나의 기대와는 달리 섣불리 끝날 것 같지는 않았다.

그것은 응당 터져나와야 할 욕설이라든가 고함보다는 서로 치고 맞는 그 동작들에 온갖 열의를 쏟는 것으로 다소 불길한 짐작이 가는 것이었다.

나는 사람들을 비집고 나가 재빨리 그와 여인의 사이에 끼어들었다. 여인은 가쁜 숨을 내쉬며 그새 내동댕이쳐진 슬리퍼를 주워 들 생각도 않고 깊은 팔짱을 끼며 멈춰 섰고 그는 언제 그랬느냐 듯이 등산모를 고쳐 쓰더니 이내 질서의 보행을 시작했다.

여인의 그 엷은 웃음은 오늘따라 사뭇 비통한 설움을 담고 하이얀 얼굴에 골고루 퍼지고 있었으며 그의 보행도 여느 때보다 더 지겹도록 차분히 가라앉아들었다.

나는 다소 허기졌다.

애당초 상식이나 정상을 가지고는 한 가지도 이해할 수 없는 관심만으로 얼마나 이들을 위해 열심이었던가.

나는 막 내 앞으로 다가와 다시 서서히 돌아서는 그를 우악스레 붙들어 세우고는 좀은 성이 나 물었다.

"도대체 왜들 이러는 거요? 왜 싸우느냔 말요."

"이거 보오. 아 글쎄 저 미친것이 자기가 성녀라는구먼. 제가 예수라나?"

여인도 지지 않고 빈정댔다.

"제까짓 게 뭐 베토벤이라나? 흥! 미치긴 네가 미쳤지 누가 미쳐?"

나는 그들을 번갈아 쳐다보며 또 바보처럼 되뇌었다.

"그렇습니다. 당신 같진 않죠, 예수는. 그렇지 않구요, 베토벤이 선생 같진 않습니다. 그는 훨씬 더 선생보다 위대하고 또 잘났지요. 우선 귀가 먹었지 않았습니까? 베토벤은 제일 모자를 싫어했답니다. 예수는 슬리퍼를 신지 않았구요. 그렇습니다. 당신들은 그 누구도 아니에요. 그렇지 않구요!"

사람들이 제멋대로 까르르대는 소리를 소음처럼 들으며 이제는 어쩔 수도 없는 일이라고 그 자리에 못 박은 듯 서버렸을 때, 여인은 언젠가 무척 속 닳이는 가을이 내리던 날, 활활 타던 놀을 어깨에 지고 절름절름 산속으로 들어갔을 때처럼 이미 저만큼 걸어나가고 있었다.

나는 여인을 뒤좇으려다 말고 문득 서버리고 말았는데, 그것은 사십을 갓 넘은 보잘것없는 그가, 보행을 중지하고, 유심히 여인의 뒷모습을 바라보고 있었기 때문이었다.

나는 그의 팔을 붙들고 다시 한 번 애타게 소곤대고 있었다.

"선생. 겨울이 무섭지 않습니까? 그리고 이 많은 사람들의 관심이 두렵지 않습니까? 여인은 지금 무척 서러워 있을 거예요. 조금만 도리질을 해보시지요. 당신이 왜 이 무서운 관심들 앞에서 교미 중인 개처럼 꼼짝 못해야 할까요, 네에? 그리고 말입니다, 사실 나는 지금이라도 이사를 가야 할 형편인데요. 그런데 나는 선생 때문에 꼼짝도 못하고 있는 겁니다."

누가 봐도 그보다는 내가 더 미쳐 있을 것이었다. 여인의 모습이 골목길로 감추어져버리고 그가 그 얄밉고 지겨운 보행을 다시 시작했을 때 나는 눈앞이 아찔한 현기증마저 느끼며 걸음을 옮기기 시작했다. 이제 서늘해버린 가을 하늘 속에 눈길을 담으면서

나는 그동안 내가 얼마나 밑져버렸는가를 속셈하고 있었다.

내가 더덜거리는 삼륜차에 몸을 실었을 때 후질후질 가을비가 내렸다.

그 좋은 날 다 보내고 하필이면 비가 오는 날 이사냐고 투덜대는 아내의 등을 도닥거려주며, 사람이 사는 동안 무척 엉뚱한 일에 한두 번 밑지는 것이냐고 몇 번이고 타이르고 있었다.

삼륜차가 그 동네 초입을 돌 때쯤 나는 실로 무심코 그곳으로 눈길을 보냈는데 잠시 후 나는 기쁨인지 슬픔인지 분간 못 할 격랑을 한가슴 뿌듯하도록 일렁이며 몹시 떨고 있었다.

어쩌면 다시는 못 볼 그 사십을 갓 넘었을 성싶은 사내가 보행의 한계를 백 보는 더 벗어나 골목길을 접어들고 있는 것이었다. 그보다도 사실 내가 떨고 있는 절대의 원인은 그의 손에 들려 가는 새빨간 비닐 슬리퍼였다.

후둑후둑 빗방울로 얼룩지는 백미러 속으로 그가 점처럼 멀리 작아질 때까지 나는 부끄러움도 없이 큰 소리로 되뇌고 있었다.

(꼬옥 껴안고 겨울을 나야 하네…무서운 관심들 앞에 따로들 서 있지 말고…행여 휑한 겨울 논 위의 개들처럼 그렇게들 되지 말고…하여튼 사람들 틈에 같이 끼여서들 살아야….)

말 못하는 주례의 간곡한 끝말이 이럴 것이었다.

운주 동자상(雲州童子像)

운주댁의 태주 점은 정말로 용했다. 어떤 문복(問卜)이든 간에 속이 후련하게 뽑아내는 운주댁의 태주 점을 두고 사람들은 "귀신이 곡할 정도로 용하다"느니 "고것이 족집게지 어디 사람이냐"느니 하고 떠들어대는 것이었다. 그렇다고 복채가 비싼 것도 아니요 기껏 쌀 한 되면 족했다.

장천읍에서 금마까지는 청청 사십 리 길——줄을 잇는 문복자들이 운주댁의 토방 안에서 수선을 피울 때래야 겨우 장끼 등어리에 이슬 마르기도 전이니, 사람들은 허연 새벽달을 이고 밤새 걸어왔다는 이치렷다.

사람들은 운주댁을 무척 어려워했다. 토방 안에 쪼그려 앉은 문복자들의 두런대는 소리가 들리면 방 안에서는 서너 번 마른 기침 소리에 이어 봄볕에 송화 터지는 듯한 향불 냄새가 문풍지 새로 풀풀 새는데 그러고도 한참 후라야 터엉——하고 방문이 열리는 것이었다.

"잡것들! 또 왔남? 또 왔나암? 이구우 귀찮어서 죽것네거. 꼬라지들이 누렇게 탕기가 서렸구나아——세상천지 근심이란 근심들은 워쩐다구 다 싸들고 와서는 지랄이 지랄이나암? 후딱 쳐들어와부아, 후딱!"

이렇게 쏘아붙여도 사람들은 군소리 한마디 없다. 소지로 올릴 백지 다발이나 복채를 낼 쌀자루를 이마에 닿게 추켜올리고는 서슬 퍼런 운주댁 앞에 물렁물렁 무릎들을 꿇는다.

"자알 주무셨능게유우——."

육순 노파가 손을 모아 넙죽 엎드린다.

"지랄허구 자빠졌네. 잘 자기는 뭘 자알 자? 어지께는 뒷집 황구가 워찌께두 짖어대든지 깜짝깜짝 놀라다가 이불요가 다 젖도록 소피만 재렸다. 히이잉——."

운주댁은 고개를 살래살래 내저으며 꼭 어린애처럼 웃는다. 연신 헛바닥을 날름날름해 보이면서 새끼손가락을 자근자근 씹어댄다.

"손자놈이 서울루다 그냥 도망질을 놔버렸는디유 고놈 행방을 워찌께 탐지해야 헐뀨우?"

운주댁의 얼굴이 갑자기 상기된다. 발그레 달아오른 얼굴이 서서히 체머리질을 시작한다. 이때부터 운주댁의 눈망울은 허옇게 흰창을 늘린다. 눈꼬리께로 몰린 눈동자가 가뭄에 지레 터진 팥알처럼 팽그르팽그르 돈다.

"진복어으, 진복어으——니는 아냐? 니는 아나암? 몰라! 나는 몰라아—— 저는 다 알구서두 다 알구서두…."

운주댁의 눈은 다 헌 상 위에 댕그렇게 놓인 거무스레한 동자상에 못 박힌다.

한참이나 지나서였다.

"동자가 그러시는디 느그 손자놈은 막굴에 백혔디야."

"막굴이유? 아니, 막굴은 바로 윗동네인데유?"

"윗동네구 서울이구 간에 좌우당간 막굴에 백혔다는디 뭘 워쩌어? 별시답지 않은 놈 다 보겠네 거, 쯧!"

운주댁이 어린애처럼 쩽 투정을 놓았다.

육순 노파가 허겁지겁 돌아간다. 서울로 갔다던 손자놈이 막굴 철령이네 집 헛간에서 잡혔던 것도 물론이다.

동자상을 보고 점괘를 푸는 탓인지 운주댁의 태주 점은 또 동자 점이라고 불리었다.

겉보기로는 채 다듬지도 않은 동자상이었다. 운주 동자상이라고만 알고 있는 터이지만 이 동자상이라는 것이 기껏 오월 보릿대만 한 키에 흔한 소나무로 만든 목각상(木刻像)이었다.

운주댁의 용한 점괘에 훼훼 혀를 내두르는 사람들도, 하찮은 운주 동자상이 운주댁에게 왜 저렇게 용한 신명을 주는지는 아무도 모른다. 그리고 점괘를 내는 동안만은 숫제 어린애가 돼버리는 운주댁의 깊은 심사도 알 길이 없다. 운주댁은 어린애처럼 키들거리다가, 느닷없이 소꿉장난을 하는가 하면, 또 멀쩡하게 앉아 홍건한 오줌을 싸기도 했다. 이 모든 거동은 다 점괘를 내는 동안에만 불쑥불쑥 터져나오는 것이었다.

한눈에도 그렇게 소담스러울 수가 없었다. 한들한들 치맛귀를 나붙대며 마슬을 돌 때는 겯만 스쳐가도 홍도화 향기가 풍겼다. 박속같이 번지르한 속살이 꼬옥 맨 치마 허리춤 밖으로 강엿 물리듯 두 겹은 실히 비집었다. 아장거리는 장딴지에 통통한 알이 배게 달음질을 칠 때면 엉덩이는 터질 듯 보챘다.

운주댁 말로는 자기가 스물일곱 살이라 했다.

비가 후질후질 쏟아지던 날 밤이었다. 얌생이 최가 놈이 문복을 올렸다.

"아무리 촌구석에다 탯줄을 묻은 놈이지만서두 이거 되갔슈? 농암골 경순이가 좋아 죽겠는데유…벌써 서른다섯 노총각이유. 워찌께 안 될까유? 장가들 복은 영 없나유?"

이상한 일이렷다. 운주댁은 좀체로 점괘를 낼 심산이 아니었다. 점괘가 떨어지려면 동자상과 눈씨름을 시작해야 할 텐데, 운주댁은 멀거니 최가놈의 우락부락한 얼굴만 바라다보고 있는 것이었다.

찰방울 같은 최가 놈의 눈망울이 육덕 좋은 운주댁의 구석구석을 훑어내리면서 입 안으론 벌써 엿물이 괘가는 터였다. 한숨을 내쉴 때마다 속이 달아오르는 단내를 풍기며 최가 놈은 억세게도 욕정을 참아내는 눈치였다.

"가지! 후딱 처가라고!"

별안간 운주댁의 고함 소리가 터졌다.

"언제유? 복이 들 날이라두 잽혔남유?"

"암, 아암——오늘 밤에 당장 간다, 당장 간다!"

최가 놈은 일어나면서도 눈꼬리가 틀리도록 서운한 미련을 달았다.

최가 놈이 내민 복채 쌀자루가 별안간 앞으로 당겨졌다. 찰방울 같은 눈망울을 놀라 뜨고 엉거주춤 일어나 앉으려던 최가 놈은 벌써 어지러운 단내를 맡고 있었다.

쌀자루 끝을 꼬옥 쥔 운주댁의 손이 바들바들 떨리는 것은 고사하고라도, 최가 놈 머리통은 기실 펑퍼짐하게 열린 운주댁의 젖가슴 속에 담겨 있던 것이다.

최가 놈은 당창총 덧난 퇴종 황소처럼 사뭇 있는 힘을 다해 헐떡거렸다. 외줄로 오르던 향불 연기가 풍비박산하여 고미로만 흩어지고, 이리저리 밀리는 상 위에서 동자상이 덜거덩덜거덩 뛰놀았다.

"장가 한버언 씨언허게 간다아! 씨언허게 간다아──이게 믄 지라알 이나암? 근데 진복이는 워디 가구! 워디 가구! 위째 이려? 위째 이려? 아휴! 아휴우──."

처맛귀의 홍건한 낙숫물이 제법 주룩주룩 쏟아져내리는 모양이었다. 최가 놈이 징 박은 망아지처럼 현기증을 담고 사뭇 신작로 뛰듯 할 때였다.

상 위의 동자상이 하필이면 운주댁의 이마를 때리며 나동그라졌다.

"엄마아──."

헐떡이던 운주댁이 별안간 숨넘어가는 비명을 지르며 흰창을 늘리더니 소스라쳐 일어서는 것이었다. 쌍불 심지를 켠 최가 놈의 눈망울이 버얼건 핏기를 담고 막무가내 운주댁을 덮치려 용을 쓰지만, 운주댁은 벌써 방문을 차고 나간 뒤였다.

운주댁은 벌거벗은 채로 토방을 뛰놀며 금세 철없는 어린것이 되어버렸다. 문지방을 막 넘어서려던 최가 놈은 뭔가 미끈거리는 물기를 밟고 벌렁 나자빠졌다. 그새 홍건하게 방바닥을 적신 오줌이었다.

"엄마아—— 이놈 봐아."

운주댁은 고래고래 악을 써대며 벌겋게 단 몸뚱이로 써늘한 빗줄을 맞고 있었다.

동자상은 한쪽 눈알이 없었다. 머얼겋게 뜬 외눈은 필경 이 세상의 것을 보고 있는 것 같지 않았다. 눈썹은 검푸른 색으로 길게도 흘러내려 오목 파인 입 가장자리에까지 와 닿았고, 콧구멍이 없는 덩실한 콧대 한가운데로 빨간색의 점이 박혀 있었다. 함지박처럼 반지르하게 밀어낸 머리통 가마골 자리에 한 줌은 될 성싶은 마른 솔잎들이 꽂혀 있는 동자상의 얼굴은, 한마디로 못내 울음을 참는 그런 처량한 형국이었다. 헐렁거리는 파란색의 조끼와 노랑색의 치마를 해 입힌 동자상은 오른손으로 운주동자태주(雲州童子太主)라고 쓴 조그만 팻말을 들고 있었다.

"운주골에서두 최고 가는 전각쟁이가 내 이름을 붙여줬구, 내 옷은 해룡당 태극 성주의 바느질이여."

운주댁은 문복자들 앞에서 희뿌연 햇살이 들이비치는 고미 쪽으로 눈길을 박았다.

문복자들은 궁금했던 한 가지 의문을 기어코 묻고 만다.

"당년 몇이신데 그류? 태주님은 스물일곱이라구 하셨잖유?"

"내가 언제 그랬남!"

"그럼유?"

"여섯 살!…."

"…?"

문복자들은 조심스럽게 키들거린다.

"성체가 산 꼬불 물 꼬불 태극 영전을 돌아, 황옥만당에다 태를 심구 운주성에 스셨난데에——부정탄 합삭동자가 태주로써 신근을 심구우——동자 태주를 뫼셔서 천지를 대명허게 허니라아——."

장천읍에서 새벽길을 치달려온 문복자들은 신명이 올라 체머리를 떠는 운주댁을 그냥 구경하는 것만으로도 용한 점괘를 얻은 양 답답하던 가슴이 후련하게 터지는 것이었고, 마을 사람들은 저런 귀신 같은 점쟁이를 자기들의 동네에 둔 것만으로도 복단지를 얻은 것이나 다름없는 마음이었다.

얌생이 최가 놈은 방구석에 쭈그리고 앉아 운주댁이 이 성곡 말에 처음 발을 들여놓았을 때를 떠올리고 있었다.

장승재를 넘어 가산을 잇는 샛길 위로 낯선 아낙 한 사람이 터벅터벅 걸어오고 있었다. 아낙이 마을 행주터에 이른 때는 마침 저녁도 끝낸 마슬참이었다.

아낙은 행주터에 이르러, 모깃불가에로 빙 둘러앉은 동네 사람들 곁으로 별안간 바짝 파고 들었다.

"고자놈 잠지만도 못헌 것들! 쯧쯧 그래 운주동자가 오셨는데두 인사 채릴 줄도 모르구서. 에잉——그러니까 이놈의 동네에 삽살이 꼈지."

아낙은 가슴에 꼬옥 껴안고 있던 동자상을 길 한가운데다 내려놓고는 연신 넙죽넙죽 절을 해댔다. 그러고 나선 마을을 싸고 선 산릉을 한동안 훑어가는 것이었다.

"삽살은 껐지만서두…운주동자 태주가 신기를 심그시기는 그중 명당이고나. 진복아 진복아, 퍽퍽 떠내거라. 삽살을 퍽퍽 떠내서는 천명성지를 닦어라잉…."

마을 사람들은 미친 여자이거니 했다. 서로들 멍청한 얼굴로만 맞쳐다보며 영문을 몰라 했다.

잠시 후였다. 아낙은 그 자리에서 치맛귀를 홀홀 걷어쥐고는 쪼그려 앉았다. 하얀 엉덩이가 보이는가 싶더니 쐐애——하는 물줄 소리가 푸석거리는 땅을 팠다.

"저런 쌍것! 아니, 저런 쌀매를 들 년이 워디서 오줌발을 놓아?"

칠순이 다 된 석수 영감이 버럭 고함을 질렀다.

아낙은 힐끗 건성으로 돌아보더니 연신 혀를 차대며 중얼거리는 것이었다.

"삼월에 며느리 잡어묵고, 오월에는 할망구도 잡어묵었구나, 히잉—— 그것이 다 사골 중에 하나 빠진 놈 비석 잘못 쓴 죄니라아. 쯧쯧——."

아낙은 찔끔찔끔 막바지 오줌발을 천연덕스레 다 짜내고 나서야 속곳을 올려 입었다. 아낙은 동자상을 꼬옥 껴안고 일어서서는 할래할래 걸음을 놨다.

사람들은 갑자기 두런거리기 시작했다. 석수 영감에게 내뱉은 아낙의 말은 하나도 틀린 말이 아니었기 때문이었다.

더구나 석수 영감 딴으로는 기절할 노릇뿐인 것이, 금마에서

정미소를 하다 죽은 털보는 외팔이가 아니었던가. 털보 비문을 엿새 걸려 파냈을 때, 육덕 좋기로 이름났던 사십 줄 며느리가 느닷없이 벌렁 나자빠져 죽었었고, 달포도 못 지나 마을 나갔던 할멈이 지네못에 퉁퉁 부어 떴던 것이었다.

"여봐유 아짐씨, 나 좀 봐유."

다급하게 아낙의 뒤를 좇는 석수 영감을 따라 어느새 동네 사람들이 줄을 이었다.

얌생이 최가 놈은 푸우──하고 더운 한숨을 내뿜었다.

운주댁의 태주 점은 한창 신명이 올라가는 것이었다. 문복자들이 피우는 향불 연기가 불길처럼 고미 구석으로 차 방 안은 온통 훈김으로 떴고 운주댁의 손에서 신명나게 놀아나는 핑경이 숨 가쁘게 울어댔다.

얌생이 최가 놈은 뒤란 토담께로 바짝 귀를 종그렸다. 기척이 있을 법한데 아직 감감했다. 최가 놈 마음속으로는 운주댁이 달덩이처럼 떨어져온다. 비 머금은 홍도화 향기처럼 풋풋한 향내로 절인 운주댁의 목덜미가 제 손목으로 또아리처럼 감겨오는 듯도 싶다.

최가 놈이 기다리는 것은 육손이 놈의 여섯 살배기 조카애였다.

두 달 전의 일이었다. 마을 사람들은 참으로 야릇한 구경을 한 적이 있었다.

운주댁은 점을 치기 전에 꼭 다짐을 받는 말이 있었다.

"이 방에 동자는 없지야? 문단속 잘 혔지야?"

"그러믄유."

"그럼 놀아보자, 자아, 자알 놀아보자──."

그제야 핑경이 울기 시작하는 것이었다. 그런데 그날은 장천 읍 문복자 한 사람이 사내아이를 달고 왔다. 워낙 많은 문복자들 이 몰렸던 터라 쪽문 구석에 겨우 끼어 앉은 그 사람을 마을 사 람들도 몰랐던 것이었다.

"이 방에 동자는 없지야? 문단속 자알 혔지야?"

운주댁의 손목이 한 번 거세게 꺾이더니 쨍그렁──하고 핑 경이 막 울때였다.

"있구면유…다섯 살백인데유."

아낙의 말이 떨어지자마자 운주댁의 손은 핑경을 든 채 공중 에서 섬찟 멈추고 말았다.

"워쩌면 좋아! 이 일을 워쩌!"

한두 번 운주댁의 점괘를 받아본 사람들이나 마을 사람들이 기겁해서 고개들을 돌렸을 때, 이미 일은 터지고 말았다.

"뭣이 워쪘? …워쪄어?"

운주댁은 치켜든 손을 바들바들 떨어대기 시작하더니 고개를 쪽문께로 서서히 돌렸다. 다섯 살배기의 천연덕스러운 눈이 운 주댁의 눈을 마주 보고 있었다. 운주댁의 눈빛이 핏기를 담고 타 는 듯했다. 몇 차례 파들파들 눈꺼풀을 떨고 있던 운주댁이 찢어 지는 듯 날카로운 비명을 지르면서 벌렁 나자빠졌다. 운주댁은 벌렁 누운 채로 꽃게처럼 버글버글 거품을 뿜고 있었다.

사내아이를 달고 온 문복자는 마을 사람들로부터 뭇매질을 받고 내처 돌아갔고 운주댁은 나흘 동안을 죽은 듯이 누워 있었다.

최가 놈은 깜빡 졸다 말고 부스스 고쳐 앉는 것이었다. 입술을 쓰윽 훑어내리는 손등 위로 끈끈한 침줄이 내렸다.

마지막 문복자가 쪽문을 열었다. 문 사이로 드러나는 추녀가 눈 앞에서 짓물러 터지는 듯한 달덩이를 얹고 있었다.

운주댁은 입이 찢어지게 긴 하품을 하고 나서는 최가 놈께로 얼굴을 돌렸다. 별안간 핑경 든 손을 미친 듯이 흔들어댔다.

"…또 장가 점인감…?"

"그류….”

운주댁은 전에 없이 요란스럽게 핑경을 흔들어대며 최가 놈을 샅샅이 훑어내린다. 운주댁의 눈길이 퍼런 독기를 담는다.

최가 놈의 귓바퀴가 솔긋 뒤란 토담께로 쏠렸다. 조심스러운 발짝 소리가 쪽문을 향해 다가온다.

"내달 아흐렛날 농암골 범산으로 가그라아——내 말 들었지 이잉? 이잉?"

그때였다. 쪽문이 텅 열리면서 여섯 손가락 새로 문고리가 잡혔다.

육손이 놈 조카애가 멀뚱멀뚱 방 안으로 들어섰다.

"나가! 썩 나가! 쥑여, 안 나가면 쥑일 껴!"

운주댁은 미친 듯이 핑경을 흔들어대며 눈알을 뒤집어 깐다. 입가로는 개비지가 엉킨다.

최가 놈의 억센 팔이 운주댁의 허리통을 사정없이 감아 쥔다. 호롱불이 불기를 잃는가 싶더니 달빛이 뿌옇게 방 안으로 차온다.

최가 놈의 심사는 운주댁을 마음껏 후려보고 나서 동자상을 빼앗을 결심이었다. 동자상만 아니라면 운주댁 같은 여자도 없었다. 농암골 경순이도 다 거짓말이었다. 운주댁을 하냥 철부지 어린것으로 묶어두는 동자상을 못 빼앗을 바에야 차라리 운주댁을 죽이는 편이 최가 놈에게는 편한 이치였다.

운주댁은 동자상을 죽을힘을 다해 꼬옥 껴안고 바동댄다. 목이 조여와 "엄마아——" 소리도 가슴 속에서만 끓는다.

이상한 일이었다. 신명이 올라 평경을 흔들던 일도 먼 꿈속처럼 까맣게 가물거려갔다. 운주댁의 머릿속으로는 운주의 훤한 신작로가 트여오고, 첩첩산중에서 뗏장도 못 입고 작대기 빗줄을 맞고 있는 무덤 하나가 용케도 들어앉는다. 불길 같은 설움이었다.

운주골 태주 점을 사대째 이어 오는 해룡당 태극 성주는 육십을 갓 넘겨 그렁그렁 명줄을 식혀갔다. 유일한 후손이래야 청상과부 외동딸 하나에, 그 딸에게 달랑 열린 여섯 살배기 손자였다.

"아가! 내 너한테 태주를 물려주고 가야 헐 꺼어. 태주는 열 살이 못 된 사내자석만 된다는 것은 너도 자알 알 것이구…태주 점이라는 것도 매한가지 아니나암…동자의 명줄을 멸하여, 멸한 동자의 원한을 신명으로 이어받는 것인데 말여…워찌 생각허능겨? 오늘 밤부터라두 동자 도적질을 나서야…."

외동딸은 펑퍼짐하게 앉은 채 허벅지 위로 눈물을 뿌리고 있었다.

"허지만유, 저도 진복이를 키우는데유, 자석 도적맞은 에미를 생각허면 가슴이 찢겨유우, 못헐 것 같아 그류우…."

"말은 딱 잘러라. 네가 애비의 태주 점을 못 잇겠다면 철천지 웬수여 웬수!…진복이 쟈는 그여 뒈질려구 저러는지…병은 워쩌겠냐? 살어도 빙신 추세라고 허두만…너도 들었쟈?"

노인의 눈빛이 별안간 서글서글한 신기를 담았다. 점괘를 낼 때처럼 별안간 신명이 오르는 것이었다.

외동딸은 노인의 눈길을 피해 자리에서 일어나버리고 말았다.

그날 밤부터 외동딸은 동자 태주를 물색하러 나섰다. 밤길로만 오십 리에서 칠십 리를 행보했으나 차마 남의 자식을 업어올 수는 없었다. 설령 업어온대도 들키기가 십상이요, 뒤주 속에라고 가둬놓고 자근자근 원한을 키워 죽인다 해도 아무러면 친자식 태주처럼 그렇게 용한 점괘를 낼까 싶었던 것이었다.

외동딸도 태주 점에 대해서만은 훤하게 알고 있는 터였다. 태주 점으로 돈을 모아 남부럽지 않게 살아온 내력을 누구보다도 잘 알고 있었다.

태주 점쟁이들의 설움이라면 남의 자식을 태주로 삼았건 친자식을 태주로 삼았건 간에 어차피 고향은 등져서 살아야 한다는 그것이었다.

외동딸은 닷새째를 허탕만 치고 돌아왔다. 그동안 그녀도 어지간히 실성해가고 있는 터였다. 잠 속에서도 푸득푸득 전신을 떨며 식은땀으로 멱을 감는 진복이를 안고 누웠노라면, 소름 끼치는 생각들이 꼬리를 물었다. 태주 동자는 두 가지가 있었다.

하나는 남의 자식을 도둑질해다가 태주를 삼는 것이고 또 하나는 친자식을 태주로 삼는 그것이었다. 어떤 경우이든 한결같은 것은, 동자를 죽여 태주를 삼을 때까지 친자식이든 남의 자식이든 가리지 않고 야금야금 원한을 돋워 죽여야 하는 것이었다.

이불 속에다 바늘을 꽂아두고 손과 발을 묶어 굶기다가 손이 닿지 않는 곳에 밥상을 차려두고…동자가 죽으면 크게 장사를 모시고는 한쪽 눈은 영기(靈氣)로 빼어 가지는 것이었다.

외동딸이 스름스름 실성해가자 노인은 한근심을 더는 듯싶었다. 외동딸은 차츰 저도 모르게 점쟁이의 소양을 갖춰가는 것이렷다.

"아가!"

노인은 하루에도 몇 차례 외동딸을 불러들였다. 외동딸이 들어와 앉으면 희멀겋게 혼기가 빠져가는 눈빛으로 보채듯 묻는 것이었다.

"…진복이 갸는 그저 그렇남?"

"뒈질려나 봐유…."

"…워쩌? 너 애비 말을 들었나암?"

외동딸은 무릎 새에다 얼굴을 파묻고 만다.

"내 며칠 못 넘길 것 같아, 아조 잘라 말허는디…워쩌? 진복이 놈 신기나 맡어두는 게…이래도 저래도 뒈질 바에야…해룡이 가면 천룡이 태주를 받어야 허는디 신당이 어지러워서 후딱 태주를 넣어야 혀어…."

노인은 이미 성성한 정신이 아니었다. 그보다도 태주 점으로 평생을 살아온 차돌 같은 믿음 때문임이 더 옳을 성싶은 것이었다.

외동딸은 노인 앞을 물러나 한달음에 행랑채 외쪽 마루를 올라선다. 우악스럽게 방문을 열어젖히자 진복이는 그 소리에 당개비만큼이나 놀라 퍼덕거린다. 외동딸은 아릿한 눈시울을 껌벅대다 말고 휙 돌아선다. 글썽한 눈 안으로 장승 같은 노인의 모습이 들어온다.

노인은 멀거니 진복이를 내려다보고 선 채 목소리를 떨었다.

"…하루라도 빨리 원한을 사야 되여…내가 눈 감기 전에 장사를 뫼셔드려야…."

노인의 굽은 등이 걷잡을 수 없는 해소 기침에 떨었다.

외동딸은 울어 짓무른 눈꺼풀을 숫제 감아버리는가 싶었다.

"…항아리가 그중 나을 꺼쥬?"

"아암…."

외동딸은 광석 대항아리를 끄응 받쳐 이고 토방을 나섰다. 숨줄도 제대로 못 잇는 노인이 금세 생기가 돌아 삽자루를 들고 뒤를 따랐다.

뻥 뚫린 항아리 주둥이에 서늘한 달빛이 담겼다. 천룡산을 한달음에 비끼는 맞바람이 항아리 주둥이를 지나면서 야릇한 소리로 윙윙 울었다. 외동딸의 목젖에 걸리는 울음이 그 속으로 섞여들었다. 노인은 가래를 끓여대며 읊고 있었다.

"성체가아 ——산꼬부울 물꼬부울 ——태극영전을 도올아 ——황옥만 다앙에 태를 심구우 —— 운주성에에 스셨난데에—— 부정탄 합삭 도옹자가 태주로써 심근을 심구우 —— 동자

태주르을 뫼셔서어 천지르을 대명허게 허니라아——해룡다앙 태극 성주우 신당으을 물러나니이 천룡다앙 동자 태주우 신명 잡구 오르신다."

천룡산 구마등 아래로 항아리 동자반이 파졌다. 외동딸은 그 길로 진복이를 업어다 항아리 속에다 넣었다.

동자반 속에 웅크리고 누운 동자 태주는 여간해서 숨을 거두질 않았고, 그렇기에 외동딸의 실성기는 날이 갈수록 더 원한을 키워갔다.

진복이는 그 후 엿새 동안이나 더 살았다. 항아리를 긁느라 손톱은 벌겋게 핏물이 돋쳐 있었고 차디차게 식은 이마 위로는 마른 솔잎들이 한 줌은 더 쌓여 있었다. 잔뜩 찡그린 채 동자반을 멸한 탓인지, 유독 꼬리가 처진 눈썹은 치들린 입꼬리께로 사뭇 내려얹혀 있었다.

마지막 숨줄은 질긴 울음을 물고 멈추었던 것이었다.

온 마을은 발칵 뒤집혔다. 운주댁은 벌거벗은 채로 토방 위에 자는 듯 죽어 있었다.

"이럴 수가 없지유——거짓말 안유. 엊즈녁에 송아지를 받는데 아 글쎄 핑경 소리가 연방 장삼터를 울리잖어유? 죽었드래두 장삼터에서 죽었어야 옳지. 위째 토방 위서 죽남유?"

"글쎄, 핑경이 오간 데 없으니 거참 요상스러운 목자랑게유."

"핑경 소리가 하도 요란허길래 나는 장삼터에 나와 신명을 올리는가 했쥬. 내다본다 허면서두 원칸 창대 같은 양반이라 행여

부정이나 놀 것 같구 해서 옴싹 못헌 거지유. 하여튼지 핑경을 옆구리에다 차고 내달려두 그렇게 요란스럽지는 안 했을 꺼유. 핑경 고리가 옷에 걸린 줄두 모르는 귀신이나 내달았으면 혹 모르지만유….”

새벽부터 줄을 잇는 문복자들은 흉한 운주댁의 시체를 보면서도 발길을 돌릴 줄을 몰랐다.

적삼 등어리가 후줄그레 젖은 문복자들은 연신 고개를 갸웃거렸다. 문복자들 틈에 섞여 방 안에 모인 마을 조무래기들도 여느 때와 달리 한 떼였다. 문복자들이 제일 궁금한 것은 운주댁의 갑작스러운 죽음보다도 동자상이었다.

운주댁의 손목이 북채처럼 꺾일 때마다 그 요란스럽고 신기했던 핑경 소리며 신명이 오를 때면 족집게로 집어내듯 했던 그 용한 점괘는, 언제나 운주댁의 눈길과 눈싸움질했던 저 동자상의 외눈 속에 들어 있으려니 하는 마음이었다.

폭염

등가래가 앙상한 퇴종 황소는 추욱 늘어진 외쪽 불알통을 요란하게 흔들며 멈춰 섰다.

나는 달구지에서 내렸다.

"산등성이만 넘으면 해안이지유. 가뭄에다 흉어까지 겹쳐 팍팍혈 뀨. 심심찮은 술집이 한 군데 있긴 허지만서두⋯."

농부는 더위에 지쳐 잠꼬대처럼 웅얼거렸다. 달구지는 다시 덜거덕대며 버얼건 황토 농로 위를 굴러갔다.

나는 따분한 기분으로 논길을 걷고 있었다. 기껏 반 뼘 정도로 논바닥을 채운 갈증 같은 물줄이 파란 이끼 거품을 토하면서 버글버글 끓었다. 그 물 위로 사지를 뻗고 뜬 개구리들이 한심스럽게 눈꺼풀을 껌벅대고 있었다.

나는 그 한심스럽게 늘어진 개구리들만큼 지쳐 있었다. 작정하고 나선 여행도 아니었다. 나에게 있어서는 참으로 요행수라고 할 수 있는 은행 수위 직을 스스로 팽개쳐버리고 훌쩍 떠나와 버린 것이었다.

나는 나의 이번 취직에 있어 제일 시급하고 중요한 그 '두 사람'을 서류 마감일인 어제까지 구할 수 없었던 것이었다. 소위 재정 보증인이라는 거였다. 문중 팔촌댁까지를 두루 찾아다니며 파리처럼 손바닥을 비벼봤지만 그자들의 말씀들은 당연했다.

'해주면 얼마나 좋겠는가. 그러나 세상이 하도 어수선해서…그런 고로 섭섭하지만 서로 모른 체해버리는 게 제일 편한 일일진대…나를 욕해다오! 내가 인정 없고 의리 없는 사람이니라.'

그자들은 한결같이 눈물마저 글썽거리는 아픔을 보여주었던 것이다.

나는 이 감당할 수 없는 '아픔' 때문에 훌쩍 떠밀려온 것이었다.

산등성이를 넘자 해안이 펼쳐졌다. 올망졸망한 섬들 사이를 빠지며 마을 앞까지 물머리를 튼 바닷물이 마을을 지나면서 말발굽 모양의 짧고 볼품없는 해안선을 그리고 있었다. 마침 썰물 때여서 하얗게 드러난 물골들이 갈래갈래 지렁이처럼 기어가고 있었으며 시커먼 개펄 위로는 네 척의 중선이 기우뚱 누워 있었다.

십여 채의 초가집들이 모여 있는 그 중간쯤에 달구지를 끌던 농부가 일러준 심심찮은 술집은 앉아 있었다.

화장기가 다소 있는, 유독 손이 투박한 주모가 입이 찢어지게 하품을 해대고 있었고 주모의 건너편 자리에 웬 삼십대의 사내가 막걸리 잔을 홀짝거리고 있었다. 그는 짙은 색안경을 쓰고 있었으며 의복은 남루한 작업복 차림이었다.

삼십대의 사내는 술잔을 홀짝거릴 때마다 흡사 안주처럼 깊은 한숨을 하아 하고 내뱉고 있었다.

나는 그 사내의 하아──하고 내뱉는 깊고 긴 한숨이 숨통을 조이는 땡볕처럼 뜨거워서 싫었다.

"…그래 뭘 드실려구유. 막걸리유 쐬주유우──."

주모는 내 앞에서 아까보다 더한 하품을 내쏟으며 건성으로 물었다. 주모의 눈길은 올망졸망한 섬들 사이를 느슨느슨 빠지며 먼 바다로 향하고 있었다.

"소주로 줘요. 안주는 뭐 있소?"

"저 아자씨 시방 잡수구 있구먼유. 운저리 지진 거지유. 원칸 지독헌 흉어철이라 괴기가 뭐 있어야쥬."

주모는 나의 대답도 기다리지 않고 훌쩍 돌아갔다. 주모의 치맛귀에서 역한 갯냄새가 풍겼다.

주모의 우람한 팔뚝이 도마를 쳐내렸다. 그 소리에 섞여 사내의 한숨 소리가 또 길게 샜다.

나는 아까 주모의 눈길이 훑고 갔던 그 섬들과 먼 연초록 바다를 내다보면서 나를 이 황막한 곳에까지 떠다밀어준 그 아픔에 대해 새삼스럽게 숙고하고 있었다.

지금쯤 그 거만무쌍하던 인사계 직원은 나의 서류들을 휴지통에다 처박고 있을 것이다.

"헛 차암, 뭐 이런 사람이 다 있나 말야. 아니 그래 친척도 없소? 재산세 물고 있는 사람이면 보증을 설 수 있는데 그래, 보증인 못 세워 일자리를 놓칠 셈이요?"

서류 마감을 이틀이나 연기해줬던 인사계의 그 직원은 이틀 후에도 풀이 죽어 들어서는 나를 보고 쩝쩝 쓴 입맛을 다셔댔다.

"선생님! 평생 보은하겠습니다. 저의 보증인이 돼주십쇼! 이렇게 물러서기는 너무나 원통하군요!"

그때, 이 같은 나의 하소는 구김 없는 목맴이었고 무모할 정도의 진실이었다.

"미쳤어? 내가 미쳤어?"

절대의 아픔을 가지고 나를 위로해주었던 그 인사계 직원은 대뜸 새하얗게 눈을 흘기면서 내뱉은 것이었다.

나는 이내 미친 듯이 그야말로 하늘을 날고 있듯 허황하게 웃어버렸다. 웃음의 끝이 목젖에 걸렸을 때 질긴 눈물이 무척 쓰라린 것이라고 느꼈었다.

개펄은 펄펄 끓고 있었다. 미진한 바람결이 이따금 스칠 때마다 저 끓고 있는 개펄이 뿜어올리고 있을 성싶은 끈끈한 열기가 몰려왔다. 나의 머릿속으로는 자욱한 공해의 하늘을 이고 널리 서울의 무수한 아픔들과 그 아픔들이 아침 인사처럼 예사롭게 혹은 끈질기게 끓고 있을 골목들이 거미줄처럼 얽혀왔다.

주모는 졸고 있었다. 짙은 색안경을 쓴 사내는 턱을 괸 채 멀거니 앞을 내다보고 있었다.

"안주 다 됐으면 술을 주시오."

나는 퉁명스럽게 내뱉어버리며 탕 하고 낡은 밥상을 쳤다.

"깜박 멋지게 시들었네 거…."

주모는 땀줄이 밴 앞머리를 쓸어올리며 멋쩍게 웃었다.

나는 주모가 놓고 간 이름도 알 수 없는 멀렁한 소주를 한 잔 따라 마시고 나서 안주 국을 몇 술 떴다. 운저리라는 고기는 그 큰 아가리를 떡어 벌리고 하얗게 익은 눈망울을 치뜨고 있었다.

나는 부지중에 긴 한숨을 내뱉고 있었다. 색안경을 쓴 사내의 한숨이 또 한 번 샜다.

그 사내는 가끔 나를 바라다보는 모양이었다. 올망졸망한 섬들과 꾸불거리는 물골과 시커먼 개펄을 담은 그의 짙은 색안경이 나의 얼굴을 향해 잠시 머물다 가곤 했다.

헐어빠진 발문이 들썩하더니 캡을 쓴 삼십대의 청년 한 사람이 들어왔다. 그는 나와 그리고 짙은 색안경을 쓴 그 삼십대의 사내에 비해 다소 말쑥한 신사복 차림이었다.

"덥군! 후휴── 지독하게 덥군요."

그는 한차례 수선을 피우더니 나와 색안경을 쓴 사내와의 중간쯤에 놓인 의자에 풀썩 주저앉았다. 그는 다소 사람을 오랫동안 쳐다보는 편이었다.

나를 쳐다보고 있는 그의 눈은 흰창에 비해 검은창이 훨씬 많은, 그래서 과히 잔악스럽게 보이는 눈은 아니었다.

나의 얼굴에서 시선을 돌린 그는 색안경을 쓴 사내의 얼굴에서 한동안 시선을 머무는 듯싶었다. 그의 시선은 색안경을 쓴 사내의 얼굴에서부터 발등까지를 서서히 훑어내리고 있었다. 그러고 나서 주모에게 말했다.

"술 좀 주시오, 그리고 말요, 계명리라는 곳이 이 근방이지요?"

주모는 졸린 눈을 껌벅대며 대답했다.

"여기두 계명리지만서 진짜 마을은 바로 저 등성이 너머지유."

캡을 쓴 사내는 고개를 끄덕이고 나서 푸우── 한숨을 내뿜었다. 그가 술상을 받았을 때 어부들인 성싶은 사람들 한 떼가 발을 들치고 들어왔다.

그들은 막걸리 두어 사발씩을 단숨에 들이켜고는 또 바람처럼 우르르 몰려 나가버린다.

술집 안에는 나와 캡을 쓴 사내와 그리고 짙은 색안경을 쓴 사내 세 사람뿐이었다. 공교로운 것은 세 사람이 다들 말이 없다는 것과 가끔씩 청승맞은 한숨들을 내뿜는다는 것, 그리고 똑같이 더위에 지쳐 있다는 사실이었다.

나는 이런 여러 가지 점으로 미루어보아 나머지 두 사람도 아마 나만큼 따분해 있고, 또 나처럼 범상한 아픔들을 짓씹고 있을는지도 모른다는 야릇한 안도감을 확인하고 있었다.

주모는 무척 심심한 모양이었다. 그녀는 턱을 괴고 앉아 논바닥 속의 개구리들처럼 한심스럽게 눈꺼풀을 껌벅이고 있었다. 그녀의 두툼한 목덜미에서 더위를 이기는 기진한 맥박이 느슨느슨 뛰놀고 있었다.

하얀 물골들이 갈래갈래 흩어진 가지들을 모으고 있었다. 물골을 넘치는 바닷물이 점점 개펄을 먹어가며 번졌다. 들물이 시작된 바다 위로 폭양의 진한 햇살을 날개 위에 실은 기진한 갈매기 한 마리가 떠돌았다.

이때 별안간 내뱉는 주모의 푸념은 퍽이나 반가운 것이었다. 기실 나의 소원은 한시라도 바삐 이처럼 눅눅한 아픔 속에서 벗어나는 것이었다. 해수욕장도 아닌, 거기다 흉어기마저 겹친 이런 볼품없는 어촌으로 떠밀려 온 것도 호젓하게 울어버리든가, 아니면 술이라도 곤죽이 되도록 처마시고 실컷 욕이라도 쏟아놓고 싶은 그런 평범한 마음에서였다. 나는 마음이 맞는 사람과 실컷 술을 마시며 이 세상의 아픔들에 대해 지치도록 욕설을 퍼붓고 싶었던 것이었다.

"거참 요상스럽네유잉. 말씨들이 서울 양반들인 모양인데 워티께 그렇게두 얼굴들을 가르지유? 우리 고장 사람들 같으면 혼자서는 심심해서 술 못 마셔유. 주거니 받거니 생판 모른 사람허구두 사심들을 트구, 거참 귀경꺼리 한번 되게 오지네유."

주모는 말을 마치고 두툼한 아래턱을 통째 떨며 후후——웃었다.

세 사람은 어지간히 취해 있던 터라 주모의 이 한마디에서 쉽게 흔연스러워질 수 있었다. 사실 나와 캡을 쓴 사내와 짙은 색안경을 쓴 사내는 이 황량한 해변을 지키는 지친 정물들이었다. 그리고 간간이 내뱉는 한숨들을 서로 주고받으며 우리들은 어차피 근소한 차이의 아픔들을 앓고 있는 처지들이라고 감동하고 있었던 것이다.

캡을 쓴 사내가 벗어 든 캡으로 부채질을 해대면서 말했다.

"이거 시골 아주머니 앞에서 되게 초가 됐는데 말요. 우리 아예 술자리를 합합시다."

그는 성큼 일어서서 짙은 색안경을 쓴 사내의 앞으로 걸어갔다. 사내를 마주 보고 앉은 그는 나에게 오라는 손짓을 했다. 색안경을 쓴 사내는 엷게 웃고 있었다. 나는 캡을 쓴 사내 옆에 가 앉았다.

몇 잔의 술이 돌고 난 뒤 우리들은 조심스럽게 아픔들을 털어놓기 시작했다.

"근데 쌍놈의 바닷가가 뭐 이렇게 푹썩 곯았어? 바람기도 하나 없고 복날 개 삶듯 하는구먼. 근데 형씨들은 이런 보잘것없는 곳에 뭣 하러들 온 거요?"

캡을 쓴 사내는 넥타이를 느슨하게 풀어내리며 물었다. 색안경을 쓴 사내는 예의 엷은 웃음기를 흘리며 연거푸 술잔을 들이켰고 나는 캡을 쓴 사내의 말끝을 재빨리 가로채어 평범한 나의 아픔을 취기에 실려 보냈다.

"아 글쎄 말입니다. 세상이 이렇게 험악합니다. 재정 보증인을 못 구해 일자리를 팽개쳐버렸지요. 문중을 싹싹 훑어내리면서 사정을 했지만 허탕을 쳤죠. 이거 어디 살겠습니까. 어디 사람 사는 세상입니까?"

나는 다소 바보스러울 정도로 흥분하고 있었다.

"그것 참 좆같네! 그건 너무했는데 너무했어. 만약 말요, 형씨네가 잘살고 있는 형편이라면 사돈네 팔촌도 서로 보증인으로 나섰을 거요. 근데 문제는 형씨네가 기막히게 못산다는 거기에 있는 거지. 이봐요 이봐, 자아 술이나 듭시다 술을…."

캡을 쓴 사내는 절친했던 친구 사이나 된 것처럼 나의 앙상한 등덜미를 거세게 두들기며 술을 따랐다. 두 사람은 다행스럽게도 범상한 나의 아픔에 대해 진지하게 슬퍼해주고 있었다.

"어색해할 게 조금도 없는 거요. 사실 말이지 절대적인 슬픔이라는 게 따로 없는 거죠. 그런 거예요, 바로 그런 겁니다. 형씨가 당한 것처럼 무조건 캄캄한 것이 바로 절대의 슬픔이요, 분노란 말입니다. 그저 캄캄한 거지요. 캄캄하다 보면 벼랑으로 떨어지는 겁니다. 다시는 사람 구실 제대로 못 해보고 떨어져버리는 것이지요. 형씨는 그까짓 게 뭐 고민거리라도 되는 거이냐고 되게 어색한 모양인데 말입니다. 바로 그런 것이 최대의 슬픔이라니깐 그래요. 슬픔이라는 것이 덩어리가 큰 것은 아닙니다. 그까짓 것은 오히려 관용할 수 있는 거지요. 그러나 그러나 말입니다. 밑에서부터 야금야금 썩어들어가는 것은 못 참게 돼 있습니다. 이거 내가 되게 취했습니다. 이거….”

참으로 오래간만에 그 짙은 색안경을 쓴 사내는 흥분했다. 캡을 쓴 사내도 훈김 같은 열기가 끓는 모양이었다.

“맞았어! 당신 말이 옳은 거야. 나도 매일 그런 것과 대면해요. 당신 말대로 캄캄한 것, 그리고 밑에서부터 야금야금 썩어들어가는 것, 그래서 결국은 캄캄한 벼랑 밑으로 떨어지고 못 참아 죄를 짓고…그런데 말요, 재미있는 것은 모든 죄라는 것이 아주 적절하게 사람들의 선한 본질 앞에 놓여 있거든요. 그리고 덩어리가 큰 죄들은 당연한 선행으로 둔갑되는 거죠, 자아 술이나 듭시다.”

색안경을 쓴 사내는 캡을 쓴 사내의 말에 다소 불만을 느끼는 모양이었다. 가끔 설레설레 고개를 내저었다.

“형씨는 말끝마다 죄 죄 하는데 말입니다. 죄라는 것이 이거 영물입니다. 슬픔과 죄악은 엄연히 다릅니다. 내 말은 슬픔 그 자체가 왜 죄가 되느냐 이겁니다. 못 참아 울어도 죄가 되고 악을 써도 죄가 되고, 종래는 선한 본질을 울게 한 원인들은 기발하게 구속에서 풀려나고 맙니다. 요컨대 원인을 죄인으로 잡아들이자는 그런 말입니다.”

술집 안은 별안간 닳아오르기 시작했다. 주모의 부질없는 한 마디의 푸념은 지극히 따분한 채로 그들 나름의 아픔들을 씹고 있던 기진한 손님들을 별안간 거세게 움직여놓은 것이었다.

"허 참 딱하네. 누가 뭐랬나? 내 말이 바로 당신 말이지 뭘 그래. 죄라는 것이 두 집 못 내고 죽은 바둑 대마 같다면야 누가 뭐래? 모르긴 몰라도 뭔가 아리숭숭하니깐 그렇지. 배고파 십 원짜리 떡 한 개를 훔친 놈이 죄인이냐 아니면 아사 직전의 광경 앞에서 떡을 팔아야만 되겠다는 놈이 죄인이냐. 근데 이거 되게 시시하고 유치하군."

졸고 있는 주모의 콧구멍 앞에서 파리들이 늘축한 콧물을 빨고 있었다. 나는 개펄을 덮어가는 바닷물과 이젠 사뭇 멀리 물 위로 떠버린 작은 섬들을 내다보고 있었다. 물골 위로 미끄러지는 뜰망배 위로 조그만 돛폭이 서서히 오르고 있었다.

캡을 쓴 사내는 색안경을 쓴 사내 앞에서 턱을 괴며 물었다.

"형씨는 도대체 무슨 원인으로 따분합니까?"

색안경을 쓴 사내는 술잔을 비우며 핫핫 하고 웃어젖혔다.

"그렇게 보입니까?"

"그렇소. 되게 따분해 보입니다."

"그래요? 그렇다면 나는 아직까지는 한가한 편이군. 사실 말이지 나는 한가하지 못합니다. 좀 치열해 보여야 할 텐데 말입니다. 형씨도 지금 따분합니까?"

"물론이지요. 나는 따분한 게 내 직업입니다. 이 더운 날, 이 흉악망측한 계명리를 산보할 정도로 따분한 놈이요. 근심이 있어 보이는데, 가령 이분처럼 재정 보증인에 관한 슬픔 같은 아주 상식적인 것 뭐 그런 건 없소?"

색안경을 쓴 사내는 기진한 한숨을 길게 내뿜었다.

"말씀 못 하게 따분합니다. 사실은 며칠 전에 소위 그 캄캄한 것을 경험했습니다. 나는 운전수요. 서른다섯 먹도록 장가 한번 못 들었소. 그런데 자알 나가다가 시시한 연애를 한 번 했소. 차장 아가씨와. 그런데 소장 놈이 내 애인을 덮쳐버렸어요."

"야 그 새끼 형편없는 새끼구먼. 야 그 새끼 그거….”

"바른대로 말하면 나는 그 애를 진심으로 사랑했던 겁니다. 소장 놈과 대판 다투고는 사표를 던졌어요. 이미 그 애도 미치게 싫어졌었고. 막판 배차증을 받자 핸들을 잡았습니다. 그런데 빽미러로 뭔가 잽히더군요. 보니까 그 애하고 소장 놈하고 걸어옵디다. 캄캄하더군….”

"야 그 쌍년놈들 그거. 이봐 형씨! 이거야 미칠 일 아닌가 말야? 안 그래?"

캡을 쓴 사내는 나의 어깻죽지를 우악스럽게 흔들며 열띤 동감을 묻고 있었다.

"버스 여덟 대로 시외 황톳길이나 굴리는 회사에서야 소장이면 왕이죠 왕. 나는 시동을 걸어넣었지요. 그 애하고 소장 놈은 흔연스럽게 내 차 앞을 지나가고 있었소. 그때 캄캄하더군. 또 한 번 캄캄하더군."

색안경을 쓴 사내는 목덜미로 흘러내리는 더러운 땀줄을 손등으로 씻어내며 고개를 떨구었다.

잠을 깬 주모의 입에서 서투른 〈처녀 뱃사공〉이 낮게 흘러나오고 있었다. 나는 색안경을 쓴 사내의 어투에서 그가 어쩌면 나와 비슷한 처지의 사람이 아닌가 하고 짐작했다. 말하자면 세상 살아가기가 무척 피곤하고 역겨운 비상식의 상식인일 거라는──. 나처럼 대학 물도 먹어봤을 것이고, 제 딴으로는 의협심에 불타며 그래서 생존의 아슬아슬한 실다리를 건너다 우직한 정직과 진실에게 몸을 던져버린 그런 사람일 거라는 예감이었다.

캡을 쓴 사내는 한동안 말을 잃고 있었다. 그는 술잔을 비우면서 쓸쓸하게 웃었다.

"도대체 한심스러운 사람들끼리만 모였군. 하긴 그렇지. 따분하지 않고서야 이런 용광로 같은 술집 속에서 술로다 불을 지르고 있겠어? 그런데 말이요, 형씨는 왜 색안경을 쓰고 있는 거요? 답답해 보이는데. 마음 맞는 사람들끼리는 눈으로 얘기를 해야지."

"더워서 그렇소."

"색안경을 벗는 게 더 시원하지 않겠소?"

"몸뚱이가 더운 게 아니거든…사실상의 폭염은 머릿골 속에서 끓고 있는 거요. 머릿골 속이 캄캄한 것들로 꽉 차보시오. 무수한 죄악들을 숨긴 혼연스러운 세상을 제 색대로 봐주다가는 필경 미치고 말 것 같소…한풀 가리우고 대신 내가 당하고 마는 거지."

색안경을 쓴 사내는 고개를 들고 밀물이 시작된 바다를 내다보고 있었다. 바닷물은 갈대숲 속에까지 찰랑대고 있었다.

"충분히 이해는 가오만 형씨 그러다가 사람을 죽일 것 같군."

캡을 쓴 사내는 허탈하게 중얼거렸다.

"형씨는 사람을 죽여본 경험이 있습니까?"

색안경을 쓴 사내는 오히려 반문하고 있었다.

"오우 천만에…나는 사람을 죽일 수 없는 형편 속에서 살고 있소…그러나 내가 형씨라면 그 캄캄했던 순간에 적절하고도 당연하게 미쳐 날뛰었을 것입니다. 모르지…내가 그자들을 죽일 수 있었을는지."

나는 두 사람의 대화와 그 열띤 모습들을 바라보며 퍽은 다행스러운 사실 하나를 느끼고 있었다. 그것은 이 따분한 곳으로 떠밀려오면서부터 다짐했던 소위 실컷 술에 취해 욕설을 퍼붓고 미쳐보자는 실속 없는 기대를 이들은 절절하게 연기하고 있었고, 나는 이들의 긴박한 자유들에 대해 열심히 동조하고 있는 처지 그것이었다.

이런 시시하고 지루한 장소에서, 또한 이처럼 일상의 조그만 아픔의 조각들을 모으며 미칠 수 있는 따분한 사람들끼리 용케도 조우했던 것이며, 나는 이들과의 조우에서 아픔의 숨 막히는 절정을 체험하고 있는 것이었다.

두 사람이 말을 잃고 마주 바라보고 있는 그 틈새로 나는 재빨리 끼어들었다.

"사람이 사람을 죽일 수 있는 처지는 잘 모르겠으나 말입니다, 사람 하나가 당연한 질서 속에서 죽어가기란 너무나 쉽더군요. 아파트에 불이 났었죠. 소위 시범 아파트라는 건물 오층에서 말입니다. 불길에 밀려 부부가 뒤쪽 창틀에 나란히 매어달렸었습니다. 그날은 무척 추운 밤이었죠. 살려달라고 악을 쓰더군요. 경찰관과 방범대원들이 수은등 아래를 뛰어다니며 요란스럽게 호루라기를 불어댔습니다. 방범대원들과 아파트 사무실에서 월급을 타먹고 사는 경비원들은 무턱대고 그들을 향해 소리치는 것이었습니다. 뛰어내리라고. 그러고 나서 그들은 의미 없이 수은등 밑을 질주하며 이내 사라졌다간 잠시 후에 다시 나타나곤 했습니다. 잠깐 사이였죠. 여인이 그야말로 낙화처럼 떨어져 내렸습니다. 지쳐 손을 놔버린 것이었겠죠. 여인은 콘크리트 바닥에 머리를 찧으며 즉사했습니다. 나는 그제야 그 경비원들과 경찰관과 방범대원들이 창틀에 매달린 사람들을 살리고 싶지 않아 있다는 사실을 직감했습니다. 말하자면 그들은 괜히 수선을 피우며 널름대는 불꽃을 무서워하고 있었던 거지요. 허겁지겁 뛰어다님으로써 월급의 몫을 행사해본 것이며 그들은 가능한 한 수시로 몸을 감추면서 자신들의 무모한 정의감을 죽인 거지요. 내가 모포를 들고 허겁지겁 계단을 뛰어내려가고 있을 때 주민들의 비명이 천둥처럼 요란하게 울렸습니다. 남자도 떨어져 죽은 것이었습니다. 소방차는 그러고도 일 분은 뒤에 나타났었죠. 그때가 새벽 두 시 반이었습니다."

캡을 쓴 사내는 탁자 위를 텅텅 쳐대면서 분노하고 있었다.

"야 그 새끼들! 그런 새끼들이 어디 있어? 그런 놈들은 모조리 죽여야 해! 그런 놈들은 말야!"

나는 뭔가 역한 구토증을 느끼며 단숨에 술잔을 비웠다.

"그런데 말씀입니다. 위대한 규제는 그 집의 칠순이 넘은 장모를 실화 혐의로 구속했어요. 경찰관이나 방범대원들이나 경비원들에게는 털끝만큼도 죄를 묻지 않았습니다. 부부는 죽음의 허무함을 그들 앞에 실연해 보인 것뿐이며 그들은 사멸의 무모함을 실감했을 것입니다. 죄라는 것처럼 은폐하기 쉬운 물건은 없더군. 그것처럼 아연한 타당성을 가지고 있는 것도 없을 것이고…."

캡을 쓴 사내는 뜻밖에도 풀이 죽어 내뱉었다.

"…그걸 이제야 아셨군…그러니 형씨 같은 사람을 위해 누가 재정 보증을 서겠어?"

색안경을 쓴 사내는 두 번째로 요란한 웃음을 터뜨렸다. 그러고 나서 무척 슬픈 목소리로 말했다.

"행운의 절정을 누리는 자를 위해 억울한 눈물이 있고 간교한 합리주의를 위해 우직한 죄가 필요한 겁니다."

캡을 쓴 사내는 껄껄 웃었다.

"시를 읊고 있군 형씨는. 나도 대학 물을 사 년간 꼬박 먹었지. 당신의 그 처량한 싯구를 이해할 수 있을 것 같소. 차라리 유행가 가사라면 너나없이 부를 수도 있겠으나…."

캡을 쓴 사내는 취기가 도는 눈을 가늘게 떠 흥건한 밀물을 내다보고 있었다. 바다는 여인의 욕망처럼 서서히 부풀고 있었다. 출어하는 중선의 돛폭이 눈이 시리도록 땡볕을 밀어내고 있었다.

캡을 쓴 사내는 서서히 등을 돌렸다.

"기다리는 것처럼 아름다운 것은 없지. 저 범선들의 돛폭을

보시오. 억세게도 질기잖어? 흉악한 흉어철인데도 풍어철처럼
배가 부르군."

그는 술잔을 비우고 나서 무심히 색안경을 쓴 사내를 건너다
보고 있었다.

"기다리다가 무너져버리는 것도 있소."

색안경의 사내는 시선을 바닥에 던진 채 그의 말을 맞받았다.

"물론…."

캡을 쓴 사내는 깊게 고개를 끄덕이며 시선은 여전히 색안경
의 사내 얼굴에다 못 박고 있었다.

"도대체 응당한 것이 자라나기가 힘들단 말이요. 자리를 잡을
만하면 서서히 무너져버리거든."

색안경을 쓴 사내는 거세게 도리질을 해대고 있었다.

한참 후에 캡을 쓴 사내는 아직도 도리질을 해대고 있는 그를
쳐다보며 나직이 말했다.

"당신 참 좋은 사람이야."

"…."

캡을 쓴 사내는 다소 엉뚱하게 다시 감탄하는 것이었다.

"형씨 같은 사람은 본능적으로 죄는 짓지 못할 것 같군."

색안경을 쓴 사내는 잠시 캡을 쓴 사내의 진지한 얼굴을 바라
보는 듯싶었다.

"과찬이시군. 나도 모르겠거니와 적어도 두 분만큼은 정말 죄
를 짓고 살 수 있을 것 같지는 않소."

캡을 쓴 사내는 푸우 한숨을 내뱉고 있었다. 색안경의 사내도

하아 하고 깊은 한숨을 내쉬었다.

나는 별안간 평온해지는 느낌이었다. 그것은 지게를 지고 일어서는 일꾼의 튼튼한 종아리처럼 나의 혼미했던 정신을 서서히 일으켜 세워주고 있었다.

만조의 바다는 잔잔하게 출렁대고 있었다. 개펄 위에 기우뚱 누웠던 중선들은 먼 바다 위를 흐르고 있을 것이었다.

"아까 계명리를 묻던데 혹시 그곳에 볼일이라도 있었나요?"

색안경을 쓴 사내는 바다를 향한 채 넋을 빼고 앉아 있는 주모를 향해 빈 술 주전자를 흔들며 캡을 쓴 사내에게 물었다.

"…아, 그거…그 볼일이라는 게 무척 따분하고 괴로워 죽겠소. 하여튼 적절한 곳에서 우리들의 실망들은 자라고 있소."

캡을 쓴 사내는 대쪽을 깎아 만든 볼품없는 젓가락을 간격을 두고 부러뜨리고 있었다. 그러더니 나를 향해 물었다.

"형씨는 장차 어떻게 할 셈이요? 여기서 돌아가거든 말이오."

나는 선뜻 대답을 할 수 없었다. 사실 막연하고 몽롱한 것이었다. 나에게 있어 참으로 다행스럽던 이 해안의 돌연한 평온은 어떻든 짧은 시간 안에서 끝나고 말 것이었다.

"어떻든 또 떠밀려가겠죠. 그 현기증 나는 서울로 말입니다."

나는 시려오는 시선을 먼 바다 쪽으로 띄우고 있었다. 서울을 떠나올 때보다 더 지루한 권태가 내 몸뚱이를 싸안기 시작했다.

캡을 쓴 사내는 다소 어색하게 말을 잇고 있었다.

"이거 무척 건방진 소리 같지만 말요, 떠밀리는 그 자리를 무서웁게 생각하시오. 그리고 특별한 슬픔들을 기억하려고 애쓰지 마시길…이거 여러 번 건방을 떠는 것 같은데 말입니다. 골목들을 가득히 채우고 있는 것은 철저한 생존의 상식들뿐입니다. 세상이 상식을 원할 때는 그것을 받아들이는 수밖에 없는 것 아니겠소? 진실이라든가 정의라든가 하는 것을 귀하게 생각한다면 그럴수록 우리는 적어도 수모의 자리에선 한 치라도 섣불리 떠밀릴 수는 없는 겁니다. 지루한 숨바꼭질의 술래가 되는 거지요. 이게 다 취기라는 건방진 물건입니다만 나는 나대로 무척 더운 사람입니다. 저 형씨의 말처럼 사실상의 폭염은 골통 속에서 끓고 있는 거지요. 이거 결사적으로 건방을 떠는데 이게 다 취기라는 물건이지요. 네에──."

캡을 쓴 사내는 연신 '취기라는 건방진 물건'을 외어대고 있었으나 그가 그렇게 실컷 취해 있는 것 같지는 않았다. 그는 무척 진지한 눈빛으로 나에게 하소하고 있었던 것이었다.

캡을 쓴 사내는 안경을 쓴 사내를 향해 말을 했다.

"형씨, 어떻게 생각하고 있소?"

색안경을 쓴 사내는 침통하게 중얼거렸다.

"사실 말이지 나는 돌아갈 곳도 없고 또 가야 할 곳도 없소."

"아니 그런 걸 물었던 게 아니고 우리는 사실상 옳은 말들을 많이 해버렸다고 생각되지 않아요?"

"아 그거…우연치고는 퍽 실감 있었죠. 이 삭막한 곳에서…."

색안경을 쓴 사내는 한동안 말이 없더니 별안간 오싹 몸서리를 치는 것이었다. 그의 머릿속으로는 강렬한 두 줄기의 헤드라이트가 소장과 '그 애'를 담은 채 집광되고 있었다. 부르릉대는 엔진 소리가 더운 날의 눅눅한 천둥처럼 고막을 울리고 있었다.

"안타까운 것은 우리들의 실망이오. …아 만조군! 바다가 다 찼어."

캡을 쓴 사내는 등 돌아 바다를 내다보며 새삼스럽게 감탄하고 있었다. 거울판처럼 잔잔한 해면 위로 반원을 그리는 물새 떼가 물에 닿을 듯 낮게 날고 있었다.

"무척 실망을 좋아하는 모양이지요? 나야말로 사력을 다해 실망을 이기고 있소."

캡을 쓴 사내는 처음으로 약간 언성을 높여 내뱉었다.

"혼자만 불행한 체하지 마시오. 나도, 저 재정 보증인 형씨도, 당신만큼은 불행한 입장이오!"

"아 그렇지? 맞아 그랬어. 우리 세 사람들은 기적적으로 따분한 기분들이었어…또 뭐라고 했었죠?"

색안경을 쓴 사내는 등 돌아 앉아 있는 캡을 쓴 사내의 어깻죽지를 툭툭 쳤다.

"본질적으로 죄를 짓고는 못 살 사람이라고 했소."

캡을 쓴 사내는 말을 마치면서 껄껄 웃었다. 색안경을 쓴 사람도, 나도 크게 따라 웃고 있었다.

색안경을 쓴 사내가 서서히 자리에서 일어났다. 그는 늘어지게 기지개를 켜대고 나서 좀 큰 소리로 말했다.

"아 덥군. 미치게 덥군!"

나는 그를 따라 노곤한 기지개를 켜대면서 별로 가깝지 않은 친구의 전화번호처럼 서서히 잊혀져가는 나의 아픔에 대해 땟물 절인 손수건을 흔들고 있었다.

곤한 잠 속에 떨어진 주모의 비틀린 입술에서 늘축한 침줄이 흐르고 있었다. 색안경을 쓴 사내는 천천히 발문께로 걸어나갔다. 다리가 저려오는지 그는 한동안 학처럼 한쪽 다리로 서 있었다.

그가 발문을 들치고 밖으로 나갔을 때 캡을 쓴 사내가 그에게 물었다.

"어디를 가는 거요, 형씨."

"잠깐 소변 좀 보고 오겠소."

색안경을 쓴 사내의 굽은 등이 해안선을 따라 움직이고 있었다. 그의 등어리는 곧 발문 밖으로 사라졌다.

"저 친구 무척 좋아 보이지 않아요? 밤새도록 말발을 쳐도 싫증 안 날 사람인데 왜 저런 사람들이 그처럼 캄캄하고 따분해야만 할까요?"

나는 허망하게 뇌까리고 있었다.

"글쎄 말입니다. 장 막는 중포처럼 어떤 모서리에든 꼭 끼여 살아야 할 사람인데요."

캡을 쓴 사내는 안주머니에서 뭔가를 꺼내어 그 위에다 열심히 그리고 있었다. 그는 내가 볼 수 없도록 명함만 한 크기의 종이쪽을 손바닥 안에다 감추고 그 위로 검정 색연필을 달리고 있었다.

"뭘 하고 있는 거요?"

"수수께끼 하나를 내겠소. 좀 돌연한 문제요."

그는 쓸쓸하게 웃고 있었다. 잠시 후 그는 손바닥 안의 것을 나에게 건네주며 물었다.

"누구 같소?"

그것은 명함판의 사진 한 장이었다. 사진의 인물은 검정 색연필로 그려넣은 짙은 색안경을 쓰고 있었다.

"아니? 이 사람은 바로 저 친구 아닙니까?"

캡을 쓴 사내는 긴 한숨을 푸우 내뱉고 나서 목소리를 떨었다.

"맞아요. 살인 혐의로 지명수배된 사람이지요. 이름은 남대천."

나는 쓸쓸하고 망연하게 캡을 쓴 사내를 쳐다보고 있었다.

"그럼 당신은 경찰관?"

그는 푸욱 고개를 떨군 채 말이 없었다. 잠시 후 그는 고개를 들었다.

"그 소장 놈이 죽었죠. 차장애는 중태이고. 차로 깔아버린 거예요."

그는 자리에서 일어났다. 그는 비틀린 캡을 바로 잡아 푸욱 눌러쓰고 주모께로 걸어갔다. 그는 주모를 흔들어 깨우고 있었다.

"얼마요?"

"좀 올랐는데유. 이천 원이유."

주모는 머리통을 흔들며 잠을 쫓고 있었다.

캡을 쓴 사내는 계산을 끝내고 나서 천천히 발문께로 걸음을 옮기고 있었다. 그는 나를 향해 처절하게 웃고 있었다.

"형씨! 그가 사람을 죽였다는 걸 알고 있을까요?"

나는 그의 등을 향해 간절하게 물었다.

"어쩌면 모르고 있을 겁니다. 그는 별안간 캄캄해졌을 거고,

그래서 일을 저지르고 곧장 도망갔으니까."

캡을 쓴 사내는 천천히 발문을 걷어올리고 있었다.

"형씨 한 가지 궁금한 게 있소. 그를 잡겠소?"

나는 불현듯 취기에 끓고 있었다.

"시체를 원죄로 잡아들일 수는 없지 않소."

그는 발문을 걷어올린 채 등을 돌리고 있었다.

"원죄는 이미 죽어버렸는데 말요. 그냥 놔줘버리면 어떨까요? 소장 놈이 죽었다는 걸 모르는 이상 애당초 살의는 없었을 수도. 그가 맨주먹이었다면 아마 따끔한 상처 한 개도 못 입혀줬을 텐데요…."

그는 발문을 내리고 의자에 다시 주저앉았다.

"형씨, 계명리가 이렇게 더울 줄은 몰랐소…지금 내가 캄캄해진단 말요."

그는 등을 누인 채 눈을 감고 있었다.

색안경을 쓴 사내가 끓는 땡볕을 손바닥으로 가리고 발문을 향해 걸어오고 있었다.

낙월도(落月島)

1

초아흐레 쪽달이 떨어진 바다는 갈치 비늘을 푼 듯 희뿌옇게
출렁댔다. 가끔 나루를 찰싹찰싹 때리는 잔물살 결에 훅훅 풍겨
오는 갯냄새가 한바탕 오진 물사태를 치르고 난 뒤여서 그런지
유독 생목이 오르도록 비렸다.

둥 둥 둥——.

나루는 벌써 해거름 때부터 파장처럼 수선스러웠다.

사월 초아흐레 용바위 젯날이었다. 한 해면 통틀어 열댓 번은
자질구레한 젯밥치레가 있었지만 사월 초아흐레 용바위 젯날은
섬사람들의 일 년 신수치레에다 풍어제까지 곁들인 대제인 것
이다.

상기도 시간 반은 지나야 만조여서 그때를 대서 배가 뜨려고
나루는 온통 발 디딜 곳 없도록 부산스러웠다.

잔물살이 일 때마다 젯밥을 실은 조그만 종선 세 척이 기우뚱
기우뚱 상사춤을 췄고 섬사람들을 실어나를 중선 여덟 척은 하
늘을 가리도록 나풀대는 젯장을 꽂고 뒤뚱거렸다.

사물대는 바람결에 색색이 요란스러운 젯장들이 펄럭펄럭 흩
날리는 것이 마냥 을씨년스러울 뿐 나루를 메우고 선 섬사람들

의 표정들도 헐름대는 횃불에 벌겋게 달아 누가 누구인지 형체를 분간키 어려웠다.

유독 물목이 사나웠다. 중선이 큰바다로 빠지려면 으레 만조를 타야 썰물에 돌아오기가 쉬웠다. 잘못해서 밀물 때라도 만난다면 어쩔 수 없이 썰물을 기다려 다시 만조 때를 치러야 했다. 그래서 배들은 한 물목 가득한 만조를 기다리느라 연신 징소리만 토해내며 뒤뚱거렸다.

외팔잡이 최 부자는 시꺼먼 구레나룻 아래로 옴폭옴폭 밭두덕이 지도록 어금니만 젤근거리고 선 채 말이 없다. 바람이 몰아갈 때마다 최 부자의 빈 오른쪽 팔소매가 너풀대는 품이 중선 돛대마다 층층이 달려 너울대는 젯장처럼 을씨년스럽다.

사람들은 누구 하나 입을 열 기미가 없다. 그도 그럴 것이 제주인 최 부자가 입을 열기 전에는 한마디도 할 수 없는 것이 용바위 젯날의 풍습이었다.

최 부자는 흡사 바다를 향해 선 망부석처럼 한 치도 움직일 줄을 모르고 그 뒤로 억센 주먹들을 얌전하게 모아 사타구니 앞에다 받쳐 선 장정들도 그저 껌껌한 바다를 향해 장승들처럼 못 박혔다.

횃불들은 아낙들이 들고 섰다.

용바위 수신은 계집불을 즐겨 나들이를 한다는 전설 때문이었다.

둥 둥 둥——.

징을 쳐대는 남정네들의 손들이 한결 활기를 띠는 품이 최 부자의 말문만 떨어지면 한시바삐 배들이 떠야 할 것이라고 재촉하는 꼴이다.

누구 하나 한 치도 움직이지 않고 선 채 가끔 긴 한숨들만 뱉어대는 아낙들 틈에 끼여 귀덕이는 흘끔흘끔 사역꾼 남정네들을 훑어본다.

최 부자 바로 뒤에 종천이의 우람한 어깻죽지가 바다를 향해 옴싹 않고 섰다.

후우──조심스레 긴 한숨을 뱉고 난 귀덕이는 최 부자의 부릅뜬 눈을 보는 것 같아 제풀에 가볍게 사레를 뜬다.

용바위 젯날을 앞두고 보름 전부터는 남자고 여자고 간에 한시라도 음탕한 생각을 할 수 없었다. 작년 용바위 젯날 때, 구강진 홍련이와 귓속말을 주고받다 들켜, 열흘을 넘게 뭇매질을 받고, 그나마 팔월 물사태에 중선 세 척이나 몰살해버린 사고의 책임마저 다 씌우고는 반 병신이 돼 중선 한자리 못 빌려 타다, 시름시름 죽어간 춘호가 성큼성큼 물비늘을 밟고 걸어오는 듯한 착각을 하다 말고 귀덕이는 으스스 또 한차례 모진 소름을 탄다.

(잘못했어유! 용서해주세유 용바위 수신님! 그냥 한눈팔다 종천이를 봤네유! 음탕한 맘은 절대 아닝게유 용서해주세유! 용바위 수신님, 물전에 빌어유! 빌어유!)

속으로 간이 타게 빌어대고 나서야 귀덕이는 뻐근해오는 횃불 든 손에 새 힘을 고쳐넣었다.

앞에선 진도댁이 횃불 기름이 튀었는지 후닥스레 목덜미를 비벼대고는 발을 동동 굴러댔다.

한차례 산돼지 고구마밭 뛰듯 다급한 징소리들이 온 나루를 흔들고 가자 최 부자의 꺼렁꺼렁한 목소리가 갈치 비늘 푼 듯한 물여울 속으로 길게 사그라진다.

"젯바압 뜨고오——사역선두 뜨구우——."

최 부자가 젯기를 흔들며 소리치고 나자 나루는 금세 살아서 수런댔다.

남정네들은 첨벙첨벙 나루턱을 딛고 사역선으로 달려들고 짐꾼들은 하늘이 찢어지게 징을 두들기며 종선으로 몰려들었다.

종천이가 제일 앞쪽 종선의 노를 옆구리가 휘도록 삐그덕삐그덕 노를 달자 차례차례 열한 척의 배들이 나루를 차고 바다 속으로 미끄러져들었다.

"낙월서엄 물목에에——용바위 수신니임 고정하셔어——일 년 열두 달 풍어 풍세에 중선 배가 만복일시이——."

벌써 사역 중선들 속에선 거친 남정네들의 주문이 바다에 섞여들고, 앞장선 종선에선 징소리에 따라 첨벙첨벙 물밥이 빠져들었다.

줄줄이 뱃전을 따라 흐르는 물밥들을 좇아 번뜩이는 멸치 떼가 파드득 파드득 난리였다.

귀덕이는 네 번째 사역선에 몸뚱이를 끼고 앉아 벌써 뭉클뭉클한 거품 속을 빗발처럼 휘저어대는 멸치 떼에 눈을 준 채 푸우——긴 한숨을 뱉는다.

초아흐레 쪽달이 명주올로 겨우 잡아맨 듯 기우뚱 나직이 걸렸다.

——꽥 꽤액——.

뱃전에 바싹 무릎을 세우고 앉았던 팥례가 헛구역질을 해대자 아낙들이 연신 투정질이다.

"이구, 또 청승이지, 쯧쯧."

"몸은 가져가지구서나 배는 왜 탄대여…."

"안 타구서? 안 타구서?"

"허긴 그랴! 용바위 젯날에는 시상없는 병을 앓아두 안 타구 배기남…."

수런거리는 소리가 멎자 장성댁이 나직한 목소리에다 오진 가시를 박는다.

"용바위구 지랄이구 우리 섬 서름은 이놈어 용바위 때문이지 뭘, 그래서 사내들 행패가 이러구…."

귀덕이는 장성댁의 이 말에 그만 등골이 싸해져 지레 자지러진다.

"얼라? 얼라? 엄니는 지금 막 미치는게 벼? 누구 들으면 어떡헐려구 그류? 어떡헐려구 그류?"

그제야 장성댁은 삼 년 쓴 뜰망처럼 거칠은 손바닥으로 제 입을 부랴부랴 꽉 틀어막고는 어쩔 줄을 모른다.

"쉬잇——차암! 내가 미쳤남…."

"괜찮어. 마침 이 배에는 청자도 것들은 없으니께."

팥례 어미가 나직이 말을 뱉자 아낙들은 한 스무 발치 앞서 기우뚱대며 물을 가르는 두 번째 중선께로 목을 빼어 눈길들을 돌린다.

귀덕이는 팔례의 촉촉한 등어리를 가만가만 두들겨주며 건성으로 고개를 돌려 그쪽에다 눈길을 박는다.

그 배에는 청자도 유모들만 한 배 가득히 실렸다. 저희들도 앉을 자리를 가려 탔나 싶다.

"이구 이게 뭐람!"

아낙들이 한꺼번에 놀라 뒤로 물러앉는 통에 가뜩 비좁은 뱃전이 곧 물에 닿을 듯 기우뚱했다.

"고정들 혀잖구는! 최 부자가 기미를 채면 어쩔랴구들 그류? 용바위 젯날에 왜들 이류?"

돛줄을 잡고 선 덕주가 내심 조마조마해서 나직이 뱉는다.

물밥을 따라 난리던 멸치가 다섯 마리나 뱃전으로 튀어올랐던 것이다. 멸치들은 연신 팔딱팔딱 뱃전을 튀며 아낙들의 가랑이 속으로 치마폭 위로 튕김질이었다.

그중 살이 진 멸치 한 마리를 쥐어 눈앞에다 세우고는 강년이가,

"용바위에다 젯밥으로나 올리구서 치성을 드려야 할까부아!"

하면서 입 가장자리에다 오기스러운 잔주름을 잡는다.

"뭐라구?"

장성댁이 시무룩해서 앞만 내다보고 앉은 채 건성으로 묻는다.

"낙월섬 사내들 그 짓들 못하게서나!"

"그래 워쩌랴구!"

"…한쪽씩만 띠어다 감추시라구…."

"잡것! 쯧쯧."

"못하는 소리들이 없네그려 킥킥."

잔잔한 웃음들이 뱃전을 몰아가자 기어코 덕주는 말에 오기를 박는다.

"이러면들 나 이 배 못 타겠슈! 아, 앞뒤가 다 배들인디 기미 채면 워쩔려구들 그려, 참!"

그제야 아낙들은 멀거니 앞을 향한 채 잠잠했다.

배가 뒤뚱거릴 때마다 장성댁의 뒤통수가 흐늘흐늘 옆으로 당춤을 추는데 제비꼬리께에 개떡만큼이나 착 달라붙은 알량한 쪽이 곧 떨어질 듯 눈에 어지럽다.

삼출목을 넘어서면서부터 중선의 노질들은 정히 얌전해졌다. 미리 횃불을 꽂아둘 셈으로 먼 곳에 섰는 용바위가 살아 꿈틀대는 듯 횃불길을 탔다.

용바위 머리께에서 활활 타는 횃불은 흡사 용바위가 혓바닥을 널름대며 앉은걸음으로 물비늘을 밟고 다가오는 것만 같았다.

징소리는 이제 막 타오르는 횃불만큼이나 기세가 더하고 횃불을 들고 너훌너훌 춤을 춰대는 청백이의 울긋불긋한 옷자락이 젯밥 실은 종선 머리에서 부산했다.

"이번 도야지는 삼백 근짜리라며유?"

"삼백 근만 되여? 실히 남을걸."

"제물주는 뉘래여?"

"누군 누구. 뜸막 양 서방이지."

"아휴——고거 잡아놓구 창자에다 기름질을 쳐두 섬사람 다 먹구 남을 건데. 그치유?"

"…하두 기름맛들을 못 봐서 젯날에 별소리들을 다 허구들. 쯧쯧."

지그시 앞만 내다보며 조심조심 노질을 해대던 덕주가 장성 댁의 말끝을 받아 사뭇 심각해서 내뱉는다.

"용바위가 눈앞이유. 입들 봉해유. 산 제물 용바위 수신님이 기척도 허시기 전에 부정 탈 소릴랑 작작들 허구!"

귀덕이는 연신 목줄을 타고 오르는 군침을 애써 삼켜대며 젯 날 때마다 꽥꽥 소리를 쳐대면서 산 채 물속으로 첨벙 빠져버리 는 투실투실한 돼지를 생각했다.

작년 젯날 때의 소름 치던 생각이 떠오르자 귀덕이는 한기가 든 송아지 마냥 으스스 목덜미를 떨어댄다.

이백 근은 실히 넘는 돼지가 물속으로 빠지는가 싶더니, 그새 꽁꽁 네 다리를 묶은 새끼줄을 죄다 끊고 나서는 한없이 헤엄질 을 쳐 도망갔다. 두루뭉술 그저 살덩이인 돼지가 그렇게 날렵하 게 헤엄질을 치는 것도 처음 보는 일이었다. 처음엔 그러려니 하 고 내버려두던 장정들도 급기야는 종선을 몰아 돼지를 쫓았다.

그런데 어떻게 생겨먹은 짐승인지 이제는 살기마저 등등해서 거푸 종선으로 달려드는 것이었다. 한번 제물로 바다 속에 빠뜨 린 산 짐승이 가라앉지 않고 살아서 뭍에 기어오르거나 또 뱃전 위로 오르거나 하면 그해 신명은 부정을 타는 것이었고 용바위 제는 올리나마나 한 것이라고 믿고들 있었다.

끝내는 노와 삿대로 연신 뱃전으로 달려드는 돼지를 장작 패 듯 마구 후려쳤다. 그래도 물살에다 버얼건 선지를 풀면서도 돼지는 연신 기어오르려고 목청껏 꽥꽥거렸다. 그 소리는 섬에 남은 사람들도 들었다 했다.

돼지는 연거푸 선지를 토해내며 얼마 동안을 떠 흐르다가 이내 가라앉고 말았지만, 작년엔 여지없이 흉어에다 흉농까지 겹쳐 섬 안이 발칵 뒤집혔고, 이런 재앙이 다 구강진 홍련이와 귓속말을 주고받은 춘호가 용바위 수신의 비위를 건드려서 일어난 일이라고 그예 춘호는 원귀를 사 죽고 말았었다.

용바위 투박스런 발치에 쩔렁하며 닻이 걸리자 배 안에 있는 사람들은 나루에서처럼 죄다 꼿꼿이 선 채 숙연하게들 손을 모았다.

징꾼들 뒤를 따라 청백이가 호귀춤을 춰대며 벌써 신이 들려 너울대고 바로 그 뒤로 최 부자가 따라 내렸다.

용바위는 헛바닥을 널름대듯 횃불들을 물고 철썩철썩 발치를 떨었다.

마지막으로 뜸막 양 서방이 제물로 바친 돼지가 꽥꽥 악을 써대며 화톳불 자리처럼 번뜩거리는 물살과 함께 가라앉은 후 용바위제는 다 끝났다.

철렁 철렁 쏴르르 쿨쿨──용바위 발치를 사뭇 두들기듯 한 가운데로는 집자리만 한 구멍을 내고 물살이 흘렀다. 모진 썰물이다. 돼지는 벌써 대차도 너머까지 흘렀을 것이고 밀물 때가 되려면 상기도 그물 백코는 꿰매고도 남게 시간이 남았다.

섬사람들은 군데군데 덩어리를 짓고는 모여앉아 만조를 기다리고 있었다.

용의 형상으로 어림잡자면 그 가슴께의 펀펀한 제단으로 최부자와 뜸막 양 서방을 비롯해서 세도깨나 부리는 사람들이 패거리를 짜고 앉아 술자리를 벌였고 그 아래쪽으로는 청자도 새댁 패들이 자리를 잡곤 벌써 흥얼흥얼 노랫가락까지 곁들였다.

귀덕이는 팔례의 앙상한 허벅지 새에다 갈퀴날을 뻗어 제 다리를 끼고는 물밥 차례를 기다리고 있었다.

장성댁·팔례 어미·강년이·오복네 들도 힐끔힐끔 제단 쪽들을 살피는 품이 필시 물밥 차례를 기다리고 있는 것이 분명했다.

종천이가 명석만 한 삼태기를 끙끙대며 들고 오더니 귀덕이 앞에다 내려놓고는 후우——기진한 한숨을 뱉는다.

"물밥이라고 원…내내 흉어라 간것도 이 꼴이구…자들 드세유들!"

종천이는 귀덕이를 흘끗 쳐다보고 나선 장정들 자리로 훌쩍 자리를 뜬다. 그 튼튼하기로 소문이 높던 종천이의 장딴지가 눈에 설도록 한 겹 살이 물러앉아 왕거시만큼이나 굵은 힘줄들만 갈래갈래 퍼져 돋았다. 더더구나 아른아른대는 횃불 탓인지 걸음걸이마저 휘청거린다.

"…일은 장정 세 몫은 허구 배 안에는 기름기가 허해서나 저 꼴이지…기미 채려서나 꾀일을 허지 듯이 잘났다구 일이라면 어깨가 처지도록 다 꿰차구서는…."

귀덕이의 가슴속이 그만 싸아하니 아파온다. 새큰거리는 콧날을 손등으로 쓰윽 훔쳐내곤 우선 볼따귀가 아프도록 물밥을 떠담는다.

"간것이라구 밴대기 꼬타리랴….."

"그나마 죽쳐 너봤남?"

"허긴 그랴…어서 묵지 않구."

"듬뿍듬뿍 저나 묵지그려."

장성댁과 팥례 어미는 깨알 털리듯 부스스 흩어지는 서숙밥을 밀거니 받거니 하며 오랜만에 곡기를 먹느라 눈을 까뒤집고 강년이도 팥례도 콧잔등 위로 송골송골 식은땀마저 없었다.

섬 꼴이 말이 아니라 간것이라곤 밴댕이 말린 것 달랑 하나다.

재작년 젯날 때는 삶은 돼지고기마저 한 입 앞에 네댓 점씩은 돌았는데 가뜩 절여든 밴댕이에선 탕내마저 씁쓸하다.

"근데 월순이는 으디 갔남?"

"…글쎄에…."

"아까 제 지낼 때까지두 있었잖유?"

"다른 패거리 속에 꼈겠지 뭘."

"그 애도 젓살이 도졌대지?"

"말해서 뭘 해! 요샌 꼭 실성한 사람인데…."

"쯧쯧――믄 놈의 팔짜랴…."

청자도 패거리들 자리에서 뱅뱅 맴을 돌며 상출이가 물밥을 든 채 어정댄다.

"성님 간것 드려유?"

"싫다는데두!"

"그럼 물밥 더 드려유?"

"야가 위째 이 지랄이남. 싫다는데두 어적어적 지랄이구그랴!"

청자도에서 봉삼이 유모로 들어온 갓 열아홉의 새파란 것이 빽 악을 써대서야 상출이는 어정어정 제자리로 돌아간다.

"이구, 쯧쯧. 저나 처묵을 일이지 물밥을 바재기째 들구서나…."

장성댁이 물밥알이 튀도록 연신 혀를 차대자 팔례 어미가 눈물을 팽 돌리면서 맞받는다.

"오즉허사 저려? 전번 때두 저 새파란 것이 새끼줄로 사지를 꽁꽁 처매놓구선 질질 끌고 다녔대지. 머리칼은 한줌이나 뽑아쥐구는…."

"…왜유?"

귀덕이는 넘긴 물밥이 목에 걸리는 것 같아 훼훼 꼬리께를 틀던 밴댕이를 내던지며 물었다.

"왜는 왜? 제 자식헌테 젖줄 물리다가 들켰대지 아마…쯧쯧."

"아유, 원통허여──아휴──."

귀덕이는 그만 아직도 입속에 가득한 물밥을 퉤퉤 뱉어내며 허리통을 바르르 떤다.

새삼스러운 일은 아니었지만 오늘 밤따라 그만 넘어가던 물밥이 덩이째 가슴에 걸리고 만다.

귀덕이는 바로 발치 밑을 흐르는 물살에 찬찬히 눈길을 박는다. 썰물 기세가 한층 풀린 것이 멍석만 하게 뻥뻥 뚫렸던 물구멍들이 기껏 맷돌짝만 하게 줄어들어 스르르 스르르 감기는 가장자리에다 주낙줄만 한 물주름을 겹겹이 얹었다.

"십오오야아 유목수 그늘에에――님 그려어 발개섰느은 강대감 대액 규수야아――외기러기이 떼져 나느은 누장천에 소식 떠워어――."

청자도 패거리들 속에서 기어코는 쨍하는 노랫가락이 어렴상없이 간드러졌다.

"저런! 저런 육실헐 놈어…."

"아니 젯날에 믄 변이람!"

"술기가 들어갔는데 제 본때가 으딜 가남! 쯧쯧."

장성댁과 팔레 어미는 연신 혀가 닳게 혀를 차대다간 못 참겠다는 듯이 양 무릎을 바짝 세우고 돌아앉는다.

팔레는 무슨 심산인지 그저 껌껌한 바다 속에다 눈길을 박은 채 아까부터 말을 잃었다.

천만뜻밖에도 뜸막 양 서방이 따라 맞장구다.

"조오타! 조오치 않구서어――."

최 부자는 제주인 주제에 아무리 제는 끝났더라도 차마 목청은 뽑을 수 없었던지 손가락으로 타닥타닥 무릎장단을 치면서 히죽거렸다.

"얼라? 얼라?"

아낙들은 그저 입을 딱 벌리고 앉아서는 연신 헛소리만 내뱉는다.

귀덕이는 무릎 위에다 볼을 괴고 앉아 그저 멍하니 그쪽을 살피다 말고 슬며시 몸을 고쳐 앉는다.

최 부자가 연신 헛기침을 곁들이고 이쪽으로 다가온다.

"물밥 요기들 튼튼히 했남?"

최 부자는 귀덕이의 등 뒤에 바싹 다가서선 거드름이다.

최 부자의 뭉실뭉실한 무릎이 자꾸 귀덕이의 등어리를 꾹꾹 눌러대서 귀덕이는 고개를 푸욱 수그리며 자리를 고쳐 앉았다.

갑작스러운 최 부자의 말에 그제야 아낙들은 큰 죄나 지은 듯 허리들을 조아리며 벌떡벌떡 일어선다.

"덕분에…덕분에 그냥 막 처담았네유!"

"덕분이라니…뭘…어흠. 장성댁."

장성댁은 흠찔 놀라면서 그제야 떡판 모양으로 납작하게 앉았는 귀덕이에게 성화다.

"아니? …쟈는 다 큰 것이 어른이 오셨는데두 앉아서는…귀덕아!"

"아, 아 괜찮네 괜찮아."

귀덕이는 번들거리는 최 부자의 웃는 얼굴을 피해 부스스 일어나 돌아선다.

"우리 귀덕이두 물밥 많이 먹었남? 장성댁!"

"예, 예. 쟈는 입성이 짧아서나…."

"그려…그려어…어험험——."

최 부자가 아랫배가 처지도록 요란스러운 헛기침을 곁들이며 막 돌아서는 때였다.

"아니! 아니! 저 저!"

"야, 양 서방! 저걸 저걸!"

제단 쪽에서 성급한 목소리들이 연달아 일더니 횃불들이 우왕좌왕 갈피를 못 잡고 난리였다.

"대체 믄 일이남? 엉?"

최 부자의 놀란 목소리가 쩌렁 용바위에 부딪쳐 튕겨온다.

"워, 월순이가! 월순이가!"

"믓여? 월순이가 어쩌?"

횃불들을 든 장정들이 우르르 이쪽으로 몰려오며 숨이 목에 찬다.

"아니, 저, 저런 육실헐 놈어…."

뜸막 양 서방이 용마루 가장톱을 따라 바닷물을 굽어보며 바삐 걸어온다.

그제야 사람들은 일을 알아채고 넋을 빼고 굳어 선다. 횃불에 아른대는 침통한 얼굴들이 용바위 발치 밑을 따라 아래로 아래로 서서히 움직일 뿐 누구 하나 입을 못 연다.

"이구! 이구!"

"이구 저, 저 월순이 못 살리남유?"

"예에? 그냥 보구만 있어유? 예에? 이구? 이구, 이게 믄 벼, 변…."

아낙들은 땅을 치고 장성댁은 그만 푹석 주저앉아버린다.

"이 썰물에 배를 워찌 띄, 띄우남유! 참! 차암!"

종천이의 얼굴이 착잡하다 못해 부르르 부르르 떨린다.

귀덕이는 그만 아련아련해지는 정신으로 혼을 빼고 섰다가 발치 밑 맷돌짝만 한 물구멍으로 휘익 감기면서 오리 물멱질하듯 떠밀리는 월순이를 보다 말고 오장이 뒤틀린다.

"월순어! 월순어! 월순어어———."

귀덕이는 째앵 울리는 귓바퀴를 감싸쥐고 그만 그 자리에 피식 쓰러져버리고 만다.

혀를 날름대듯 용바위는 썰물을 따라 월순이를 쫓는 듯하고 월순이는 그 징그러운 용바위를 피해 자꾸자꾸 도망치듯 했다.

2

까마득 멀리 칠성도의 당귀산이 뭉실구름을 겹겹이 두르고 상투 끝처럼 쏘옥 솟았고, 그 중간쯤에 온통 물거품에 휘말려 스르르스르르 떠흐르는 듯한 용바위만 아니면, 삼면이 허한 바다에 달랑 들어앉은 낙월도였다.

쪽달이든 만월이든 간에 말발굽 형상으로 양 허리를 바싹 죄어 파인 구강진 속으로 뚜욱 떨어져 잠기는 달만 아니라면, 섬의 꼬락서니에 맞지 않게 낙월도란 분 넘치는 이름도 못 가졌을 것이, 마른땅 휘젓다 뻗은 누에처럼 거칠거칠 돌아간 섬 생긴 꼴에다 기껏 육십여 호 되는 움막 같은 초가집들이 당복산 허리춤까지 다 헤집고 올랐다.

멀리서 바라보면 섬 꼴이 꼭 죽어 뻗은 누에가 잔뜩 불개미 떼를 얹고 있는 형상이라던가, 그토록 잡목들은 어느 섬보다 유독 무성하게 깔렸다.

농사일이라고는 당복산 뒷전을 갈고 널린 보잘것없는 밭뙈기들과 마을 복판으로 스무 마지기 겨우 들어앉은 천수답뿐, 낙월도의 명줄은 여덟 척밖에 안 되는 중선에 달려 있다.

그나마 논뙈기는 죄다 뜸박 양 서방과 최 부자와 석보 영감의 것들이었고 밭뙈기들은 기껏 호박 덩이나 염출하고 풍농일 때에야 좁쌀 몇 섬과 밀 댓 가마 털어 먹는 보잘것없는 것이었다. 그나마 뜸막 양 서방이 다 부쳐먹었다.

한 달이면 두 차례씩 중선들이 목포 앞바다에까지 나가 겨우 곡식들을 쟁여 싣고 돌아왔고 나흘 만에 한 번씩 들렀다 가는 칠성도 기선이 자질구레한 살림들을 싣고 용바위도 채 못 넘어와서 빼앵 빼앵 뱃고동을 울리면 종선들이 마중 나가 물건들을 받아왔다.

섬의 명줄을 쥔 중선들이래야 최 부자 것이 네 척 뜸막 양 서방 것이 두 척에다 석보 영감 것이 또 두 척——.

섬사람들은 바다에 나간 중선들이 만선이면 그런대로 먹고 살았고 중선 배창이 홀쭉하면 꼼짝 없이 뻘이라도 먹고 살아야 했다.

섬 안 남정네들은 죄다들 중선을 타 몫을 받았고 아낙네들은 절임질이나 사래질로 품삯을 받았다.

낙월도는 벌써 반년이 다 가도록 호된 흉어를 치렀다.

세도깨나 부리고 사는 사람들이야 일 년 먹을 것 다 쟁여놓고 살아 입 풀칠은 걱정 않는 일이었으나 대부분의 섬사람들은 하루 한 끼니 곡기를 채우기도 힘들었다.

"그나저나 이러다간 동네 합장하게 생겼지 않구…."

팥례 어미가 절임질을 하고 있던 운저리 뭇줄을 팽개치며 두 다리를 뻗는다.

"잡것! 말이래두 극성맞게 모질다. 동네 합장은 무슨 동네 합장이람! 차라리 용바위에다 삼줄을 묶고는 죄다 첨벙첨벙 빠자아 뒈지지…."

장성댁은 옴푹 팬 볼따귀에다 시큰둥한 오기를 물고 입이 아프도록 횅한 하품을 해댄다.

장성댁의 입에서 용바위 말이 나오자 귀덕이는 오싹 소름질을 쳐대며 우악스레 뭇줄을 잡고 운저리 코를 꿴다.

덕지덕지 왕소금질을 해대다 말고 새삼스레 기가 찼다.

세상에 이런 절임질이 또 어디 있을까 싶은 것이다. 아무리 흉어래도 중선 그물에 운저리 새끼들만 사태로 들다니 정히 바다가 변했다 싶었다.

"시상에 별꼴이야! 아무리 흉어래두 한 그물에 돼미 넉 접씩은 덤으로 꼈잖어. 어디서 지레 놀랜 돌잽이 잠지만 헌 운저리 새끼들만 기를 쓰구는."

"누가 아니려? 이것이 어디 돌잽이 잠지라도 되남?"

장성댁의 말을 받아 진도댁이 싱겁게 웃는다.

"운저리두 말 연장만 허게 한아귀에 듬뿍 잽히는 가슬것이래야지 이건 꼭 고자놈 놀랜 자지만 해가지구서나…."

어디서 그런 힘이 생기는지 세 사람은 서로들 어깻죽지를 툭툭 쳐대면서 까르르 강그라진다.

귀덕이는 귀밑을 발그레 붉히고 앉아 장성댁을 향해 모진 눈흘김질이다.

"대체…말만한 것 앞에서 별소릴 다 했구만그랴…."

"아따, 그까짓 게 무슨 못할 소리남? 낙월섬 사내들 화냥질이 밤낮을 안 가리는데 그깐 놈어 말이 무슨 상소리라구!"

"이거 만접을 꿰두 곡식 넉 섬두 안 될 텐데, 그치유?"

귀덕이는 아까부터 귀밑으로 훈김이 올라 가슴께가 빽적지근해서 포오——긴 숨을 내쉬며 딴청이다.

"넉 섬? 넉 섬이 무슨 뻘게 이름인 줄 아남? 쌀로 치면 한 섬 반 값도 모자라구 보리래야 겨우 석 섬 몫이나 뺄까?"

"아암—— 도무지 가당찮어서 손이 절로 쉬자는구면."

팔례 어미가 피마자 잎 썰거리를 문살 붙이고 남은 창호지 쪽에다 말아 성냥불을 드윽 긋는다.

"나두 가랭이나 좀 뻗구우——."

"붓두덕이 뻐근해서 사추리가 옴찔옴찔 저리는구면. 아휴——."

진도댁이 장성댁을 따라 허벅지를 주욱 편다.

"이구 몹쓸 것 주둥이허구는! 이틀이나 곡기두 못 귀경했다면서 그새 서방 생각이 동허남, 사추리가 옴찔거리게! 킥킥."

"누가 아니려? 뱃가죽이 저려야지 하필이면 붓두덕이 저릴 건 뭐남."

팔례 어미와 장성댁은 연신 까르르 까르르 강그라진다.

웃음 북새통에 그만 연기 사례가 들려 연신 아랫배를 움켜쥐고 모진 기침을 해대던 장성댁이 별안간 정색을 하자 팔례 어미도 진도댁도 낯색이 어두워 슬금슬금 일어선다.

핑갱 핑갱 핑갱——막 담 모퉁이를 도는 핑경 소리를 들은 귀덕이는 쪼르르 달려가 장성댁 등 뒤로 고개를 빼고 서자마자 금세 치솟는 울음을 끄윽끄윽 죽인다.

"야가? …고정하잖구는…."

팔뒤꿉으로 귀덕이의 가슴께를 툭 한 번 치밀고는 장성댁도 이내 잔뜩 코가 멘 소리다.

울긋불긋한 사관천으로 몸을 감싼 청백이가 핑경을 든 손을 부르르 부르르 떨며 혼춤을 춰대고 그 뒤로 왕소금을 뿌리며 월순이 어미가 기진해서 따른다.

뜸막 양 서방은 연신 뒤를 졸졸 따르는 동네 조무래기들에게 호된 흘김질을 해대며 사뭇 못마땅해서 연신 헛기침을 해댄다.

"망녀 월순이 마지막 고별 허네에——.

삼시세끼 곡기 못 채워 용바위 수신님 천은에도 상관에다는 외꽃 달고, 허리는 구부정 발은 거북발, 동네방네 마실 나던, 이 길도 고별허구 이 집두 고별허구 이 사람도 고별허네에——원통하다 이 고별길 월순 망자 서러워서 발 때 묻힌 이 길을 어찌께 돌아스나아——사람들도 불망이구 산천도 외면이구 죽은 월순이만 서럽다네에——엇싸, 엇싸아——엇싸 엇싸——."

흰창을 지르 뜨고, 덩실덩실 신살이 들어, 입 가장자리에까지 허연 거품을 물고 고별가를 불러대는 청백이가 막 사립 앞을 지나자, 흘끗 이쪽을 살핀 월순 어미가 새삼스레 설움이 차올라 모질게 등어리를 들먹였다.

"이구우…이구우…이구우…."

월순 어미는 차마 울음을 입 밖으로 못 흘리고 연신 땅이 꺼질 듯 긴 한숨만 내뱉으며 왕소금을 뿌려대며 비틀비틀 걸어나갔다.

오히려 큰 죄나 짓고 끌려가는 사람처럼 그녀는 뒤따르는 뜸막 양 서방의 눈치마저 흘금흘금 살폈다.

땟물이 절어들어 서른게 등갑 색깔만큼이나 검어버린 저고리 위로 고명 호박처럼 달랑 열린 월순 어미의 초췌한 얼굴은 싸늘한 갯바람을 받고 윤기 없는 머리칼들이 제멋대로 덮고 흩어지고 했다.

귀덕이는 가슴속으로 바직바직 살얼음이 이는 양 명치끝이 써늘해서 두 손으로 바싹 젖가슴을 움켜쥐고는 서 있었다. 옆눈질로 세 사람을 살펴보니 그녀들도 속마음이 귀덕이와 똑같은지 잴근잴근 입술들을 깨물고 서선 볼따귀로는 벌써 눈물이 줄이 되어 흐르고 있었다.

"…월순 엄니! …쯧쯧."

귀덕이는 월순 어미가 막 제 앞을 지날 무렵 간이 타게 불러본다.

"이구, 이구우――."

월순 어미는 귀덕이를 흘금 쳐다보고는 그만 쏟아지는 울음을 기어코 풀어놓는다.

"왜 그류? 응? 왜 그류? 고별제에 무슨 곡이냔 말유?"

뜸막 양 서방이 가뜩 오기를 물던 판에 빼액 고함을 쳐댔다.

그 소리에 흠찔 놀란 월순 어미가 제풀에 옷섶을 꼬옥 물고는 종종걸음으로 걸음을 재촉하고 만다. 외틀소라처럼 비틀하게 걸린 꾀죄죄한 쪽에 겨우 끝이 물린 옴나무 비녀가 헝클한 몇 오라기 머리칼에 걸려 종종걸음을 따라 대롱대롱 흔들린다.

월순 어미의 꼴이 하도 불쌍했던지 장성댁은 돌아서기가 무섭게 땅을 치고, 팥례 어미는 저 나름대로 서러움이 치밀어 목을 놓는다.

"벌써 이레 고별제였구먼…."

장성댁은 피잉 콧물을 풀어 치고는 뭇줄을 잡는다.

"월순이 년이 안 됐지게 됐나암…청대 같은 아들놈 삼치레 막 넘기니까는 청자도 새것이 들이닥쳐서는 팅팅 불은 젖줄을 빨려대구, 제 자식 건너방에 눕히구두 젖줄을 못 줄여 젖살은 도지구…."

진도댁이 푸우 한숨을 뱉는다.

"시상에 몹쓸 것들! 천벌이 안 치리라구! 오즉허면 제 자석놈 주둥이에다 젖줄을 흘렸을꾸! 아, 시상천지에 짐승이구 사람이구 제 자석 생눈으로 뺏기구 견딜 종자가 어딨남? 그렇다구 미친개 끌듯이 왼 동네로 머리채 끌구 다 쏴대니구 패구 허니 사람이 실성 않구 배기남! 후유——잘 갔지 잘 갔어! 살아서 뭣 하남, 차라리 뒈지고 말지!"

장성댁이 빠드득 이를 갈아댄다.

"…팥례 어멈."

"…왜 그랴아——."

"팥례두 몸 가졌다면? …."

162

진도댁이 걱정스레 묻자 뭇줄을 꼬던 갈퀴날 같은 손을 뒤집어 얼굴을 싸매고는 팔례 어미는 새삼 등줄을 들먹인다.

"괜한 소리는 처하구 지랄이네…뭇줄이나 꿰잖구서…."

장성댁은 진도댁을 흘기면서 드윽드윽 소리가 나도록 뭇줄코를 맨다.

"그저 가다가 물귀신이 되더래두…물귀신이 되더래두…."

"…?"

귀덕이는 참새숨을 할딱거리며 뭇줄 꼬던 손을 놓고 장성댁을 바라본다.

"기왕 늙은것들은 죽나 사나 낙월섬 귀신일 테구 젊은것들은 가다가 물귀신이 되더래두 헤엄질이라두 쳐설랑 뭍으로 가야…."

귀덕이는 장성댁의 말끝을 잡고 콧속이 얼얼하도록 뜨겁고 매운 한숨을 내뱉는다.

펑경 소리가 사뭇 멀었다. 횡횡 내지르는 갯바람 속에 오늘따라 써늘한 간기가 끈적끈적 배었다.

"용배허구 상님이 꼴밖에 더 되겠남! 그저 명줄을 버린 짚신 날에 꿰구 살더래두 헐 수 없지!"

진도댁은 망연히 수평선을 향해 앉은 채 실성한 사람 모양 야릇한 웃음기를 물고 있는 팔례 어미를 저윽이 바라다보며 한마디하고는 꺼슬거리는 손바닥에다 찰엿 같은 침을 뱉으며 사납게 뭇줄을 꼬아갔다.

"누가 아남! 그것들이 되려 팔짜가 편 건지…산 사람 꼴이 죽은 송장보다도 못헐 바에야 뒈져서나 두 다리 쭈욱 뻗구 말지!
아휴——."

귀덕이는 장성댁의 말꼬리에다 대고 저도 모르게 힘 있게 고
개를 끄덕거려본다.

백번 생각해도 장성댁의 말이 옳을 것 같았다. 운저리가 아니
라 곰자리새끼 뭇줄을 꼬다가 손바닥이 다 헤어 터져도 좋았다.
열흘을 곡기를 못 채워 미친개 처진 뱃가죽 꼴로 추욱 늘어져도
좋았다.

벌써 열 달 전 일이지만 상님이와 용배가 당한 그런 소름 끼치
는 일들만 없어진다면 그저 한없이 낙월섬에서 살고 싶었다.

귀덕이는 꼬던 뭇줄을 놓고는 오싹오싹 소름질을 쳐대며 자
꾸 도리질을 해댔다.

상님이가 허연창을 뒤집고 앉아 제 바로 앞에서 뭇줄을 잡는
것만 같고, 용배가 두 짐이 넘는 뭇줄 볏단을 끙 하고 부려놓는
것만 같아 젖은 솔방울 풀무질만큼이나 가슴속은 끓어댔다.

낙월섬 아낙들은 그저 멍하게 팔짱만 끼고 있었다.

상님이는 다 죽어가는 듯싶게 비명을 질러대고 청자도 새댁
은 움켜쥔 머리채를 맷돌질하듯 연신 돌려대며 거품을 물었다.

"네 이녀언! 워디를 간다구 애기까지 품구서나 도망질이여?
엉?"

청자도 새댁은 더욱더 기승을 부리면서, 그때마다, 푸석거리
는 땅바닥에다 양팔을 짚고는 무릎은 벌써 피범벅이 된 상님이

를 눈 뜨고는 못 볼 듯싶게 매질이지만, 빙 둘러선 아낙들은 어느 누구도 감히 말리려는 눈치도 없었다.

"아휴——아휴우—— 애기가 욕심나서 그런 게 절대 아니래두유! 젖이 아파서나 젖줄 좀 줄일려구 그런 것뿐이래니깐유! 아휴, 아퍼유, 그만 좀 때리려니깐유!"

상님이는 곧 숨이 넘어가는 듯싶게 울부짖었다. 무릎을 질질 끌며 홱 도리질을 해대다간, 껑충 양팔을 들리운 채 팽그르 맷돌질하듯 돌다간 풀썩 엎어지면서, 그 통에도 낙월섬 아낙 이름은 다 불러대며 말려달라 통사정이었지만, 아낙들은 꼼질스런 눈두덩에다 눈물범벅만 한 채 모두들 종아리가 떨어져라 동동 발만 굴러댈 뿐이었다.

보리쌀 다섯 가마에 팔려 장딴지에 간기만 씻어내고는 뜸막 양 서방 셋째 시앗으로 들어앉은 지 꼭 열다섯 달을 채운 뒤 상님이는 이 꼴을 당해야 했다.

청자도 새댁이 마슬 나간 틈에 제 어린것을 건넌방으로 옮겨다가는 퉁퉁 불은 젖줄을 짜넣다 들켰다는 것이었다. 연신 검붉은 핏물을 토해내는가 싶던 상님이가 갯바람에 날리는 머리칼로 온통 얼굴을 덮은 채 추욱 늘어져서야 청자도 새댁은 매질을 멈췄고 해소가래를 그렁그렁 끓어대며 제 몸뚱이도 못 이기는 상님이 아버지가 볏단을 안듯 겨우 처진 상님이를 안고는 푹 고꾸라졌다간 일어서고 몇 발짝 나아가다간 또 거꾸러지고 하면서 샘터를 돌아갔다.

그 모진 매질을 당하고도 상님이는 사흘도 못 돼 어정어정 물짐을 져날랐다.

모래톱을 지나 구강진으로 줄달음치던 귀덕이는 통시리를 낀 채 우뚝 멈춰 섰다. 귀덕이를 부르는 가냘픈 소리가 귓전을 때렸다.

"워디 간댜?"

상님이었다.

"…?"

"절일 것 받으러 가남? 징소리가 숨넘어가는데 못줄 뀔 생선 은 씨도 없나 보지…."

모진 상채기를 얼키설키 얹은 채 거의 한 배나 실히 통통 부 어오른 상님의 얼굴을 보다 말고 귀덕이는 그만 목이 메서 간이 탔다.

"한 열흘 고정허잖구는 갯바람은 워째 쐬니? 응?"

"…."

상님이는 불을 지른 듯 벌겋게 타는 칠성도께 수평선을 보고 앉아 턱을 괸 채 말이 없었다. 그러더니 앞섶을 헤집어 불은 젖 통을 내놓고는 자꾸 젖을 짜댔다.

젖줄은 실같이 외줄로 뻗치다가 바람에 날려 얼굴로 튀어올 랐고, 그때마다 상님이는 한 번씩 얼굴을 훔쳐대고는 다시 젖줄 을 짜댔다. 그러면서도 상님이의 눈길은 요지부동 먼 바다였다.

귀덕이는 잔바람에 날리는 거미줄처럼 제 손등 위로 싸아하 니 튀어오르는 상님이의 젖줄을 엄지손가락으로 슬슬 문질러대 며 그만 목이 메었다.

귀덕이는 상님이의 후줄그레 젖은 등덜미에다 제 얼굴을 묻고는 한바탕 속이 후련하게 목을 놓았다.

그렁그렁 고이는 눈물 속으로 보이는 바다는 오늘따라 그림처럼 아름다웠다.

햇솜 날듯 하얀 물새 떼가 물살 위를 싸고 날고 튀는 숭어 떼를 쫓아 물 돼지가 물을 가르며 솟았다.

"…귀덕아…."

"…말혀…."

"너만 알구서 입 봉할려?"

"…?"

귀덕이는 상님이의 심상찮은 기색에 그제야 얼굴을 들곤 빤히 상님이를 쳐다봤다.

"…나, 갈려! 갈려!"

상님이는 젖줄을 짜대던 손을 멈추고는 먼 칠성도 쪽에다 눈길을 던진채 중얼거렸다.

"워디를?"

"아무 데나…하여튼지 낙월섬을 떠나서나 발 닿는 곳에서 살려!"

귀덕이는 그만 쨍하고 귀가 울었다. 낙월섬을 빠져나간다니 말도 안 되는 일이었다. 삭신이 짓무르도록 모진 매질을 받더니 상님이가 실성했나 싶었다.

"너 미쳤남? 뭘루 가남? 배? 치이——구강진 종선들이 너 뭍으루 가라구 실어다준댜? 중선들이 그물 건구서나 너 실쿠서 뭍으로 간다?"

"몰래 빠져나가면 돼잖아…헤엄질이라두 해서나 우선 칠성
도루 가지 뭘."

"헤엄질? 아휴! 아휴우——너가 미쳤니, 미쳤어? 삼출목 물
살에다, 물돼지 떼에다, 아휴, 말 같잖은 것일랑 그만두잖구서!"

"…용배는…용배는 다 해낸다! 걱정 말랴….'

"용배라니? 뭐? 용배?….'

귀덕이는 호되게 정수리를 얻어맞은 듯싶어 입을 떠억 벌린
채로 말문이 막혔다.

"귀덕아! 가서는 꼭 너한테 기별헐께! 기별헐께!"

상님이는 별안간 귀덕이의 손을 움켜잡더니 온몸을 부들부들
떨었다.

용배라면 뜸막 양 서방네 머슴이었다. 입 달린 사람이면 모두
칭찬하고 나서는 용배였다. 그 용배가, 어느새 상님이와 이런 내
통이 있었던가 하는 것이, 우선 통히 믿어지지도 않았지만, 무엇
보다도 종선꾼이라면 사람대접도 안 해주는 용배가 배는 어떻
게 마련하겠다는 것인지 짐작이 가지 않는 일이었다.

속에선 갖가지 사념들이 차일질을 해대는 중에서도 귀덕이는
우선 용배가 한없이 고마워서 눈물이 날 지경이었다.

"…그랴? …그랴?….'

귀덕이는 통시리를 들고 이내 일어섰다. 허벅지가 후들거려
제대로 발을 떼어놓을 수가 없었다.

"용바위 수신님! 곰자리 칠성님! 빌어유, 이렇게 비네유! 용배

헌테 장사힘을 주시구 상님이헌테는 담뿍담뿍 운복을 내려주세유! 빌어유, 빌어유!"

귀덕이는 비칠걸음으로 푹석푹석 발목까지 빠지는 모래톱을 걸으면서 연신 중얼댔다.

모래톱에 남은 상님이에게 손목이라도 잡아주곤 어깨가 떨어져라 한 번 품어라도 줄 것을 하고 밤새 설잠을 치르고는 눈을 떴을 때 섬 안은 생각했던 대로 반장게굴을 쑤셔놓은 듯 발칵 뒤집혔다.

밤새에 용배와 상님이가 감쪽같이 섬을 빠져나간 것이다.

장성댁은 행여 귀덕이에게 화가 돌아올까 지레 겁을 먹고는 낙지굴 파는 사람 모양,

"상님이하고 얘기했던 것 누가 봤으면 어쩌남! 허긴 너 말대루 아무도 안 봤으니까 속앓이헐 필요두 없지만서두…아휴! 아휴우──누가 봤대면 어쩌남! 이 일을 항차 워쩌어, 워쩌!"

연신 횡설수설 갈피를 못 잡고는 방 안을 서성거렸다.

상님이 아버지가 정강이가 짓물리도록 양 서방에게 매질을 받곤 기어코 몸져누워버렸고 연줄이라도 닿는 집들은 호된 서리를 맞았다.

귀덕이는 참새처럼 가슴을 조이고 앉아 불현듯 한 가지 생각을 해대고 선 더욱더 기가 찼다.

"종선꾼 놈들 다들 막돼지 불알도 못 빨 놈들! 그래 노를 잡구서나 이놈의 지옥 속을 못 빠져나가 저 꼴들이랴? 가슬게처럼 알 시리구 텅텅 속이 빈 놈들! 나헌테 노질만 줘보래여! 쭈꾸미

코타리처럼 불쌍한 것들은 다 싣구서나 가지 가! 툇툇──에이 개놈들!"

삼출목 젯날 술이 얼큰해서는 장성댁에게 화를 풀던 용배를 붙잡고 귀덕이는 얼마나 말싸움질을 했던가. 왜 종천이까지 쓸어 욕설이냐고── 눈물까지 글썽해서는 용배의 말끝마다 "그려! 그려!" 해대면서 맞장구질을 치던 장성댁에게까지 눈꼬리가 당기도록 흘김질을 해댔었고.

그런 용배이니 종선꾼들을 해치지 않고서야 굽실거려 배를 냈을 리도 만무하겠기에 귀덕이는 고사하고 온 섬사람들이 다기가 찰 노릇이었다.

뒷간 속까지 후적댈 정도로 온 섬 안을 샅샅이 뒤졌는데도 둘이는 발자국도 안 남기고는 오간 데가 없었다.

용배는 남정네니까 헤엄질이라도 쳤다 치고 상님이는 대체 어떻게 바다를 건너갔단 말인가.

섬 안을 싹 쓸어, 용배와 상님이가 함께 바다를 건너갔으리라고 믿는 사람은 귀덕이와 장성댁뿐이었고, 다른 사람들은 도깨비에 홀린 듯 짐작들을 할 수가 없었다.

용배와 상님이가 깜깜한 밤새에 모습을 감춘 지 사흘째 되는 날 해거름때였다. 섬 안은 다시 한 번 끓는 솥처럼 수선스러웠다.

구강진 앞바다 숭어 그물을 놓은 말뚝에 걸린 희끄무레한 것은 물결에 치받쳤다간 감아들고 하면서 한낮부터 떠서 통 떠밀릴 줄을 몰랐다.

종선이 떠 말뚝께로 다가간 것은 해거름이 다 돼서였다.

상님이었다. 길쭉한 널빤지에 배를 깔고 엎딘 채로 등줄 위론 한 겹 삼줄이 널빤지와 제 몸뚱이를 묶었고 널빤지 앞쪽에 매어 달린 댓 발 되는 닻줄 토막이 그물 말뚝을 감고 있었다. 곧장 구강진으로 떠밀리다가 닻줄이 말뚝에 걸려 더 밀리지 못했을 성싶었다.

부라려 뜬 눈은 벌써 회색빛으로 거풀이 떴고 물결이 칠 때마다 물 위로 뜬 양팔이 물살을 타고 너울너울대는 품이 당사춤을 추는 듯했다.

"뻔허지유. 헤엄질도 못허는 상님이니까 널빤지에다 묶어서나 용배 저는 널빤지에 달린 닻줄을 끌구서 헤엄질을 쳤겠지유."

"필경 삼출목 물살에 떠밀린 것이라니까유! 용배는 닻줄을 놓치구 상님이는 물살에 널빤지가 뒤집혀 물을 켜구 명이 끊어진 거구…그나저나 용배 놈 시신이라두 건졌으면 덜하겠지만서두 어디로 떠밀린 줄을 알어야지! 후우——."

종천이와 덕주가 말이 아닌 꼭들로 수런대고 있는 옆에서 상님이 아버지는 벌써 실성해버렸다.

"네 이년! 네 이녀언——용강바다 물귀신도 담뿍 원을 묵었을 껴! 쳐죽일 년! 네 이년, 상님이 네 이녀언——."

갯바람에다 듬성듬성 수세미 올 같은 머리칼을 날리고 앉아서는 보기도 끔찍스러운 딸의 시체 따위는 아랑곳없었다. 딸의 시체를 외면하고 앉아 탁발중놈 빈대 잡듯한 헛소리만 연신 내뱉을 뿐이었다.

더럽고 흉하지도 않아 널빤지째로 들쳐업고는 청백이 집으로 줄창 내닫던 종천이가 귀덕이는 무척이나 고마울 뿐이었다.

"양 서방 신살에 벌써 지집년 둘이나 원귀가 됐구먼…."

누군가 못을 박아 소곤댔지만 양 서방은 그 소리를 못 들은 체 쩝쩝 쓴입맛질만 해댔다.

아낙들 한 패가 다 닳아빠진 고무신 뒤코에다 푸석대는 먼지바람을 일고는 부산하게 사립 앞을 치달려갔다.

"저것들 웬일이래여?"

장성댁이 못줄 꼬던 손을 놓고 멍하게 진도댁을 건너다본다.

"…글씨…."

그때 사뭇 숨넘어가듯 맥이 빠진 징소리가 서너 번 울리다 만다.

그제야 팔례 어미가 벌떡 일어서며 사립 밖으로 치닫는다. 목에 찬 가쁜 목소리가 박정스레 사립 안으로 떨어진다.

"글씨는 믄 놈어 글씨여? 고깃배 들어왔잖남! 어서 서둘잖고는."

마당 안은 삽시간에 어수선해졌다. 진도댁도 팔례 어머니를 따라 당치 마귀가 미친 장대춤을 춰대도록 사립을 차고 나간다.

"어서, 어서 서둘러라! 한 뭇이라도 더 받아야지, 어서!"

장성댁은 헛간 쪽으로 홱 몸을 숨기면서 그 통에 욕심은 청대같아서는 횃대에 걸린 삼태기까지 사추리에 끼고는 머리쪽을 회회 틀어 왕못을 쪽에 꽂는다.

"곡기들을 못 보니까는 인심들두 흉흉해서나…아무리 눈이 뒤집혔다구 고깃배 들어왔다는 말 한자리 못 해주구서 저희들만 뿔창이 돌아서는 몰려갈 게 뭐람!"

귀덕이는 통사리를 집어들며 사뭇 못마땅해서 내뱉는다.

"사설은 믄 사설이다? 발 뻗구 누웠음 곡기가 주둥이로 흘러
드남? 인정사정 다 문안한다구 뱃가죽에 기름살이 오르남? 다들
살려구 그렇지!"

장성댁은 눈 가장자리가 샐쭉 또아리를 틀게끔 눈을 흘겨대
고는 비실비실 싸립 밖으로 내닫는다.

귀덕이는 통시리를 터억 머리부터 쓰고는 어깻죽지가 뻐근하
도록 줄달음질을 친다. 디딤돌 밟는 돌잡이 걸음만큼 벌써 맥이
빠져서는 장수리를 쩍 벌린 채 큰숨을 몰아쉬며 쉬고 있는 장성
댁 옆을 지나면서 귀덕이는 연신 콧날이 쩽쩽 운다.

곡기 구경이라곤 만 이틀 전에 맛을 보았고 절임질하던 운저
리 새끼들을 솔래솔래 빼 먹은 것이 남보다는 한 뭇이나 실히 줄
었을 것이다. 그 통에 어디 줄달음질 칠 힘이나 생길까 싶어 끈
적끈적 찰옷물을 설쿠는 가쁜 숨을 물고는 귀덕이마저 우뚝 멈
춰 선다.

"…얼른 가래두! 내처 가래두그려! 내 걱정 말구서 핑핑 가래
두!"

"괜찮겠슈? 응?"

"괜찮잖구는! 가슴 올배질이나 멈추면은 나두 내처 따라갈 테
니깐."

허리통이 휘도록 큰숨질을 하고 섰는 장성댁을 뒤에 두고 귀
덕이는 다시 뜀질을 재촉했다. 이럴 때마다 여지껏 죽었는지 살

았는지 소식조차 모르는 아버지 생각이 차일질을 쳤다. 삼 년
전, 그놈의 부서 떼들이 하필이면 용강바다에 마슬을 들어서는,
한바다 다 든 부서 떼를 좇아 섬 안 중선은 고사하고 종선까지
다 그물코를 걸리고는 섬을 떠났다.

잡새기나 고등어 떼와는 달라 부서 떼는 물목 안에서 하루를
나는 법이 없었다. 용강 안에 든 부서만 걸렸어도 그런 변은 없
었을 텐데 배가 갈린 부서들을 좇아 하필이면 아버지가 대구 중
선을 몰고 갔다.

다른 배들이 다 만선 부서들을 내려놓고 한참 흥이 올랐을 때
바다는 그렁그렁 집채만 한 물결들을 일구며 물사태질이었다.

그만이었다. 청백이의 혼춤이 지레 맥이 빠지고, 구강진을 메운
섬사람들이 꼬박 사흘을 곡귀제를 올렸어도, 아버지도 그 천만
금 같은 배도 통히 돌아올 줄을 몰랐다.

닻줄 한 올, 뱃전 판대기 한 쪽 떠밀려오는 것 없이 물사태를
당한 곳을 어림할 수도 없었다.

"이구! 믄 났다구 쌍돛은 펴구서나 부서 떼를 좇았담! 삼출목
이 물목을 터억 눌렀는데두 워디라구 한사코 따라갔남! 혼이 빠
졌어두 열두 불로 빠졌잖구, 후우──."

아버지만 계셔도 이렇게 쌍불이 돋아 턱턱 숨막히는 달음질
은 안 쳐도 될 것이라고 생각하자 새삼 귀덕이의 가슴속으론 홧
김이 불길처럼 치솟았다.

구강진에는 벌써 사람들이 벌떼처럼 한군데 모여서는 북새질
을 쳤다.

"이참 물에는 큰고기들이 좀 들었을 껴. 돼미, 청래기, 잡새기….."

"아휴, 제발 그렇게 좀 됐으면 얼마나 좋남! 칠성도만 해두 생각잖은 가라지 떼들이 담뿍 들었다던데."

"낙월섬두 인저 운이 다 간 꼴이지? 그놈의 간것들이 하필이면 용강만 싹 돌림질허군 빠즐 건 뭐람!"

"걱정 말아유들! 이번 물에는 단단히들 담았을걸. 내 꿈자리가 비상헌 신몽인디 배가 터지는 만선이었으니까는."

"지랄헌다. 꿈자리 믿구 누구는 고루거각 용살림 못 채리남? 뱃속을 퍼봐야 알지!"

한참 떠들썩 수선을 피우던 아낙들이 이 말에야 포오 포오 한숨들을 뱉으며 고개들을 조아린다.

중선 세 척이 숭어 그물 말뚝께를 벗어나 뒤뚱뒤뚱 다가오고 있었다.

사람들은 저마다 할딱할딱 가쁜 숨소리들을 물고 애가 타서 안절부절 못했다.

역한 냄새들을 피우는 아낙들의 등덜미 새로 겨우 얼굴을 내밀고는 귀덕이는 뚫어져라 다가오는 중선들에게 눈길을 박았다.

이번 물에는 종천이도 고깃배를 탔다 했다. 어름어름 다가오는 중선들이 컥컥 숨줄을 죄어대는 당복산 귀신들만 같아 귀덕이는 오싹 소름을 탔다.

"이번 배들은 최 부자 것허구 양 서방 것만 세 척 떴다지유?"

"그렇다구들 허데만."

"그래두 뭇줄질이 최 부자가 좀 크잖유?"

"양 서방 뭇줄질은 오뉴월 서리귀신 같어서나…박정허구 쌀쌀맞구!"

"쉬잇──."

아낙들은 금세 입을 다물고는 딴청들인 것이 양 서방이 방정 맞은 서성걸음으로 다가와선 연신 토방질을 하며 갈피를 못 잡았다. 그 뒤로 최 부자가 쩝쩝 쓴 입맛을 다셔대며 고개를 들어 한 번 뱅그르 하늘을 살핀다.

"징소리가 왜 저렇게 션찮어? …."

양 서방이 중선들을 향한 채 옴싹 않고는 한마디 중얼댄다.

"뻔하잖구…뱃전에 비늘만 깔려두 벌써 갈매기가 떼루 중선을 싸구 날 텐데…어흠──."

최 부자의 말이 떨어지기가 무섭게 아낙들의 낯빛이 금세 변했다.

"대체 그려! 갈매기 한 마리 문안이 없으니 이번 물두 그물코만 저렸나보지."

그러는데 장성댁이 곧 숨이 넘어갈 듯 가쁜 숨을 몰고는 아낙들 틈새로 끼어들었다.

"워쪄? 응?"

"뭇이유?"

귀덕이는 그만 시큰둥해서 건성 대답을 했다.

"생선 간내라두 나남? 응?"

장성댁은 가뜩 뻥 뚫린 콧구멍을 오솔기처럼 벌름대며 침까지 꿀꺽 삼켜댄다. 모가지께로 가지가지 배배틀린 퍼런 심줄들은 보습코에 땅줄이 넘어가듯 목줄 위로 물컹 솟았다 꺼진다.

"션찮나 봐유⋯."

"⋯그려?"

중선들이 차례로 닻을 걸었다. 제일 처음으로 닿은 최 부자의 뱃전에서 종천이가 맥이 빠져 섰다.

양 서방이 벌써 알아차렸다는 듯 방정맞게 콧수염을 떨며 휘이── 하고 한숨을 뱉는다.

뱃전을 살피던 최 부자가 쩌렁 큰소리를 쳐댄다.

"아니, 웬놈의 해파리랴? 엉?"

"⋯민목없이 됐네유! 바다가 변했나 봐유!"

종천이가 벅벅 뒤통수를 긁고 섰고 그 뒤로 풀이 죽은 남정네들이 몸둘 바를 모른다.

"세 배가 다 저려?"

"⋯예에."

"에잉, 쯧쯧── 그깟 놈의 것 버리잖구 뭣 헌다구 실어오남? 대체 웬놈의 해파리여?"

양 서방이 풀이 죽어 섰는 종천이 코앞에서 연신 삿대질을 해대며 버럭 악을 써댔다.

"용강 밑바닥이 뒤집혔나 봐유! 저두 해파리 떼 죽어 밀리는 일은 처음 당했는디유."

"아, 시끄릿! 그까짓 걸 뭣 헌다구 걷구 있담? 생선이 없으면 핑 배라두 돌려야지! 물사태라두 만나면 삼출목은 걸어서 건너

올 셈이었남? 배를 아껴야 허잖어? 엉?"

"판단을 잘못형게 뷰——."

"판단? 지랄들을 치고 있네그랴! 그래 문가 놈 꼴이 돼야 속이 시원허단 이론이여? 엉?"

양 서방이 고래고래 악을 써대며 애꿎은 화풀이를 해대자 최 부자가 힐끗 귀덕이를 살피고는 양 서방 등줄을 도닥거린다.

"그만 혀! 그러다 저러다 한몫 단단히 들 날도 있겠지 뭘…어 흠——."

귀덕이는 눈쌀미에다 잔뜩 오기스런 힘을 주고는 눈꼬리가 찢어지게 양 서방을 흘겨댄다. 양 서방이 욕질을 한 문가 놈이란 바로 귀덕이 아버지를 두고 하는 말이었다.

"별 잡스런 놈 다 보겠네그랴! 왜 남의 남자는 들먹이구 지랄이남! 홍! 흐응——."

어련할까 싶었는데 기어코 장성댁은 나직하게 퍼붓고는 핑 돌아서버린다.

"자들, 이것들이래두 썹어들 먹구. 나중에 뭇줄질 심은 좀 빠즐 줄들알구."

최 부자의 말이 채 끝나기 무섭게 아낙들은 와르르 밀어닥쳤다. 삼태기가 휘도록 해파리들을 쟁여담느라 나루는 금세 수라장을 이루었다.

귀덕이는 뜸막 양 서방 동정을 살피며 어쩔까 싶어 망설인다. 이까짓 해파리 싹 모른 체하고 돌아섰으면 좋겠지만 저만 달랑 빠질 수도 없었다.

말이 해파리지 그래도 갯냄새가 역한 생선이나 다름없었다. 된장질이나 곁들여서는 홀랑홀랑 삼켰으면 곡기도 구경 못해 마냥 쓰리고 아픈 배때기에 금세 살이 돋을 성싶었다.

귀덕이는 아낙들을 헤집고 달려들어 삼태기 살 밖으로 여들거리는 해파리 살이 삐죽삐죽 짓물리도록 쟁여넣는다.

"흐음——자 이것두!"

"…?"

"보긴 뭘 보남! 어서."

최 부자가 장성댁이 놓고 간 삼태기에다 듬뿍듬뿍 해파리를 넣어주며 빤히 귀덕이를 건너다봤다.

귀덕이는 잠시 서글거리는 최 부자의 눈길을 똑바로 맞쏘아주다가 널름 삼태기를 받아 돌아선다.

퉁시리를 머리 위에 인 아낙들이 종종걸음으로 줄을 섰다. 벌써 물컹물컹 녹아내리는 해파리 즙살이 역한 비린내를 풍긴다.

그저 햇빛만 쬐도 금세 물이 돼버리는 해파리를 떠얹히고는 그나마 뭇줄 일값을 뺀다니 이렇게도 야박스러울 수가 또 있을까 싶었다.

"이러다가 새도 부리는 놈들 시앗들만 풍년이겠지! 후우——."

"글씨 말이유, 명줄이 원귀지 그래 안 돼질려면 헐 수 없는 일이구! 딸농사 해논 것들 숨줄이 조마조마해서 워찌께 산다!"

하도 걸음들이 빨라 누군지 알아볼 수 없는 아낙들이 귀덕이 곁을 스치면서 종알댄다. 귀덕이는 그만 가슴 한구석이 뻐근해오면서 저도 몰래 청승맞은 한숨을 문다.

"귀덕아!"

강년이가 갈림길에 선 채 이마 위로 줄줄 흘러내리는 해파리 간물을 씻어내며 숨이 차 부른다.

"왜?"

"팔례는 곡기라두 채우면서나 살 껴! 그치?"

"…?"

"저번 때두 지나면서 보니까는 장대줄에 가라지들이 주욱 널렸잖어? 팔례는 배는 안 고플 꺼여…."

귀덕이는 모른 체 나가다가 오뚝 걸음을 멈추고는 눈살을 세웠다.

"넌 팔례가 부러워서 그려?"

"…."

"왜 말을 못 혀? 왜 못 혀?"

"…."

귀덕이는 잴근잴근 입술만 깨물고 섰는 강년이가 괜히 얄밉고 서러워서 견딜 수 없다.

"…그냥 그려어…."

강년이는 샐쭉 한마디 하고는 이내 돌아선다.

배 속에서 연신 꼬르륵 꼬르륵 허기가 차올라 한숨 쉴 양으로 풀썩 바위 등걸에 몸을 기대는데 구강진께서 누가 허겁지겁 달려왔다.

어림어림 눈짐작질을 하느라 실눈을 해서 살피던 귀덕이는 그만 가슴이 벌레벌레 뛴다.

종천이였다. 그 뒤로는 한 떼나 아낙들이 몰려오고 있었다.

귀덕이는 허리통에다 젖줄 물던 힘을 다 주고는 해파리를 이고 일어선다. 간물이 사뭇 물줄이 돼 흘렀다.

다가온 종천이는 힐끔힐끔 뒤쪽을 살피면서 그냥 지나치는 척 속살댔다.

"오늘 밤에 구강진으로 나와여."

"싫대두!"

귀덕이는 자꾸 간물이 눈 안으로 스며들어 무작정 내쏘아붙인다.

"…왜?"

종천이의 눈알이 퉁방울이 돼 곧 땅으로 떨어질 듯싶다.

"왜는 뭣이 왜?"

"화났남?"

"화는 뭣이 화남!"

"허 참 왜 그려? …꼭 나와!"

"싫대니깐그랴. …덕주도 있을 텐데 믄 났다구 구강진엘 가남!"

"내가 오늘 밤 숭어 그물을 보러 가는 차례란 말여. 덕주는 해만 떨어지면 고브라지는 걸 뭐."

"…핑 가잖구는. 뒤에 사람들 온다니깐."

"기다릴쳐? 응?"

"그랴…핑 가기나 허잖구는."

종천이는 씨익 앞니를 다 내놓고 웃더니 그냥 내달았다.

귀덕이는 걸으면서도 먼 칠성도께에다 눈길을 박는다. 저도 몰래 가슴이 다 내려앉는 듯싶은 한숨이 거푸 샜다.

이렇게 흉어가 계속되면은 큰일이었다. 꼼짝없이 앉아 죽는 수밖엔 도리가 없었다. 듬성장어 꼬리를 휘듯 꼭 그런 형상으로 주욱 허리를 틀다가 다락다락 이어진 발치를 담그고는 허연 뭉실구름을 얹고 솟은 칠성도가 가물가물 흐리다간 그냥 사라진다. 귀덕이의 눈은 사뭇 매울 정도로 눈물을 담고 있는 것이다.

낙월섬의 밤은 그대로 칠흑이었다. 칠성도 앞바다에만 드문드문 어화가 떴다.

귀덕이는 모래톱을 벗어나 구강진으로 향하는 산허리를 타다 말고 잠시 멈춰 섰다.

칠성도와는 정 반대쪽으로 가물가물대는 까막섬 등대가 한눈에 들었다. 물길로 백오십 리가 넘는다던가, 저 까막섬 뒤로 청자도가 버텨 앉았을 것이었다.

밤기선이 가는지 바람결에 발동선 가는 소리가 퉁 퉁 퉁 들려온다.

기선 생각을 하고 있던 귀덕이는 어금니가 맞치도록 부르르 한속을 탄다. 그놈의 청자도 것들만 아니라면 귀덕이라고 기선이 싫을 리가 없었다. 급할 때는 갓난 갈매기의 울음처럼, 시간이 느긋한 날은 바람 먹은 소라퉁수처럼 그렇게 가쁘고 또 길게 고동을 울려대면서 뒤뚱뒤뚱 떠 있는 기선이 먼발치로는 그렇게 좋을 수가 없었다.

깨알만 하게 겨우 눈어림질 속으로 들어오는 종선이 뱃길을 바꾸고 하이얀 기선이 싸라기 같은 물줄을 가르면서 다시 떠나면 아낙들은 불같은 한숨들을 물곤 돌아들 섰다.

특별한 날을 빼고는 돌아오는 종선은 기다릴 것이 없었다.

기껏해야 불돼지 털처럼 볼품없이 곱슬거리는 파마머리에다 동백기름을 반지르 얹고는 입술에다는 선지 같은 연지를 더덕더덕 바른 청자도 새댁들이 쌀 몇 가마에 팔려오는 것이었고 이 새댁들이 나루에 떨어지면서부터 섬 아낙들은 장독 깬 강아지처럼 슬금슬금 눈치나 보며 갖은 구박을 맞아야 했다.

우물에다 명줄을 끊은 옴팍네만 하더라도 청자도 것에게 한 줌이나 머리칼을 뽑히고는 실성해버렸고, 수정이는 새댁이 잠든 새 퉁퉁 불은 젖줄을 제 새끼 입에다 물렸다가 들켜 숫제 잿물을 사발째 마셨다던가. 상님이도 월순이도 꼭 같은 꼴로 죽고 말았었다.

오진 벼톨이나 털어 먹고 또 중선이나 부리는 사내들은 청자도 새댁들을 꿰차면 큰 벼슬이라도 얻은 양 기세가 등등했다.

낙월섬 아낙들에 비하면야 촌티도 가셨고 또 별천지나 다름없다는 목포 물도 마셔서 다들 소리들도 잘해내는 한량 아낙들이었다.

물사태로 뻘길이라도 턱도 안 닿게 줄을라 치면 몇 번이고 파헤친 서른게 구멍이나 쑤셔대다간 옴싹없이 굶고 나서는 가난한 집 처녀들은 곡기 몇 가마에 팔려 남의 집 부엌으로 들어앉았고 얼마 있으면 으레 어린것들을 내지르고 말았다.

어린것이 제 어미 눈이나 겨우 맞출 때쯤이면 젖줄이 퉁퉁 불어 팔려 온 청자도 것들에게 어린것을 뺏겨야 했다.

사내들은 한사코 우기지만, 들리는 말로는, 청자도 것들이 술집 작부질을 하다 온 것들이라 했다.

파시 때 거위 떼처럼 몰려 가리지 않고 뱃사람들을 받다가, 운수나 사나워 애기가 들면 어쩔 수 없어 열 달 채워 낳거나 금계랍으로 낙태를 하고는, 낳은 어린것들은 목포 고아원으로 가고 작부들은 한차례 시들어서 젖줄 보트는 강조청이나 삼키다가 낙월섬으로 팔려오는 것이라 들렸다.

"젖이 나빠서나 애기가 고명 호박처럼 배배 틀려대는 모양이여. 젖줄이나 바꿔보면 워쩔구 싶구먼은."

가슴속에다는 음흉스러운 욕심을 똬리째 틀어 놓고 슬며시 내뱉는 이 한마디면 낙월섬 사내들은 청자도 것들을 불러들일 수가 있는 것이었다. 그러니까 낙월섬 처녀들은 사내 계집질 제물로 바쳐지는 편이나 다름없었다.

"워쩌다가 낙월섬은 생겨났구 또 워쩌다가 청자도는 생겨났댜? …."

귀덕이는 산기슭에 양무릎을 세워 엉덩이를 받쳐 앉아 사레풀을 질근질근 씹어대며 중얼댄다.

아랫배가 싸아한 것이 해파리를 너무 먹었던가 싶어 귀덕이는 풀자리가 휑한 곳을 더듬더듬 골라 찾아서는 치맛귀를 걷어 얼굴까지 포옥 싸고는 쭈그려 앉는다.

뒤를 볼 참으로 미주알이 뼈근하도록 끄응 힘을 줘보지만 푸식푸식 바람만 새고 쐐애쐐애 오줌발만 샌다.

귀덕이가 막 치맛귀를 내리고 일어서려는데 앞쪽에서 도란도란 다가오는 사람들이 있었다.

하필이면 종선창 길목에서 누구라도 만났다가는 영락없이 호된 누명을 쓰고 말 참이었다. 용배가 상님이를 끌고 나가 그 꼴이 된 후부터는 최 부자나 양 서방 같은 사람들이 여간 눈쌀미를 세워 감시하는 것이 아니었다.

귀덕이는 사레풀 더미에 바싹 고개를 파묻고는 앞쪽을 내다봤다.

"더 가유?"

"시끄럽대두그려. 가만가만 말하잖구서…."

"그러니께유 더 갈 것이냐구유."

말소리가 한결 낮아졌다.

"아녀어…어흠――이리 와."

걸걸한 남정네 목소리에다 바싹 귀를 종그리던 귀덕이는 이내 고개를 끄덕였다.

석보 영감이었다. 그런데 아낙 목소리는 연신 떨어대서 그런지 통 짐작할 수가 없었다.

"강년아 이리 오래두, 이리…."

귀덕이는 그만 소리를 지를 뻔 입을 떡 벌려 큰숨을 몰아쉬다간 두 손바닥으로 제 입을 틀어막고는 도리질을 쳐댄다.

모를 일이었다. 이 깜깜한 밤중에 하필이면 석보 영감과 외진 곳을 골라 찾는 강년이가 도깨비인지 당귀신인지 그저 머릿골이 찡찡 울었다.

한동안 풀섶들이 모질게 부석대더니 숨넘어갈 듯 가쁜 강년이 소리가 낮게 자지러졌다.

"…아휴——아휴우——."

"이봐! 이봐아——사추리를 벌려야지 대구 오무르기만 하면 워쩌남? 응?"

석보 영감의 목소리가 물사태에 봉창 떨듯 몹시도 떤다.

"아휴——워찌께유! 워찌께유!"

'움매! 저를 워쩌! 썩을 년 악은 못 쓰남? 소리도 못 지르남?'

귀덕이는 속으로 간이 타게 중얼대며 몸둘 바를 몰랐다. 텅 터엉 텅 터엉——연신 떡메질을 해대는 가슴도 그랬지만 무엇보다도 겨우 버텨 세운 종아리가 찌르르 쥐가 나서 못 견딜 판이었다. 옴싹만 했다간 기척을 알아차릴 것 같았고 슬금슬금 기어서 자리를 빠져나가자니 아래는 철썩철썩 모래톱을 갉아대는 물속이었다.

"아휴우——아휴, 아파아——."

강년이는 곧 숨이 끊길 듯 빽 소리를 질러댄다. 그 소리는 사레풀 더미 속으로 떨어졌다가는 벼랑을 타고 물속으로 빠져드는 듯싶었다.

"쉬잇! 쉬잇!"

"그럼 워찌께 해유!"

"아, 왜 소락때기는 쳐대구서나 야단이남?"

"아휴, 아휴우——너무, 너무 아파서 그류우——아휴!"

"…이러지 말구 고분고분해야지 너가 이러면 워쩌남! 응?"

"이렇게 해유? 이렇게유?"

"그려! 그려어――."

"아휴! 아휴, 나 죽어유! 나…."

귀덕이는 손바닥으로 두 귀를 꼬옥 틀어막고는 대구 허리통을 떨어댄다. 꼭 제가 당하는 것처럼 사추리가 저려서 견딜 수가 없었다.

한참 동안이나 자지러지는 소리만 내지르던 강년이가 잠잠해지더니 이내 부석부석 일어나는 기척이었다.

"…곡기두 귀경 못허지?"

"그럼유? 벌써 사흘째나 굶었는디유! 아부지는 병세가 더하구…."

"…그려어…그려어…."

"워찔 테유? …인자 워찔 테유?"

"뭘? 어흠――."

"나 들어앉힌다 했잖유…."

"…글씨 맘은 그렇네만…."

"들어앉을래유! 인자는 들어앉을래유! 그래유, 예에?"

귀덕이는 다그쳐 묻는 강년이의 소리를 듣다 말고 또 한 번 입을 떡 벌렸다.

해파리를 져나를 때 심상찮게 팔레 애기를 꺼내던 강년이였던지라 모든 일이 짐작이 가면서도 강년이가 저렇게 가슴이 클 줄은 꿈에도 생각 못한 일이었다.

"하여튼 내일 곧바루 곡기 좀 보낼 테니께 그리 알구서 핑 내려가그라. 누구 만나기 전에 어서."

"먼저 내려가세유."

"그려? …그럼 그리 알구…내일 곡기는 꼭 보낼 테니께. …아 참 그리구 말여."

"…예에."

"누구 만나지 않게 몸 잘 사르구…."

"…그류유——."

후적후적 석보 영감이 걸어나가는 기척이었다.

연신 더운 한숨을 내뿜는가 싶더니 강년이가 흐느끼기 시작했다. 끄윽 끄윽 용케도 숨을 죽여 울음을 참다가 기어코는 가슴이 아리게 울음을 놓았다. 울음 끝을 잡고 써늘한 갯바람이 휭휭 말려들었다.

귀덕이는 가만히 쪼그려 앉은 채 연신 제 손등으로 떨어져 내리는 눈물을 손바닥이 아프도록 쓸어내곤 또 그러곤 하면서 이제 강년이처럼 서러운 울음이 목젖에 찰싹 걸린다.

강년이마저 저렇게 되면 섬 안 싹 쓸어 처녀라곤 저까지 합쳐 몇 명이나 남을까 싶은 것이 이토록 서러울 수가 없었다.

그만 후닥닥 뛰어나가 강년이의 손목을 쥐고 둘이가 한바탕 꺼렁꺼렁 울음보나 터뜨렸으면 속이 후련할 듯싶었지만 귀덕이는 방댕이만 옴싹옴싹거릴 뿐 제풀에 목덜미가 아프도록 도리질을 해대고 만다.

귀덕이는 연신 곱은 손가락을 세워가며 외우고 있었다.

"나…중간이…단님이…광자…귀례…그러구, 그러구…또 없남?"

귀덕이는 혜던 손가락을 힘없이 펴 손목을 떨구고는 망연히 강년이 쪽을 살폈다. 강년이는 조금도 기세가 풀리지 않은 채 꺼이꺼이 흐느끼고 있었다.

귀덕이는 살금살금 앞쪽을 더듬어가며 조심스레 사레풀 더미 속을 기었다.

새순이 돋지 않은 묵은 사레풀 더미라 바싹 말라서는 치맛자락만 스쳐도 버스럭거렸다. 한동안 풀더미 속을 기어 겨우 샛길에 나선 귀덕이는 잔뜩 꽁지발을 딛고는 성큼성큼 나루목을 타내렸다.

(썩을 년! 이구 썩을 년! 처울기는 지랄 났다구 처우남? 처울 힘루루 소락대기나 처지르잖구 몸 다 버리구서나 믄 났다구는…치이──.)

눈두덩이 싸아 매워오면서 또 팽그르 눈물이 고인다.

"운다구 강년이 년이 사는 것두 아닐 테구…그렇다구 팔짜야 두고 봐야 알 꺼구…."

귀덕이는 치맛귀를 바싹 추켜올려 잡고는 종선창으로 타내렸다. 휘휘 고개를 내둘러봤지만 사람 기척이라고는 통히 없다.

어림짐작으로 조심조심 나루 뗏장을 밟아가는데 껌껌한 앞쪽 물속에서 첨벙첨벙 노질 소리가 났다.

선뜻해지는 마음에서도 눈살을 세워 앞쪽을 내다봤다. 삐그덕삐그덕 배는 사르르 다가오고 있었다.

나루 뗏장을 받고 배가 팽그르 돈다. 낮은 소리가 겁을 먹었다.

"뉘여? 뉘여?"

종천이다.

"…나! 나여!"

"웬일이여? 안 오는 줄 알구 막 뜨는 판인디."

귀덕이는 날렵하게 종선 안으로 걸어들어서는 뱃전에다 엉덩이를 꼬나앉는다.

종천이가 좀 다급하게 노질을 서둘렀다. 뱃전이 기우뚱 기울어 볼기짝으로 써늘한 물거품이 튄다.

종선머리가 물을 가르는 소리에 섞여들어 종천이의 숨소리가 유독 길고 급하다.

귀덕이는 손목을 물비늘 속에다 담그고는 묻는다.

"나루에 누구 안 왔었남?"

"그려."

오늘 밤따라 종천이는 사레들린 벙어리처럼 말수가 적었다.

"나 왜 늦었는지 아남?"

"…왜?"

"강년이를 만나느라구…."

"강년이? …워디서?"

"나룻목에서."

"그래 너를 봤남?"

"봤대니깐그려."

"뭐랬남?"

"종천이 숭어 그물 나는 데 따라간다구 했지 뭘."

"얼라? …너 미쳤남?"

종천이는 노질을 멈추고 그제야 정색이었다.

귀덕이는 별안간 오기가 치받쳐 불쑥 자리에서 일어나 바싹 종천이의 턱 아래로 다가들곤 볼멘소리다.

"왜? 왜? 뭣이 무서워 벌벌 떨구 그려? 응? 나 좋아한다는 것두 죄다 고짓말이지 뭘. 그치유?"

"얼라? 워째 이런다?"

"가! 가! 이대루 그냥 아무 데나 가! 낙월섬에서는 명대로 못 산대두! 가! 이대로 막 가!"

귀덕이는 떡 버텨 선 종천이의 널짝 같은 가슴 속에다 얼굴을 묻는다.

훈김이 스며드는 종천이의 가슴패기에서 발동선 소리 같은 맥이 텅텅 친다.

종천이는 옴짝 않고 노질이었다.

말도 안 되는 소리인 줄은 귀덕이 제가 먼저 아는 일이었다. 삼출목만 없다 해도 또 모를 일이었다. 아니 삼출목이 열 겹으로 물목을 눌렀다 쳐도 귀덕이는 저 혼자 낙월섬을 떠날 수는 없었다. 죽어도 살아도 장성댁과 살을 맞비벼야 했다.

귀덕이는 종천이의 가슴 속을 빠져나와 다시 뱃전에 쪼그려 앉았다.

"…강년이가 뭐래던?"

"아녀! 다 고짓말이여! 이 밤중에 강년이가 뭣 헌다구 나루목에 나온다! 심심해서 회쳐보는 말이지 뭘…."

종천이는 푸우──긴 숨을 뱉더니 노를 놓고 삿대를 내꽂는다.

그물을 잇고 선 말뚝들이 퍽으나 을씨년스러웠다.

말뚝보를 딛고 성큼 올라선 종천이가 긴 삼발삼태기를 풍덩풍덩 빠뜨리며 설킴질을 했다.

"차암──별꼴 다 있다니께! 아, 한 물에 열댓 마리씩은 들던 숭어들이 한 마리 비늘도 얼씬을 않으니….”

말뚝보를 타고 뱅뱅 돌아가며 설킴질을 하던 종천이가 환성이었다.

"아휴? 이거 딱 한 마리 들었군!"

"워디? 워디?"

귀덕이는 금세 신명이 나서는 뜰 듯 뱃전에서 튕긴다.

"조심허잖구…삼태기가 뜨면 제가 숫졌지 뭘.”

종천이의 힘주는 소리를 따라 삼태기가 벌써 두 길은 들렸다. 철부덕 철부덕 물비늘을 가르는 소리가 요란하더니 삼태기 코를 향해 퍼런 인광을 뿜는 숭어가 연신 뜀질이었다.

"아휴, 고것 기중 큰데 커!"

"좋기두 허겄네! 누구 좋으라고 저렇게 신명이랴, 치이──.”

귀덕이는 한입 다 고이는 군침을 삼키며 금세 시큰둥 토라진다. 좋을 사람은 최 부자뿐일 것이었다.

숭어 아가미에다 삼줄을 죄서는 꼬리까지 칭칭 올개를 씌우고 종천이는 뱃전이 기우뚱하도록 종선으로 뛰어내렸다.

"귀덕아.”

"워째?"

"…이거 집에 몰래 가져가."

"들키면 워쩌라구! 싫어…."

"이런 도적질은 괜찮은 겨! 내가 가라지 한 마리 빼돌리는 것 봤남? 딱 한 마리에다 한참 숭어 안 드는 것 섬 안이 다 아는 건데 뭘."

"그래두…."

"곡기나 두어 줌 빌려서나 넣구 죽을 고아 묵어."

종천이는 천연스레 귀덕이 동정에는 시늉도 않고 삿대로 말뚝을 떠다 민다.

잔잔한 물비늘을 바라다보며 턱을 괴고 앉았던 귀덕이는 숨 넘어가는 외마디 소리와 함께 종천이의 가슴패기로 머리를 묻는다.

"왜 그려? 왜 그려?"

"저기…저기…물귀신…."

종선창이 울리도록 텅텅 발까지 굴러대며 몸을 떠는 귀덕이는 팔 아름이 뻐근하도록 종천이의 목덜미에 매달린다.

희뿌연 것이 머리에다는 무명 수건을 쓰고 긴치마를 끌며 성큼성큼 물비늘을 밟고 걸어가고 있었다.

그것은 우뚝 서 종선을 바라보다가 종선이 다가가면 슬며시 물러서곤 했다. 슬슬 물비늘 밟는 소리가 소름이 돋도록 무서웠다.

"월순인개 벼! 상님인개 벼!"

한동안 멀거니 앞을 바라보던 종천이가 꺼덜꺼덜 웃어대며 귀덕이의 등을 두들겨댔다.

"난 또 뭐라구. 바보야 저거 피문어여, 피문어. 처음 보면 누구나 질겁초풍을 허지."

귀덕이는 슬며시 고개를 들어 가쁜 맥이 뛰는 종천이의 굵다란 목덜미 새로 앞을 내다봤다.

피문어는 슬슬 물비늘 속으로 가라앉고 있었다.

겨우 긴 숨을 내쉬는데 종천이의 우람한 팔 똬리가 숨통이 막히도록 가슴을 쥔다.

그러더니 입술은 쓰리도록 꺼실꺼실한 종천이의 턱수염 속으로 대꾸 말려든다.

귀덕이는 종선창으로 발랑 나자빠져 할딱거렸다. 가슴속으로 새삼스레 설움 같은 것이 치밀어오르자 연신 강년이의 생각이 머릿골을 어지럽혔다. 그 꼴이 되느니 한시바삐라도 종천이와 살게 됐으면 싶었다.

"맘대루 해부아! 너 맘대루 해! 난 죽었다 심치구 성 안 낼텨!"

귀덕이는 종천이의 서까래 같은 목덜미를 있는 힘을 다해 죄어안고는 사추리에 힘을 푼다.

귀덕이의 가슴 위에서 황소처럼 씨근대던 종천이가 무슨 일인지 스르르 무릎을 세우고 만다.

"…왜 그려? 워째 그려? …."

귀덕이는 발랑 나자빠진 채로 가쁜 숨을 몰아쉬며 종천이를 올려다본다.

"내가 싫어 그치유? 내가 싫어 그러치? 보는 사람두 아무도 없잖어! 맘대로 하래니깐그려! 빨리 맘대로 해줘!"

귀덕이는 사뭇 부끄러움까지 곁들여서 두 손바닥으로 얼굴을 가리고는 고개를 설레설레 내젓는다.

어른대는 강년이 생각만 아니래도 살 것 같았다.

"한시라도 빨리 가야지 않어 좀만 늦으면 덕주 놈이 깬단 말여!"

종천이는 노틀을 죄고는 슬금슬금 노질이었다.

노질이 그리 고되지는 않을 성싶은데 종천이는 연신 힘겨운 안간힘만 뱉어내며 푸우푸우 한숨을 쉬어댔다.

"…귀덕아, 너 자냐? …."

종천이는 사뭇 어색하게 엉뚱한 소리를 해대고는 금세 딴사람인 듯 양팔이 떨어지게 사나운 노질이었다.

종선이 갑작스레 요동을 치자 숭어가 펄쩍펄쩍 종선창을 뛰었다.

귀덕이는 수선스러운 별밭을 담은 채 꼬옥 눈을 감았다. 눈 가장자리를 타고 내리는 눈물이 금방 갯바람에 식어 서늘하니 물줄이 돼 흘렀다.

3

봄기운이 흔연스러워지면서부터 모진 샛바람이 불었다. 뭍 같으면 꽃샘바람이 물오른 가지에 훈김을 주겠지만 섬 형세가 용강 넓은 바닥을 달랑 빠져 까막섬 허리까지 십오 리는 물속으로 뻗친 참이라, 으레 샛바람질이 온종일을 다 섬을 할퀴고 살았다.

이엉이 통째로 들먹거리고, 나룻장이 뒤집혀 모래톱에 해파리 멱질하듯 발랑 뒤집혔다간 스르르 밀려가고 하는 판에, 해마다 이맘때면 구강진 턱으로까지 박혀들어 길을 못 트던 가라지 떼들도 웬일인지 꼬리질 한번 물비늘에 튀는 때가 없다.

사람들은 온종일을 구강진에 나가 이틀 밤 정도는 예사로 새웠고, 풍어제는 벌써 네 번이나 떠들썩하게 치렀지만, 바다는 요지부동 고기 떼를 돌리고는 샛바람질에 미쳐 날뛸 뿐이었다.

"재앙도 단단한 재앙이지 워디 이럴 수가 있담! 샛바람철에 가라지 뭇줄을 절였어도 천 뭇은 넘게 절였을 텐데 그물코만 뻔해서는 잡새기 몇 선두 귀경헐 수 없으니 용바위 젯날 월순이가 잘못 든 거여 필시⋯."

어지간해서는 월순이 이름만 들어도 꾀죄죄한 때눈물을 짜내던 월순어미가 마루턱에 사추리를 다 까고 앉아 힘없이 뱉는다.

"행여래두 그 소린 허지 말아. 그찮어두 사람들 낌새가 대구 월순네를 빈정대는 것 같던데 워찌워찌 양 서방이나 최 부자 귀에 기어들래지, 아휴, 섬 안이 발칵 뒤집혀 지랄을 칠 터인데⋯."

장성댁은 며칠 새에 딴사람이 된 모양으로 눈두덩이 포옥 꺼진 채 겨우 중얼대고는 사레풀 즙을 몇 모금 들이켠다.

이내 정수리를 맞은 물돼지 숨넘어가듯 미간에단 몇 겹 이엉 주름을 잡고는 피식 누워버린다.

"그걸 바람 든 복쟁이 새끼라구 모르남! 자네 앞이니까 숭허물 없이 몇자 푼 거지. ⋯워찌 됐던 간에 상님이 그 꼴 됐을 적만 해두 한 달은 거푸 꼭 이랬잖어⋯."

"허긴 그랴…용바위 수신두 처녀 원기엔 신명이 주나 보지."

"그래서 용바위 수신은 계집바람만 즐겨 잡숫나유? 용바위 수신이 점지했다구들 남정네들 심뽀가 그렇구요? 아휴——흥!"

귀덕이는 잔뜩 뱃가죽에다 힘을 주고는 장성댁의 말끝을 받아 톡 쏜다.

"저런 미친것…누구 귓바람이라두 허면 워쩔려구 큰 소리로 지랄이데여? 입단속 허잖구서…."

장성댁은 눈꼬리가 뻐근하도록 귀덕이를 흘기고는 애꿎은 사레풀 즙만 또 한 모금 기척하다 만다.

"아휴——아휴 써라아——이것이 워디 사람 꼴이랴! 차라리 꼴딱 숨줄이나 넘어가면 시상천지 편헐 텐데두 오라질 놈어 목숨은 질겨서나."

장성댁은 연신 퉤퉤 방정맞게 침을 뱉는다. 물컹한 가래에 거무죽죽한 사레풀 색깔이 뱄다.

"오두방정 지랄질두 유분수지 그놈의 주둥이도 어지간혀. 아니, 나 같은 년두 명줄을 잇는데 제가 워쨌다구 뒈지남? 귀덕이는 뭣 되게? 저걸 놓구선 눈꺼풀이 감길 성싶구?"

월순 어미는 마룻장을 터엉 쳐대며 수다를 떤다.

"…젊은것이야 설마 워쩌겠남. 설마 이렇게 뼈가래가 등줄을 맞치도록 굶기야 헐라구. …되려 나 때문에 저년이 저 꼴루다 시들지."

장성댁이나 월순 어미나 다 똑같이들 긴 한숨을 몰고 만다.

말끝이라 그런지 별안간 졸창이 쩌르르 땅기면서 참을 수 없는 허기가 치받는다. 그렇다 생각하니 지레 별똥들이 눈앞에서 튄다.

귀덕이는 부러 정색을 하고는 애써 허기를 참는다.

벌써 나흘 동안을 꼼짝없이 사레풀 즙만 흘려넣고 말았다. 말뚝 뺀 자리만큼 뺑 뚫려 헤집어진 서른게 구멍을 반나절은 넘게 쑤석이고 다녔지만 고작 엄지손가락만도 못한 어린 새끼 세 마리 구경하고 말았다.

오죽들 했으면 손가락 하나도 겨우 들어가는 서른게 구멍이 그렇게도 모질게 헤집어졌을까도 싶었고, 그때 귀덕이도 사뭇 비칠걸음도 힘겨웁게 허기가 차던 터라 질경질경 저만 씹어먹어버렸을까 싶은 것이다.

"막말이지 십 년만 젊었어두 붓두덕 심으루 굶지는 않을 꺼! 사추리 벌려서라두 배때기야 채우잖구."

월순 어미의 말에 귀덕이의 볼이 화끈 달아오른다.

"이래 살아두 저래 살아두 낙월섬 귀신일 껄 몸 사룬다구 뭇 줄 심이 남으남 팔짜가 펴남! 물 붙은 송장처럼 발랑 자빠져서는 줄창 굶는 것보다야 낫지 않구!"

귀덕이는 뒷덜미가 아프도록 장성댁을 거세게 돌아다봤다.

월순 어미의 말에 서릿발 같은 오기를 박고 나설 줄 알았는데 천만뜻밖에도 맞장구질을 쳐대는 장성댁이 생판 남인 것처럼 짐작이 멀다.

몸살은 도져 누웠는데 간것은커녕 곡기 한 톨 못 넣고는 사레풀 즙으로 허기를 때우고 보니, 사람마저 변했는가 싶었다. 장성

댁은 볼이 따갑도록 귀덕이의 눈총을 느끼기도 했으련만, 부러 모른 체 먼 바다 쪽에다 눈길을 던지고는,

"…그러게 말여 …우덜이 십 년만 젊었대두…."

사뭇 안타까워 또 그 소리다.

귀덕이는 바늘방석에 앉은 듯 괜히 몸 둘 곳을 몰라 끙끙 엉뚱한 안간힘을 쓰다가 그저 낙지 물질 같은 한숨을 조심스레 내뱉고 만다.

섬 안 아낙들이래야 제 영감 짝 맞춰 사는 아낙은 다섯 손가락으로도 다 못 꼽았다.

진도댁·추자댁·청백이를 빼고 나면 죄다 영감들을 물속에다 잃은 과부들이었다. 더러 영감을 차고 사는 아낙들도 있었지만 둘씩 셋씩 시앗들을 보고 사는 아낙들이 어디 여자던가.

지레 늙어 고부라진 것처럼 엄살을 피워대지만, 월순 어미나 팔례 어미나 장성댁이나 기껏 마흔 줄을 막 넘어선 아낙들이었고, 낙월섬 안에서야 곡기 몇 가마에 어느 때 누가 팔려 들어앉는대도 흉될 것은 없었다.

"…어정어정 사례풀이나 뜯으러 가부아? …."

월순 어미가 허리께를 두들기며 "이구 이구" 곧 죽는 소리를 해댄다. 누렇게 부황이 뜬 얼굴로 보더라도 장성댁이나 다름없이 사나흘 착실히 굶은 꼴이다.

"그저 갈려구? 마슬도 박정스럽기도 허다."

장성댁이 일어나 앉으며 옴나무 비녀를 질끈 물고는 수세미가 다 된 쪽을 훼훼 튼다.

"그나저나 워쩐댜! 몸살두 크게 치레하는 모양인데 곡기 한 줄 못 흘려넣구."

"저는 뭐 황소뿔이 돋남? 잔뜩 부황이 떠서는."

"그래두 난 몸살기는 안 붙잡았잖어? …조리나 허구우——."

"가봐두 그나마 몇 줌 못 훑을걸유."

귀덕이가 힘없이 지껄이자 월순 어미가 휑 돌아선다.

"뭘?"

"사레풀 뜯으로 간다면유?"

"그려."

"그나마 견뎌나남유? 워찌게 억척스럽게 훑음질을 해냈던지 휑허던데유."

월순 어미는 한동안 멀거니 선 채 말이 없다. 느슨한 팔짱을 끼고는 풀이 죽는다.

"가당찮은 사설이지만서두 부서 떼나 밀리는 재변은 없남?"

"미쳐두 서 벌은 미쳤구나그랴. 샛바람철에 무슨 부서여."

"아휴, 그땐 샛바람철 아니었남? 생각지두 않은 부서 떼가 용 트림질루서나 용강에 처억 들어백혀서는…그래 사람 잃구 배 잃구 말았지만…."

월순 어미가 흘긋 장성댁을 살피자 장성댁은 푹 꺼진 눈꺼풀을 바르르 떨며 그제야 맞장구를 쳐댄다.

"허긴…샛바람철에 섬 안이 부서기름으로 머리질을 헌 때두 있었구먼그려."

도시 꿈만 같다는 기미로 스르르 눈을 감으며 긴 숨을 내쉬던 장성댁이 별안간 소스라쳐 일어나 앉으며 연신 마룻장까지 장작돌패질을 해댄다.

"이구 이 썩을 년 좀 보게여…아니 이 썩을 년 정신 좀 봐!"

장성댁은 설레설레 도리질을 해대며 허옇게 열기가 뜬 헛바닥을 길게 빼 널름대며 연신 혀를 차댄다.

"금세 왜 저런댜?"

"글씨유…."

월순 어미가 귀덕이를 눈 맞추며 영문을 몰라 하자 귀덕이도 연신 헛소리를 해대는 장성댁을 멀거니 바라다본다.

"글씨유는 염병 삼 년 묵사발 방탱이랴? 말만한 년이 저렇게 혼이 빠져서는."

장성댁은 귀덕이를 향해 빽 악을 써댄다.

"얼라? 얼라?"

"그래두 저년이?"

"얼라? 느닷없이 당복산 귀신이 씌웠남? 쌍불질을 허구는 꽘 질만 허게."

귀덕이는 피문어 먹물질 할 때처럼 인중이 당기도록 주둥이를 빼물곤 오지게 쏘아붙인다.

"이 속창아리 절인 것아. 오늘밤이 니 애비 젯날 아녀?"

장성댁은 마침 있는 대로 속이 끓던 터라 이내 청승맞은 타령질로 신세 한탄이다. 갈포순마냥 거죽만 배배 틀린 목덜미가 거세게 도리질을 할 때마다 옴나무 비녀가 떼구루 굴러떨어지고 그때마다 오기스런 손질로 훼훼 쪽을 틀어 아무렇게나 비녀를 꽂는다.

"그러게 …그러게 말여."

월순 어미의 탄식을 따라 귀덕이의 가슴속이 여간 시끄럽다.

속이 허해 그만 곡기 타령만 염출하느라 아버지 젯날을 당하고도 젯밥 한 그릇 빌려놓지 못한 것이 모두 제 탓일 성싶어 귀덕이는 금세 눈꼬리 에다 싸아 매운 눈물을 일군다.

"워쩌지? 보락꼬 앉아 푸성질만 헐 께 아니라 젯상꺼리나 염출해야잖어."

월순 어미는 사뭇 딱해서 연신 쓴 입맛만 쩝쩝 다셔대다가는 슬그머니 자리를 뜨고 만다.

"망자 볼 민목두 없구우…그래두 혼이 기척허실 때까진 워쩌께 해서라두 젯상을 차려야 할 꺼 아녀?"

장성댁은 귀덕이에게 눈길을 맞추고는 연신 눈꺼풀을 껌벅거리며 넋을 빼고 앉았다.

귀덕이는 갓난 갈매기 주둥이마냥 두 쪽 끝만 딱 엉킨 채 손자루까지 다 닳아빠진 뭇줄 막대를 집어 토방만 헤적거려댄다.

어떻게 해서든지 제상은 차려야 했다.

작년 젯날만 하더라도 찰기가 도는 밀로 젯밥을 떴고, 잡새기도 구워 올렸고, 눈 안으로 시뻘건 산기를 한 채 적쇠 위에서까지 퍼득대던 허벅지만 한 숭어 두 마리로 찜을 쪘었다. 제수로 빚은 서숙농주가 서 말은 실히 됐으리라 싶었다.

그래도 작년 흉어철이래야 금년에다 비기면 용살림이나 다름없었다.

잡생선이라도 퍼대는 통에 기선에 부쳐오는 곡기도 한 달이면 두어 차례 종선창이 빳게끔 들직했다.

아무리 별의별 궁리를 다 짜봐야 신통한 수가 없다. 섬 안이 거의 다 굶느라 눈들이 벌건 판에 곡기 한 줌 염출할 곳이 선뜻 떠오르지 않는다. 오죽하면 사레풀 더미가 휑하게 갈퀴질을 받았을까. 중선들이 비린내라도 싣고 나들이할 때에야 사레풀은 말려 뭇줄감으로도 남아돌지 않았던가.

그래도 석보 영감 셋째로 들어앉은 강년이가 말귀도 통할 성싶었다.

"젯상꺼리나 염출허게 마슬 좀 돌구 올 테니깐."

귀덕이는 손바닥에다 퉤퉤 마른침을 뱉어대고는 이내 얼굴을 쓱쓱 문질러대며 부스스 일어섰다.

"염출헐 데라두 정했남?"

장성댁이 금세 생기가 돌아 묻는다.

"정헐 데가 워디 있남. 그냥 한정놓구 쏴댕겨볼려구 그츄."

"그래두 입성이나 속이 괜찮은 거래야지 쇠경 운저리 더듬질처럼 막 하남? 괜히 푸성질만 듣구….”

"강년이헌테 가볼려구 그류. 그중 낳을 성싶구."

"강년이? …아. 종천인가 쇠천인가 허는 놈헌테 쥐알려보면 워쩌?"

"아휴, 저 썰거리두 못 피워 볼태기가 쩨지게 동냥줄을 빠는데 제가 무슨 수가 있겠슈."

"흥! 그물코 뺀대기 사림질만도 못헌 것!"

장성댁은 콧방귀에다 잔뜩 비양질을 심고는 홱 돌아앉는다.

"종천이가 믄 죄가 있다구 그려. 구강진에 옴싹없이 백혀서는 중선들 밑창이 썩어나는데 제가 믄 심으루…."

"나두 나가볼 테니까는 펑펑 쏴댕겨봐여. 시상 없이두 젯상은 차려야 혀…."

귀덕이는 장성댁의 말을 듣는 체 마는 체 휑 사립을 차고 나온다.

중선을 타고 종천이 바다로 나가면 돛 겨드랑이에 겨우 흔들 바람만 걸쳐도 내내 종천이를 걱정했던 장성댁이 금년 들어서부터 발랑 보선코를 뒤집고 나섰다. 틈만 있으면 종천이를 헐뜯었다. 어쩌다 사립 안만 기웃거려도 팽 돌아앉기 일쑤였고 기미를 차린 종천이는 어정어정 뒤통수만 긁고 서성대다간 자리를 뜨고 말았다.

"지집년 뱃속 사정두 모르고 사추리만 제 것이라고 우길 참여? 흥! 모진 년 털시레기만도 못헌 놈허구는…믄 났다구 어정어정 문안이랴!"

이런 말도 예사로 중얼대기 일쑤였다. 언젠가는 이런 장성댁의 투정을 곧바로 듣고 나선 종천이가 서름서름 물러나며 축 처진 어깻죽지에다 잔뜩 숯불 같은 한숨을 얹은 일이 지금 생각해도 그렇게 가슴이 쓰릴 수가 없다.

종천이가 숭어 삼태질을 하던 밤, 한사코 밭두덕이 지도록 어금니를 물어 참고는 귀덕이의 몸을 모른 체한 것도, 다 이런 연유였으리라 생각하니, 절인내가 물씬거리는 종천이의 목덜미를 안고 달랑 매달리고 싶도록 속이 언짢았다.

귀덕이는 사추리가 뻐근하도록 대구 돌밭을 뛰었다. 헉헉 목구멍으로 치솟는 허기찬 숨을 몰아쉬느라 장딴지가 부들거리도록 한쪽 발을 바위에 얹는데 그만 삥 삐앵 귓속이 울면서 풀썩 무릎이 꺾이고 만다.

귀덕이는 겨우 비슬비슬 우물께로 다가가서는 벌컥벌컥 짭짤한 물을 두레박째 들이마시고서야 후우 긴 숨을 뱉는다. 목구멍을 넘은 물이 속이 비어 그런지 금세 배꼽께에서 버글버글 끓으며 아랫배가 당긴다.

사레풀을 씻고 있던 아낙들이 눈이 휘둥그레 쳐다본다. 그 틈에 낀 팔례 어미가 연신 끌끌 혀를 차댄다.

"잔뜩 허기를 물구서나 물을 그리 급히 마시면 되남!"

"뉘 집 곡기 좀 흘린 것 있어유?"

귀덕이는 상기도 가쁜 숨을 몰아쉬고 선 채 팔례 어미 말엔 시늉도 않고 불쑥 엉뚱하게 묻는다.

"말만 들어두 배가 터지네! 곡기 흘린 집에 워딨남? 곡기독이 사람 들어앉으라구 지랄인데."

팔례 어미의 말끝을 잡고 아낙들이 후우——땅이 꺼질 듯 한숨들을 뱉는다.

"…오늘 밤이 아부지 젯날이라서…."

"그려? …참 그렇구만그려! 시상이 드러워서 말만한 딸이 젯밥 구걸하는 것두 모르구서…쯧쯧——이럴 땐 나라두 좀 신간이 폈다면 을메나 좋을꼬만."

뜸막 양 서방 세도에 그래도 팥례 집에만은 곡기를 보내줄 성
싶은데도, 팥례 어미는 방정맞은 쪽을 훼훼 도림질해대며 시치
미를 딱 뗀다.

인심들도 변했다 싶어 귀덕이는 그만 칵 목이 멘다. 이런 흉어
만 아니라도 팥례 어미가 저렇게 모진 사람은 아니리라 생각하
니 더욱 설움이 치밀었다.

귀덕이는 우물가를 빠져나와 발길에 채는 왕돌들을 조심조심
피해 걸으면서 곰곰이 생각해본다.

곡기라면 그래도 양 서방집에 제일 푸성할 것이었다. 돈줄이
나 놓고 곡기를 부쳐먹는 최 부자나 석보 영감이나 용문이와는
달리 양 서방은 돈줄은 돈줄대로 꼬옥 쥐고도 당복산 밭뙤기는
다 심어먹지 않는가.

월순 어미와 장성댁이 주고받던 푸념들을 생각하며 귀덕이는
선뜻 몸서리를 친다. 뜸막 양 서방이라면 정작 몸뚱이만 안 사룰
셈만 치면 곡기 몇 되 얻어내기는 별문제도 아니다. 그만큼 찡찡
소문이 높은 한량이었다.

"글쎄 양 서방 행실 좀 보래니깐. 당복산 밭일을 낼 때 겸심때
라 일꾼들도 뜸헌 판인데 마침 당골질을 해대고 나오던 추자댁
을 그냥 덮치구는 사추리를 헤집구 난리드랴. 처녀도 아니구 마
흔 줄이 넘은 것헌테까지 대낮에 그렇게두 용두끼가 동허남?"

"그래 추자댁은 성했구?"

"성하긴? 그것두 살살 여시바람이 든 지집인데…제 말로는
옴싹 못허구 당했다던가 하던데…모르지 용두끼가 덮쳤는지 사

추리가 지레 헤벌려졌는지 알 게 뭐랴."

입심 좋은 청백이가 장성댁과 주고받던 말이 선뜻 떠오르자 귀덕이는 금세 가물가물 정신이 흐려온다.

힐끗힐끗 양 서방네 양철지붕을 살피던 귀덕이는 머리채가 나풀대도록 도리질을 해대며 잽싸게 석보 영감네 집 길목을 접어들고 만다.

한참을 정신없이 걸어나가는데 술기가 거나한 아낙이 나풀나풀 치맛귀에 간지러운 바람을 물고는 다가온다.

석보 영감에게 쌀 열 가마나 받고 들어온 청자도 것이었다.

"워디 마슬 나시남유우? ──."

귀덕이는 머리채가 무릎께에 치렁대도록 잔뜩 허리를 굽히고는 멈춰 선다.

"너 깡냉인지 강년인지 하는 년 못 봤남?"

"못 봤는데유!"

"그랴? 요년을 잡어서는 허리통을 꼬타리째 꿰서 낙지를 말려야지. 그래 겸심때 마슬 나가서는 그저 기척두 않구, 에엥──."

귀덕이 옆을 휭 지나는 청자도 것에서는 역한 술냄새에다 새콤한 향내까지 풍겼다.

"살펴 다녀오세유──."

"그러어──."

귀덕이는 종종걸음으로 허리통을 다 떨며 걸어나가는 뒤꼭지에다 대고 혀를 빼 날름해본다.

(입심두 지랄겉네. 기껏 스물 막 채우구서 아무헌테나 막말이구.)

중얼거려보지만 귀덕이의 가슴은 그만큼 더 허전하고 쓸쓸할 뿐이다.

들었다면 날벼락이 칠 일이었다. 누구라고 혀를 날름거리고 비양질을 해대고….

그러나저러나 귀덕이의 발길은 딱 멎고 만다. 강년이를 찾아가는 길인데 청자도 것은 되려 살기가 등등해서 강년이를 찾아 나서는 판이니 어쩌면 좋으랴 싶다.

머뭇머뭇 갈피를 못 잡고 섰던 귀덕이는 내처 길목을 접고 걸음을 재촉하고 만다. 강년이가 없대도 석보 영감에게 통사정을 해보고 싶었고 그새 강년이가 샛길로 와 있는지도 모를 일이었다.

마당에 들어서선 한두 번 헛기침으로 기척을 살펴도 집 안은 휑하다. 우선 뒤꼍으로 휜칠하게 솟아오른 장대에 눈길을 줘본다.

귀덕이는 후우 큰숨을 내쉬었다. 장대 끝에 걸린 것이 없다.

마당을 가로지르며 가운뎃배가 축 처진 널줄에는 가라지가 열댓 마리는 넘게 걸렸다. 혹 바람이 마당을 쓸자 비릿한 간냄새가 배 속으로까지 찌르르 스민다.

거푸 사르르 사르르 고이는 군침을 목젖이 아프도록 삼켜대고 난 귀덕이는 아랫배에 힘을 주고 입을 연다.

"영감님 계시남유?"

그래도 기척이 없다. 돌아설까 어쩔까 멈칫거리고 섰던 귀덕이는 바로 눈앞에서 휘청휘청 바람을 타며 구수한 간내를 풍기고 있는 가라지들에게 눈길을 꼬옥 박는다. 두 마리만 가져도 제상에 간것은 차리는 셈이었다.

연신 떡메질을 해대는 가슴을 슬슬 쓸어내리며 귀덕이는 저도 몰래 한걸음 가라지 앞으로 다가선다. 두 마리만 빼서 사추리 깊이 차고는 그저 혼줄이 빠지도록 뛸 참이었다.

등줄로 서걱대는 기척을 느끼고 막 돌아서던 귀덕이는 그만 질겁을 하고 한두 걸음 물러선다.

허연 수염발을 가락가락 날리고 선 석보 영감이 서글거리는 눈으로 귀덕이를 바라보고 섰다.

"이구우 엄니이──."

지레 떡메질로 수선스러운 가슴을 싸고 그만 못 박은 듯 서고 만다. 가라지 앞으로 성큼 다가드는 것을 석보 영감이 보았다면 일은 크게 벌어질 성싶어 아랫도리에 맥이 빠지면서 눈앞이 가물가물 어지럽다.

"…왜 그리구 섰남…."

석보 영감의 눈이 잔뜩 명주주름을 잡고 실실 웃는다. 그러는 품이 일을 다 짐작하고도 부러 딴청을 부리는 것 같아 더 못 견딜 일이었다.

"부탁 좀 청헐려구 강년이 좀 볼려 했는데 워디 갔남유?"

귀덕이는 말끝을 바들바들 떨며 애써 정신을 모두어본다.

"무슨 청으루? …응?"

석보 영감은 눈길 한번 까딱 않고 한 걸음 성큼 다가선다.

"오늘 밤이 아부지 젯날이어서유…저어…저어 곡기 좀 꿔달라구 그랬지유."

바들바들 떨고 있는 귀덕이 앞으로 석보 영감은 사뭇 다가섰는데도 웬일인지 마음 같지 않게 발길은 꼬옥 못 박혔다.

"…."

석보 영감은 또 한 걸음 다가섰다. 꺼슬꺼슬한 턱수염이 살살 이마께를 간지럼 먹을 정도로 훅훅 내뿜는 숨결마저 볼로 날아든다.

"너 가라지 홈칠려구 어정거렸제? 응?"

"이구우, 하늘이 내려다보네유! 절대 그런 것이 아니유, 참말이유!"

귀덕이는 엉겁결에 거센 도리질을 해대며 눈꺼풀을 찰싹 내리깔고 만다.

"…고것…귀덕이 이년!"

석보 영감이 와락 귀덕이를 껴안는다. 어찌나 조이는지 그만 숨통이 막힐 것 같아 저도 몰래 내뱉고 만다.

"잘못했어유! 잘못했어유!"

그저 동네방네 광고만 않는다면 어떤 벌이라도 달게 받고 말리라 하고 고개를 드는데 바로 눈앞의 석보 영감은 야릇한 웃음을 문 채 볼때기를 씰룩거리고 서 있을 뿐이다.

석보 영감은 별안간 귀덕이를 우악스레 밀어붙였다. 텅 하고 헛간 문을 닫았다 싶었는데 뭇줄단 위로 벌렁 나자빠지고 만다. 석보 영감이 날렵하게 귀덕이를 타고 오른다.

"곡기두 주구 도적질두 눈감아줄 꺼! 알았남? 응?"

석보 영감의 긴 턱수염 가락이 목덜미를 감고 비빌 때마다 귀덕이는 배 속이 통째로 뒤집히는 듯한 구역질을 물고 윽욱──목에 차는 숨을 할딱인다.

연신 석보 영감의 입술이 배식배식 마른 귀덕이의 입술 위로 떨어진다. 우악스런 손길이 가슴을 다 헤집는다. 손아귀에 꼬옥 잡힌 사발만 한 젖통이 뻑적지근하게 아려온다.

귀덕이는 애써 몸뚱이를 사려보지만 벌써 송장이나 다름없이 기진한 몸뚱이는 마음과는 달리 옴싹 않는다.

귀덕이는 귓구멍 속으로 짤복 흘러드는 눈물방울이 너무 선뜩해서 고개를 돌려 뭇줄단 속에다 파묻는다.

가슴께가 무너져내리는 듯 숨이 차고, 주물럭대는 젖통이 싸아싸아 아려오지만, 귀덕이는 나무토막마냥 사지를 뻗고는 그냥 석보 영감의 힘에다 온몸을 맡기고 만다.

미친개처럼 날뛰며 더운 숨을 헉헉 내뿜던 석보 영감이 급기야는 귀덕이의 사추리를 헤집으며 억세게 힘을 준다.

귀덕이는 있는 힘을 다해 사추리를 바싹 움츠린다.

절대 강년이처럼 당하진 않을 것이었다. 그보다도 종천이도 여직 갖지 못했던 몸이었다.

철썩 철썩.

귀덕이의 볼따귀에선 연신 불벼락이 일었다.

"고약한 것! 정 이러련? 엉?"

석보 영감의 입에서 흘러내린 끈끈한 침이 거미줄처럼 길게 실을 뽑다간 귀덕이의 이마 위로 스렁 내려앉는다.

"아휴, 그만하면 됐지유! 또 뭘 어쩌려는 거예유! 다 했잖유!"

"이런 놈의 자식 같으니! 아니, 아니 뭘 다 했다는 거남? 응?

…곡기두 줄 껴! 도적질두 눈감을 꺼구!"

석보 영감은 다시 미친개처럼 사추리를 헤집으며 미쳐 날뛴다.

"안 돼유! 안 돼유! 모, 몸에 달것이 내려 그래유! 참말이유!"

귀덕이는 억세게 몸뚱이를 뒤채면서 사추리에 쥐가 나도록
움츠려댄다.

"그도 괜찮어. 괜찮대두 그랴."

귀덕이는 허겁허겁 중의 띠를 풀고 앉은 석보 영감을 잽싸게
떠다밀고는 냉큼 일어나 앉는다.

"달것이 다 내리구 나면 은제던지 영감님 허시잔 대루 헐 심
사구유 …제발, 제발 곡기 좀 뀌주세유!"

귀덕이는 달것 핑계로 잽싸게 변을 면한 것만도 대견스러워
빌다시피 곡기를 청하고 나선다.

"…정말? …."

살기를 물고 분해 씨근덕대던 석보 영감이 한결 느긋해지면
서 다짐하듯 귀덕이를 노려본다.

"워디 앞이라고 고짓말을 할 뀨! 절대루 고짓말 안유! …영감
님! 곡기 좀 뀌주세유, 하도 깜깜해서 그류!"

석보 영감이 중의 띠를 조이는가 싶더니 이내 헛기침 몇 차례
곁들이며 헛간을 나갔다.

귀덕이는 포오——한숨을 내쉬고는 허겁지겁 옷매무새를 고
친다. 헝클어진 머리칼을 손가락으로 득득 쓸어내리는데 별안간
콧날이 쩽쩽 운다. 아무리 입술을 깨물어도 구역질처럼 욱욱 치
미는 설움이 한입 다 차서 풀무질이다.

귀덕이는 손바닥을 펴 입을 틀어막다가 그것도 안 돼 치마로 포옥 머리통을 싸 덮고는 흐느낀다.

"아부지이——아부지이——엄니구 나구 싸악 불러 가세유우——아부지이——."

절임 방석 위로 서늘한 햇빛이 퉁시리만큼 겨우 들어앉았다. 왕골 새로 끼었던 운저리 비늘들이 타작 보리 가래처럼 후우 날렸다.

벌써 해거름이었다. 제상거리 염출 나간 귀덕이를 멀거니 기다리고 앉았던 장성댁은 내처 일어서고 만다.

"기별이라두 줘야지 엄두를 내보지. 빌어먹을 년 그여 종천인가 쇠천인가 하는 놈 찾아 구강진엘 갔남?"

장성댁은 뒤꼍으로 돌아가 함지박째 장딴지에다 물을 씌운다. 불두덩이 끔끔한 판이라 거기다도 선뜩한 물질을 해 후적대고 나서는 고쟁이를 올려 입는다.

말이 나흘이지 따지자면 한 달 내내 곡기 한번 채운 끼니가 몇 번이나 됐던가. 고쟁이 허리춤을 올리느라 팽팽히 꽁지발을 한 장딴지가 쩌르르 쥐가 난다.

장성댁은 모챙이 삼태기를 채듯 잡아들고는 툭툭 수북한 먼지를 털어낸다.

비린내라고는 벌써 연전에나 제대로 묻혀봤을까, 마냥 샛바람질만 타며 하도 덜렁댔던 터라 삼태기 코가 가래들이 엇갈려 늘어지도록 죄 닳아빠졌고 거무튀튀하게 쩌들었다.

"모쳉이 삼태기가 이 꼴이라니 흥어래두 워디 이럴 수가 있남. 밀쌀 숨 한 번 죽을 새에 나가 중바위 틈만 쑤석여두 삼태기가 모자라게 모쳉이가 들었는데 염병칠 놈어 용강이 석유를 묵었남 밑바닥이 뒤집혔남! 쯧쯧."

장성댁은 토방을 막 돌다 말고 샛바람을 안고 배가 불러서는 펄럭펄럭 대고 있는 낡은 황포 돛에 눈길이 머물자, 우람한 돛대 쪽을 스르르스르르 쓸어보며 금세 때눈물을 짠다.

"이구우, 원제 배 부리고 살았남! 달랑 너만 남았구랴…젯날이라고 젯상꺼리 구걸허려 예팬내 딸이 다 마슬을 도는데두 모르구, 쯧쯧. 그래두 젯밥은 묵을려구 어정어정 찾어올 껀가? 쯧쯧——."

장성댁은 치마 끝을 들어 맵게 콧잔등을 쥐어짜고는 패앵 걸죽한 콧물을 풀어 친다.

장성댁이 막 사립을 나서는데 우물께가 하늘을 찢기게 수선스럽다. 삼태기로 맞받이 해를 가리우고는 살펴보니 누군가 끌리우고 밀치고 하고 또 한 아낙은 사추리가 찢어지게 발길질을 해댄다.

장성댁은 행여나 싶어 부리나케 우물께로 치닫는다. 장성댁이 둘러선 아낙들을 비집고 서자 그제까지 아무 소리 못하고 연신 동동 발만 굴러대던 아낙들이 울상이 돼서 수선이다. 어느 아낙들은 벌써 온 얼굴이 꾀죄죄한 맷눈물로 떴다.

"귀덕 엄니 말려봐유! 아휴, 저러다 죽지유, 죽어유!"

"워쩐 일이지유? 흥어루다 이 고생이구 섬 안은 하루에도 몇 차례씩은 이 난리구 믄 변이지유? 쯧쯧."

"아휴── 모두들 왕돌 처메구 용강으로 나가 풍덩풍덩 빳는 게 낫지나!"

"아휴, 저런 저러다 어디 한 군데 성하겠남! 아휴 저런 저런!"

아낙들은 귓속말로 간이 타게 중얼대며 먼지가 푸석거리도록 발을 구른다.

강년이었다. 술기운이 퍼져 제 몸도 제대로 못 가누는 청자도 것이 그냥 강년이의 등줄에 올라타서는 물고 뜯고 치받고 난리다.

"이년! 너가 잠자리에만 들면 영감을 볶구 삶구 지랄이대며? 벌써 잠자리 투정을 헌대면? 붓두덕이 곪아터질까봐 지레 샘질 이여? 엉? 이녀언──."

청자도 것은 강년이의 머리채를 훼훼 틀어잡고는 사추리를 떡 벌려 힘을 쓰다간 한 줌이나 되는 머리칼을 움켜쥐고 뒤로 발랑 나자빠진다.

강년이는 "이고 이고!" 하는 비명만 질러댈 뿐 양팔로는 땅을 짚고 무릎발로 엉거주춤 기어대며 마냥 종도야지처럼 끌려만 다녔다.

"독한 년에다 독한 짐승이라! 나 같음 숨이 넘어가두 목줄을 물고 늘어지구 말지 저렇게나 당허남? 아휴!"

"소리야 누가 못 혀? 제가 저 꼴이 돼보지 안 당허구 배기나."

"그저 참구서 견뎌야지! 죽었다 심치구 꼭 소리 말구 당해야지 뭘. 싫거던 곪어 뒈지던지 중바위 꼭대기에서 치마 싸구 뛰어 내리던지!"

아낙들 귓속말도 여러 갈래였다.

강년이 어미는 강년이가 비명을 질러댈 때마다 펄쩍펄쩍 뜀질을 해대며 강년이 뒤꽁무니만 쫓는다.

"이구! 이구! 그래 이 애미가 뭐라구 했남? 기척두 말구 살림 뒷치레나 하랬잖여! 이구! 마슬은 믄 지랄 났다구 나와서는 이 꼴이랴! 나 봐유 새댁! 차라리 날, 날 때려유! 날 죽여유! 그만허면 속심두 채렸겠구! 이구, 이구! 이년이 믄 웬수루 애미헌테 이 꼴을 뵌댜! 이구우──."

장성댁은 그만 사지가 뻣뻣하게 굳어오면서 훅훅 불기둥이 치미는 것을 이를 악물곤 참고 만다.

장성댁이라고 별다르게 할 말이 없다. 그저 다 가난이 원수고 곡기라도 삼시 세 끼니 제대로 채우면서 사는 것들이야 별짓 못할까 싶은 것이다.

청자도 것의 매질이 뜸해지고 삭신이 짓물리도록 퍼진 강년이가 되려 청자도 것을 부축해서 일으켜 세우는 것을 보고 장성댁은 힘없이 돌아선다.

걸음걸이에 맥이 없다. 대구 왕돌만 헛디뎌 비칠비칠 몸뚱이 가누기도 힘이 든다.

"샛길로 빠졌남, 여지 구강진에 처백혔남? 해거름까지 기별두 안 주구는 워디를 쏴댕긴댜?"

장성댁은 휘휘 사위를 둘러보며 진도댁네 사립을 들어선다. 훤칠한 장대 끝을 보다 말고 장성댁은 땅이 꺼질 듯 한숨을 내뱉으며 그 자리에 굳어버리고 만다.

장대 끝엔 아낙의 속곳이 걸려 샛바람을 타고 있었다.

"그래두 다 내 팔짜보단 낫지. 곡기를 못 흘려두 해거름에 영감 끼고 누웠는 팔짜야 옹팔짜잖구…."

장성댁은 부러 꽁지발을 해 발소리를 죽여서는 사립을 빠져나오고 만다.

사립 앞에 서선 망연히 칠성도께를 바라다보고 있던 장성댁은 한동안 갈 곳을 몰라 혼을 뺀다.

추자댁네나 찾아보려니 하고 발길을 돌리던 장성댁은 다시 한 번 장대 끝을 뒤돌아보며 청승맞은 한숨을 내뱉는다.

영감이 살아 있을 적만 해도 한 달이며 열흘씩은 장성댁도 장대 끝에다 제 속곳을 걸었다. 바다로 그물질을 나간 배가 들어오면은 다시 배가 뜨는 날까지 한 열흘간은 양주 살림하는 집치고 속곳 안 걸은 집은 없었다. 섬사람들은 장대 끝을 살펴 마슬을 났고, 장대 끝에 매어달린 아낙의 속곳은 양주가 한 이불 속에 들었다는 기별이었다.

장성댁은 거푸 한숨질을 곁들이면서 추자댁네 사립을 들어섰다. 사립앞에 사례풀단이 그저 손질도 안 간 채 수북이 쌓여 있는 것이 곡기는 얼마간 흘리는 낌새였다.

마당에 들어서도 기척이 없어 장성댁은 낮잠질하는 추자댁을 깨울 참으로 뒤꼍을 돌아 봉창 앞에 이르렀다.

그때였다. 방 안에서는 숨이 목에 찬 추자댁의 목소리가 떨려 나왔다.

"이구, 이구우── 뭇을 잡쉈다구 이리도 용두심이 좋아유?

해거름에 이 짓만 허면 곡기가 제 발로 흘러드남? 아휴, 아휴우──이 영감? 이 영감? ….”

장성댁은 그만 그 자리에 사르르 주저앉으며 삼태기로 얼굴을 쓰고 만다.

위쪽에서 연신 펄럭펄럭 소리가 나서야 퍼뜩 제정신이 들어 등줄이 당기도록 고개를 쳐든다. 장대 끝에 속곳이 걸려 바람을 타고 있었다.

“아휴, 이 일을 어쩌남! 이런 정신 나간 년이 그새 장대두 안 실피구는, 워쩐다!”

봉창 안에서는 추자댁의 긴 숨소리가 후우──자지러든다.

장성댁은 조심스레 기어서는 사립 앞으로 다가간다. 사례풀단을 막 넘으려는데 삼태기가 덜커덩 떨어지면서 한두 번 구르고 만다. 그 바람에 쪽문이 벌렁 열리며 추자댁의 발그레 달은 얼굴이 내다본다.

“워쩐 일이랴?”

추자댁은 장성댁을 알아차리곤 쪽을 지며 마당으로 내려선다.

“잡것, 믄 났다구 나오남. 귓구멍은 밝아서나.”

장성댁은 지레 얼굴을 붉히고는 나직하게 쏘아붙인다.

“워짠 일이여? 모챙이 삼태기는 또 워쩐 일이구? 모챙이가 떼루 몰렸남? 그런 변이라두 일어났남?”

추자댁은 정색을 하고는 신바람이 난다.

“쉬잇──영감 듣는대두…지랄헌다. 모챙이가 떼루 몰려? 꿈을 꾸남?”

"그럼? ….."

"오늘 밤이 귀덕이 아범 젯날 아녀? 그래서 곡기라두 염출하려구 왔다가 장대를 보구서 내처 돌아서는 참인걸."

추자댁은 까르르 허리통을 쥐고 한바탕 키득대더니 금세 낯빛이 변한다.

"아휴, 속절없는 것아. 곡기가 집 안에 한 톨이라두 흘렀음 너 딸이다 딸. …막 사레풀 즙이라두 낼려구 베다놓구는 그저 손질도 못 허는 판인데 …워쩐댜? 차암——."

"헐 수 있남? 또 쐇댕겨보구서…."

"참! 용문네헌테는 곡기가 있을 겨! 양 서방헌테 엊그제 밭일 심 받았다구 우리 집 영감이 그러던데, 가보지그랴."

"그려…."

장성댁은 우선 잽싸게 사립을 나와 몇 걸음 빨리 내닫고 본다. 이내 걸음에 풀이 죽는다.

벌써 걸음을 끊은 지 오래였다. 홀아비 용문이가 장성댁에게만 그여 두 번이나 혼인줄을 붙여온 뒤로는 딱 잘라 입 문안도 끊고 말았었다.

참으로 야릇한 일이었다. 장성댁은 연신 도리질을 해대는데도 발걸음은 용문네 사립문을 눈앞에 보고 떠억 멈추고 만다.

(죄두 열두 불로 지려구…미쳐두 서 벌은 미쳤구…믄 죄를 질려구!)

장성댁은 오늘따라 짐작할 수 없도록 야릇해오는 속마음을 가눌 길이 없다. 추자댁네를 들른 탓인지, 아니면 장대 끝 속것을 보고는 새삼스레 영감이 그리워진 것인지, 얼마 전까지 치미는 허기에 몸뚱이도 가눌 수 없었던 것이 별안간 사추리가 부들 부들 떨려오고 귀밑으로 불김이 훅훅 솟는다. 겸사해서 곡기 생 각만 해도 지레 배가 부른 것이다.

장성댁은 성큼 사립 안으로 들어서선 거침없이 토방을 딛고 선다.

"기세유?"

말소리가 훈김에 싸여 떨어지는 듯 뜨겁고 모질게도 떨었다.

방문이 덜컹 열리고 용문이의 번드르한 얼굴이 장성댁을 보 더니 그만 떠억 입을 벌린 채 한동안 혼줄을 뺀다.

"…웨, 웬일유?"

"곡기 좀 꾸러 왔구먼유…."

장성댁의 눈꼬리가 야들야들 떨면서 흠뻑 뜻 모를 열기를 담 았다.

한동안 눈만 맞추고 앉았던 용문이가 물돼지 물 가르듯 벌떡 뛰어나와서는 와락 장성댁을 안아들고 방문을 닫는다.

갈비뼈 가래가 우두둑 소리를 내도록 용문이는 장성댁을 죄 어안고는 목덜미께에다 불 같은 숨결을 쏟아댄다.

"이러지 말어유! 오늘이, 오늘이 영감 젯날이유! 영, 영감 젯 날알…."

말소리는 모질지만 장성댁은 이미 숨이 달아 허리통이 배배 꾄다. 오랜만에 사추리가 구들처럼 달아오르고 양팔은 용문이의 목덜미를 감고 바들바들 떤다.

"딴, 딴소리는 없는 거유? 없는 거유? 이걸루 우리들 심은 끝,

끝난 거유? 응?"

"그려! 그려!"

아랫도리가 뻐근해오자 목젖까지 치미는 불김을 우욱——쏟아놓으며 장성댁은 그만 헉헉 흐느끼고 만다.

"영가암——영, 영가암——젯날두 모, 질기두 허유! 아휴, 아휴, 홍어에다 이 난리에다 젯날두 모지유 모져!"

귓바퀴로 철철 고이는 눈물줄이 베개를 적신다. 장성댁의 팔아름은 꼬옥 용문의 목을 감은 채 흐느낌만큼 대구 떤다.

구강진을 곁눈길하며 오 리는 실히 빠져 모래톱이 가락가락 이어졌다. 까막섬 등댓불을 눈이 시리도록 멀리 보고 모래톱을 질끈 죄어 옴폭한 허리띠를 푼 제단이었다.

샛바람질도 옴폭 팬 제단을 넘어 곧장 구강진으로 빳는 것이 천상 혼귀처로는 명당이었다.

제철이면 갈매기들이 알자리를 트는 터라 층층이 둘러앉은 돌덩이 틈마다 질긴 갈순들이 우거졌지만, 고기 떼가 돌림질을 하는 홍어철이어선지 갈매기 한 마리 얼씬 않게끔 변했다.

군데군데 수북한 왕돌 더미들이 열댓 군데 널려 있는데 이 돌 더미들이 물사태를 만나 소식이 없는 사람들의 묘였다. 어찌 죽었든, 시신이라도 있는 혼귀는 당복산 허리춤에 묻혔고, 시신도 없는 혼귀들은 이 돌더미 속에다 생시에 입던 옷가지를 묻었다.

장성댁과 귀덕이는 사뭇 위로 휑휑 빳는 샛바람의 간지러운 바람기를 맞으며 꼼짝 않고 무릎을 꿇은 채 앉아 있었다. 돌더미 앞에마다 더러 몇 군데 아낙들이 앉아 꼭 장성댁처럼 시간을 재고 있었다. 젯날이 같은 아낙들 패였다.

모래톱에 듬성듬성 꽂힌 횃불들이 샛바람에 바지직바지직 기름을 튀기며 한곳으로만 불길을 널름댄다.

외줄로 희끄무레 뻗치다 만 먼 까막섬 등댓불에 눈길을 멈추고는 귀덕이도 장성댁도 아무 말이 없다.

귀덕이는 귀덕이대로 한숨을 내뱉고 오늘 밤 젯날따라 장성댁의 한숨 질은 유독 잦다.

까막섬 등대 쪽을 향해 꽹과리발을 맨 채 우두커니 서 있는 청백이의 너훌대는 사관천 자락을 보다 말고 귀덕이는 젖가슴까지 서늘한 소름을 탄다.

하루가 멀다 하고 풍어 기원제 굿을 나는 통에 청백이 꼴도 말이 아니었다. 여느 때 같으면 벌써 몇 가락 진혼 가락이 터졌을 텐데도 꽹과리 줄이 무거울 정도로 바싹 마른 어깻죽지를 축 처지고 선 채 기척도 않는다.

"웬 가라지랴? ….."

장성댁은 반쪽 난 제상 위에 볏단에 쌓인 가리지찜을 내려다보곤 새삼스레 나직이 내뱉는다.

"…강년이헌테 꿨짐…."

장성댁은 후우 한숨을 내뿜고는 수북한 밀쌀 젯밥을 독이 서려 내려다 본다.

"밀쌀은 씨가 말랐을 텐데 건 워디서 염출했남?"

"쏴댕기니까는 걸려들두만은…."

유독 눈 둘 곳을 몰라 훼훼 고갯짓을 해대며 말끝을 흐리고 만 장성댁을 이윽히 살펴보던 귀덕이도 이번엔 제가 도리질이다.

갱갱갱갱 갱갱갱갱──.

청백이의 어깨가 들썩들썩 들먹이기 시작하면서 꽹과리 소리가 기척을 시작했다.

꽹과리 소리는 이내 발악을 하듯 높고 숨 가쁘게 울기 시작했다. 샛바람을 막고 뻥 둘러앉은 아슬한 돌더미들에 부딪치는 꽹과리 소리는 다시 한 번 더욱 크게 깽깽 울다가 바다 속으로 스민다. 어찌 보면 청백이는 꽹과리 손틀만 후적대고 섰는 듯싶고 꽹과리 소리는 정작 돌더미들이 토해내는 듯싶었다.

"썩들 물러가라, 썩들 물러가라. 용바위 수신도 배반허구 칠성점지두 싫다 허구, 용강 바다 고깃떼들 다 몰구 간 낙월섬 망자 귀신 기척 말구 거동 말구 사해심처 깊은 골에 번듯이 누었거라 번듯이 누었거라. 삼출단 워찌 엮구, 젯상 워찌 채리구, 사골육신 문드러지는 절을 니가 워찌 아남 니가 워찌 아남. 젯밥 기척할려면은 칠성도 훼훼 돌구, 삼출목 건너뛰구 풍어성세나 데불구, 순바람질이나 데불구, 퍼뜩 왔다 도루 가라 퍼뜩 왔다 도루 가라…."

청백이는 바다를 떠다밀 듯 발길로 내몰듯, 발길질 손질 다 합쳐서는 혼귀춤에 신명이 오른다.

청백이 꽹과리를 따라 왕돌 더미 앞에 달랑 앉은 아낙들은 연신 넙죽넙죽 절을 해댄다.

장성댁은 겨드랑이 속이 서늘하도록 양팔을 들어 밤하늘을 휘이 젓고는 넙죽 엎드린다. 귀덕이도 따라 엎드리며 촉촉한 모래톱에다 이마를 푸욱 처박는다.

장성댁은 웬일인지 다시 일어나 절을 해댈 기미가 없다. 넙죽 엎딘 채로 모질게 등줄만 들먹거리고 있다.

기어코 장성댁의 입에선 청백이 소리보다 더 크고 모진 울음이 쏟아진다.

청백이의 혼귀춤이 끝날 때까지는 곡을 할 수 없는 일이었다. 그 안에 곡을 하면 혼귀 재앙을 지레 부르는 것이었다.

흰창을 부라려 뜬 청백이가 쪼르르 사관천을 나풀대며 장성댁의 머리맡으로 달려와 선다.

"잡스럽고 요망한 것, 썩 그처라 썩 그처라. 매일기도 용강정성 십삭치성이 다 깨진다. 썩 그처라, 썩 그첫!"

청백이는 입 가장에다 허연 침발을 문 채 어깨가 떨어져라 꽹과리를 쳐대지만 오늘 밤 젯날따라 장성댁은 혼 나간 사람처럼 염체 불구하고 꺼이꺼이 목을 놓을 뿐이다.

4

당복산 허리춤을 비집고 깔린 뜸막 양 서방네 밭뙈기들은 바람이 몰아갈 때마다 물비늘처럼 출렁댔다. 연초록 밀가리를 뾰쪽 내밀고 하루가 멀다하고 치나 자라는 밀밭이며, 비릿한 곡기를 풍기며 보릿멸이 빠쪼롬 벌어지는 보리밭이며, 동네 꿀물을 안고 삼당을 누른 시퍼런 논뙈기에도 치렁치렁 나락들이 두 뼘은 실히 넘게 키가 컸다.

칠월도 하순——팥례가 몸을 풀고, 강년이 복쟁이 바람든 배처럼 배꼽이 뒤바라져 밤톨처럼 툭 불거진 듬직한 배 안에다 몸을 가졌고, 섬 안은 훅훅 훈김질로 떠 계절을 바꿨지만, 용바위 수신이 다른 물목을 골라 자리를 납셨는지 흉어는 억척스레 기승을 부렸다.

샛바람철이 가고 당복산 사레풀 더미에 쪽새가 둥지를 틀었지만, 해마다 이맘때면 그물코 말릴 새가 없던 중선들이 꼭 다섯 차례 용강 마슬을 났을 뿐이었다.

간기만 절이다가 겨우 거둔 그물 안으로는 웬놈의 가라지 새끼들이 기껏 비녀쪽만큼 홀쭉해서는 날렵하게 그물코를 빠져나갔다.

게다가 삼출목 물살은 한 길은 더 깊어졌다는 것이니 한 번 바다로 나가면 밀물 썰물 다 보내고 만조를 타도 돛을 거둬야 할 정도로 물목이 사나워졌다.

칠성도 앞에다 만을 판다던가. 그래저래 용강은 뱃길로 쳐 시간은 늘어났고 삼출목은 바싹 낙월섬게로 다가든 셈이었다.

삼당 정자에 겨우 무릎을 끼고 들어앉은 귀덕이는 한 되도 못 되는 통보리를 바짝 사추리에다 죄어 싸고는 헉헉 가쁜 숨을 내쉰다.

최 부자 논에서 피를 솎아내고 일셈으로 통보리 몇 줌을 받아 내처 뛰어왔던 터라 등줄로는 홍건홍건 땀줄이 흘렀다.

한 사람도 빳 말고 전부 다 삼당 정자로 모이라는 기별이 새벽같이 차일질을 쳤던 판이라 정자 안은 온통 사람들이 들어차

발 뻗을 자리도 없었고 숨통이 컥컥 막히는 땀내들이 훈김을 사러올랐다.

"그저 핏선을 솎았남?"

"숨이 목줄에서 가래질하는 것을 보면서두 그랴."

"…그러게…너 들었남?"

"뭘?"

"상님이 아범 숨줄 논 것 말여."

"그려? 은제?"

"숨 끊은 지 한숨도 안 되는 모양이여. 뛰쳐오다가 들었는데."

"아휴, 워쩐댜 불쌍해서!"

귀덕이는 새큰해오는 콧날을 쓱 훔치고 만다.

"야는 꿈꾸는게 벼. 을매나 신간이 폈남? 낙월섬 싹 떠나구… 시상에 잘도 됐지."

장성댁은 되려 귀덕이를 흘겨대고는 앞쪽을 살피더니 허벅지를 꾹 찌른다.

석보 영감이 큰기침을 곁들여 막 일어서는 참이었다.

그 옆으로 벌써 심통이 댓자는 들어 오기를 물고 있는 양 서방과 최 부자가 연신 쩝쩝 쓴 입맛을 다셔대며 앉았다.

석보 영감은 스르르 눈을 감고는 한동안 골똘한 생각 속에 잠기다가 정색을 하고는 입을 열었다.

"이렇게들 모여놓구서 한담이나 하자는 게 아니구, 오늘 내 말은 귓구멍들 말끔히 씻어내고는 들어야 혀."

사람들은 벌써 수런수런 어두운 낯빛이 되어 움찔거린다.

"시끄럿!"

뜸막 양 서방이 빼액 악을 써댄다.

석보 영감은 그만 선뜩 놀라 말들을 뚝 끊고 나서는 좌중을 둘러보며 다시 말을 잇는다.

"시상에 없는 흉어를 만나서는 섬 안이 이렇게 되기는 첨이구 다들 구 강진 나루에 가봤지덜? 봤을 꺼. 중선이 꽁꽁 묶인 채루 밑창이 썩는단 말여. 그래두 무슨 웬수라구 느그덜 입치레는 밭논허구 배를 가진 양 서방, 최 부자, 그리구 내가 다 맡어 하는 모양인디…고기를 잡어야 뭇줄심이라두 치러주면서 우덜 속도 채리지, 이놈어 것은 워찌 된 게 밑빠진 항아리에다 물 붓기란 말여. 헛 참, 기가 찰 노릇이지! 숭어 그물 속에 숭어가 처백히나 주낙에 잡선생이라두 매달리나, 왼통 워디서 생긴 놈어 목자인지 새끼들만 우우 그물코를 빠져나가구 큰 놈들은 용강을 싹 돌리고는 좌우당간 워디로 빴는 계산인지 모를 판이여! 그런데두 섬 안엔 낮도적마저 성해졌단 말여? …."

석보 영감은 잠시 말을 끊는다. 사람들은 영문을 몰라 수런대고 맨 끝에 앉은 귀덕이는 그만 숨줄을 멎는 듯싶다.

"널줄에다 널어둔 가라지 간것이 대낮에 두 마리나 그림자두 없구, 이거, 워찌 사납? 워찌 사납?"

석보 영감의 눈길이 좌중을 슬슬 훑다가 귀덕이께 딱 머물더니 서글서글 살기가 담긴다.

장성댁이 홱 고개를 돌려 귀덕이를 쳐다본다. 제상에 오른 난데없는 가라지찜이 펀뜻 생각난 것이다.

장성댁은 귀덕이의 눈을 맞치다 말고 이내 푸욱 고개를 떨구고 만다. 귀덕이도 따라 고개를 떨구는데 사람들은 더욱더 수런댄다.

"고, 고걸 못 잡았남유?"

양 서방이 콧수염을 바르르 떨며 묻는다.

"…놓치구 말았지만 짐작은 가지. 하여튼 그건 그렇다 치구우── 섬 안이 이런 판인데두 논일 밭일 다 심을 치러줘야 헐 판이란 말여? 이것은 또 믄 팔짜여? 응? …그래서어 나허구 최 부자 양 서방 두 어른 삼자가 합의를 본 결과 앞으로는 밭일 심이나 논일 심이나 워쩌다가 운저리 뭇줄질 심이 있다두 다 밀린 심값으로 제헌다 이 말이엿! 이 말은 믄 말이냐아? 즉결루다 결론을 내린다면 앞으로는 심 받을 생각을 싹 포기허구서나 일들을 허란 이 말이여! 그래 생각들 좀 해봐여. 미리 심으루 다 치구 갖다 묵은 곡기가 을매나 되며, 또오 해파리, 운저리 새끼들은 생선 아니남? 일절 불만 토로 말구 찬성해서나 복종허란 말여, 알겠남?"

사람들은 석보 영감의 말끝을 잡고 푸우 한숨들을 쏟는다.

"산 입에 거미줄이야 못 치겠지…허니까 곡기 한 톨이라두 나가면 다 심으로 제해서나 판단을 내릴 것이여. 나중에 그물코가 바쁜 철이 설령 온대두 뭇줄 심들은 따로 받을 생각은 말구 그동안 숨줄을 지탱해온 곡기들루 심을 제한 거라구 생각혀!"

석보 영감은 말을 마치자 부시시 주저앉으며 궁둥이를 한 번 불끈 들고는 귀덕이를 쳐다본다.

귀덕이는 그여 이런 변이 있을 줄은 짐작하고 있었다. 석보 영
감의 청약을 네 번이나 어겼으니 이 정도는 한결 다행이다 싶었
고, 그보다도 석보 영감이 차마 귀덕이를 싹 꼬집고 못 나서는
것은 제 밑이 구려서 저러려니 싶었다.

그것은 그렇다 치고라도 이제는 정말 끝장이나 다름없는 일
이었다. 논밭일이 성해지면서 그래도 쥐똥만큼 곡기라도 일값으
로 받아 겨우 죽지 않고 살아왔는데 느닷없이 일값을 밀린 것으
로 뗀다니 눈앞이 막막했다. 누구보다도 귀덕이네 같은 패들은
꼼짝없이 죽어야 한다는 말이나 다름없었다.

이제는 최 부자가 슬며시 자리를 차고 일어났다.

"석보 영감님 말씀은 다 경청해서나 명심했으리라구 믿구, 인
자는 내가 긴요한 말을 해야 쓰겄구먼. 낙월섬은 뭐라 해두 중
선 힘으로 사는 섬이유, 그물이 듬직듬직헐 때야 석보 영감님이
저렇게 박정한 말씀 해본 적이 있었남? 중선 뱃전에 거둔 고기
가 썩어날 때에야 어느 섬이 낙월섬만 하남? 모다들 잘 알 것이
니까 그만 자르구 …어흠—— 이런 흉어는 난생 처음 당혀. 흉
어 흉어 해두 워디 이런 흉어가 있남! 필시 곡절 용바위 수신님
이 낙월섬 치성이 모자라서나 자리를 납실려구 하는 재앙이랴.
그래서 치레에는 없는 제이지만서두 용바위 횃불제나 화급하게
올릴 심산이여. 처니들만 하룻밤 치성 좀 드려야 헐게벼."

최 부자가 소맷자락이 훌렁한 외팔로 연신 역정질을 하며 내
두르자 양서방이 재빨리 말을 잇는다.

"용바위 수신님은 지집불을 즐겨 납신다는 것쯤 다들 알 터니

께 처니들은 목욕재계허구 소복 채림으로 횃불제를 올려야 혀.
섬이 살려면은 그저 그물이 터져야 하는 방도밖에는 없으니께,
알았남? …그리고 종천이, 덕주….”

종천이와 덕주가 사뭇 못마땅해서인지 별안간 당한 일이라
어리벙벙해서인지 사뭇 쓴 입맛을 물고는 일어선다.

“종선으루다 한 척이면 되겠제?”

“말도 안 되지유. 처니들만 다섯인데 워찌 되남유?”

덕주가 고개를 살래살래 내저으며 가당찮은 얼굴이다.

“안 되긴 뭐가 안 돼? 물밥두 젯밥두 없는 횃불제에 뭣을 또
싣는다구.”

“하도 물목이 사나워서나 그치유. 만약을 몰라 한 배는 따로
따라나서야지유. 중선하고 달라서나 종선은 노를 추세우기두 여
간 힘이 들어야지유.”

덕주는 그여 우기고 나선다.

“그렇다면 헐 수 없지. 한 배는 기왕 기름이라두 좀 싣구 따라
나서던지 하구…하여튼 한 밤 꼬박 치성을 드려!”

“한 밤 내내유?”

종천이가 못마땅한 듯 잔뜩 이엉주름을 잡고는 묻는다.

“그럼 워찌껴! 한 밤은 새워야 치성두 정성이 돌구 허지.”

“아휴, 물사정을 잘 아시면서두 그러시네유. 물때가 두 때인
데 만조를 원제 대게유?”

“새벽참 물때를 대면 되잖어? 한 밤두 안 새울려면 지랄 났다
구 횃불제를 올린단 말여? 군소리 말구 그렇게 혀. 삼출목 물목

이 오늘 생겨났남? 엉뚱하게 몰목 타령이게."

"그렇다면 종선은 뭣 헌다구 두 대나 뜨남유 한 배도 남는데
유. 두 배가 뜨느니 덕주가 노질이나 덜어주는 게 낫쥬, 함께 타
구서. 종선은 밑창이 가벼워서 노질이 을매나 휘는데 그류. 옛날
물목에두 떠밀려 혼났는데 지금은 길 반이나 늘었는데 ⋯."

종천이가 연방 뒷덜미를 긁적대며 투정을 하는데 덕주가 웬
일인지 종천이만 나무라고 나선다.

"헛 참 그 사람 되게 딱허네그려. 그까짓 것 뭣이 힘들다구 그
래! 올 때는 내가 노를 잡는대잖어!"

그러자 양 서방은 대뜸 말줄을 자르고 만다.

"덕주 말이 옳거니. 그럼 그렇게들 알구, 귀덕이, 단님이, 중간
이, 광자, 귀례는 횃불 치성을 드리도록 몸 정히 하구서⋯자들
이만 파헙니다."

사람들이 한꺼번에 일어나 수덕대는 통에 가득 머리 위로만
나돌던 후텁지근한 훈김들이 한꺼번에 바람을 인다.

삼당 정자를 빠져나온 사람들은 삼삼오오 패거리들을 짠 채
어느 때보다도 말수들이 없었다. 아낙 한 사람이 한숨을 내뱉으
면 풍어가 자금질하듯 푸우──한숨들을 되받았다.

"자네가 다 혀! 난 못 혀! 워찌게 버티남! 지랄 났다구 배는 두
배나 뜬단 말여?"

종천이가 탁 쏘아대며 귀덕이 옆을 잽싸게 지나갔다.

덕주는 질근질근 입술만 깨물고는 대꾸도 않고 만다.

"젯상 가라지는 니가 훔쳤제?"

장성댁은 그제야 귀덕이를 흘끗 살피며 내처 걸어나간다.

"…."

"석보 영감 말은 도적놈 짐작이 간다던데 기미라두 잽혔었
남?"

"…아아니."

귀덕이는 건성으로 살래살래 고개를 내젓는다. 연신 귀덕이
의 옆얼굴을 흘끗거리며 걸어나가던 장성댁이 후우 긴 숨을 내
뿜는다. 왕돌 쪽들 새로 오르는 후끈한 땅김만큼 숨결이 달았다.

"…인제는 모다들 싹 죽었구먼! 횃불제 덕분으루다 용바위 수
신이 맘을 고정하시던가 용강 바다가 물속을 뒤집고는 고기 떼
를 담던가 하잖구는 옴싹 못허구 죽었잖어?"

"차라리 뒈졌으면…."

귀덕이는 금세 글썽한 눈물을 담고 얼굴을 돌려버리고 만다.

앞서 걷던 장성댁이 별안간 쪼르르 몇 걸음 내처 닫더니 고개
를 왕돌쪽으로 처박고 사추리를 벌려 골패 다리를 하고 나선다.

또 그놈의 구역질이 치미나 싶었다. 며칠을 하루 한 때는 곡기
를 우적우적 쟁여넣더니, 그여 배 속이 틀었는지, 요새 들어 장
성댁은 심심하면 구역질을 하고 나섰다.

귀덕이는 왝왝 등줄을 휘는 장성댁의 명치 뒤께를 텅텅 두들
겨주며 애가 타서 말해본다.

"청백이헌테 가서는 체굿을 내려보지. 심은 나중에 하구 외상
으루다 해달라고."

장성댁은 사뭇 똥물까지 다 게워놓고 쪽이 틀리도록 사례를

떨어댄다.

"내가 가봐유?"

"…싫대두."

"그런데 곡기는 하나두 안 넘어오구 졸창물만 다 넘겼잖어?"

"…그랬남? …."

"웬일이야? 속이 틀었어두 단단히 틀었는게 벼. 졸창물은 몸 가진 사람이나 넘긴다던데."

장성댁은 입술에 묻은 늘축한 침을 쓰윽 손등으로 훑어내고는 콧잔등을 올뻬미 부리가 다 되도록 꼬옥 싸쥐고 팽 콧물을 풀어 친다. 금세 코가 맥맥해진 소리로 눈꼬리가 째지는 흘김질에다 톡 쏴붙인다.

"별 잡소리 다 종알대구 섰네. 필경 챗기일 꺼랴…."

바다 쪽을 향해 등 돌아선 장성댁의 뒷덜미가 며칠 새에 눈에 설도록 수척했다.

후질후질 비가 내렸다. 나룻장 위를 싸아싸아 몰고 가는 바람에 농무 같은 빗줄이 희끄무레 나락 겨처럼 날렸다.

"횃불길이 좋아야 횃불제를 올리지 하필이면 비가 온담. 빗물을 묵으면 노잽이가 미끄러워나 배는 힘만 들구…엥━."

종천이는 닻줄을 걷으면서 연신 투정이었다. 횃불은 빗방울이 들 때마다 비지직 비지직 헛불길을 내뿜으며 금세 불기가 줄었다.

후줄그레 빗물이 밴 채로 다섯 처녀들은 별 말수들이 없다. 오죽하면 처녀 횃불제를 올릴까 싶어 저마다 괜히 숙연한 마음들로 가지런히 뱃전에 앉아 있고 귀덕이만 종선창 한가운데에 무릎을 세우고 앉았다.

머리채를 타고 내리는 빗물이 목덜미를 지나 젖가슴 골까지 스르르 타내리는 통에 바짝 삼줄로 맨 속곳 위까지 벌써 축축한 물기가 밴다.

덕주는 아까부터 솔솔 술 냄새마저 피워대며 늘장질이고 종천이는 괜히 투정질을 해대며 여느 때 같지 않게 거동이 방정맞다.

종선 노틀에다 터억 허리를 걸고 연신 줄담배질을 해대고 있는 덕주를 향해 종천이가 카랑하게 쏘아붙인다.

"닻 안 걷구 뭣 혀? 진장칠 놈의 횃불 하나두 안 들어주구서 비 통에두 담배줄만 빠는구면, 오장육부가 군침으로 생난리를 피게끔 술 냄새나 피구."

"아, 물밥이 와야 뜨지."

"물밥? 아니 웬놈의 잠꼬대랴?"

"잠꼬대는 지가 허는구면은."

"물밥은 안 신는다구 뜸막 첨지가 말씀했잖어?"

"팔례헌테 물밥 보낸다구 기별이 와서 기다리는겨. 좀만 기다려부아, 내처 오겄지 뭘."

"그려? ….."

종천이는 둘둘 바짓가랑이를 무릎 위까지 걷어붙이고 종선창이 울리도록 귀덕이를 맞바라보고 쿵 앉는다.

"중의 밑 젖을려구."

귀덕이가 가만히 소곤대자 종천이는 빗물이 내리는 얼굴을
손바닥으로 쓰윽 쓸며 대수롭지 않게 뱉는다.

"벌써 온몸이 다 물질인 걸 뭐."

그러는데 팥례가 허적지겁 길목을 내려서선 나룻장을 탄다.
꼭 설날 널뜀질처럼 팥례는 홍청홍청 몸뚱이를 뒤뚱거린다.

"그새 물밥은 원제 졌지유?"

종천이가 이젠 깍듯이 말을 올려 묻는다. 세도쟁이 안방에서
한 밤만 났다 하면 언제고 서슬 높은 어른이나 다름없었다.

"아그덜은 다 왔남유?"

팥례는 종천이의 물음에는 시늉도 않고 숨이 차서 묻는다. 가
슴에다 허연 천으로 싼 것을 꼬옥 품었다. 물밥일 성싶었다.

"그려어——."

팥례의 말이 떨어지기 바쁘게 다섯이가 똑같이 받는다.

"빗줄이 점점 더 시지누만은 소복 한 겹들만 입고 믄 고생이
랴!"

팥례의 말끝이 바르르 떨린다.

"아휴——몸 풀었다구 금세 어른 말질이랴, 저는?"

"저는 당갑옷을 걸쳤남?"

"글씨 말여. 거만 앵기구서 주물럭대면 제 옷두 빨랫감일 걸
뭘. 안 그랴?"

"물으면 쇠경이지 뭘."

처녀들이 까르르대자 종천이가 발을 터엉 구르며 일어선다.

"고정들 허잖구는! 횃불제 올린답시고 용바위를 가는 판에 왜

들 거들거리남, 맘 정히 묵잖구는."

귀덕이는 무릎코에다 볼을 얹은 채 뱃전에 달랑 앉아 있는 팔례를 멀거니 건너다본다.

물비늘에다 눈길을 떨군 채 시름 놓고 앉아 있는 팔례가 오늘 밤따라 이렇게 가엾을 수가 없다. 동네 마슬 한 번 제대로 못 돌고 줄창 토방 안에만 백혀서는 옆구리가 가래질을 하도록 일만 해댄다는 말도 벌써 들었다. 삼당 정자에서 양 서방 잠자리를 받다가 술기가 거나해서 쫓아온 청자도 것에 까막섬 등댓불이 꺼질 때까지 오지게 매질을 받았다는 소문도 들었다.

횟불질에 어름어름 비치는 팔례가 슬슬 귀덕이게로 다가오는 듯싶어, 언젠가 숭어 그물에 나갔다가 돌아오던 때 물비늘을 밟고 가던 피문어만 같아 오싹 소름이 돋는다.

'팔례는 그래두 배는 안 곯는다지. 그렇다면 나보다야 을매나 상팔짜랴. 그러니까는 그 고생을 허면서두 저리 팔팔거리지 나만 같으면 벌써 뒈졌을꺼. 청자도 것 매질에 곰살만 붙으면 다른 더러운 꼴 안 당허구 되려 편헐 껀데두 ….'

귀덕이는 삐그덕삐그덕 노질 소리에 흠칠 제정신을 차리곤 고개를 든다. 바로 눈앞에 뭇단 같은 종천이의 엉덩이가 떠억 막았다. 그러니 여태 눈길로 본 팔례는 벌써 물비늘을 가르며 뒤뚱대며 뒤따르는 것을 본 셈이었다.

"아휴 이거 노잽이가 미끄러워서나 워쩌지. 삼출목 물살을 믄 재주루다 가르고 넘는담."

종천이는 벌써부터 몸뚱이를 다 종선창에다 누이고는 노를 채고 뱃머리로 빨려들듯 노를 밀어내고 하면서 숨 가쁜 소리다.

"워쩌? 노질이 그만혀?"

종천이는 사뭇 뒤로 처진 덕주를 향해 길게 고함을 친다.

"그저 그만허구만──."

덕주의 목소리가 물비늘 흐르는 소리에 꽤는 멀다.

"그 배는 사람을 안 실어서나 더 흐를 껴어──노를 첼 때보다두 밀어 칠 때 바싹 힘을 써사 할 껴어──."

종천이는 또 한 번 길게 고함을 쳐대고는 사뭇 욱욱 용트림을 해대며 노질이 뻐근하다. 그때마다 귀덕이의 몸뚱이가 밀리도록 뭇단만 한 종천이의 엉덩이가 이마를 떠다밀며 훈훈한 물기를 바른다.

귀덕이는 물비늘에다 눈길을 떨구고 그만 소름 치는 생각을 해본다.

양 서방이나 최 부자나 석보 영감이나 용바위 수신에게 처녀 하나 통째로 바치고 싶었는지도 모를 일이다. 그래서 느닷없이 횃불제를 생각했는지도 모른다. 사나운 삼출목을 건너다 실수라도 해서 처녀 하나 풍덩 빠져 밀리도록 빌고 있는지도 모를 일이었다.

며칠 전에 죽은 상님이 아버지 이야기가 불현듯 떠올랐다. 상님이 바로 위로 딸 하나를 가졌었는데 백일도 채 못 넘어 모진 백일해를 얻었단다. 그해도 모진 흉어가 들어 섬 안은 발칵 뒤집혔었다 했다. 선주들이 제물 물색으로 밤낮 가리지 않고 속앓이를 해댔을 때, 상님이 아버지가 숨줄도 안 끊긴 딸자식을 강보에다 싸들고 나섰고, 선주들은 저마다 곡기들을 가마니째 쪄서는 상님이 아버지에게 보내며 정성을 드렸었다 했다.

강보에 싸인 어린것이 용바위 밑으로 돛폭처럼 날렸고, 상님이 어머니는 몇 해를 실성해서는 시름시름 앓다가, 그 중에 상님이를 가져 십삭 채워 낳고는 산기가 사나워 죽었다 했다.

어린것을 산 채로 바친 뒤, 용강 바다에는 꿈 같은 일이 일어났단다. 그렇게 하늘 끝을 다 차고 그렁대던 물사태가 딱 멎은 일은 고사하고 생각도 못 한 고등어 떼들이 꼭 달포 동안이나 옴싹 못하고 박혔단다. 용바위 수신님은 계집바람만 즐겨 듣는 그 중에서도 억척스러운 수신이라 했었다.

귀덕이는 찌르르 찌르르 몸뚱이를 떨어대며 꼬옥 쥔 주먹을 편다. 손금줄이 쓰리도록 땀기가 절었다.

한시도 발딛고 싶지 않은 낙월섬을 생각하면 그만 세도쟁이들의 바람대로 제가 풍덩 빠져들면 얼마나 편하랴 싶었다.

그러나 말뚝 같은 장수리를 떠억 받치고 종천이는 이렇게도 힘겨운 노질인 것이고 장성댁은 날이 갈수록 시름시름 생기가 없어 배배 틀려가는 것이었다.

비는 점점 기세를 더해갔다.

"물 좀 푸어! 어서들 물 좀 푸어!"

종천이는 숨이 목에 차 바쁘게 뱉어댄다.

"그나저나 워쩌지유? 횃불이 대구 불기가 죽는데."

"횃불이 없으면 제는 워찌께 지낸댜! 기름통에두 죄 물기가 빱는데."

중간이와 귀례가 치마폭으로 싸고 앉은 기름통에다 횃불을 비춰대며 발을 굴러대고 광자와 단님이는 물을 퍼내느라 잔뜩 종선창에 붙었다.

귀덕이는 치마를 통째 잡아 엿 짜듯 틀어 물기를 빼고는 기름 통을 들어다 제 사추리 속에다 감춘다. 금세 치마폭을 다 적시는 물줄이 뚝뚝 낙수가 되어 기름통으로 떨어진다.

귀덕이 탄 배보다는 사뭇 옆으로 빠져 따라오는 뒷배에도 횃 불에다 기름을 먹이는지 불길이 참숯불 일굴 때처럼 별똥을 튕 기며 후욱 커졌다 줄었다 했다.

물비늘은 뱃전을 훅 치받고는 조금씩 기세가 사나워졌다. 그 때마다 종천이의 장딴지까지 물보라가 일었다.

"억척스레 물을 푸어야 혀! 물품질을 잠시만 멈춰두 이 비에 못 견뎌! 대구 퍼대여. 대구."

쩔그럭쩔그럭——종선창을 긁어대는 물품질 소리에 종천이 의 숨찬 고함이 섞인다.

"덕주우——억시게 물을 푸어야 혀어——자네는 쌍불 쓰구 서나 노틀을 쥐구 팥례보구 물을 푸라 혀어——어엉? ——."

"…."

"아, 안 들려어? 노질을 자꾸 밀어쳐야지 배가 원칸 떠밀렸잖 어어—— 눈앞이 삼출목이여어——."

그래두 덕주는 대답이 없다.

"지길헐! 물밥은 워찌 됐남! 물밥질은 제 올리는 처녀들 손으 루다 쳐야지 누가 치남?"

종천이의 투정을 따라 그제야 중간이가 허겁 놀란다.

"그러게! 워쩌지 이 난리를!"

"횃불제에는 물밥 안 썼잖어? 재작년 횃불제 때두 물밥은 안 쳤는데."

"대체 그렇구만은!"

저마다 한마디씩 지껄여대고는 끝으로 단님이가 물귀신이 다 된 꼴로 종천이를 올려다본다.

"선주들도 물밥 말은 없었잖어유?"

귀덕이가 날름 받는다.

"상당 정자에서두 되려 한 배만 뜨라구 꽙질이던데."

"…글씨 말여…그나저나 뒷배에서는 워찌 기척두 없다! …자들 옴싹 말구들 자리들을 지키구, 물품질을 혀. 삼출목이니께."

종천이의 노질이 경황없이 서둘러진다 하는데 벌써 뱃전을 가르는 물살 소리가 섬찍하도록 거세다.

뒤뚱뒤뚱 종선은 곧 뱃전을 담글 듯이 물살을 차느라 당사춤이다. 귀덕이는 엉덩이가 훅훅 들릴 때마다 손목이 뻐근하도록 뱃전을 움켜잡고는 한 치도 자리를 안 뜬다. 누구 하나라도 자리를 바꿨다가는 가랑잎처럼 뱃머리부터 처박힐 판이다.

그 통에도 장딴지 한 번 바꿔 딛지 않고 노틀과 씨름하는 종천이가 이렇게 듬직할 수가 없다.

"못 살 곳이여! 못 살 곳이여! 만조가 겨우 풀리는데 물살이 이 지경이니. 물목이 이리 변허구야 섬놈이 뭘 믿구 사남! 물을 못 믿으면 뭘 믿구서 사남 아휴, 아휴──."

종천이는 노질이 고비에 갔는지 그닷지 않게 안간힘이 자지러진다.

종선이 요동을 쳐대기 한동안을 귀덕이는 눈을 꼬옥 감고 죽은 듯 혀를 깨물었다.

"휘이──휘이──."

종천이의 긴 숨소리에 눈을 뜨니 막 삼출목 물목을 벗어나며 배는 딴 세상인 양 점잖게 흘렀다.

종천이가 노잡이를 쥔 손에 느긋이 힘을 풀며 숨을 돌리고 섰고, 처녀들도 겨우 뱃전을 쥐었던 손을 놓고 자리를 고쳐 앉을 때였다.

분명히 팥례의 목소리일 성싶은데 느닷없는 아낙의 울음소리가 뒤쪽에서 터져나왔다. 그것은 울음이라기보다는 가슴을 쥐어짜는 듯 마디마디가 모진 비명으로 길게 어어지는 것이었다.

황망하게 뒤쪽을 바라보던 종천이가 입을 떠억 벌린 채 굳어버린다.

"어어? 어어?"

종천이의 놀라는 모습이 하도 심상치 않아 뒤쪽으로 눈길을 돌리던 다섯 처녀들은 똑같이 부르짖으며 나무등걸처럼 옴싹없이 굳는다.

"워매! 저를 워쩐댜!"

삼출목 물살을 타고 바지직대는 횃불이 널름널름 대구 아래로 흐른다.

배는 벌써 물살을 타고 요동질을 치며 사뭇 아래쪽으로 떠밀린다. 껌껌한 바다 속에다 작대기 같은 빗줄이 퍼붓는 통에, 떠밀리는 배의 안 사정은 전혀 짐작할 수 없었으나, 횃불이 덩실덩실 누웠다 섰다 떴다 가라앉았다 하는 품이, 가뜩 짐기가 없는 허한 배가 얼마나 물살에 부대끼고 있는지 환히 짐작이 갔다.

"덕주우——덕주우——노질을 앞으로 밀어쳐어! 대구 앞으로만 밀어쳐어! 이 사람아 정신 채려어, 정신 바싹 채려어——."

종천이는 어찌할 바를 몰라 대구 고함질이다.

"어서 배를 돌려서나 잡아줘야지! 저를 워쪄! 아휴 그냥 막 떠밀리는데두, 아휴."

"보고 있음 워쩔 셈이유? 아휴 저 팥례 그여 죽나 부아 아휴우——."

"대구 쫓아가면서 뱃머리에다 닻을 걸어보지그류! 닻줄만 걸리면 사는 방도가 있잖유!"

"죽기야 금방 헐랴만서두 한없이 떠밀리니까는 그치. 밤새 떠밀리면 칠산바다까지 그냥 밀릴 텐데 그 바다에 상어가 좀 많유? 아휴 참, 워찌께 기척을 해봐유!"

처녀들은 멍하니 넋을 빼고 섰는 종천이를 향해 저마다 입을 모으곤 뛰듯 발들을 굴러댄다.

귀덕이는 편뜻 정신이 깨어나 장승처럼 굳은 채 연신 "어? 어어?" 헛소리만 내뱉고 섰는 종천이의 허리통을 발끈 쥐어 매고는 사뭇 운다.

"그냥 보고 지날 참여? 시상에, 그냥 흐르게 두고 볼 참여? 아휴, 저거 워찌께 붙들어야지 안 그류?"

배는 횃불이 가물거릴 정도로 물살을 타고 연신 떠밀릴 뿐이
다.

"…시끄럿! 주둥이를 좀 봉허란 말여! 워디를 따라 쫓으란 말
여? 다들 횃불제 젯물루다 뒈지잔 말여? 이 배가 날개를 달았다
구 저걸 쫓아가 닻줄을 건단 말여?"

종천이는 버럭 소리를 내지르며 그냥 멍청해버린다. 고함질
도 잊었다. 떠밀리는 배에서 용을 쓰는 팔례의 울음이 들려왔다.
삼출목 바람이 하냥 그렇듯이 멍석 자루 같은 물구멍을 일구느
라 대구 돌려대는 맷돌질 바람을 타고 그 소리는 되려 이쪽으로
다가오는 듯 똑똑했다.

"아휴우. 느그더얼――귀덕어으―― 중간어으 귀레어으――
이구우 광저여으 은제 느덜을 또 부아아 ――이구우 이구
우――."

팔례가 부르짖는 소리는 한 마음 푸욱 놓고 터뜨리는 곡이나
다름없지 떠밀리는 배에서 다급하게 바등대는 소리는 결코 아
니다.

"종천이이―― 부디 무병장수허어――언젠가 기별을 헐 꺼구
우――."

덕주의 고함 소리에도 걸죽한 울음이 뱄다.

"아니? 저것들이? 저것들이? …."

처녀들은 그만 말문이 막혀 혼들을 빼고 종천이는 목이 갈리
도록 다급하게 부르짖고 만다.

"덕주우! 덕주우! ――미쳤나암? ――미쳤나암? 아휴, 덕주

의리를 봐서라두 맘을 돌려어 엉? 덕주, 지발."

"삼출목을 타야지 배가 흐르지이——걱정 말구우 자네나 지
발 무병장수혀어——성히 되게 혀어."

덕주의 고함 소리가 거푸 자지러지는 팥례의 울음소리와 섞
여 빗줄 소리보다 더 섬찍하게 온 물목을 다 채운다.

"시상에! 시상에!"

가슴패기를 쥐뜯으며 발을 동동 구르고들 섰던 처녀들이 그
만 청백이 혼귀 사설처럼 오싹 소름이 돋게끔 꺼이꺼이 목 놓고
만다.

"…헛 참 …허어 참! …용바위 수신니임 올려보세유! 이 난리
를 워쩌면 좋지유? …허어 참!"

종천이는 털썩 종선창에 주저앉아버리며 머리통을 연신 떤
다. 후드득 후드득 종천이의 가맛골을 타고 내리는 빗방울은 모
래톱에 물비늘 차오르듯 사방으로 물보라를 턴다.

"아휴 저 미친놈! 저, 저 미친노옴!"

종천이는 종선창에 납작 앉아서는 이제 눈이 시릴 정도로 멀리
가물대는 횃불을 넋을 뺀 채 연신 비명 같은 헛소리를 내뱉는다.

귀덕이는 뱃전이 울리도록 기세를 더해가는 친구들의 울음소
리가 싫어 꼬옥 귀를 틀어막고 만다.

산 해파리 삼킨 듯 가슴은 벌레벌레 일렁이는데도 왠지 그토
록 서럽지가 않다. 멀어져가는 횃불이 꼭 꿈속에서 보는 혼불처
럼 그저 망연할 뿐이다.

덕주와 팥례가 야밤중에 섬을 떠날 줄을 누가 짐작이라도 했

을까. 팔례가 꼬옥 가슴속에다 품고 있었던 것은 물밥이 아니라 제 갓난것이었을 것이다. 그래서 삼당 정자에서도 그여 두 배를 띄워야 한다고 우격질을 했을 덕주가 차라리 종천이보다야 얼마나 사내기가 빠른 사람인가도 생각됐다.

"…못 살 놈은 가야 허잖구…가래지 저 맘대루다…치이——허엇 참 누가 뭐래여, 가래지…."

종천이는 부스스 일어나 용바위께로 노질을 거슬리며 어깨죽지가 떨어져라 물길을 바꾼다.

종천이의 들먹대는 등줄이 노질 낌새가 아니다. 분명히 억센 울음을 물고 한껏 들먹이는 품이다.

귀덕이는 들먹거리는 종천이의 등줄에다 시름없는 눈길을 꽂고는 그제야 관솔 불길처럼 울음이 탄다.

횃불제는 창창하게 남았는데도 횃불 불김이 버얼건 끝줄을 겨우 담고 몸살이고, 그나마 가물대던 횃불마저 멀리 자취를 감추고 만 바다는 빗줄을 삼태기처럼 쓴 채 끓는 솥 속처럼 시끄럽다.

아스라한 물비늘을 밟고 강보를 안은 팔례가 성큼성큼 걸어오고 있었다. 잔뜩 등짐을 진 덕주가 팔례의 뒤를 따라 기진해서 걷고, 그 뒤로 월순이가, 상님이가, 또 옴팍네가, 등줄까지 치렁대는 삼단 같은 머리채를 풀고 흔연스레 물비늘 위를 걸어 밟고 왔다.

바다는 온통 갈매기 떼로 시끄럽고 덕지덕지 엉킨 구름들은 빨강 파랑 노랑 갖가지 색들을 담고 불기둥처럼 펴올랐다.

죽은 아버지가 스름스름 노질을 해대며 콧노래를 흥얼거리고 종천이가 고등어가 튀는 삼태기를 가래에 받쳐들며 실실 웃었다.

뱃머리께로 다 걸어온 팔례가 하얀 눈창을 뒤집어 까며 오똑 섰다. 덕주·월순이·상님이·옴팍네가 뱃머리를 싸고 둥그렇게 줄을 서더니 별안간 하늘이 찢기게 까르르댔다.

아버지는 노를 들어 횟대 치듯 뱃머리를 처대고 물비늘을 밟고 선 사람들은 차례차례 뱃머리로 훌쩍훌쩍 타 올랐다.

"잡것들! 이 요망한 것들!"

아버지는 온 얼굴이 비지땀을 얹고 대구 횟대질이지만 사람들은 횟대질 새를 허물허물 빠져 귀덕이를 싸고 와르르 달려들었다. 덕주가 꺼들거리며 등짐을 풀어 종천이의 어깨에다 지워 씌웠다. 종천이가 양 무릎을 푸욱 꺾더니 뱃전으로 쓰러지는가 싶을 때, 팔례·월순이·상님이·옴팍네가 우르르 다려들어 귀덕이의 목을 죄었다.

"당복산에다 묻어주어! 당복산에다 묻어주어! 지레 뒈지지 말구 지레 뒈지지 말구!"

귀덕이는 겨우 숨줄을 할딱대며 미친 듯이 악을 써댔다.

"종천이 너 때문이여어——다아 종천이 너 때문이여어——."

귀덕이는 생목이 올라 연신 바둥대다가 펀뜻 눈을 떴다. 온몸이 후줄그레 땀에 젖었다.

"워쩐 놈어 잠뜻이 그려…꿈 꿨남?"

번듯이 누운 장성댁이 귀덕이를 올려다본다. 좀 전에 본 팔례의 하얀 눈알처럼 푸욱 꺼진 장성댁의 눈꺼풀 속에서 흰창이 드러난다.

　귀덕이는 써늘하게 밝아오는 봉창을 한번 살피고는 그만 장성댁의 가슴 위에다 제 얼굴을 파묻는다.

　"아휴, 무서워! 꿈도 워찌 이려!"

　"하두 허기가 차서나 헛것이 뵌갑지."

　"아휴, 팔례, 옴팍네, 상님이, 월순이, 다 봤어 다…고것들이 내 숨줄을 조이구는, 아휴우──."

　"섬 안에 초상이 나면은 곡귀들이 뵈능 게지. 그나저나 양 서방네 청자도 것은 워째 돼졌짐?"

　"기운이 돋쳐서나 헛다리를 짚고는 왕돌에다 대가리를 찍었대잖어."

　"글씨이…아휴── 팔례 어멈 고것두 튼 고생이랴! 양 서방 매질을 받구 두 번이나 죽었다 깨났다지. …다, 다아 그 종천인가 쇠천인가 하는 주리를 틀 놈 때문여! 아휴 고것! 그래 그렇게 두 속이 지랄 같었남?"

　장성댁은 귀덕이를 매웁게 흘겨대고는 홱 고개를 돌려버린다.

　귀덕이는 장성댁의 그 말끝에 내처 띨 듯 일어나 터엉 봉창을 열어젖힌다. 눈앞이 팽팽 돌도록 큰 숨을 거푸 들이마시고 나니 명치끝을 물고 차일질을 치던 그놈의 화기가 좀은 덜한 성싶다. 팔례가 덕주와 한속이 되어 낙월섬을 빠져 달아나던 날 밤을 용바위에서 새우고, 이튿날 점심때가 다 돼서야 나루에 내린 귀덕이는, 나루를 다 채운 섬사람들 앞에서 때 아닌 혼귀춤을 춰대는 청백이를 보고 가슴이 섬뜩하도록 놀랐다.

청백이의 저렇게도 신물이 오른 혼귀춤은 시체를 옆에 놔두고든지 아니면 물속에서 기별 없어진 물귀신을 놓고든지가 아니면 여간해서 저럴 듯 신물이 오를 수가 없는 것이었다.

햇불제 나간 것들이 심상찮게 늦던 터라 지레 죄다 제물로 빠져 죽었거니 싶어 그새를 못 참아 벌써 혼귀제를 모시나 해서 심간에 오기가 배서 나루에 내린 귀덕이는 섬뜩한 꼴을 보고야 사정이 통했다.

웬일인지 청자도 패거리들이 모두 모였다 싶었는데, 청백이의 혼귀춤으로 사관천 자락이 휙휙 쓸고 가는 모래톱 위에는 엉뚱하게도 양 서방 청자도 것이 눈알을 뒤집어 까고 죽어서는 발랑 나자빠져 있었다. 곱슬거리는 파마머리통은 온통 선지를 덕지덕지 얹은 채여다.

"헛 참! 그렇게 술기를 줄이라구 청했는데두 원칸 술을 즐겨야지! 그여 이 꼴이 돼서는…에잉 쯧쯧──."

양 서방은 무릎을 쪼그려 붙여 청승맞게 앉은 채 연신 쓴 입맛을 다셔대고 석보 영감과 최 부자가 어정어정 서성대며 힐끗 배를 쳐다봤다.

"아아니? 또 한 배는?"

최 부자가 놀라 묻자 양 서방이 벌떡 일어났고, 섬 아낙들은 그저 넋을 잃었고, 혼귀제는 쑥밭꼴이 돼버렸다.

양 서방은 처녀들을 주욱 훑어내리더니 바싹 종천이께로 다가들었다. 콧수염 두덕이 잴끈 골자리를 파도록 어금니를 꾸욱 물고는 나직하게 물었다.

"아니 팔례 못 봤남? 엉?"

"…."

"동네 마슬두 안 나간 것 같어 빈 배라두 타구서 횃불제 시중 나간 줄 아는디?"

뜸막 양 서방이 인중을 바르르 떨며 종천이를 노려보는데 최부자의 성화 같은 물음이 버럭 떨어졌다.

"이놈아 한 배는 워찌 됐난 말엿?"

종천이는 푸우푸우 한숨질만 해대며 뒤통수가 닳아져라 긁어대고 서선 연신 처녀들 눈치만 살폈다.

귀덕이는 조마조마 가슴이 죄면서도 그토록 철썩같이 약속했던 참이라 종천이를 낙지 구멍 막듯 안심하고 있었다.

그러나 후떡 고개를 든 종천이의 말은 그대로 날벼락이었다.

"덕주 놈이 팔례 싯구서 그냥 삼출목을 타버렸지유! 원칸 급한 판이라 손쓸 경황두 없었구 워찌 물살이 센지 배는 화급허게 흐르구…."

종천이가 말을 끝맺고 한숨을 뱉자 양 서방은 기겁해서 입을 떠억 벌렸다.

"뭐, 뭣이 워 워쪄? 워쪄어? …."

귀덕이는 그만 숨이 끊기는 듯 가슴의 맥질이 멈추는 듯싶었다.

"믄 남자가 저려! 물살에 빠져 죽었다구 허기루다 철썩 약조하구선!"

중간이가 간이 타게 소곤대자 모두들 포오 한숨을 뱉었다.

그날 밤, 귀덕이는 종선 나루에 찾아가 종천이의 가슴을 사레 풀 덤불 갈퀴질하듯 꼬집어 뜯으며 그냥 미쳐 날뛰었다.

"워째 그려? 남자가 워째 두말을 혀? 물살에 빠져 죽구 배는 떠밀렸다구 허기로 약조 사항을 맺구는 워째 그랬냔 말여? 응? 친구들을 워찌 본댜, 팔레 어미를 워찌 본댜! 차라리 날 쥑여, 날 쥑여!"

종천이는 물끄러미 귀덕이를 내려다보고 선 채 눈썹 하나 까딱 않더니 귀덕이의 할큄질이 제풀에 기진하자 덥석 귀덕이를 쥐어안고는 뜨겁게 말을 뱉었다.

"너가 뭘 아남! 너가 뭘 아남! 난 너 아부지를 생각해서라두 절대 낙월섬을 못 떠! 기어코 억척같이 일해서는 최 부자구 석보구 양 서방이구 다 딛구 설 텨! 그여코 배를 장만헐 텨! 생각 못 허남? 너 아부지 그물 심부름하던 양 서방이 오늘 저렇게 하늘 높은 벌자리로 떴단 말여! …귀덕아! 좀만 참아부아! 반다시 뱃창이 휘는 풍어가 온단 말여!"

"싫어! 너 같은 것 다 싫어! …환갑 채워 배나 갖지! 아무리 풍어래두 일심은 다 제허구…또 빌려다 묵구…또 제허구…아휴! 이 팔 놔! 그냥, 쥑여 날!"

귀덕이는 멍청하게 선 종천이를 달랑 남겨둔 채 단숨에 모래톱을 내달았다.

귀덕이는 봉창에다 턱을 괸 채 뒤꼍으로 눈길을 떨군다. 장성댁의 구역질기나 줄이려고 청백이에게서 얻어다 심은 두 뿌리 육모초 잎에 송알송알 이슬이 맺혔다.

"이구우——허기나 줄일 궁리를 해보던지, 가당찮은 사설이지만서두 중간이처럼 최 부자 아들이나 물어차구 시집을 들던지! …낯짝이 그만 못허남 붓두덕판이 그만 못허남! 워디서 똥천이두 못 되는 거지발쏘시개 같은 종천이놈 죄는 맛에 담뿍 쩌들어서는…아휴 이 죄 많은 년이 그만 뒈져야지, 그저 이년이 발랑 나자빠져야….'

장성댁은 가슴패기를 텅텅 내려찍으며 또 그 억척스러운 구역질을 꽥꽥 해댄다.

귀덕이는 모른 채 그대로 서선 어질어질 생각을 모두어본다.

내색은 않았지만, 중간이가 최 부자 아들 공삼이 여편네가 될 줄은 꿈에도 몰랐다. 왕돌 더미들에 차르르 끌리는 갑사 치맛자락을 한 귀 잡아 추켜세우고는 할래할래 허리통을 흔들며 신행길을 왔을 때, 귀덕이는 헛간 속에 숨어 얼키설키 얽힌 와올 새로 중간이를 훔쳐보며 얼마나 울었는지 모른다.

돈버짐만 푸짐하게 키워 마냥 볼품없기만 하던 중간이의 얼굴이, 그새 그렇게도 윤기를 바르고는, 통통 살이 올라, 연신 헛기침을 곁들이는 제 어미 뒤를 따라 갓난 오리 새끼처럼 졸졸 동네 마슬을 도는 꼴이란 훔쳐만 봐도 배가 부를 지경이었다.

사레풀 즙으로 겨우 허기를 때우며, 코가 저리도록 절은 내를 풍기는 넝마 같은 갈포 고쟁이를 입고, 심 빻는 일이지만 하루내내 밭논일을 시중드는 저는 낙월섬 사람이었지만, 중간이는 그새 별천지에나 내리는 용궁 선녀로 변해버린 듯싶었다.

장성댁이 유독 종천이를 헐뜯고 귀덕이 듣는 데서 푸념을 늘어놓는 속마음을 귀덕이 모르는 바 아니었다.

하루에도 몇 차례 목줄이 따갑도록 훅훅 치솟는 화기나 뼈가래가 패도록 날로 시들해가는 허기진 저를 생각하면, 그만 아무에게나 돈푼 만지고 곡기 흘리는 곳에 시앗으로 들어앉고도 싶었다.

이래도 저래도 낙월섬 땅을 딛고 살 바에야 허기져 죽기 전에 속이나 차리고 볼 일이었지만, 귀덕이는 아무래도 그 짓이 죽기보다 싫었고, 장성댁은 그런 귀덕이가 몹시 원망스러운 것이었다.

장성댁은 베개맡에다 늘축늘축 똥물을 다 게워놓고는 으윽──으윽──헛구역질을 해댄다.

귀덕이는 장성댁 등줄로 다가가 꺼슬거리는 삼베 적삼을 손바닥이 얼얼하도록 쓸어내린다.

"고집 부리지 말고 체굿을 내려보자니깐그려. 워쩐 놈의 챗기가 곡기 한 톨두 못 넘기는 뱃속에서 살림을 헌다?"

귀덕이는 그만 짜증이 치밀어 톡 쏘아붙이고 만다.

"이구── 이구우── 그저 뒈지면 이 꼴두 없을 텐데두. 섯바닥 칵 물구서 뒈지지 위째 못 죽는댜…."

장성댁은 희뿌옇게 문살이 드러나는 마포 쪽문을 바라다보고 앉은 채 꾀죄죄한 눈물기를 담은 풀죽은 눈을 껌벅껌벅댄다.

쪽문 마루에 누군가 풀썩 주저앉는 기척이다. 이내 문이 열리면서 딴사람인 양 꼴이 아닌 팔례 어미가 방으로 들어오자마자 텅 소리가 나도록 뒤통수를 찍어대며 벽에 기대 앉는다.

"워쩐 일이남 이 새벽에."

장성댁은 팥례 어미를 살피다 말고 그새 목멘 소리고 귀덕이는 그날 이후 팥례 어미와 차마 눈 맞출 수가 없다.

"팥례 넌 뒈졌겄제? …벌써 뒈졌겄제? ….."

팥례 어미는 새끼 날아간 박새 둥지처럼 얼기설기 얼려 흩어진 머리통을 푸욱 떨구면서 겨우 내뱉는다.

"한정 놓구 생각하면 믓허남? 뒈졌다구 단안허구 숨줄 붙은 사람이라두 억척같이 살어야."

장성댁은 게워놓은 쓸개물을 물걸레쪽으로 훔쳐내며 헛소리처럼 내뱉는다.

"내 속은 그런 말이 아니구…정 그년이 뒈졌다면 자네헌테만 꼭 할말이 있어서나…."

"…믄 말인데 그려?"

팥례 어미는 멀뚱멀뚱 방골 서까래코를 바라다보며 한동안 말을 끊더니 이내 깡마른 울음을 문다.

"진도댁이 나헌테만 그잖어…왜 양 서방네 청자도 것 죽었잖남. 그런디 횃불제 올리러 가던 그날 밤이랴. 왕돌 더미에서 팥례가 쌈질이드랴. 그러더니 뭐가 찍 소리두 않구는 털썩하드랴…팥례는 그냥 내처 내달구…그래, 아 그래 진도댁이 가 보니께는 청자도 것이…아휴, 아휴! 누가 봤으면 워찌겄남! 진도댁만 봤다구 워찌 믿겄남! 삼당 도깨비두 봤을 꺼구우——당복산 원귀들두 봤을 꺼구우——그잖어? 내가 뒈지는 게 제일 신간 편겠잖남…저두 뒈졌을 테니께…."

장성댁은 입을 떡 벌린 채 앉은걸음으로 물러나더니 실성한 사람 모양 손바닥을 펴 연신 입을 막는 시늉이다.

귀덕이는 목구멍까지 넘어오는 서들기를 물곤 이내 고개를 떨군다. 행여 뒤꼍에라도 기척이 있나 싶어 벌떡 일어나서는 봉창에 매달린다. 훅훅 비릿한 풀 냄새가 코를 찌르고 풀섶들 살 비비는 소리만 스렁대자 쪼르르 팥례 어미 앞으로 다가가 앉는다.

"팥례 엄니! 다, 다 내 잘못이예유! 종천이만 입 막았어두 이런 일은 없잖구유! 날 쥑여줘유."

팥례 어미는 제 허벅지 위에서 연신 턱턱 사레질을 하는 귀덕이의 손을 되려 꼬옥 쥐고는 부르르 떤다.

"팔짜소관이구…다, 다아 그년 팔짜 내 팔짜 소관이지 종천이가 믄 죄 있구 니가 믄 죄를 졌냐! 그런 소리 씨두 말구, 씨두 말구…."

팥례 어미는 잠시 말을 끊더니 눈두덩을 애써 추사리고 잴끈 입술을 문다. 똑바로 장성댁을 쳐다보는 팥례 어미의 눈 안으로 어디서 그런 물기라도 흐르는지 갈순에 이슬 구르듯 뱅그르 눈물이 일군다.

"장성댁! 그저 내가 낙월섬을 위해서나 돼져야 할께 벼. 팥례년 죄, 내 팔짜, 제 애비 서름 다 떠맡구서는 내가 낙월섬 치성이나 드려야 할까부아!"

팥례 어미는 새삼 설움이 북받치는 꼴로 대구 흐느낀다. 껄껄한 손등 위로 그저 하염없기만 한 눈물줄이 금세 낙수다.

"그런 맘 묵지 말구 그럴수록 낙월섬에다 원을 붙여야지. 이섬에다 한을 붙이구서 그저 억척스레 살아야지. …을매나 더 살겄남! 살면 을매나 더 살겄남! 팔짜 다 까먹구 당복산에 묻혀서나 물목이나 지키구 누워야지, 그잖어, 팔례 어멈."

장성댁도 볼 위로 눈물줄을 달았다.

"그럼유! 엄니 말이 천만번 옳구말구유! 맘 독허게 추사리고나 우리 그냥 붙어 살어유, 제발!"

귀덕이는 팔례 어미 손안에 잡힌 주먹에다 떨어대는 힘을 주고는 방바닥이 울리도록 이마를 떨군다.

"우덜만 입 봉허면 누가 아남. 진도댁이야 시상에 드문 사람이구…팔례 어멈! 나는, 나는 뭐 저보다두 팔짜가 났남, 근심 우환이 없남? 지레 돼질 것은 바루 나유 나…"

장성댁이 고개를 돌려 외면하고는 등어리를 들먹인다. 왕골벽에다 떨군 장성댁의 눈길이 그렇게 처량할 수가 없다.

팔례 어미는 마냥 설레설레 도리질을 해대며 헛소리처럼 중얼댄다.

"그잖어두 섬 안이 발칵허잖남. 횃불제는 기름이 물에 섞여 기척하다 말구, 팔례 년은 그 꼴루다 일을 꾸며났구, 청자도 것은 죽구…석보 영감이 젯물 구하러 칠성도엘 간대잖어. 짐승 아니구서 지집 젯물이 워디 그리 흔허남…"

귀덕이는 팔례 어미와 눈을 맞추고는 오들오들 몸뚱이를 떨어댄다. 팔례 어미의 말뜻이 무엇인 줄 짐작이 가자 그만 혼불이 금세 육신을 떠난 듯 싶었다.

"팔례 년이 내질른 갓난것이 내 눈에는 꼭 덕주 놈 상판을 쏙 뺐다 싶었제. 오관추세가 영락없구 면상 뼈골이 꼭 덕주 놈이

잖어…그러니 팔례 년이 안 돼지구 배기게 됐남…백번 천번 돼져야지…그년 기른 죄를 응당 치구 내가 가사허잖구…."

귀덕이는 그만 방을 나와 횅한 부엌 바닥에 오뚝 서고 만다. 간덩이가 죄는 듯싶어 더는 견뎌낼 힘이 없어 방을 나오고 말았지만 부엌 구석구석 어디를 훑어봐도 손끝에 잡힐 일이 없다.

구강진에 묶인 중선 밑창에 퍼런 파래가 끼는 판에 섬 안에서도 연줄 닿는 팔자가 못 된 장성댁 살림이 어렵하다.

구석에 뎅경 자리를 숨기고 들어앉은 곡기통에는 분칠하듯 허연 탕꽃이 폈고, 언제 제대로 간물을 넘겼던가 싶은 왕솥은 사레풀을 담고 끼우뚱 버려졌다.

귀덕이는 왕솥을 드러내서 꼭 불탄 집터처럼 뻥 구멍이 난 부뚜막에 쪼그려 앉은 채 장성댁의 구역질을 생각해낸다.

(곡기를 넣어봤남 간것을 넘겨봤남. 사레풀 즙으루다 목젖을 적시는 판에 워쩌다 배가 틀려 저 꼴이랴. 속이 너무나 허해서나 바람기가 들었남 졸창으루다 쓸개물이 지레 터지남. 차암——.)

귀덕이는 꺼멓게 거슬려 반은 실히 줄어든 밑대를 쥐고 구들 앞을 헤적이며 앉았다가 제풀에 휘이 숨을 참고는 고개를 돌린다.

양 무릎 새로 역한 냄새가 끈끈하게 오른다. 떼밀 힘만 있었어도 선뜩하게 물질이나 입혔을 것이나 옴지박만 들어도 허리뼈가 휘는 허기만 가득 담은 몸뚱이는 벌써 몇 달을 넘겨 몸간수 한 번 해본 적이 없다.

기껏해야 탕절은 간것마냥 다 썩은 제 몸뚱이를 사르느라 장성댁은 이빨이 시도록 곡기 한 톨 못 씹어보고, 저러다가 내처 숨줄이라도 멎으면 어쩔까 싶자, 귀덕이는 쩌르르 쩌르르 아려오는 가슴패기를 쥐고 스르르 일어서고 만다.

한동안 소꿉질이 뜸했으니까 갈밭으로 줄창 내달으면 알 실은 서른게라도 몇 마리 주울는지 모른다 생각하며 욕심은 제 엉덩이판만 한 퉁시리를 집어든다.

방 안에서는 팔례 어미의 우는 소리가 뱃가죽이 다 처지는가 싶게 힘겨웁다.

귀덕이는 덜덜 떨려오는 사추리에다 가득 힘을 죄고는 내처 갈밭으로 치닫는다. 이슬들이 튀어올라 덕지덕지 헤진 갈포 치맛자락이 홍건한 물기를 담고는 척척 장딴지에 감긴다.

발목이 흠뻑 빠져 걸음을 떼어놓기도 숨이 찬 갈밭은 사걱사걱 섶 비빔질만 해댈 뿐 짱뚱이 한 마리 기척 없다.

"아휴 —— 워쩐 일루다 서른게가 다 씨를 말렸남."

벌써 온 밭을 다 뒤졌는데도 뻘물만 사추리까지 튈 뿐, 보통 때는 쳐다보지도 않았던 군제기 한 마리도 도망질이 없다.

귀덕이는 그만 포오 —— 긴 숨을 내쉬며 허리를 펴고 선다. 그러다가 귀가 쩽 울리도록 기겁을 문다.

진섬께부터 삼당으로 쪽빗처럼 둥그스럼하게 굽어 도는 길목에 세 사람 걸음들이 바쁘디.

석보 영감의 뒤를 따라 단님이가 죄진 듯 따르고 바로 그 뒤로 연신 눈두덩을 훔쳐대며 단님이 어미가 후적후적 걸음을 옮긴다.

갈밭골을 막 지나면서 석보 영감이 섬칫 멈춰 선다. 귀덕이를 알아차리곤 무슨 말을 할까 말까 망설이는 눈치더니 헛기침 몇 차례 물고는 그냥 지나치고 만다. 갈대순 사이로 허연 담배 연기가 드문드문 덩이져 피어오르자 귀덕이는 바로 제 앞을 지나는 단님이를 간이 타게 나직이 불러본다.

"단님어. 단님어."

단님이는 종종 내처 걷던 발길을 잠시 멈추고는 귀덕이를 바라다본다. 금세 눈두덩이 발갛게 설움이 번진다.

"그여 들어앉남? ….."

단님이는 대답 대신 젤근젤근 손톱을 물고 서선 고개를 끄덕이고 만다. 그러더니 품 안에다 안은 꾀죄죄한 당목 보퉁이에다 얼굴을 묻고 흑—— 흐느낀다.

"내처 걷지 않구서. 어른 그저 서 계시누먼."

단님 어미가 울고 섰는 단님이의 겨드랑이를 채다시피 끼고는 끈다.

"울기는…그럼 잘 가부아."

귀덕이는 속마음 같지 않게 어른스러운 말을 해대고는 팽 돌아선다.

"…또 부아 그럼….."

단님이가 귀덕이를 쳐다보고 내키지 않게 발길을 돌리지만 이번엔 귀덕이가 통시리를 머리에 쓴 채 돌아서선 대답이 없다.

외줄로만 덩이덩이 피어오르던 담배 연기가 스럼스럼 앞으로 밀려 흩어지고 갈대순 사이로 단님이의 구부정한 등줄이 어릿어릿 멀어져서야 귀덕이는 썼던 통시리를 벗어 든다. 서른게 한

마리 뜀질도 못 시키면서 코가 저리도록 독한 갯내만 풍겨대는
갈밭이 어느 때보다도 이렇게 싫을 수가 없다.

청백이의 무당 사설이 혼이 빠진 듯 힘이 없어 추욱 처져만 들
고, 중선 한 척은 섬 안에 아무 기별도 안 남긴 채 훌쩍 떠버렸다.
배는 사뭇 멀었다.
"내 가는 길 섧다 말구 맥힌 물목 휘여 트구, 낙월섬 싸고 뜨
는 천왕 구름 다 밀치구우, 어서 어서어 보내주소오——사골육
신 젯물루다 보선코도 못 고쳐 신구우, 마지막 가는 길에 연줄 속
두 딱 자르구우, 발기슬도 익은 길을 아는 사람 문안 한번 못 허구
우——에헤에야아 에헤에야아—— 사해 대왕 어전에에 불귀대
천 치성으루 이 몸이 가누만은——이 몸이 가누만은….”
청백이의 무당 사설이 가락가락 흐느꼈다니 아무래도 모를
일이었고, 상기도 먼 배에서 흘러나오는 청백이의 가락은 오장
이 뒤틀리는 듯 용을 쓰다가 금방 자지러들어 뚝 끊기곤 했다.
배가 떴다는 말을 듣고서야 곧장 나루로 치달려온 사람들은
영문을 몰라 수런댔다. 귀덕이도 아낙네들 틈에 끼어 선 채 어리
둥절할 뿐이었다.
종천이는 사람들로 둘러싸인 채 깊은 팔짱을 끼고 먼 배에다
눈길을 박은 채 꼼짝할 줄을 몰랐다.
"대체루다 어찌 된 일이여? 그 물질을 난다면 위째 한 척만
뜬댜?"
"이봐유 종천이 말 좀 해부아! 우덜 다 살게 됐남? 용강바다에

고기 떼가 기척했남?"

"아유 답답혀! 아휴 말 좀 해보래니깐은그려."

종천이는 천천히 고개를 떨구며 굳게 다문 입술을 파들파들 떨었다.

그러고 나선 불길 같은 한숨질 속에다 떨리는 목소리를 섞었다.

"…인제는 다들…다들 살게 되겠지유…살게 될 껄유…용강두 물밑을 잡을 꺼구 용바위 수신두 고정허시겠쮸우…."

사람들은 푸욱 고개를 떨군 채 뜻도 모를 소리만 해대는 종천이에게 더욱 바싹 죄어들며 수선들이었다.

"고기 떼 정탐질인가 부지 그쳐?"

"아휴——그래 워쩐 놈의 고기 떼랴? 응? 잡새기여, 고등어여? 응?"

"그래, 배 안에는 누가 탔남?"

그제야 종천이는 다시 고개를 들어 멀어져가는 배에다 눈길을 되맞추며 말에다 힘을 박았다.

"최 부자 어른허구, 뜸막 첨지허구, 석보 어른허구, 청백이허구…그리구 …그리구서는."

"노질은 누가 허남?"

"왜 종천이가 안 타구서."

종천이는 그제야 뒤통수를 부욱 긁어대며,

"나 같은 것이 워찌께 노를 잡어유! 오늘 배는 틀려서유, 석보 어른 아들이 노질을 허쥬. 세붕이가…."

귀덕이는 아까부터 괜히 머릿골이 시끄러웠다. 마냥 한결같아 되려 붙임기마저 전혀 없던 종천이의 거동이 너무나 틀렸고 고기 떼 사정 보러 떠난 배라면 징소리 한 자리나 사람들에게 기별 한마디 없이 떠날 필요가 없는 것이었다.

게다가 종천이의 말들은 한결같이 종잡을 수 없는 말들뿐이었다.

"세붕이가? …예사 배가 아니구먼 그럼. 대체 워쩐 놈의 속인지 …."

진도댁이 뜻 깊게 내뱉으며 가물대는 배를 좇아 눈살을 세울 때였다.

종천이는 내뱉듯 툭 쏘아붙이면서 썰거리를 재물고 푸우 담배 연기를 길게 내뿜었다.

"아휴! 제발 그만 좀 들볶아유! 누군 신간이 편해 이러남유? …젯물 든 배를 내가 워찌 끌어유, 참!"

종천이의 말이 떨어지자마자 사람들은 바람결을 일구며 눈어림 밖으로 가물대는 배 쪽을 향해 고개들을 돌렸다.

"젯물이라니…도야지라곤 섬 안에 씨도 없구 황소들밖엔 없잖남 …."

사람들이 막 술렁대는데 장성댁이 떨어져내릴 듯 길목을 타내리며 어깻죽지가 떨어져라 내달았다.

모래톱을 파며 퍼억 바다를 향해 무릎을 꿇는 장성댁은 실성한 듯싶었다. 바다에다 던진 눈길이 파르르 파르르 풀매질을 하고 모래를 쥐어짜는 앙상한 손이 잦은 꽹과리질처럼 떨었다.

엿물처럼 끈끈한 침을 입술 위까지 다 물고 등줄이 삼태기줄이 다 되도록 억척스러운 숨을 몰아쉬고 앉았던 장성댁이 주먹이 빡게 모래를 찍어대며 비명 같은 울음을 쏟아냈다.

"팔례 어머엄── 팔례 어머엄──이구우 팔례 어머엄── 워디라구 지 발루 걸어 젯물루 가나암! 워디라구 너 발루 걸어 젯물루다 가나암! 이구이구우 이구, 이구우──니가 믄 죄를 졌나암? 니가 믄 죄를 졌다구우 기별 한 자리 안 놓구서 젯물로 가나암? 어서 와여! 어서 와여어──아휴우 아휴우──저것이 그저 워디를 저렇게 가나암 …나 좀 봐여어, 한 번만 나 좀 봐여어…팔례 어멈아 안 들리나암? 팔례 어멈….."

장성댁은 헛숨질을 몰아쉬며 허들거리더니 그만 사지를 떨며 길게 늘어져버린다.

아낙네들은 장성댁처럼 방성대곡을 쏟아놓으며 풀썩풀썩 모래 위로 주저앉았고, 나이가 든 사람들은 그저 손을 모아 합장하고 서선 먼 바다를 가늠할 뿐이었다. 나루는 금세 펄펄 끓었다.

귀덕이는 늘어진 장성댁 등줄 위로 그만 고개를 떨구고는 연신 부르르부르르 몸뚱이만 떨어댔다.

뗏장처럼 물비늘을 타며 가물대는 중선 안에 언제나처럼 구부정하게 등을 굽히고 팔례 엄마는 앉아 있을 것이었다. 차라리 신간이 폈다고, 자기가 청해 제물이 된 것을 다행하게 생각하는 줄도 모를 일이었다.

용바위가 그 우람한 주둥이를 떠억 벌리고 섰는 곳에 올라 멍석자루처럼 뻥뻥 구멍이 뚫리는 물살 안으로 치마폭을 싸곤 뛰어내릴 것이었다.

귀덕이는 장성댁을 꼬옥 안고 엎드린 채 장성댁의 몸뚱이가 따라 떨도록 제 몸뚱이를 떨고 있었다. 발을 딛고 앉은 땅이 이렇게 무서울 수가 없었다.

5

이엉줄을 다 덮고 앉은 새벽 서리가 몇 해나 용마름도 갈아 얹지 못한 회색빛 지붕 위로 물줄이 되면, 으레 눈이 시리도록 서늘한 햇빛이 봉창을 찾아들었다.

갈밭 위로 기척도 없던 갈게가 서너 마리 알 실을 곳을 찾아 골을 탔고 상당 앞 논뙈기나 당복산 밀밭이나 벌써 곡기를 거둬들여 허한 바람만 일었다.

짙은 해무가 온 바다를 다 덮었다.

해마다 늦가을이면 까막섬 등대 자리도 눈 밖에 나도록 해무가 껴, 낙월섬은 자욱한 연기 속에 그슬리며 물비늘을 따라 한정 없이 흘러가듯 사위마저 어지러웠다.

토방에 내리는 햇빛이 뭇줄 두 발이나 겨우 엮으면 훌쩍 뒤꼍으로 넘어들어 이내 한속 드는 해거름이 시작되었다.

귀덕이는 겨우 장딴지께에서 스멀대는 서늘한 가을 햇살에다 눈을 떨군 채 망연히 앉아 있었다. 갈치 주둥이 마름쪽을 물고 헤벌려지듯 벌써 때꼽이 덕지덕지 엉켜 도랑 속의 상수리틀마냥 불쑥 내민 엄지발가락이 사뭇 발등까지 찢어진 고무신코를 비집었다.

멀거니 바라보고 있는 고무신코에 왕벌 한 마리가 앉아 엉덩이를 들썩들썩 꿀물을 찾는다.

"시상에, 이 낙월섬에 뭣 묵을 것이 있다고 찾아왔남? 이 지독헌 놈의 섬에 믄 났다구 날아왔남? …워디서 왔남? 칠성도서 왔남, 목포서 왔남? 잉?"

날개를 들썩들썩 연신 발가락 새를 기는 왕벌 걸음길에 장딴지가 꼬이도록 간지럼이 일어 엄지발가락을 참다 못해 비비 틀어보지만 왕벌은 잔뜩 성이 돋쳐서는 그때마다 침줄이 불쑥불쑥 내민다.

"잡것! 아휴 간지러! 맘대루 해부아, 꿀물이 워디라구 있남, 걸죽한 때꼽이나 빨구 배나 틀래지."

왕벌이 살랑 날더니 손바닥만 한 햇살이 떨어진 토방 흙에다 주둥이를 끌며 부엌께로 긴다.

귀덕이는 뚱뚱하게 알이 밴 왕벌 배를 보다 말고 스르르 고이는 군침을 입념이 넘치도록 한입 다 문다.

바다 꼴에다 비기면야 금년 농사는 그런대로 곡간을 채운 편이었다. 삼당 정자에서 석보 영감의 말이 떨어진 뒤로 설마 했던 일값은 여지없이 꽁꽁 묶이고 말았다.

그래도 죽어라 일 때마다 불려나가 허리뼈가 휘도록 일을 했지만 오진 곡기톨들은 떨어지기가 무섭게 가마니에 담겨 주인집 곡간으로 가고 말았다.

일을 마친 사람들은 어정어정 자리를 못 뜨고는 행여 곡기 되라도 얻어 낼까 망설였지만 그럴 낌새는 통히 없었다.

"부지런히들 일발을 달려야 나중 풍어철 일심이라두 몫대로 받지. 어서 일을 해서나 심을 줄여가야 뭇줄질에두 신살이 오를 꺼구. 자아, 오늘은 그만들 파허구 내일 일쯕들 기침해서는 또 와."

논밭 주인들은 기껏 이렇게 박정스러운 말로 홱 자리를 떴고 사람들은 멋쩍어서 돌아설 뿐이었다.

하긴 일밥 끼니로 곡기를 채우며 살아온 귀덕이었다. 허리춤이 늘축하도록 일밥을 덩이로 꼬옥 쥐어서는 장성댁에게 갖다 주면, "니나 묵지 뭇헌다구! 니나 묵지 뭇 헌다구!" 연신 내뱉으면서도 금세 손가락 새에 낀 밥톨까지 다 빨고 나섰다.

그나마 벌써 일이 끝장나고는 그 팔자가 어디 갔을까 싶게 배를 주려왔다.

귀덕이는 사립 밖으로 길목 동정을 살피다 말고 한숨만 내젓고 만다.

헛간께에다 서늘한 햇살이 주름을 펴던 아침같이 나간 장성댁이 무슨 일로 해거름이 되도록 기척이 없다.

"허기져서나 그저 워디서 또 푸욱 늘어졌남…."

마음이 편치 못해 다시 한번 사립 밖을 살피던 귀덕이는 선뜻 놀라 일어선다.

누군가 성큼 싸립 안으로 들어선다. 최 부자였다.

헐레헐레 바람질을 받고 있는 한쪽 소매가 휘익 날더니 허리춤께로 찰싹 엿가래처럼 붙는다.

"…웬일이세유? 그새 신간 편하셨남유?"

귀덕이는 해진 고무신코에 손끝이 닿도록 잔뜩 허리를 조아리고는 제풀에 슬쩍 돌아선다.

"그려, 그려어— 농사두 그만허면 치레는 떤 셈이구, 나야 신간 편치, 편하잖구. 어험험—."

최 부자는 슬슬 토방을 서성대면서 귀덕이를 마주 보고 멋쩍게 선다. 확 풍겨오는 구수한 당초 냄새가 마냥 종천이가 뿜어대는 역겨운 썰거리 냄새에 코가 저린 귀덕이에게는 참깨톨 튀는 냄비 속처럼 고소하다.

귀덕이는 옆구리가 헤벌어져 허연 속살이 다 드러난 삼베 치맛귀를 잡고 또 돌아선다.

무슨 일인지 귓밥이 훅 달아오르면서 목덜미가 싸아 저린다.

"장성댁은 워디 갔남?"

"아침절에 나갔는데 그저 기별이 없구먼유."

"그려? …내가 좀 늦었다 싶었지만서두, 어허엄—."

귀덕이는 그만 저도 모르게 팽그르 뒤꿈치를 붙이고는 돌아선다. 최 부자의 여들거리는 얼굴이 뜻 모를 실웃음을 물었다.

"…엄니가 왜유? ….."

최 부자는 한동안 그러고 선 채 서글서글 귀덕이의 눈만 맞추더니 슬쩍 웃음기를 걷고 사립께로 발길을 옮긴다.

"워째 안 되남? …장성댁이 날 보면 안 되남?"

귀덕이는 넓적한 최 부자의 등줄에다 눈길을 던지며 정신이 어지러워 말을 잃는다.

최 부자의 등줄이 사립 밖으로 슬쩍 빠지자 귀덕이는 후닥닥 놀래 또 허리를 다 굽힌다.

"살펴 가세유——."

귀덕이는 방문쪽이 떨어지게 닫고는 발랑 방바닥에 누워버린
다. 기어코 올 것이 왔는가도 싶었고, 하도 딱해 논일 심이나 타
작 심을 건네려고 저러는가도 싶었다.

방골을 따라 오르던 눈길이 허줄대는 거미줄을 한 삼태기는
닫고 뺑하니 좁은 방골코에 이르자 귀덕이의 가슴도 방골코처
럼 느슨느슨 죄어온다.

타작 일이 끝난 뒤로 사립 안 기척이 벌써 두 차례인 최 부자
다. 그때마다 귀덕이는 애꿎은 삼태기만 차고 갈밭으로 치달았
지만 최 부자를 맞는 장성댁의 얼굴은 금세 생기가 돌았다.

억척스러운 구역질이 멎고 입 안에 흘리는 것이라면 사족을
못 쓰고 허겁대는 장성댁인지라 타작 일도 끝난 최 부자와 무슨
곡기 내통이나 달려니 생각해보지만 귀덕이의 짐작은 아무래도
편치 않다.

게다가 한 사나흘 앞뒤해서 장성댁은 귀덕이와 군말질도 딱
끊고 나섰다. 틈만 나면 종천이만 헐뜯고, "차라리 내가 청해 젯
물로 갈 걸 그랬다" 방정맞은 사레질을 곁들여 배 속 침까지 질
질 흘리고는 곡기 타령이었다.

귀덕이는 한두 번 가슴패기를 쳐대다간 벌떡 일어선다. 화급
한 마음과는 달리 잔뜩 허기로 찬 몸뚱이가 비실비실 장딴지를
늘어잡는다.

뒤꼍으로 나온 귀덕이는 애지중지 장성댁이 간수하는 쪽돗폭

을 부욱 찢어 뜰망을 얽어 메고는 후적후적 사립을 나선다. 중바위에 가면 만조 때쯤 해서 파래 더미가 떠밀릴지도 몰라 그것이라도 건져 허기나 채울 맘이었다.

슬슬 해무가 걷히는 바다는 오늘따라 물청고를 푼 것처럼 사른사른 자면서 퍼렇다 못해 검은 기마저 도는 물비늘이 노는 갈치 떼 먹질인 양 낮다.

"물목두 드럽기도 혀. 그여 지집불을 먹구는 사태질을 멋구."

팥례 어미가 석보 영감의 가슴속에 체증이 걸리도록 통사정을 해 젯물로 간 뒤 물사태로 버글버글 끓던 바다는 숨을 돌리며 입김 같은 해무만 스렁스렁 뿜었다.

사람들 말로는 머지 않아 뱃창이 터지게 고기 떼가 담길 것이고 이것이 다 팥례 어미가 드린 치성 때문이라고 미리들 떠벌였다.

귀덕이는 퍼렇게 가슴을 펴가는 바다를 흘기면서 죽은 팥례 어미가 새삼 불쌍했다. 어쩌다가 이렇게 요망스러운 물목을 타고 낙월섬에 태어났나 싶은 것이 화기마저 몰고 왔다.

뻐근한 가슴을 오랜만에 떠억 펴고는 눈창으로 별통이 담기게끔 어지러운 큰 숨을 쉬어대던 귀덕이는 중바위를 타내리다 말고 바위 새로 착 몸뚱이를 붙이고는 금세 할딱할딱 참새숨을 문다.

탁발 중 삿갓머리 형상이라던가. 물비늘을 튀기며 뻗친 바위덩이가 모가지를 추세우면서 삿갓을 편 옴푹한 곳에 누군가들 기척이 들었다.

"그래두 주둥이를 놀릴 참인 겨?"

"그럼 난 워쩌유? 아휴——."

남정네 목소리는 석보 영감의 아들 세붕이의 목소리고 계집 목소리는 틀림없이 광자다.

"워쩌기는 뭘 워쩌? 주둥이 딱 덮구서나 뒈진 줄 알구 기척 말래니깐."

"…엄니는 그여 들어앉으라구 성화구…."

"아, 그럼 들어앉지 뭘 그렷? 입만 봉허면 돼잖남? 엉?"

"누가 입질 때문에 그류? 입 벌려봐야 내가 낯짝을 못 드는디."

"그럼? …그럼?"

"아부지헌테 사정 통허구서 날…."

"아휴, 내 기맥혀서! 그여 널 색시루다 모시라구? 응?"

"그챦구유!"

"아휴우—— 이런 놈의 알량한 것, 워찌라구? 워찌라구? 널 데려다 장가를 들라구?"

"그럼 세붕이허구 몸을 섞구두 영감님 시앗으로 또 들어앉으라구유? 단님이가 들어앉은 지가 을매나 됐다구 내가 또 단님이 일손을 받어유! 난 못 혀 그렇게는."

"못 혀…못 혀어? 너 아주 쥑여놔야 혼이 들겠남? 엉?"

"차라리 쥑이지그류! 칵 쥑이지그류! 터억 떠다밀지 왜 못 혀, 왜 못 혀, 왜…."

"갈밭에서 만날 때 약조했잖남? 곡기말이나 주면 그만이라구. 그래서 난 착실히 이행혔구. 뭣이 또 남었남 응?"

"중간이 좀 봐유. 나허구 꼭 같은 처지인데두 갸는 버젓이 시집을 들었는데 난 왜 못 혀, 안 그류?"

"하참! 그 일이 워디 나허구 같남. 나는 봄에 벌써 칠성도에다 혼인줄을 넣고 있었잖남!"

"뭐유? 칠성도유?"

"그려! 워쩌, 워쩌?"

광자가 그만 윙윙 소리가 울리도록 울음을 쏟아논다.

귀덕이는 오드득 이빨을 갈아대며 무릎코에다 턱을 얹는다. 만약 세붕이가 광자를 떠다밀어버리면 어쩌나 싶어 마음이 죄면서도 우선 사추리가 떨려 한 발 끄떡할 수 없다.

"그러니께에…나허구 일은 없었다 치구 아부지 밑으루나 들어앉던지 너 맘대루 허란 말이잖구. 안 그려?"

"시끄럿! 벼락을 안 맞나 두고 봐! 그 집에 벼락불이 안 치나 두구 봐여!"

앙칼스런 광자의 고함 소리가 몇 번 울리더니 이내 턱 터억 매질 소리가 수선스럽다.

"아휴! 간쪽이여! 이게 워디다 대구 괌질이남 워디다 대구! 쥑여놀 텨, 아주 쥑일 겨!"

"더 치잖구, 더 치잖구! 그려, 그려어――칠성도에 장가들어서나 잘 살어! 자석들 한 뭇만 까구서 잘 살어!"

"아휴, 이게 그냥 사람을 비양 놓구, 뭐? 한 뭇? 지랄 친다구 자석을 서른 마리나 까란 말엿? 아휴 이걸 그냥 쥑여서는 아휴 우――."

"한 뭇이던지 두 뭇이던지 너 맘대루 허구! 차라리 굶아 뒈지

270

구 말 껴. 허기져 돼지구 말지. 너 아부지 밑으로는 안 들어앉아 나두…흥! 곡기나 쟁이구 중선이나 띄운다구 사람을 골패쪽 굴리듯이 막 다루고는…뗏뗏──드러워, 아휴 드러워."

귀덕이는 꼬옥꼬옥 주먹을 쥐어대며, 그저 광자가 대견스러워, 세붕이가 제 앞에 있는 양 날름날름 헛바닷 비양질을 해본다.

"아휴, 가스네. 어쩜 저리두 영글구 똑똑허남! 자알 허잖구, 자알 허잖구는!"

귀덕이는 중바위 안 기미가 누구라도 훌쩍 바위 위로 내려설 기세라 얼른 몸을 일으켜 내려왔던 바위 길을 다시 타 오른다.

후우──길게 숨을 몰아쉬며 까막섬 등대 쪽을 바라보던 귀덕이는 한곳 물비늘에다 눈길을 던진 채 벌써부터 숨이 가쁘다.

금세 세붕이도 광자도 다 잊고 오랜만에 뻐근해오는 웃음기를 참으며 눈쌀미를 다시 세워본다.

까막섬 등대 쪽에서도 훨씬 앞쪽으로 용강 바다를 바싹 쫓는 물비늘 속에 시꺼먼 것들이 들쑥날쑥 물보라를 일궜다.

틀림없는 물돼지 떼였다. 물비늘을 가르며 솟았다 잠겼다 물돼지 떼들이 덩이덩이 떴다.

물돼지 떼들은 줄창 용강쪽으로 먹질을 해대며 삼출목을 돌림질이었다.

"아휴우──팔례 엄니! 팔례 엄니가 몰아온 거지유? 팔례 엄마가 시방 물돼지를 몰지유? 그치유?"

귀덕이는 기쁨이 치받쳐 헛소리처럼 내뱉었다. 눈자위가 바들거린다 싶더니 뜨거운 눈물이 볼을 타내렸다.

작년 가을 뒤로 처음 보는 물돼지 떼였다. 물돼지가 떴다고 금세 낙월섬이 쩡쩡 울리는 징소리야 있을 리가 없겠지만 고기 떼가 지나기에 물돼지 떼가 몰린 것만큼은 사실일 것이다.

세월 좋은 징소리가 나루를 다 채우고, 집집마다 뭇줄질 재는 소리에 해가 떴다 지던 때는 물비늘을 따라 으레 물돼지 멱질이 잦았었다. 내처 생각해도 고기 떼가 기척하기에 물돼지가 들었을 것이었다.

구강진에 묶여 중선이 땔나무마냥 소용없어진 뒤로 단 한 번도 멱질이 없었던 물돼지가 기어코는 용강 바다를 찾아든 것이었다.

귀덕이는 금방 내닫기 시작했다. 제 손에 징이라도 들렸다면 얼마나 좋으랴 싶었다. 어깻죽지가 당기도록 징을 쳐대며 온 섬 안을 다 쏴댕겨도 힘이 남아돌 듯싶었다.

갈밭골을 타고 치마 끝에 잔뜩 바람을 재고 치닫던 귀덕이는 길목에 어른대는 사람을 보고는 더욱 뜀질이 드세다. 그 통에 못 견딜 듯 미끌대던 고무신이 기어코 밑창까지 까뒤집고는 떼구루루 팽개쳐지고 만다.

귀덕이는 멈칫하다 말고 내처 달린다. 숨이 목에 차 차일질을 치는 판에 당창쟁이 콧속처럼 다 헐어빠진 고무신에다 눈을 줄 수 없었다.

용문이었다. 용문이는 자기를 향해 정신없이 달려드는 귀덕이를 얼른 피해 선뜩 멈춰 선다.

"중바위에 올라가봐유! 중바위께서 용강 쪽을 치다봐유!"

"…중바위? …워째서?"

"글쎄, 까막섬 등대 쪽에서 삼출목은 따악 돌림질허구 물돼지 떼가 떴잖유! 용강 속으로 내처 먹질이구 지랄이유! 시방 내가 막 보았으니께는 그저 떴을 꺼유!"

"물돼지 떼가? 거 요상허다…."

"틀림없이 고기 떼가 지났기에 물돼지가 뜬 게지유? 그치유?"

"그렇긴 허지. 허지만서두…."

"아니, 왜유?"

"고기들이 몇 뭇씩이라두 스럼스럼 잽힐 때 물돼지가 떴다면 그거야 온당 처사지만 고기가 일 년을 다 코빼기도 안 뵈는 판에 물돼지가 떼로 몰리는 것두 또 심상찮은 일 아녀?"

"아휴——대체 믄 연설문을 읽는 거유 차암! 그람은 물돼지 떼 뜬 것두 또 나쁘단 말예유?"

"이치가 이런 거랴. 용강이 지독헌 흉어라 물돼지들도 밑바닥을 차고는 다른 물으루다 묵을 것 찾아 떠날 수도 있는 거잖어. 그러니 하여튼지 물돼지 뜬 것은 깸새가 이상혀. 고기 떼가 곧 들어담기든지 아니면 더 흉어철이 길어지든지 둘 중 하나니께."

귀덕이는 혓바닥을 날름거려 연신 입술에다 침질을 해대며 바보스레 말을 잇는 용문이에게 병치 주둥이를 해 샐쭉 흘려주고는 그냥 돌아서 내달았다.

"말귀도 못 알아듣는 병신 같은 것! 홍, 그러니께 엄니가 그여 혼인줄을 자르잖구. 입술에다가는 모깃불을 놓았남? 널름널름 침만 발라대게."

귀덕이는 단숨에 뛰어 사립을 차고 들어섰다. 마당에는 여지 사람 기척이 없다.

뜰망을 내던지고는 우선 엿물을 설쿠는 목줄을 뽑아 맥질을 하는 숨을 모으고 섰던 귀덕이는 헛간 쪽을 보다 말고 말뚝처럼 굳는다. 이내 전신에 한기가 치밀면서 머리 가마 위까지 선뜩선 뜩 소름이 돋는다.

헛간 앞에는 짚단결이 불거지도록 팽팽하게 곡기를 담은 가 마니가 세 개나 떠억 버티고 앉았다. 한눈에도 윗것들은 쌀가마 고 아랫것은 밀가마였다.

귀덕이는 사추리를 대구 떨어대며 마룻장에 풀썩 주저앉아버 렸다. 말문이 막혀 팔짱을 껴보지만 어깻죽지가 허들거려 손가 락들도 제 결을 못 맞추고 사례질이다.

아랫입술을 꼬옥 물며 짐짓 태연스레 정신을 모아보지만 생 각은 갈래갈래 갈순처럼 찢긴다. 입 안으로 짭짤한 간물이 돈다. 손등으로 훔쳐보니 버얼건 핏물이다.

지그시 눈을 내려감은 채 손등이 후끈거리도록 한숨을 내뱉 어본다. 거푸 새는 한숨이 밀알 숨 죽을 때 뚜껑을 비집고 새어 솟는 물김만큼 뜨겁다.

뒤꼍에서 사람 기척이 일었다.

귀덕이는 담벽에다 어깻죽지를 걸치고는 얼굴만 내밀어 살펴 본다. 장성댁이었다.

장성댁은 납작한 왕돌 위에다 사발을 얹어놓고 넙죽 절을 해 대며 빌고 있었다.

"칠성니임, 당복산 신령니임, 용바위 수신니임, 삼출목 신장
니임── 이년 청을 들어주시구 관령치성 용봉비천으루 받어주
세유. 귀덕이 년 맡기네유. 그것 제 팔짜나 늘어져서나 매질이나
받지 말구. 주리지나 말구. 장수무병혀서 지발 당복산에다나 품
어주세유! 만단개론을 다 펴두 이년 마음을 뉘가 알 꺄! 신령들
이 납돌리시면 귀덕이 년 워찌 명줄이나 다 걸을 꺄! 낙월섬 안
에다 천제보라두 걸었네유! 귀덕이 년 맡기네유, 사뤄주세유. 품
어주세유!"

장성댁은 사위를 두루 뱅글뱅글 돌아대며 손을 모으고 눈을
감았다.

귀덕이는 그런 장성댁이 불쌍하기는커녕 되려 악받이라도 하
고 싶도록 싫었다.

담벽에 기댄 채 젖무덤이 물돼지 멱질을 하도록 가쁜 숨을 몰
아쉬고 있던 귀덕이는 불쑥 장성댁 앞으로 나섰다.

"누가 날 맡아준대유? 삼출목 신장님이유? 당복산 신령님이
유? 칠성님이유? 용바위 수신님이유?"

쌔근쌔근 오기를 문 채로 사뭇 눈살을 세워 투정질을 해대는
귀덕이를 멀거니 바라보고 섰던 장성댁이 홱 돌아서며 황포 돛
대쪽을 거머쥐고 풀썩 그 자리에 무릎을 꿇는다.

"엄니! 한 번만 고쳐 생각해봐유! 용강 바다에 물돼지 떼가 멱
질이라니까유! 내 금세 보고 뛰쳐오는 참이란 말유? 쬐끔만 견
뎌내면 고기 떼두 백힐 꺼구 그러면 우덜두 다 산다니까그류! 아
휴우──엄니! 엄니! 난 안 가유 안 가유!"

돛대쪽을 거머쥔 장성댁의 손이 부들부들 떨려대며, 훼훼 내
젓는 도리질에 쪽이 틀리도록 끙끙 설움을 참는 기색만 불길 같
자, 귀덕이는 쪼르르 장성댁께로 걸어 뼈가래만 앙상한 등줄을
안고 대구 몸을 떨며 사정이다.

"…물돼지가 아니라 고래 떼가 삼당 정자루다 기어오른대두
말쩡 헛일, 뱃창이 터지구 동네방네에 비늘들이 깔려두 그것도
헛일…낙월섬에서는 안 되여! 절대적으루 안 되여! 난, 나는 너
만 워디구 간에 배 안 주리구 살면 최 부자, 양 서방, 석보 영감,
누구두 안 가려…그래두 그중 최 부자가 낫지, 낫잖구! …난 지
금 숨줄이 멎는대두 괜찮어. 팔례 어멈처럼 젯물루 가두 너만 입
성 붙이구 살면 그 당장에 신간이 펴는 겨…가! 기척 말구 들어
앉어!"

장성댁이 스르르 스르르 돛대쪽을 쓸어내리며 두 눈은 이엉
주름이 패도록 꼬옥 감았다.

"엄니! 엄니이…."

귀덕이는 그만 울음을 쏟아놓는다.

"곡기 탐나서 이런다면 내가 벼락을 맞을 꺼! 아녀…아니래
두…."

귀덕이는 울음을 멈추고 부스스 일어선다. 물돼지 떼 말만 들
어도 기겁해서 날뛸 줄 알았던 장성댁은 딴사람이 된 듯 그 말에
는 시늉도 않는다. 제가 죽어 나자빠진대도 장성댁의 마음은 변
할 수 없을 것 같았다.

"보고 계시는 참유? …이 꼴 보고 계시는 참유? …에끼 박정

헌 냥반! 인저 이년두 헐말이 끊졌소! 워째 모른 체허남? 숨줄을 밟구 사골육신을 도려내잖구. 아휴! 아휴….”

장성댁은 기어코 돛대쪽을 안고는 어깻죽지를 떤다.

귀덕이는 한쪽 발에 그나마 겨우 코를 걸치고 끌리는 고무신을 마저 벗어 팽개치곤 터벅터벅 뒤곁을 돌아왔다. 부르르 떠는 어깨 위로 선뜩한 해거름이 내린다.

사립을 빠져나와 왕돌들이 틈새 없이 깔린 길목을 버리고 발바닥이 써늘하도록 물컹한 찰기가 쩍쩍 붙는 갯길을 밟는다.

모래톱에 주저앉아 속곳 끈을 푼 귀덕이는 찰랑찰랑 밀려오는 간물을 손바닥으로 떠 불두덩에다 물질을 먹인다.

옆눈에 드는 먼 삼당 정자에 호롱불이 걸렸다. 최 부자는 당초잎을 연방 재며 호탐한 가부좌를 하고 앉아 있을 것이었다.

귀덕이는 속곳을 올려 입고 다시 모래톱을 걸었다.

구강진 나루를 바라보며 귀덕이는 길목에 잠시 멈춰 섰다. 휘휘 고개를 내두르며 당복산 허리께에다 눈을 주었다. 땅 위에서 하는 짓은 당복산 신령이 다 알고, 물안에서 하는 짓은 용바위 수신이 다 알고, 죽어서 하는 짓은 칠성님이 다 안다고들 했다.

종천이는 그저 안 자는가 싶었다. 종선창을 덮은 널짝만 한 뚜껑 틈새로 희뿌연 불기운이 새고 있었다.

귀덕이는 길목을 타 내리자 마자 조심조심 나룻장을 탔다. 삐거덕삐거덕 나룻줄이 틀리는지 덕지덕지 이어놓은 널판 쪽들이 휘청휘청 결이 갈렸다.

귀덕이는 홀쩍 종선으로 뛰어들어 두말않고 종선창 뚜껑을 열고 터엉 밑창에다 엉덩방아를 찧는다. 그 바람에 가뜩 좁은 종선 밑창이 끼우뚱대며 종천이의 몸뚱이가 데구루 굴러 귀덕이의 젖무덤을 덮친다.

"아휴, 깜짝이야! 콧빼기 한 번 귀경 못 허겄드니 워찐 일이냐? 응?"

"…성출이는 자남?"

귀덕이는 숨을 죽이느라 밭은 소리를 나직이 뱉는다.

"워찐 일루다…."

"…모르지. 무슨 기별을 접구서 떠났으니께."

종천이는 이글거리는 눈을 쌔근쌔근 가쁜 숨줄이 새는 귀덕이의 코앞에다 바싹 맞추고는 후욱──뜨거운 숨을 내뿜는다.

그만 울음이 치솟아 억세게도 헛삼킬질만 해대며 뚫어질 듯 종천이의 얼굴을 쳐다보던 귀덕이는 살래살래 고개를 내저으며 해소 기침처럼 다급하게 내뱉는다.

"아휴! 그런 눈으로다 보지 말어! 지발 불이나 꺼! 어서 불이나 꺼주어!"

"믄 일이 있었남?"

종천이는 우악스럽게 귀덕이를 죄어안고 귀덕이의 목덜미에다 벌써 펄펄 끓는 입김을 내뿜는다.

"종천이! 종천이!"

이렇게 힘을 준 팔아름으로이렇게 다급하게 종천이를 불러보기는 처음이었다. 오장육부 쓸개까지 다 종천이에게 남겨주고 저는 뻘득게 허물처럼 한없이 떠밀려가 버렸으면 싶었다.

"워째?"

"…나, 나 최 부자 영감헌테 들어앉아야 혀! 알았남…아, 알았남…으흐흐흑――."

귀덕이의 후욱 내뿜은 울음에 하늘대던 불심지가 피직 꺼진다.

종천이는 스르르 죄었던 팔아름에 힘을 풀고는 이내 텅텅 밑창에다 이마를 찍어댄다.

"놀래 눈거풀을 뒤집구 나자빠질 줄 알았는데…워째? 잘됐남? 시원허남? 응?"

귀덕이는 울음 속에다 숨넘어가는 투정을 섞고 사지를 바둥댄다.

한동안 송장처럼 추욱 처진 채 옴싹 않던 종천이가 느닷없이 황소숨을 씨근대며 귀덕이의 배통이를 탄다. 종천이의 요동질을 따라 종선이 못 견딜 듯 뒤뚱거렸다.

종천이의 우악스러운 손길이 사정없이 사추리를 헤집는다.

귀덕이는 허리통이 꼬이도록 사추리를 벌리고는 널짝 같은 종천이의 등짝을 죄어안는다.

종천이가 하는 짓이라면 무엇을 못 당할까 싶다. 죽인대도 좋았다.

그저 죽어주고 싶었다.

"아휴! 아, 아휴! 나, 나 죽는게 벼! 아휴! 아휴!"

아랫도리가 찢기는 듯 아려오자 귀덕이는 그만 훌쩍훌쩍 모질게도 흐느낀다. 그러면서도 몸뚱이째 모두 종천이의 몸속으로 빨려드는 듯 엉덩이가 꼼짝할 수 없도록 무겁다.

"아휴! 아휴 아파! 인, 인저 나, 나 좋아하지 마아! 아휴, 지금
뭣 허남! 쥑이래니간. 그냥 쥑이래니간!"

종천이는, 횃불제 날 밤 삼출목을 건너면서 화급하던 그 힘겨
운 노질처럼 몸뚱이를 떨어대고, 귀덕이는 그때 삼출목을 건너
던 종선처럼 견딜 수 없도록 보챘다.

"쥑여! 그냥 쥑여! 아휴! 아휴! 쥑여줘 지발!"

"살려둘려! 넌 꼭 낙월섬에다 살려둘려!"

요동치는 종선창 뚜껑 위로 기어코 뚜욱뚜욱 빗방울이 내려
친다.

연신 비명 같은 신음만 뱉어대며 맷돌짝처럼 가슴을 누르는
종천이를 얹고 귀덕이는 온몸이 다 땀투성이였다.

종천이가 홀쩍 귀덕이의 배퉁이 위에서 내려 허리가 지레 굽
는 밑창 늘코에다 털썩 몸뚱이를 처박는다. 거푸 긴 한숨을 토해
낸다.

귀덕이는 아무리 사추리를 추세우려 해도 옴싹 않고 허리통
까지 저림기만 퍼져올라 번듯이 누운 채로 옆구리가 들리도록
와 닿는 종천이의 숨결만 느끼고 있었다.

땀줄이 사뭇 물줄이었다. 배꼽께서 흘러내리는 땀줄이 늘축
한 불두덩골을 타고 흐른다. 엉댕이가 질척거렸다. 땀물은 고쟁
이 섶을 쥐어짜도록 흥건했다.

"…그래 원제 들어앉을 꺼남!"

종천이는 뒤적뒤적 썰거리 쌈지를 찾는 듯싶더니 이내 쑥쓰

레 묻는다.

"엄니 몸만 덜하면 그냥 가야 허잖어…곡기를 세 가마나 져 보냈는데."

귀덕이는 지껄이고 있는 저나, 묻고 있는 종천이나, 또 좀 전에 있었던 사지를 찢는 듯했던 일들이, 다 꿈속의 일들만 같았다.

피식──성냥불이 켜진다. 가뜩 좁은 밑창이라 확 이는 성냥 불길이 밑창을 다 불질하는 것처럼 무섭다. 그 불길에 드러나는 종천이의 얼굴은 삼출목 건늠질 때의 노질하던 얼굴처럼 깊다.

"하필이면 이런 때 벼락질이여! 용강바다 섶으루다 물돼지 떼가 가뜩 들었던데."

종천이는 그제야 조금은 힘이 밴 소리로 묻는다.

"물돼지 떼가? 원제?"

"해거름 참에 중바위에서 봤다니깐, 아휴, 그냥 떼거리져서는 먹질을 해싸면서 대구 용강바다만 파고 들잖어!"

"그려어? …."

"종천이!"

"말해부아…."

"인제 중선 밑창으루다 파래 쓸 참 없겠지? 그츄?"

"…."

"그츄? 응? 아휴! 워쩨 그렇게 말발을 끊남, 말 좀 해부아!"

"헐 말이 없잖어? …물돼지 떼가 닥쳤다구 너가 곡기 져 돌려 보내구 최 부자 청을 거역할 거 아니구 …."

종천이는 푸우푸우 썰거리 연기를 내뿜으며 끙 돌아눕는다.

귀덕이는 종천이의 그 말에 봇짐 같은 한숨만 한가슴 다 채우고는 꼬옥 입을 다문다.

종천이의 말이 옳았다. 장성댁의 뜻을 거역할 수도 없었고 내처 배를 주리고 늘창 늘어질 수만도 없었다.

귀덕이는 새삼스레 설움이 치밀어 종천이의 등짝을 죄어안고 목젖이 아프도록 종알댄다.

"너무혀! 너무헌다니까는!"

"…."

"내 말 듣구 놀래 자빠져서나 숨줄이라두 끊구 나설 줄 알았는데, 아휴 이렇게두 흔연해서는!"

"…."

"시원허남? 응? 잘 됐남? 응? 인저 두 다리 뻗구서 자겠남? 응?"

귀덕이가 등짝을 헤집으며 몸뚱이를 바동대자 종천이는 별안간 또 귀덕이의 배통을 타고 올랐다.

"아휴——그 짓 하자는 줄 알구! 싫어, 싫대두! 이런 짓 말구 말이나 좀 해부아, 날 월매나 좋아하는지…아휴, 싫어!"

귀덕이는 한사코 팔을 뻗어 종천이의 가슴패기를 떠다밀지만 왕돌짝처럼 끄떡 않는 짓눌림에 낀 손목마저 옴싹 못한다.

종천이는 아까보다도 더 우악스럽게 귀덕이의 몸뚱이를 뭇줄단 잼질하듯 다뤘다.

섬찟섬찟 아랫도리가 쓰려오고 사지가 낙지발처럼 제멋대로 처지는데 귀덕이의 얼굴 위로 뜨끈한 물방울들이 연신 낙수졌다.

귀덕이는 죽을힘을 다해 종천이의 목덜미를 죄어 안으며 숨 가쁘게 묻는다.

"우남? 지금 우남? 우남?"

"그려! 그려! 시원해서 그려! 잘 돼서 우는 겨."

종선창 밑창을 내려치는 소리는 사뭇 삼출목 물살이었다. 용바위 발치를 물고 뻥뻥 뚫리며 흐르는 오도가도 못할 삼출목 물살이었다.

물돼지 떼가 그냥 용강바다를 벗어난 듯싶었다. 용문이의 말대로 먹이를 찾아 미친 듯 날뛰다가 등줄만 보이고 칠성도께로 빠졌는가 싶었다.

사람들은 밀물 때를 대서 숭어 그물도 쳐봤고, 중선이 처음으로 용강 바다로 돛을 달아봤지만 구강진은 예나 다름없이 싸늘한 갯바람만 휑휑 몰아갔다.

행여나 싶어 저마다 들고 나온 삼태기와 퉁시리들이 아무렇게나 널렸다.

석보 영감은 서른게 걸음으로 비실비실 퉁시리 새를 빠져나며 여느 때와 달리 사람들을 독한 눈쌀미로 흘겨간다.

"…똑똑히들 봐두어! 고기두 큰 것 한 짐 실어올 테니깐. 어험 험!"

사람들은 아까부터 나루 동정이 설워 깊은 팔짱들인 채로 껌벅껌벅 눈꺼풀만 죄어대며 먼 바다를 향해 서 있었다.

"집구석에 헐 일 있는 것들은 그저 가부아. …귀덕이는 뭣 한다구 보락꼬 섰남 들어가잖구."

최 부자가 귀덕이를 쳐다보며 아까부터 졸라대는 말이었다.

귀덕이는 진도댁 어깨에다 턱을 괴고 선 채 최 부자의 말에는 시늉도 않는다.

아직 장대줄에다 속것도 안 걸었는데 벌써부터 시앗푸사리를 하는 최 부자가 할켜주고 싶도록 미웠다. 눈어림을 하느라 속눈썹을 낮게 깔고 어림짐작을 하고 있는 귀덕이의 눈 안으로 종선이 점처럼 멀다.

종천이가 기선 시간을 대서 나루를 떴다. 칠성도를 들러오는 기선은 으레 뱃길이 바빴다.

"곡기두 안 싣구 뭣을 실어올려구 저리 바빠유?"

"양 서방이 온대잖아."

"그럼 오늘 기선에도 또 청자도 것 닫을까유?"

"모르지. 한 선이 실어올려나 한 뭇이 실어올려나. …농사 다 거뒀겠다 이맘때야 그 철 아닌게벼."

"석보 영감님 말씀으론 큰 고기 실어온대잖유. …차암! 황소인게 뷰. 저번 논밭일 때두 황소일이 딸렸잖우."

"글씨이…영감 콧빼기에 오기가 청청 서렸든데 뭘…황소는 뭣헌다구 가슬에 사올까봐."

진도댁은 홀낏 최 부자를 살피면서 이내 시침 딱 떼고 합죽한 입술을 꼬옥 문다.

귀덕이는 별안간 명치끝이 죄어왔다. 버글버글대던 화기가 가슴께를 넘더니 금세 목젖을 물고 차일질이다.

청자도 것이나 또 실려오면 어쩌랴 싶은 것이 뭇망석에다 불을 놓은 것처럼 얼굴이 달아오른다.

기왕 최 부자 밑으로 속것을 건다 해도 청자도 것이나 드샘질을 않는다면 그저 죽은 셈치고 살아볼 수밖에 없을 테지만, 돌아오는 종선에 그것들이나 실려온다면 아예 중바위로 치달아 치마폭을 싸고 말리라 생각해본다.

웬일인지 오늘따라 나루로는 동네 청자도것들이 다 모였다.

서슬이 시퍼래서 그 옆만 스쳐도 선뜩선뜩 한기가 도는 석보영감이나 최 부자가 모래톱을 서성이는데도 청자도 것들은 저희들끼리 모여서는 사추리들을 다 까고 털썩 자리를 차고 앉았다. 둥그스럼하게 모인 패거리들 속으로 연신 담배 연기가 풀풀 올랐다.

"쯧쯧, 저런 낙지콧발을 두루 꿸 년들허구는! 워찌 됐던 섬 안 어른이구 제 서방들인데 담배줄을 안 무남 술타령을 안 허남!"

"쉬잇! 기척하면 워쩔려구."

"흥, 뱅여시 귓구멍들루다 사람말이 들리남? …아휴, 붓두덕 값두 단단히들 허구는. 저것들 사추리는 젖줄이 흐르남 꿀물이 섞였남! 저것들 붓두덕에는 털시레기가 금빨이남 은빨이 솟았남? 아휴 저것들 팔짜루다 한 해만 살아두."

진도댁은 독하게 내뱉으며 흔연스레 고개를 바다 쪽으로 돌린다. 억척스러운 말변도 그랬지만, 사람들 눈치를 그렇게도 살살 잘 살피며, 시치미를 딱 뗐다, 금세 욕찌거리를 물었다 하는 진도댁이 우스워 귀덕이는 손바닥을 펴 입을 틀어막고는 키들거린다. 이것이 다 낙월섬에서 난 죄로 눈치들만 꽂게 뒷걸음질처럼 빨라졌으리라 생각하니 금세 웃음기가 걷힌다.

강년이와 단님이가 막 거둔 귀덕이의 웃음기를 물고는 그만 까르르 자지러진다.

그 풀에 놀란 석보 영감이 검은창이 그네줄을 뛰도록 통방울 눈을 굴려 대며 쪼르르 달려와 단님이의 머리통을 오지게 쥐알린다.

"이놈의 자석이 미쳤남? 집구석 토방질이나 허잖구 깔대나와서나 지랄인게 벼. 뭣이 좋아서나 주둥이를 다 까뒤집구 개떡을 무남 엉?"

석보 영감이 연신 쓴 입맛을 다셔대며 자리를 뜨자 단님이는 혓바닥을 날름대며 독살스럽게 흘긴다.

"혼불이 썩어빠즌 것들허구는! 워떤 판에 잡지랄 거들을 피면서 난리엿? 사추리를 쥐발려서는 석 달 열흘을 그물에다 쩔릴 년들!"

청자도 패거리 속에서 꽥하는 고함이 터져나온다.

"저년이 잠자리를 걸룄남? 워쪘다구 쓸어잡구서나 꽘질이여? 내참."

진도댁은 여전히 바다 쪽을 향한 채 잽싸게 고함 끝을 채 중얼댄다.

"저기, 기선 와유. 저봐유, 기선이지!"

강년이가 진도댁의 어깨를 흔들어대서야 귀덕이는 큰 숨을 사룬다.

빼앵 뺑 뺑──.

286

까막섬 등대 쪽을 달려 용강 허리춤으로 뱅그르 쌀줄을 가르는 기선이 눈에 시렸다. 점 같은 종선이 물비늘을 타고 기선께로 흐르는 것이 먼 물길로도 똑똑했다. 당복산 허리가 엥엥 울며 가늘게 떨었다. 뱃고동 소리가 울려와 사그러지는 것이었다.

"섬 안에 기름끼도 말랐는데 기름통이 실려오남."

"팔짜 드셴 낙월섬 처니에다 혼인줄이나 걸구서 칠성도 사내들이 뭇줄로나 왔으면 을매나 좋을껴."

"아휴, 욕심두 청대질이랴! 그저 청자도 것들이나 콧빼기도 없으면!"

"누가 아니려!"

사람들은 술렁대기 시작하고 기선은 사람을 부렸는지 가쁘게 기계 소리를 내뱉으며 사르르 뱃머리를 돌렸다.

종선이 홀렁거리며 길목을 바꿨다.

"헛 참! 낙월섬에다 원을 걸구 마음속에다 서리를 내려봐여. 용바위 수신님이 지키구 삼출목 신장님이 창검도를 든단 말여 이렇! 이렇게!"

그래도 말수가 적은 편인 최 부자가 느닷없이 외팔 빈 소매를 휙휙 허공에다 날려대며 길게 소리친다.

"낙월섬이 워찌께 생겨난 줄들 아남? 죽도성왕이 쌀밥을 묵으러 칠산엘 나던 판에 삼출목에 당도허서는 진퇴루다 양난이라! 옴싹달싹 못 허구는 칠성님만 호출하니 삼출목 신장님이 부아가 받쳐서는 억척 같은 물사태를 뿜고는 창검도를 휘갈겼제. 죽도성 황두 힘을 써봤지만서두 삼백 날 만에 힘을 파허구는 워디로 후

퇴질을 달렸는지 아남? 기껏혀서 칠성도만 뱅뱅 돌다 잽힌 죽도 성왕이 항복 문서를 쓸 참인디 마땅한 자리가 없거든. 그러는디 용바위 수신님이 불쑥 해면에다 머리를 부상허시구는 니 지집을 주면 삼출목 신장님이 창검도루다가 자리를 만들 것이다 허구는 이렇게 팔아름을 쪄서나 죽도성왕 면상으루 근접헌다는 말여. 죽 도성왕은 나 위에 또 이렇게 영험한 수신님이 그여 있었구랴 허 면서 탄식을 허구는 지집을 바쳤제. 삼출목 신장님이 창검도를 휘두르니까는 죽도성왕 모가지가 일시 단숨에 휘익 날아서는 삼 출목을 건너 비행허다가 어느 지점에서 착수허는디 조금 있으니 까는 칠성님이 뚝뚝 눈물을 낙수허면서 죽도성왕이 삼출목 신장 님을 외면허구 곡기 찾어 칠산에 나던 것부터가 잘못 불찰이었다 구 허시면서 달을 띄어다가는 착수 지점에다 낙하시키드랴…죽 도성왕두 칠산을 다스리던 물신이여! 근디도 삼출목 신장님헌테 는 패전을 결제허구 칠성님한테서 달만 하나 내려받구 눌러앉었 어. …이것이 낙월섬의 잉태 역사여! 낙월섬에다 원을 걸어봐여! 마음속에다 서리를 내려봐여! 용바위 수신님이 지키구 삼출목 신장님이 창검도를 든단 말여. 이렇게! 아, 이렇게에——."

최 부자는 게거품을 문 채 외발 빈 소매를 연신 날려대며 사람 들을 훑어본다.

사람들은 영문을 몰라 지레 등줄을 굽히고는 최 부자의 바람 기 담은 빈 소매만 바라보고 섰다.

최 부자의 독기를 뿜은 눈길이 사람들을 주욱 훑어가다가 바 다께로 스르르 떨어져서야 귀덕이는 포오 긴 숨을 내쉰다.

"…그러니께 영감 연설문은 기름통하구두, 황소하구두, 아무 상관없는 소리잖어!"

진도댁이 팔짱을 풀어 귀덕이의 귀에다 바싹 손바닥을 펴 붙이고는 소곤댄다. 낯색이 금방 어둡다.

"글씨유, 그러구만그류."

귀덕이도 나직하게 중얼대고 만다.

"청자도 것들이나 한 짐 내릴 참인가 보지유? 아휴우——."

강년이가 몇 줌이나 뽑혔는지 휑한 앞머리채를 설레설레 흔든다.

최 부자와 석보 영감이 나룻장을 스럼스럼 탔다.

종선은 기껏 오기가 서려 꼿꼿이 선 양 서방만 싣고 다가오는가 싶었다. 그 뒤로 성출이가 착잡해서 섰고 종천이는 물비늘에다 푸욱 고개를 떨군 채 노질을 줄여갔다.

종선이 뱅그르 돌며 나룻장에다 뱃전을 걸을 때였다. 양서방 뒤에서 누군가 불쑥 일어서며 양팔을 들어 당춤을 춰대면서 신명이 올라 소리를 질러댔다.

"아휴우——낙월섬 사람덜 나 마중나왔나암? 나여! 나여! 나 모르남? 나 모르남? 히히히히—— 나여 나! 팔례에—— 팔례두 몰라아?"

사람들은 헉——하는 숨줄을 물고는 굳어버린다. 누구 하나 말문을 열 기미가 없다.

"아, 나래두그려! 팔례 왔다니께그려! 덕주는 워디 갔남…그새 있었는디 워디 갔남….'

팥례의 목덜미를 잔뜩 거머쥐고 양 서방은 엉덩이를 무릎코로 치받는다.

"네 이년! 이녀언! 덕주? 덕주가 워쩨여?"

팥례는 나룻장 위로 털썩 엎어지며 연신 소름이 돋게끔 까르르 웃어댄다.

"에잉, 덕주 놈을 그만 놓쳐서는 에잉── 그놈만 안 놓쳤음사 포를 떠서 말릴 텐디, 에잉──."

양 서방은 팥례의 머리채를 감아쥐고는 불끈 들어올리더니 이내 무릎짬을 먹여대며 개 끌듯 한다. 그때마다 팥례의 비명이 당복산 허리춤을 다 떤다.

"아휴! 이 일을 워찌남! 뒈질 일이지 워쩔려구 명줄이 붙어 잽혀오남! 아휴! 아휴! 워찌남! 귀덕어, 강년어, 단님어! 이 일을 워찌나암 워쪄여!"

진도댁이 귀덕이의 후들거리는 장딴지를 부여잡고는 풀썩 주저앉는다.

청자도 패들이 우루루 나룻장을 타고 달려들었다. 팥례의 몸뚱이를 에워싸는가 싶더니 사지를 한 가락씩 거머쥐고 가차 없이 독기를 뿜는다.

이날 밤, 삼당정자에 걸린 호롱불은 밤새 꺼질 줄을 몰랐다. 팥례가 산출목 신장의 곤장을 받고, 칠성님 귀주를 받고, 용바위 수신의 원을 차례로 받느라 정자 왕골단은 실올처럼 닳았다.

6

물오리 떼가 써늘한 하늘을 비질하듯 날아 칠성도 쪽으로 가고 가곤 했다. 갈밭골이 미끄럽도록 갈순은 올을 풀고 척척 누워 가고 눈싸래처럼 풀풀대는 갈꽃들이 허옇게 날렸다.

온종일 후질후질 가을비가 내렸다. 풀풀대는 갈꽃만 아니라면 아침저녁으로 초겨울 기세나 다름없이 한기가 몰려 솜 적삼을 꺼입은 등줄이 사레질을 치는 초겨울이나 다름없었다.

봉창을 때리는 빗줄 소리에 눈을 뜬 귀덕이는 고개를 휘휘 둘러 윗목을 살핀다.

윗목에는 그저 두 가마니의 쌀이 벙어리인 양 죽쳤다. 밀가마만 헐어 곡기를 채웠고 쌀가마니에는 손길 한 번 닿은 적이 없다.

쌀을 팔아 귀덕이 시앗갈 때 옷감이라도 떠준다고 장성댁은 금괴를 받쳐놓은 양 쌀가마니를 위했다.

"지발 그지 말구 뱃속이나 풀어유. 쌀밥 쌀밥 허드니만 보살인가 모셔놓고 치다만 보게."

귀덕이가 속이 틀려 고함질일 때면 장성댁은 가당찮은 소리는 하지도 말라는 듯 머리를 내저었다.

"밀만으루두 벌써 창새에 기름발이 서렸을 껴. 아뭇 소리 말구 그대로둬. 묵어 없애면 뭇 허남. 그저 산 사람 옷가지라두 차구 봐야지."

"엄늬는 시방 죽었남유? 아니 쌀밥 한 끄니 못 넣구서 그냥 죽을 참인가유? …지랄 같은 소리는 허두 말어유? 그랬잖유, 붓두덕만 달구 가면 시앗질이지 뭐냐구…그 말은 누가 했기에 그류?"

　귀덕이가 이 지경이 되도록 쏘아붙여도 장성댁은 눈 가장자리에다 명주 주름만 잡고는 끙끙 앓을 뿐이었다.

　주둥이만 빼물어두 금세 머리채를 채고 나섰던 장성댁이 요사이 들어 딴 사람이 된 듯싶었다.

　곤하게 잠이 들었다가도 장성댁의 손길에 놀래 깬 적이 한두 번이 아니었다. 장성댁은 부들부들 떨리는 손으로 귀덕이의 볼을 쓰다듬고 앉았다가 귀덕이가 눈을 뜨면 얼른 아랫목으로 가 이불을 뒤집어썼다. 이불이 들먹거릴 정도로 우는 품이 하도 딱해 이불귀를 들추고 응석을 부릴 때면 장성댁은 섬찟 놀라 획 돌아눕곤 했다.

　장성댁은 통 동네 마실도 안 다녔다. 숨결이 가빠 방 벽에다 등짝을 기대고 앉아 그렁그렁 가래나 끓여댔고, 언제든지 사추리를 꼬고 함께 자던 잠자리마저 딱 돌리고 나섰다.

　귀덕이는 가만히 장성댁의 동정을 살펴본다. 어느 때보다도 곤히 잠든 듯싶었다.

　귀덕이는 살금살금 기어가 장성댁의 머리 위에다 잦은 숨결을 뿜어내며 눈을 떨군다.

　푸욱 꺼진 눈두덩으로 퍼런 힘줄들이 삼줄 올처럼 가지를 폈다. 가끔 후욱——길게 숨을 몰아쉬며 어깻죽지가 파들파들 떨렸다. 날이 갈수록 얼굴색은 누렇게 부황기가 서리고 문지르면 금방 가루처럼 흩어질 듯싶게 얍실한 입술이 까맣게 탔다.

　"엄니는 그저 편찮으남?"

만나는 길목이면 더듬더듬 이 말을 하고 나서는 용문이의 바보스러운 꼴도 지긋지긋 했고,

"무슨 놈어 귀신이 꼈댜. 날이면 날마다 틀려가니 뱃속에 살이 꼈남 원귀가 살림을 허남, 쯧쯧."

"그러게 어서 귀덕이가 최 부자헌테 들어앉고는 영감을 달래서나 용한 칠성도 한방에다 약방문을 쓰던지 큰심 치루구 청백이헌테 오진 굿을 내리던지 허야지, 저러다 명줄은 쇠로 읽았남, 꺼득하면 놓지 않구?"

아낙들의 문안도 귀에 못살이 굳을 정도로 그만 싫었다.

귀덕이는 장성댁의 골 패인 얼굴을 내려다보며 저도 몰래 연신 안타까운 혀를 차댄다.

낙월섬이 한창 경기가 좋던 시절, 칠산 바다를 지르고는 구랑포까지 고기 떼를 좇아간 아버지가 한눈에 반해 죽치고 앉아 그여코 채왔다는 장성댁이었다. 사람들은 장성댁을 보고 섬 안에 없는 미인이라고 혀가 닳아졌고, 그래도 조금도 얼굴값 치레를 하지 않으며 일손이 당초보다 매운 장성댁이었다.

"사람덜이 그더만은. 내가 풋각씨 때인데, 왕골순같이 깨끗허구 곱다던가. 괜히 하는 비양질이겄제 뭐. 니가 머리 가마부터 나를 쏘옥 뺐다잖어."

뭇줄질을 놓고 꼬치불 심지를 끄곤 자리에 누우면은 더러 장성댁은 이런 말을 했었다.

귀덕이는 송알 눈물방울을 떨구면서 장성댁 없이는 한시도 살 수 없는 것이라고 혀를 깨문다. 만약 모진 병을 얻어 명줄이

라도 끊는 날이면 저도 따라 죽으리라 주먹을 쥐어본다.

귀덕이는 그만 이불귀를 조심스레 쳐들고 장성댁 등줄 뒤로 몸뚱이를 누이고 만다. 가늘가늘 할딱거리는 장성댁의 등줄에다 얼굴을 묻고 명치끝이 당기도록 냄새를 맡는다. 시큰한 땀 냄새에다 또 비벼놓은 치자 잎 같은 냄새가 섞였다.

귀덕이는 팔아름을 재어 장성댁의 허리께로 바슨히 죄어본다. 뼛가래가 불거지긴 했지만 옴푹 팬 허리춤이 비벼대고 싶도록 나긋이 안겨든다. 이 좋은 장성댁의 몸 냄새와 나긋거리는 잠자리를 떠나 최 부자의 억센 꼴마리에 사추리를 조이고 살아야 하나 생각하니 금세 눈물이 눅눅하게 젖는다.

"싫어유! 엄니 곁은 죽어두 못 떠유! 워디를 가유 워디를! 난, 난 죽어두 안 가유! 싫어유 싫어!"

귀덕이는 장성댁의 잠결이 설치지 않도록 타는 듯 낮게 내뱉으며 장성댁의 배퉁이를 나슨나슨 죄어댄다.

그때였다. 귀덕이는 손바닥을 바르르 떨며 별안간 손꿉을 세워 비스듬히 일어선다.

손바닥에 와 닿는 장성댁의 배퉁이가 사뭇 창젓 항아리만큼은 불렀다.

땡땡하게 투욱 부른 배퉁이에다 손바닥을 얹은 채 혼이 빠져 있던 귀덕이는 몸뚱이를 떨어대며 저도 몰래 소리를 내지르고 만다.

"에메메메! 이게 뭣이랴!"

장성댁의 배퉁이가 한쪽으로 투욱 불거지더니 뱃가죽이 떨도록 배 속에서 뭔가 꾸물대며 파르르 떨어댄다.

"응? …워쩌…워쩌어? ….."

장성댁은 잠결에 헛소리를 해대며 눈을 떴다. 한쪽 눈은 꺼풀이 딱 붙어 감은 채로 뜬눈으로만 사위를 두리번거리더니 바로 옆에 죽은 듯이 누워 있는 귀덕이를 알아차리고는 후닥닥 일어나 방 벽에 등짝을 붙인다. 그러더니 숨줄을 목에 걸고는 허겁스레 이불귀를 끌어당겨 배퉁이를 싸덮는다.

귀덕이는 부러 자는 체 배를 깔고 엎딘 채로 어금니를 꼬옥 물곤 숨을 죽였다.

"야아, 귀덕아. 야아——."

장성댁이 귀덕이의 어깻죽지를 연신 흔들어댄다.

"왜 그류우? 왜에——."

대답은 천연스레 해보지만 차마 눈길만은 맞출 수가 없어 고개를 못 든다. 눈두덩이 쓰릴 정도로 눈물줄이 흥건한 탓이었다.

"원제 들어왔남. …내 옆에서 한숨 시들었나암?"

"등줄이 시려서나 잠깐 붙였지유 뭘. …그저 깼남유?"

"웃목에서 시들잖구서 병치레 떠는 에미 곁에는 뭣하러 기어들어온댜. 살만 부벼두 병기가 옮는다던데."

"…원제 살을 부볐어야 말이지유. …그냥 잠깐 붙이다 지레 깬 모양인데."

귀덕이는 차마 장성댁의 꾸미는 말을 더 듣고 있을 수가 없어 손바닥으로 얼굴을 싸덮고는 토방으로 내려선다.

화끈거리는 얼굴을 후질거리는 빗줄에다 받쳐들고는 한차례 빗물을 받는다.

콧등이 얼얼하도록 한동안 빗방울을 맞고 나니 좀은 살 것 같았다.

귀덕이는 마룻장에 주저앉아 빗줄에 옴폭옴폭 패는 마당에다 눈길을 떨군다. 바람결이 스런대자 사립 옆 싸레나무들이 후들후들 빗방울을 털었다.

장성댁의 모진 병치레에 어림어림 짐작이 갔다. 그러면서도 볼때기가 헛바람을 물도록 거센 도리질을 해본다.

그럴 리가 없었다. 장성댁의 배 안에서 훌떡훌떡 뛰는 것이 설마한들 애기랴 싶었다.

혼인줄이 걸려와도 눈 한 번 까딱 않고 딱 자르는 장성댁을 보고 아낙들이 필경 죽은 아버지의 혼불이 들었다 했다.

"콧배기가 높아서 장성댁 비위에 맞는 사내는 낙월섬에 없잖구. 고것이 걸레쪽 같은 갈포 치마루다 사추리를 가렸어두 속심이 워찌나 드세고 청청한지 워떤 사내가 고걸 차남. 어림두 없잖구."

아낙들 말이 틀린 말이 아니게끔 장성댁은 사내들 면상은 흘기지도 않았다.

그런데 장성댁의 배 안에는 훌떡훌떡 뛰는 것이 영락없이 들었다. 얼마 전부터는 거짓말처럼 딱 멈췄지만 늦봄 들면서 여름 내내 모진 구역질을 해댄 것으로만 미뤄봐도 장성댁 병치레는 함부로 입에 오를 것은 못 된다 생각이 들자 귀덕이는 제 혼자만 달랑 남은 듯 생각 끝줄이 무섭기로 치닫는다.

별안간 이는 수선스러운 징 소리에 귀덕이는 퍼뜩 정신을 모

둔다. 징 소리가 울려오는 먼 구강진 쪽 길목 위로 뿌연 물보라가 안개처럼 다 덮었다.

"믄 놈어 징 소리랴?"

방 안에서 장성댁이 그저 깨어 있었는지 힘겨운 기척이다.

"…중선이 뜨는 모양이유…숭어 그물에 여덟 마리나 숭어가 들었대드니 그저 비늘 냄새라두 채린 모양이지유."

"…워쩐 일이랴. …팥례 어미가 그여 물목을 트는 모양이구먼 그랴….'

"그러는갑쥬. 하도 물운이 드센 낙월섬이라 지집불을 묵어야 고기 떼두 돌리는갑쥬…."

흔연스레 대답을 하고 나섰지만 귀덕이의 가슴속이 또 한 번 뭉클 저리면서 횟불이 목에 찬다.

병치레만 없다며는 징 소리만 들어도 내처 구강진으로 내달을 장성댁이 어쩐 일로 저 꼴이 되어 딴 사람인 양 풀이 죽는가 싶은 것이 서럽다 못해 기가 찬다.

사립 옆 싸레나무를 내려다보고 앉았던 귀덕이는 숨을 죽이며 싸레나무 더미 속을 살핀다.

사레나무 덤불 속에 누군가 들었다. 질질 끌리는 옷자락이 톡톡 빗방울을 털며 사립께로 다가든다. 풀썩 넘겨졌다간 다시 일어서는 몸뚱이가 터엉 사립을 차며 마당으로 빨려든다.

"울 엄니 안 왔남? 왔제? 왔제?"

팥례였다. 젖무덤이 다 드러나도록 부욱 찢긴 당목 적삼에다 누가 주었는지 색이 바랜 인조 치마를 질질 끌며 온통 피칠을 한 맨발로 비실비실 걸어들어와선 마룻장을 타고 앉는다.

마룻장이 금세 물줄이 되도록 팔례의 몸뚱이는 흠뻑 비에 젖어서는 턱이 맞치도록 오들오들 모진 한속을 탄다.

귀덕이는 곁눈질 한 번 주지 않고 땅이 꺼지도록 긴 한숨을 내뱉는다.

벌써 여러 날째 실성한 채로 동네를 쏠고 다니는 팔례였다. 낙월섬 안 발 닿는 곳이면 하루 종일 싸다니다가 해거름 때에야 아무 집에나 들이닥쳐 사추리를 까고 늘어졌고 허기가 차 못 견딜 양이면 쓰다 버린 옴지박 하나를 주워들고는 동냥질을 했다.

처음에는 다 죽어 삼당 정자 앞에 내동댕이 쳐진 팔례를 귀덕이가 업어왔다. 사람들도 그저 팔례를 살펴줬다. 그러나 하루 이틀이 가면서 세도쟁이 눈치를 살피느라 사람들의 인정도 뜸해졌으며 팔례는 집 쫓겨난 불강아지처럼 낙월섬에 버려진 것이었다.

"울 엄니 워딨남. …금세 마슬 나갔는데 워딨남, ….'

방 안에서 장성댁의 허 차는 소리가 들려온다. 팔례가 온 기미를 챈 모양이었다.

팔례만 보면 그만 가슴이 메는 귀덕이었다. 차라리 죽어서 당복산에 묻든지, 제물로 흘려보내든지 하는 편이 얼마나 나을까 싶었다. 어쩌자고 명줄을 붙여서는 이 꼴로 던져놓는지 양 서방이 앞에 있으면 칼이라도 못 꽂을까 싶은 것이다.

"아휴우——니 엄니가 워디 있다구 그려어? 차암——."

귀덕이는 가슴을 텅텅 내려찍으며 길게 소리를 내지른다.

"고깃말…그럼 워디 갔남…집에두 없구…."

"니 집이 워디 있다구 그려? 벌써 불을 놓구는 쓸어버렸는데 두."

"그려? …그람은 내 애기는 워쨌남? 내 애기는 워쨌남? …젖줄 이 이렇게나 불었는데…."

"니 애기는 죽었다구 혔잖어?"

"…차암——그려. 내 애기 좀 들어부아, 을매나 재미있는지 몰라여 …."

팥례는 꺼들꺼들 웃어댄다. 그러더니 멀거니 하늘 속을 우러 른다. 귓속에 군살이 박이도록 들은 그 애기를 또 할 참이었다.

"애기를 품어안구서 구강진으로 뛰는디 말여, 밭골에 기척이 있잖어. 아, 그래서는…아니, 한 가지 빼묵었어. 기척이 이는데 애기가 막 울잖어? 그래 울지 못허게 꼬옥 코빼기를 쥐었잖어? …그리구는 내가 배를 탔지 아마…덕주가 하도 졸러서는 젖줄을 물릴려구 하는데 애기가 입주둥이를 시상 벌려야제…그만 죽었 잖어? 못 울게 코빼기를 쥐었을 때 뒈진 모양이여…."

팥례는 금세 흰창을 뒤집고는 뭐라고 연신 중얼대며 하늘 속 을 휘휘 둘러봤다.

방문이 열렸다. 장성댁이 금세 글썽한 눈물을 담고는 내다본 다.

"팥례 왔남?"

"울 엄니 거기 있지유?"

팥례는 목을 길게 빼들고 방 안을 기웃거렸다.

"…금세…금세 갔다, 니 집으로 간다구…집에 갔을 껴, 아
마…."

"그류? …그람은 나두 갈래유, 피잉──."

팥례가 일어서는 기색이자 장성댁이 가슴을 문지방에다 찧으
며 화급하게 팥례의 겨드랑이를 낚는다.

"아휴──이것이 워째 명줄이 붙어서나 이 꼴이랴! 아휴, 홑
겹 저고리가 빗물에다 담겼으니 을매나 춥구. 들어와 옷이나 갈
아입구서 가야지 이년아! 이구 이년아──."

귀덕이는 치마를 올려 머리를 싸고는 사립을 나선다. 억지로
라도 청백이의 굿을 내려보는 수밖에 도리가 없을 성싶었다. 굿
심은 쌀가마라도 못 내주랴 싶었다.

"워디 가남?"

"…그저 좀 마슬 돌다 들어올께유."

"진도댁네 들리거던 잿물 좀 얻어오구."

"잿물은 왜유?"

"…속것이 하도 밀려서나 …."

"관두지그류. 내가 빨 텐데 뭘."

"…내가 헐 빨래가 따로 있지."

귀덕이는 사립을 나와 삼당 정자 길목을 내달았다. 장딴지 위
로 튀어오르는 빗물이 무릎코를 잡는지 허리통부터 쩌르르 소
름이 돋았다. 어찌나 빗줄이 세던지 허리춤은 뎅경 잘리운 채 희
끗한 당복산 봉만 하늘 위로 둥실 떴다.

귀덕이는 청백이집 사립을 들어서면서 장대 끝을 살핀다. 걸

린 속것이 없었다. 중선을 타고 안주인 덕부는 바다로 나간 모양이었다.

"기세유?"

귀덕이가 토방에 올라서기 무섭게 텅 하고 방문이 열렸다. 방 속에서 향긋한 쑥향불 냄새가 토방으로 흘러나왔다.

"니 엄니 때문에 왔남?"

청백이는 귀덕이를 빤히 올려다보며 사레머리를 흔들흔들 떤다.

"굿이나 내려볼려구유."

"굿이고 잣이고 다 그만 자르구."

청백이는 연신 사레머리질을 해대며 손을 내젓는다.

"왜유? …굿심은 쌀가마로라두 치룰 껀데유."

"나는 다 알쟈. 니 엄니 병을 난 다 짐작 놓구 있잖구. …니 엄 니 낙월섬 운은 다헌 겨. 니 운굿이나 내린다면 나두 신살이 오 를 꺼다만."

귀덕이는 그만 뒷걸음질로 스럼스럼 사립께로 다가갔다. 눈 앞이 캄캄 해지면서 머릿골이 띵 울었다. 청백이의 흔들거리는 사레질이 뒷걸음을 잡는 듯했다.

오랜만에 구강진은 사람들로 북석댔다. 죽었던 나루가 살아 난 듯싶었다. 중선 두 척이 다 뱃창을 풀었다. 기껏 잡새기 열 뭇 들도 못 거둔 그물질이었지만 갯바람질에 물보라처럼 날리는 그물들이 오진 비린내를 날렸다.

귀덕이는 퉁시리를 옆구리에다 바싹 낀 채 한걸음이라도 뒤질세라 고무신 뒷코가 벗어나기 무섭게 쪼르르 앞걸음질 쳤다.

"수산네가 넉 선── 최서방이 여섯 서언── 칠복이가 몇 선? …옳제 옳제, 칠복이가 세 서언──."

석보 영감이 길게 내지르는 소리를 꿈결처럼 들으며 귀덕이는 마음만 급했지 정신은 허깨비처럼 끝간 데 없이 날았다.

구강진에 비늘만 떨어져도 살겠다던 장성댁은 방구들이 처지도록 아랫목을 죽치고 누워 심상찮은 말만 해댔다. 악착스럽게 살자던 사람이 금줄 같은 쌀 두 가마를 홀랑 갈골 신가에게 져 보냈다. 열사흘 뱃길을 대오는 기선 편에 비단벌을 사들인 것이다.

"내가 죽거들랑 에미 원망 말구 너 추세나 단단히 혀어…낙월섬 낙월섬 원만 사지 말구, 니가 니 운을 담뿍 조이고는 살아야 혀. 속만 채리면은 문가 딸년이라구 널 박대허겠남, 장성서 흘러들어온 년 딸년이라구 돌리겠남. …지발 몸 간수 정히 허구…청자도 것두 호박줄에 꽂이구 니도 그 줄에 열린 겨…하여튼지 원만 사지 말구 속을 잘 써야 서로가 견뎌가는 법 아녀? …병…병만 안 얻었대두 한번 낙월섬에다 끈줄 풀어 심구서 잘 살아볼 참이었는데두…누가 알았댜? 누가 알았댜, 뜬금없는 이런 병을 얻을 줄을…나을 병두 아니구…견딜 병두 아니구…누가 알았댜? 느닷없이 이런 병을 앓구 나서리라구 누가 알았댜…."

징소리를 듣고 사립을 나서는데 퉁시리발을 꿰매주며 장성댁이 한 말이었다. 장성댁의 볼 위로는 어디서 그런 눈물줄이 흐르는가 싶게 눈물이 마를 새 없이 흘러내렸다.

어정어정 뒤꼍 마슬질도 그랬지만, 황포 돛폭에다 얼굴을 싸고는 그저 정신 놓고 울던 일이며, 땀내 절은 옷들을 벗고 젯날 밤에나 입던 소복을 말끔히 채려입은 것이며, 귀덕이는 퉁시리가 무겁도록 어깻죽지에다 힘을 풀고 건성 앞걸음질만 해댔다.

　귀덕이는 당복산 허리로 벌겋게 불질을 시작하는 단풍 둘무리에다 눈을 던지고는 행여 남이 볼까 글썽한 눈물발을 눈꺼풀이 떨도록 꼬옥 짜냈다.

　"…태선네가 여섯 서언. 금당네가 다서 서언── 장성댁이… 장성댁이…얼라? 그새 잘렸남?"

　장성댁 소리에 쪼르르 앞걸음질을 치던 귀덕이는 빈 퉁시리만 들고 달랑 섰다. 그새 생선이 잘린 것이었다.

　귀덕이는 나루터 사위를 휘이 둘러봤다. 생선들을 받은 아낙들은 그것도 저림질이라고 퉁시리 바닥이 깔리기 무섭게 홀홀 떠나버려 사람이라고는 셈 따지는 석보 영감과 종천이를 합한 몇 사람 외에 저 혼자만 서 있을 뿐이었다.

　귀덕이는 휑한 나루를 뒤로 하고 길목을 타 올랐다.

　용강 바다 넓은 물목 안으로 끼득 끼드득 갈매기가 날았다. 자른자른 물비늘을 키우며 골패쪽 같은 까막섬을 돌아 한없이 흐르다가 용바위를 얹고는 사위가 허한 바다를 만들며 흐르는 삼출목 물살이 멀리 봐도 물비늘을 거슬려 올라가는 듯 허연 물골이 드러났다.

　그 물골을 비양질하듯 점처럼 먼 기선이 반대쪽으로 거슬려 통통대는 참이었다. 칠성도로 가는 모양이었다.

까막섬 등대 위까지 투망질하듯 쏴아 퍼져내리다간 다시 훅 치받쳐오르는 물보라가 어찌 보면 당목천이 바람에 내리는 것처럼 펄럭대는 듯싶었다.

장성댁뿐만이 아니라 모든 낙월섬 사람들이 다 저 허연 물골에 눌려 팔자에 없는 속앓이를 하는 것 같아 귀덕이는 그만 단숨에 길목을 타내리고 말았다. 삼당 정자를 향해 닻발처럼 길목을 네 갈래로 버린 삼당넷굴께에서 귀덕이의 머리채가 뜀질을 따라 나풀대고 있을 때였다.

팥례가 뜀질하는 귀덕이의 앞을 떠억 가로막으며 숨이 찼다.

"아남? 너, 아남?"

"…뭘?"

"너 집에 굿 났대두. 청백이가 이러구저러구, 이러구저러구…."

팥례는 덩실덩실 청백이의 흉내를 내며 실성댔다.

귀덕이는 잠시 오뚝 멈춰선 채 숨이 가래질을 하는 가슴패기를 쓸어 내리며 귀를 종그렸다.

갱갱 갱갱 꽹과리 소리가 어느 때보다도 느슨느슨 처지며 울려오고 사람들이 싸립을 부산하게 드나드는 꼴이 멀리 눈에 들었다.

그새 무슨 변고가 생겼나 싶어 별안간 피가 머리께로 솟으면서도, 진도댁이나 강년이 어미 같은 사람이 청백이를 불러다 굿을 내리는 것도 같았고, 청백이가 굿심에 탐이 나 제 발로 찾아와 굿을 내리는가도 싶어, 귀덕이는 달음질에 걸치적거리는 통시리를 휙 내던져버리고는 사추리가 저리도록 내달았다.

　나루에 나갈 때 여느 때와 틀리게 보였던 장성댁의 거동이 펀뜩 머리에 떠오르자 귀덕이는 연신 칠성님을 불러대며 지레 가슴을 떨었다.

　사립 앞에, 허억──차오르는 숨줄을 물고 멈춰 선 귀덕이는 말뚝질을 한 듯 사지를 떨며 굳는다.

　청백이의 무당 사설은 춤을 곁들이지 않고 꼿꼿이 선 채 실올처럼 풀려가고 아낙들이 울음소리가 토방 안을 다 찢었다.

　귀덕이는 토방을 질러 마룻장을 널쭉 밟듯 튕기고는 방 안으로 쓰러졌다.

　장성댁은 반듯이 누운 채로 자는 듯싶었지만 한 발은 더 불거터진 입술에다 잔뜩 거품질을 물고 있었다.

　"이구우 이구우──이 속없는 것아, 워쩐다구 잿물은 눈 뵈는 곳에다 놔뒀남──그여 죽겠다구 노상 주둥이를 놀리더니 워짠 일루 잿물을 사발째로 마시구는 이리 죽나암──이구우 이구우──이구 이구우──믄 놈의 병이 그리도 모져서느은 지가 지 명줄을 끊구 나서나암──이놈어 낙월섬이 워짠 일이랴아──워짠 일루다 맘 곧은 사람만 골라 부른댜아──이구, 이구우──."

　귀덕이는 진도댁의 칼날끝처럼 매운 울음이 백 리 밖에서 울리는 듯 멀었다.

　"누가 죽어유? 아니, 누가 죽었단 말유? 아니, 누가 죽었단 말이예유? 응?…엄니! 엄니! 엄니! 아휴우──엄니이──아휴우 아휴우——엄니, 나유 나! 귀덕이유! 아휴! 엄니이——."

귀덕이는 장성댁의 몸뚱이를 가슴이 뻐개지도록 죄어안고 몸부림쳤다. 장성댁의 머리채가 살아생전의 사래질처럼 그때마다 모질게 흔들렸다.

진도댁이 이불을 휙 젖히면서,

"갈것을 입혀야 허잖어. 이구 이구우——갈것 좀 만들어야지 어서."

하자, 귀덕이는 제 가슴으로 얼른 장성댁의 배퉁이를 싸덮으며 소리쳤다.

"놔두세유! 시신에다 손대지들 말어유! 내가 다 헐 거유! … 엄니 엄니! 이 방에서 한 발두 안 뜰 거유 난…내가 워딜 가유우——최 부자헌테 뭣 한다구 가유우——엄니! 워째 이류우! 눈 좀 떠봐유, 눈 좀 떠봐유우——."

청백이가 성큼 문지방을 넘어섰다. 청백이의 손에서 흩어지는 갈대올들이 장성댁의 얼굴 위로 풀풀 날려 떨어졌다.

청백이의 입에서 여태 한 번도 듣지 못했던 가락이 가락가락 설움을 풀면서 떨려나왔다.

귀덕이는 장성댁의 배퉁이를 가슴으로 싸고 안은 채 꿈결인 양 듣고 있었다.

"낙월섬 무정세월 이십육 해를 당도혀서, 외동딸 치성들다 성턴 몸이 병을 잡구, 삼출목 신장 원귀 받어 수장당헌 지애비 젯날 죽을병을 또 언구서, 올줄처럼 약헌 몸에 태산같은 짐을 잡구, 인삼녹용 해물보첩 약을 써두 무상허다. 소지 한 장 받쳐든

306

후 칠성님전 발원허구 신장님전 공양혀서, 모진 명줄 끊어지니 가는 곳이 무정허다.

　　제일전 진경대왕 제이전 초강대왕,

　　제삼전 종제대왕 제사전 오관대왕,

　　제오전 염라대왕 제육전에 변성대왕,

　　제칠전 태산대왕 제팔전 평등대왕,

　　제구전 도시대왕 제십전에 전윤대왕,

　　열십왕 명을 받구 창검 들구 사자 닥쳐, 성명삼자 호출허구 가는 길을 재촉헌다. 올줄처럼 약한 몸에 쇠사슬 칭칭 매고 에헤야 에헤야 곡성으루 안 따르구 워쩐당가, 낙월섬 동기간이 제아무리 많다 헌들, 피골을 물려받은 자손이 걸타 헌들, 어느 누가 대리루 가며 어느 누가 동행허나아──."

　　귀덕이는 다시 한 번 오장이 뒤틀리면서 설움이 치솟았다. 장성댁은 그저 누웠을 성싶었다. 청백이의 가락도 아낙들의 울음들도 백 리 밖 물사태 소리처럼 사뭇 멀었다.

　　청백이는 다 아는 성싶었다. 청백이만은 낙월섬을 샅샅이 다 알고 있는 듯싶었다.

　　물오리 먹질이 갈밭골을 다 파고들었다. 당복산 뾰쪽한 머리에 갈꽃인 양 눈서리가 폈다.

　　잡새기 몇 뭇 뛰던 용강은 싸아싸아 맞바람 철이 싸 덮어 물비늘만 흐늘흐늘 바다는 또 휑 비었다.

　　첫눈이 내리는 낌새로 길목이 흐렸다. 사락사락──눈받이를 하며 보채는 갈밭길을 타고 팔례가 헐레춤을 춰대며 연신 뒤를 따랐다.

"귀덕이 워디 가남? 귀덕이 워디 가남? 워디 가남――나도 데불고 가 나도 데불고 가!"

두 눈 안으로 스산한 용강이 하늘인 양 넓게 차고, 당복산 머릿봉 아래로 불개미 떼를 이고 늘축거리는 낙월섬이 죽은 듯 누웠다.

종천이가 낙월섬을 딛구 서서 중선 노를 잡는데도 귀덕이는 내처 서럽기만 했다.

최 부자의 뒤뚱거리는 엉덩이 두어 발치 뒤로 옴지박만 한 보퉁이를 꼬옥 품은 채 귀덕이가 종종 딸고 있었다.

황구(黃狗)의 비명

다이아몬드형의 오밀조밀한 쇠창살을 달고 뽕 뚫린 작은 창문으로부터 눈이 시린 햇살이 뻗치고 있었다. 햇살에 드러난 나의 깡마른 허벅지는 허연 살비듬을 먼지처럼 일구고 있었다.

복부의 팽만감은 벌써 가셔, 쥐어짜봐야 나올 것도 없었지만, 나는 노곤한 하품만 기가 차게 뱉어대며 그대로 앉아 있었다.

조그만 창문으로부터 새어들어오는 것들은 평범한 일상의 전부들이었다. 여인의 짜증스러운 목소리가 자식들을 불렀고, 배드민턴 치는 개구쟁이들의 함성이 펄펄 끓고 있었으며, 무척 어릴 성싶은 꼬마애가 서툴게 〈그건 너!〉를 부르고 있었고, 고물장수와 젊은 아낙이 나직이 다투고 있었으며, 그리고 발바리 강아지들의 울부짖음들이 골목을 흔들고 있었다.

나는 조금도 슬플 이유가 없는 것이었다. 그런데도 예의 청승맞은 하품은 급기야 한숨으로 변해버리는 것이었다.

변소문을 다급히 두들기는 노크 소리에 나는 내가 한숨을 내뱉고 있는 이유와 또 좌변기에 붙은 채 떨어질 줄 모르는 엉덩이의 의미를 알 수 있었다.

방정맞게 다가오는 발짝 소리며, 신경질적인 노크를 퍼붓고는 내처 돌아가는 심사로 보아, 노크를 해대고 있는 사람이 아내일 거라고 나는 생각했다.

또 한 차례 요란스러운 노크를 해대고 난 아내가 짜증스럽게 악을 써대고 있었다.

"빨랑빨랑 나오지 뭘 하는 거예요? 애기를 낳았대두 네 쌍둥이는 낳았겠수, 차암——."

나는 손가락 끝에 들려 궁상스럽게 동작하던 휴지를 내던지고 일어났다. 좌변기는 요란하게 울며 나의 대변을 쓸고 내려갔다.

——쐐에쐐에, 호그르호글, 터팁텁, 꼬골——.

아내는 기가 차다는 듯 팔장을 끼고 서서 물끄러미 나를 올려다봤다.

"뭉기적거리다가 그년을 아예 놓칠 셈이예요? 일주일 안으로 이사해야 될 것을 뻔히 알면서두 언제 갈려고 그래요?"

나는 아내의 말에는 대꾸도 않고 방으로 들어왔다. 나는 옷을 꿰입으면서 말했다.

"당신이 한 번만 더 가줘 제발. 난 그런 곳엔 딱 질색이거든. 그다음엔 내가 꼭 갈게."

아내는 펄쩍 뛰었다.

"글쎄, 그런 년은 남자가 본때를 봬줘야 한다니깐 그러네. 고년이 아주 천년 묵은 구렁이라니깐그래…오늘은 두 말 말고 머리채라도 끌어서 기어코 받아내요. 알았죠?"

나는 아내가 그려준 약도를 받아 들고 대문을 나섰다. 약도 위에 '그년의 양색시 이름, 담비 킴'이라 쓴 아내의 달필이 유독 힘줘 눌려 있었다.

"오시는 길에 웬만한 방 있으면 그냥 계약해버리세요. 시간도 없구 또 내 집도 아닌 걸 뭐. 알았죠?"

나는 건성으로 고개를 끄덕이며 망연한 심정으로 걸어나갔다.

이제는 '담비 킴'이 된, 그 은주를 나는 한 번도 똑바로 쳐다본 적이 없었다. 그 여자는 내가 의정부에서 살 때 우리처럼 세를 들어 살고 있었다. 우리와는 방 벽 하나 사이인 문간방에 살고 있었는데, 은주라는 그 여자는 언제나 통금 몇 분 전에 대문을 두들겼으며, 어느 바에 나가는 호스티스라 했다.

잘생긴 편은 아니었다. 말하자면, 호스티스 같은 인기 직업에서는 되게 별 볼일 없는 전형적인 시골 처녀 타입이었다. 키도 작았다. 은주는 가끔 밤중에 청승맞게 울다가 주인으로부터 호되게 당하기도 했었는데 그녀의 슬픔은 고향에 두고 온 두 살짜리 딸애 때문이라 들었다.

돈놀이(소위 달러변)를 했던 아내와는 무척 친한 사이여서 한때는 언니 동생 하는 처지였는데, 어느 날 밤, 은주는 원금과 밀린 이자를 합쳐 십오만 원이라는 큰 돈을 떼먹고 어디론가 자취를 감춰버린 것이었다.

아내는 끈질기게 뒤를 밟아 기어코 은주의 행방을 알아낸 것이었다.

몇 차례 대판 싸움질을 치르고 난 아내가 돈 받는 일을 나에게 떠맡긴 것이었다.

나는 용산행 시내버스에 올라 아내의 간청을 단호하게 뿌리치지 못했던 것을 후회하고 있었다. 우선 '돈놀이'라는 아내의 사업이 나의 생리와는 등을 돌리는 일이었다. 더구나 얼굴도 제대로 못 기억하고 있는 양색시에게 돈을 받으러 간다는 사실에 대해 나의 자존심은 치를 떨고 있는 것이었다.

그러나 나는 며칠 후의 얄팍한 타산을 계산하고 있었다. 아내의 돈놀음은 그야말로 '튼판'의 '망통' 지경으로 불운했으며 우리는 그나마 전세금을 줄여 이사를 해야 할 처지에 놓여 있었다.

용주골행 버스는 많은 사람들로 무척 붐비고 있었다. 나는 공교롭게도 커튼도 없는 창 쪽의 자리에 앉았다. 유월의 땡볕이 비닐로 만든 좌석을 물렁하게 삶고 있었다. 앞좌석에 앉은 흑인 병사가 다소 유치한 무늬의 남방셔츠를 벗어 들고 그 옷으로 부채질을 하고 있었다. 흑인 병사의 휘휘 내두르는 혓바닥이 유독 빨갛게 더위를 타고 있었다.

내 옆에는 치골의 윤곽이 다 드러나도록 꼬옥 쪼인 청바지를 입은 여인이 요란스럽게 껌을 씹어대며 앉아 있었는데, 그 여인의 남빛 도는 얼굴색과 그 색깔 속으로 퍼져 돋은 왕여드름으로 하여, 나는 그녀가 소위 양색시임을 직감할 수 있었다. 모든 남자들의 소변보고 있는 뒷모습이 한결같이 처량하듯, 양색시들 역시 그들의 얼굴빛으로, 허탈한 눈빛으로, 가쁜 숨소리로 그녀들의 처량함을 그리고 있었다.

버스는 구성진 유행가 가락을 내뿜으며 불광동 고개를 넘어 달리고 있었다. 내 옆에 앉은 여인은 버스 속의 낡은 스피커가 내뿜는 남진의 '당신과 나 사이에 저 바다가 없었다면…'을 나직이 따라 부르고 있었으며 버스 운전사는 지나가는 버스를 향해 기계처럼 무심하게 손을 내젓고 있었다. 용주골행 버스 안에서 제일 좋다고 느낀 것은 이 처량한 유행가와 그리고 무심히 내젓는 운전사의 손, 이것 두 가지뿐이었다.

용주골의 한낮은 무척 더웁게 끓고 있었다. 나는 버스에서 내려 십 원짜리 하드로 마른 입술을 적시며 서 있었다.

기세 좋은 더위 탓인지 용주골의 시가는 서부영화의 흔한 피날레처럼 한산했다. 흉한을 쓰러뜨린 정의한처럼 백인 병사 한 사람이 샛노란 머리털을 휘날리며 멍청하게 서 있었고, 그 병사는 잠시 후 허리에 얹었던 양팔을 서서히 내리고는 길 모퉁이로 사라져갔다. 이따금씩 사복한 두서너 명의 미군들이 지루한 표정들로 나타났다 사라지곤 했으며 온통 영문으로 간판을 채운 무료한 상가들의 쇼윈도가 지나치는 그들을 잠시 담았다가 다시 흘려보내고 있었다.

용주골의 거리는 마술의 거리처럼 금세 꽉 찼다가 곧장 텅 비워져버리기 일쑤였다. 양색시들이 목적도 없이 도로의 횡단을 반복하다가 거리 모퉁이로 사라지면 예의 하릴없는 미군 떼거리들이 갑자기 거리를 부산하게 하다가, 그녀들의 뒤를 좇아 금세 사라지곤 했다. 한동안 거리는 텅 비는 것이었다.

내 옆좌석에 앉아서 왔던 그녀가 웃옷을 벗어 어깨에 걸치고는 망연히 서 있었다. 그녀는 짧은 거리를 몇 차례 오락가락해대다가 내 앞을 지나쳐 무겁게 발길을 옮기고 있었다. 그녀가 쇼윈도 앞에 멈춰 서선 얼굴 속의 왕여드름 한 개를 쥐어짜고 있을 때 나는 슬그머니 다가가 별안간 물었다.

"은주라는 여자를 아십니까?"

여인은 바보스러운 나의 물음에 신경질이 나는 모양이었다.

"이 냥반 골 속이 휑한 모양이셔? 은준지 감준지 내가 어떻게 알아?"

여인은 새하얗게 눈을 흘겼다. 그녀는 다시 여드름을 쥐어짜고 있었다.

"…양색시인 모양인데…."

"양색시요? …양색시가 용주골 천지에 한둘이래야 말이지… 그런 애 모르겠는데요? 운 좋으면 버터좆이나 불리고 있을 게구…."

나는 돌아서면서 새삼스럽게 아내를 원망하고 있었다. 이 여인의 어마어마한 실례의 말투는 선명한 동요 하나 없이 텅 비어 버린 한숨스러운 거리를 한 차례 기세좋게 울렸던 것이었다.

내가 아내가 그려준 약도 쪽지를 들고 막 도로를 횡단할 때였다.

"이봐요! 푹푹 찌는데 낮거리라도 한 탕 뛰구 나서 찾아보시지그래."

여인은 능글맞게 웃으면서 한 번 꿈틀하고 하복부를 흔들어 보였다. 나는 건성으로 오른팔을 들어 흔들어 보이고는 곧장 도로를 횡단해버렸다.

"육갑 떠네에——."

여인은 허탈하게 내뱉고는 기진한 듯 걸어가고 있었다.

'그년의 양색시 이름, 담비 킴'으로 시작한 아내의 약도는 퍽자상스러운 편이었다. 나는 골목을 접어들면서 한 번 뒤를 돌아다봤다. 그 여인은 쇼윈도 앞에 멈춰 서선 어린애처럼 핸드백을 좌우로 흔들어대고 있었다.

나는 야릇하게 찡 아려오는 콧날을 쓰윽 훔치고는 걸음을 재촉했다. 한심스러운 판에, 저 여인과 낮거리라도 신나게 한탕 뛰고 나서 은주를 찾아 나선다면, 일은 훨씬 더 수월할 것이었다. 여인은 한눈에도 퍽은 고참 양색시처럼 보였기 때문이었다.

나는 걸으면서 생각하고 있었다. 도대체 저 여인은 무슨 이유로 하여 저렇게 숨통 막히는 무료를 스스로 자청하고 나섰던 것이며, 가능하면 여인의 무료함이 한시바삐 숨 가쁜 동작으로 변하기를──그래서, 어떻든 분망하다 보면 슬픔의 자질구레한 응어리들은 풀자루가 된 콤돔처럼 쉽게 버려지는 것이라고. 버리고 나면 그만이라고.

나는 걷다 말고 초라한 구멍가게 앞에 놓여 있는 긴 나무의자에 주저앉아버렸다. 산전수전 신산각고를 다 겪은 듯한 오십대의 주인은 나를 거들떠보지 않고 무성한 야산을 바라다보고 있었다.

"뭐 시원한 것 없나요?"

"시원헌 게 무스거 이서…사이다나 콜라 그런 거디 뭘."

"한 병 주세요."

"그러시구레. 야아──이 손님 콜라 한 병 따드레라아."

나는 콜라 한 병을 단숨에 벌컥 들이마셔버렸다. 그제야 주인은 나의 얼굴을 힐끔 훑어내렸다.

"용주골엔 뭬 하러 와서?"

"놀러 왔습니다…그런데 내 얼굴에 서울 사람이라고 그려져 있습니까?"

"그냥 알디 뭘. 용주골에 뭬 볼 게 있다고 놀러 와?"

주인은 칼자국이 서너 개쯤 길게 뻗친 우람한 팔뚝을 들어 성성한 백발을 쓸어올리며 물었다.

"누굴 찾아왔는데요. 은주라구."

"양색씬가?"

"그렇습니다. 혹시 아시나요?"

"알긴 뭘 알아? 거렁 거 이름 외우고 살게 돼서? 이 용주골에서 살래믄 말야, 첫때루 안면몰수하구 둘때루 예의사절하구, 세때루 악발교육해야 사능 게야. 이 흉터 좀 보라우! 손주 볼 나이에 이렇게 살고 있는 것 좀 보라우. 미치가서…하여튼지 이놈의 용주골, 이거 머이 못돼두 단단히 못된 건데 말이디….'

주인은 땡볕만큼 더운 한숨을 후우——내뱉고는 다시 야산의 무성한 수풀 속으로 시선을 던졌다. 주인의 얼굴은 나이보다도 훨씬 겉늙어 있었다.

나는 멍청하게 앉아 이 겉늙어버린 주인이 내뱉은 말을 음미하고 있었다. '안면몰수', '예의사절'. '악발교육'…. 이렇게 삭막한 땅속에서 용케도 숨줄을 잇고 있구나 하는 생각이었다. 주인의 말대로라면 그야말로 살맛 없는 말세의 끝이었다.

나는 당당하게 헛기침을 한두 차례 쏟아내고 일어났다. 새삼스럽게도 나는 얼마나 행복한 사람인가 하는 긍지였다. 천성의 탓도 있겠지만, 나는 '평화'나 '행복'이라는 낱말에 대해 별로 크 낙한 욕심이 없는 편이었다. 순조로운 일상의 전부는 나에게 있어 곧 평화의 전부였다.

골목 안을 채운 아이들의 함성. 개구쟁이 자식을 부르러 나온 머리가 부숭부숭한 아낙의 화장 않은 얼굴. 정결한 여인의 긴치마. 조강지처의 촌스러운 팔자걸음. 이백십 원이면 살 수 있는 여름 구장(球場)의 열띤 함성들. 닫힌 비원 앞의 어지러운 배드민턴. 합창하는 어린애들의 서툰 불협화음. 그리고 틀림으로써 다시 한 번 기대케 해주는 관상대의 일기예보——.

이런 것들은 하냥 질기게도 평화를 팔고 있었으며, 나는 시시한 좌변기를 타고 앉아서도 쉽게 이런 평화들을 사고 경험했던 것이었다.

내가 다시 한번 약도를 펴들자 가게 주인은 흘낏 약도를 살펴보더니 무심하게 내뱉었다.

"한참 가야 되겠구만. 개울을 건너서라므니 오른쪽 길로 가라우."

나는 형편없이 '살맛' 없어 보이는 그에게 목례를 하고 돌아섰다.

견딜 수 없는 더위가 숨통을 조여왔다. 이런 예사스럽지 못한 고역은 나의 성격 탓임을 나는 잘 알고 있었다.

신나게 낮거리로 한탕 뛰자던 그 여인에게 선뜻 '담비 킴'을 물을 수 있었다면 일은 수월했을는지 모른다. 주머니 속에는 전세 계약금 조로 비장해둔 일금 십만 원이 있는 터였고, 그 여인과 함께 택시로 달렸다면 살맛 없는 거리를 이렇게 시달리며 걷지 않아도 됐을 것이었다.

그러나 나는 이상스럽게도 '담비 킴'보다는 은주를 찾고 싶었다. '담비 킴'보다는 은주라고 부르는 것이 덜 멋쩍었던 것이었다.

산모퉁이를 돌아서자 치렁치렁한 개울이 눈앞에 나타났다. 진한 풀 냄새를 실은 건들바람이 잔잔한 물결을 일구면서 들판으로 빠지는 것이었다.

벼랑 위로는 제법 여러 가지 색깔의 꽃들이 무더기져 피어 있었고 그 아래쯤의 평편한 바위 위에서는 흑인 병사가 양색시를 안고 쩌업쩌업 입을 맞춰대고 있었다.

나는 징검다리를 피해, 구두와 양말을 벗어 들고, 싸늘한 개울 바닥을 밟으며 걸어나갔다. 소년 하나가 나와 같은 거리에서 징검다리를 건너가고 있었다.

"아저씨, 쉬었다 갈라요? 팔등신으로다 기맥히게 빠진 이찌루가 있는데 삼삼하지라우⋯⋯."

"⋯⋯"

"그라면 하프 앤드 하프로 놀라요? 좌우당간에 한번 빨아댄다 하면 전후좌우상하로다 기맥히게 놀아뿌릉께."

"⋯⋯"

내가 아무 대꾸도 않자 소년은 언제 그랬느냐는 듯 태연히 휘파람을 불어대며 재빨리 징검다리를 뛰어 건너버렸다. 나는 양말과 구두를 신자마자 바삐 소년의 뒤를 따랐다. 소년은 펨프인 듯싶었으며, 아내가 지시하고 있는 솔밭길을 따라 걷고 있기 때문이었다.

솔밭길을 벗어나자 눈 아래로 단출한 마을이 펼쳐져 있었다. 이따금씩 재래종 수탉의 긴 울음이 흘러오는 마을은 살맛 없는 세상 속의 정경 같지는 않았다.

솔밭이 끊기고 마을 어귀로 접어드는 후미진 언덕 위에 퍽 기진해 보이는 노파가 앉아 있었다. 노파는 손바닥을 펴 이마에 붙이고 하염없이 마을을 내려다보고 있었다.

나는 노파를 살펴보다 말고 아찔한 현기증을 느꼈다. 노파는 무더위보다 더 답답하고 처량한 천을 목뒤에서부터 엉덩이까지 길게 휘감고 있었다.

'윤미순 19세. 고향은 전북 금마. 내 손주년을 찾아주시면 평생 은혜를 갚겠습니다.'

노파는 지팡이를 짚고 겨우 일어섰다. 내 곁을 지나치며 노파는 한 번 빙그르 돌아서는 것이었다. 노파의 눈은 간절하게 나의 입을 쳐다보고 있었다.

나는 설레설레 고개를 내저었다. 노파는 아마 등 뒤로 감긴 천 쪽의 글자를, 그 답답하고 기막힌 사연을 나에게 보여주면서, 행여나 하고 질긴 소원을 묻고 있었던 것 같았다.

"이구우──웬수 년, 끌 끌 끌──갈보도 안 됐다만 워디 고랑창에다 목 처박고 뒈졌단 말여?"

노파는 마을을 떠나는 길인 듯싶었다. 나는 한동안 노파의 굽은 등을 바라다보고 있었다. 등어리의 천쪽에 씌어진 대로 '…평생 은혜를 갚을' 정도로 정정한 여생이 남은 사람도 아니었고,

돌아가는 길이 죽음길일는지도 모를, 그런 쇠약할 대로 쇠약한 노파였다.

노파는 두 걸음 걷다가 쉬고 네 걸음 걷다가는 주저앉아 숨을 가누곤 했다.

나는 돌아서 걸으면서 텅 빈 용주골 모퉁이에서 불쑥불쑥 나타났다가 이내 사라지곤 했던 양색시들과 쇼윈도 앞에서 왕여드름을 짜대던 그 여인을 생각하고 있었다. 얼마나 많은 관심들이, 사랑들이, 그리고 저 기진한 보행들이, 그녀들을 그리며 죽어갈 것인가 하는 다소 성급한 아픔이었다.

나는 아내가 그려준 약도대로 골목길을 접어들고 있었다. 아내의 달필이 '이 집'이라고 새긴 그 양철집은 골목의 어귀에 버티고 있었다.

나는 서슴없이 마루에 가 걸터앉았다. 그리고 담배를 피워물었다.

방문이 열리면서 반라의 여인이 부숭한 눈두덩을 부벼대며 눈꼬리를 세워갔다. 잠에서 깬 듯싶은 여인의 목소리는 퍽 차고 간결한 것이었다.

"누구시죠오?"

"아, 사람을 찾아왔는데요."

"누군데요?"

"은주라는 여자입니다."

"은주요? 그런 애는 이 집에 없어요."

"…이곳에서는 담비 킴이라구 부를 겁니다."

여인은 그제야 마음을 놓는 듯싶었다. 여인의 말투는 별안간 예의를 잃기 시작한 것이었다.

"꼭 단골 구멍이라야 맛인가? 이래 뵈두 골패 쪽엔 기름이 번지르하다구. 담궜다 하면 뺄 생각 없을 거유. 오늘은 국산으루다 물꼬 좀 막구 싶은데 염사 없으셔?"

"…."

"남자가 뭐 저래? 후다닥 벗어부치든지 말든지 결단이 빨라야 출세하는 겁네다아…담비는 출장 나갔어요."

여인은 기가 차게 하품을 해댔다. 그러고 나서 머리맡에 있는 고물 포터블의 스위치를 켰다. 솔풍의 양곡이 미친 여자의 발광처럼 터져나오기 시작했다.

"출장이라뇨?"

"숏타임 떴다니까 그래요. 지금쯤 곤죽이 돼갈 꺼다 아마…."

"그곳은 어디쯤인가요?"

"한 이십 분 걸으면 돼요. 논길을 가로질러 가면 거리가 나와요. 왼쪽 교회당 옆에 있는 라스팔마스예요."

여인은 엎드린 채 고개도 들지 않았다. 양곡의 장단에 맞춰 허공에서 노는 허연 장딴지 사이로 벽에 붙은 춘화들이 엿보였다. 웃통을 벗어부친 무지막지한 찰스 브론슨의 프로필이 그녀의 둔부를 내려다보고 있었다.

나는 집을 나와 비좁은 골목길을 걸어 논길에 올라섰다. 새파란 젊은 양색시들이 덩이덩이 논길을 걷고 있었다.

"콧대가 덩실한 게 좆 한번 크겠는데?"

"애 그러지 마라. 얼굴이 붉어진단다. 순정이 있다, 순정이!"

까르르 터지는 양색시들의 웃음을 어깨 너머로 흘리며 나는 열심히 논길을 걷고 있었다.

은주가 쇼트타임을 떴다는 곳은 라스팔마스라고 하는 거창한 이름에 비해 무척 초라한 단층 여인숙이었다. 슬레이트 지붕은 빨강색과 노랑색으로 바둑판처럼 칠해져 있었으며 건물의 절반은 더 될 듯한 크나큰 간판이 영문으로 라스팔마스를 새기고 있었다.

거리는 묘한 조화를 이루고 있었다. 하릴없이 걷고 있는, 혹은 길가에 쪼그리고 앉아 뻐끔뻐끔 담배 연기를 내뿜고 있는 양색시들 앞을 전형적인 전도사풍의 아낙이 성경책을 들고 통다리를 기우뚱대며 걸어가고 있었으며, 흑인이 백인녀를 조여안고 있는 술집의 간판 바로 곁에서 교회의 낮은 종탑이 뎅뎅 울고 있었다. 거리는 흑인 병사의 전용 지구인 것 같았다.

나는 라스팔마스의 현관문을 열고 들어섰다. 기껏 열다섯 살쯤 돼 보이는 소년 하나가 한 간이나 겨우 될 성싶은 사무실 안에서 꾸벅꾸벅 졸고 있었다.

소년은 내가 다가드는 기미에 선뜻 잠에서 깨어났다.

"담비 킴은 몇 호실이지?"

"백오호실에서 놀고 있는데요. 저 방이에요."

나는 백오호실이 마주 바라보이는 곳에 놓여진 낡은 의자에 몸뚱이를 묻었다.

나는 그 방 앞의 도독한 시멘트 신발대를 보다 말고 너무나 가슴이 아려오는 것이었다. 신발대 위에 나란히 놓여 있는 신발들은 너무나 잔인하게 크고 작았다. 기껏 한 뼘이 될까말까한 하얀 고무신 곁으로 두 뼘이 다 되는 워커가 묵중하게 놓여 있었다.

나는 순간, 높낮이가 똑같은 발바리들의 교미를 생각해내고 있었다. 양쪽 귀가 다 쳐진 황구들의 당연한 교미들을 떠올리고 있었다. 하루에도 몇 차례씩 골목 안을 어색하게 만들었던 그 흔한 교미들이 왜 그렇게도 평화스럽게 보였던가 하는——.

갑자기 피곤이 덮쳐오는 듯싶었다. 그리고 목젖에 걸리는 야릇한 느껴움이 있었다. 신발대 위의 신발들은 우선 구도상의 엄청난 부조화였다.

나는 수첩 안에다 서툰 솜씨로 신발들을 그리고 있었다. 그것은 낙서보다 더 하찮은 것이었지만 나는 무심중에 섬뜩해오는 한기를 느끼며 현관을 나와버렸다. 나는 그 외씨 고무신 옆에다 헐어빠진 짚신 한 켤레를 그리고 있었던 것이었다.

현관 앞은 막바지 더위가 끓고 있었다. 땅거미가 내리기 시작하는 주위로 교회당의 종탑이 숨 가쁜 종소리를 섞고 있었다.

시계를 봤다. 여덟 시 십 분이었다. 나는 현관 앞에 쪼그려 앉아 은주를 기다리기로 했다. 그리고 별안간 나는 다짐하는 것이었다. 돈을 꼭 받아갈 것이라고.

칠흑 같은 어둠 속에서 거리는 살아 꿈틀거리기 시작했다. 한낮의 적요는 마술처럼 열띤 열기로 바뀐 것이었다.

라스팔마스의 현관문이 무척 오랜만에 열렸다. 그만큼 불경기가 심하다는 실증일는지도 몰랐다.

희미한 현관등이 또 한 번 엄청난 부조화를 조명하고 있었다. 항공모함 옆에 붙은 소해정처럼 한 쌍은 길고 짧은 그림자를 느리우고 서 있었다. 흑인 병사가 잔뜩 허리를 구부려 여자의 입술을 빨아댔다. 쩌업——쩌업—— 하는 소리가 여물통을 빨아대는 황소의 입가심 같았다.

기다란 그림자는 훙청대며 현관등 밖으로 사라졌고 키가 작은 여인은 손을 흔들고 있었다.

나는 여인의 앞으로 다가갔다. 여인은 기진한 눈꺼풀을 연신 껌벅이며 나를 살피고 있었다.

은주였다. 그녀가 자기는 은주가 아니라고 우겨대면 할 수 없을 정도로 나는 어렴풋이 기억을 되살리고 있었지만 참으로 다행스럽게도 그녀는 제 편에서 기겁을 하고 만 것이었다.

"오머머머——웬일이세요?"

"내가 이곳까지 온 이유를 누구보다도 잘 알고 있을 텐데요."

은주는 한숨을 포오——길게 내쉬며 앞장서 걸었다.

나는 은주의 어깨 옆으로 바싹 걸음을 옮겼다. 은주의 몸에서는 향기와 체취가 뒤섞인 말하자면 만원 버스에서 갓 내린 여인의 몸 냄새처럼 과히 감미롭지 못한 냄새가 풍기고 있었다.

"아저씨, 한 달만 참아주실 수 없겠어요?"

은주는 참으로 멋쩍게 묻고 있었다.

"안 됩니다. 우리가 이사를 해야 하니깐요."

"…여관은 정하셨나요?"

"글쎄 참으로 더럽게 되어버렸군요. 오늘 밤 안으로 꼭 가야 했었는데 은주 씨의 작업을 기다리다가 그만…."

은주는 처음으로 쿡 웃음을 터뜨렸다.

"누추하지만 제 방에서 주무시고 가시죠. 이곳 여관들은 좀 수선스러워서 잠 못 주무실 거예요."

"아닙니다. 댁에까지만 가기로 하죠. 돈을 받으면 이내 돌아 가야죠."

나는 일부러 돈을 강조하고 있었다. 은주와의 뜻하지 않은 해 후는 어떻든 돈 안에서 매듭지어져야 할 것이었다. 그것은 나의 천성을 지키기 위한 최선의 방법이었다.

우리는 논길을 걸으면서 한마디도 주고받지 않았다. 가끔, 앞 서 걷던 은주가 별안간 돌아서서 나의 걸음을 막고 나서기도 했 는데, 그때마다 나는 열심히 외면했던 것이었다.

은주가 가게에서 소주 두 병과 마른 안주를 사는 동안 나는 아 내의 얼굴을 떠올리며 남쪽 밤하늘을 올려다보고 있었다. 그리 고 그 골목 안으로 가득가득 차고 있을 예사스러운 평화들을 기 억하고 있었다.

나는 은주를 따라 그녀의 방으로 들어갔다. 옆방의 여인이 은 주의 귓바퀴에다 대고 "네 애인이니?" 하고 소근댔고 은주는 완강히 도리질을 해대고 있었다.

고물 침대 하나가 덩그렇게 놓여 있는 방 안은 퍽 초라했다. 허름한 책상 위에 놓인 여행용 가방 한 개뿐, 그 흔한 경대 하나 도 없었다. 은주가 양색시임을 단언할 수 있는 것은 벽을 다 채운 누드 사진과 몇 폭의 춘화들이었다.

은주는 소주 한 병을 맥주잔에다 가득 쏟아부었다. "드세요." 겨우 한 마디 건넨 은주는 단숨에 그 잔을 비워버리는 것이었다. 나도 몇 잔을 거푸 비우고는 피넛 몇 개를 털어넣고 짓씹어댔다.

은주의 얼굴이 차츰 붉게 상기되어갔다.

"…돈을 주십쇼. 돌아가겠습니다."

내가 고개를 치켜드는 자존심에 대해 무척 강렬한 수치심을 느끼며 겨우 말했을 때 은주는 취기가 도는 시선을 떨며 조용히 한무릎 다가앉았다.

"아저씨! 나 한 번만 봐줘요."

은주는 앉은 채 별안간 나의 목을 감고 늘어졌다. 그녀의 벌린 무릎 사이를 보다 말고 나는 경악할 지경이었다. 은주는 노팬티였다. 두툼한 치골 아래로 무성한 털이 이울어지는 잡초 더미처럼 얽혀 있었고, 채 열기가 가시지 않은 거무스름한 회음이 공사장의 하수도처럼 질척거리고 있었다.

순간, 나는 역겨운 메스꺼움을 느꼈다. 그것은 너무나 긴 시간 동안 신발대를 지키고 있던 그 엄청난 부조화의 기억이었다.

나는 은주를 밀어냈다. 은주는 가랑이를 벌리고 방바닥으로 넘어졌다. 나의 힘은 무심중에 좀 과했던 모양이었다.

"씨파알, 이거 왜 이래? 내 아무리 말야, 양놈 좆만 빨구 살지만 말야, 누군 용두질로 신문지에 말아 생겨난 줄 알아? 나두우, 곤조통이 있어! 못 주겠어, 못 줘! 좆발이 안 서면 군소리 말고 있을 것이지 왜 떠다미는 거야, 왜? 내가 똥개야 똥개애?"

나는 미쳐 날뛰는 은주를 올려다보며 멍청하게 앉아 있었다. 돌연한 일은 아니었다. 나는 은주를 가능한 한 서럽게 울려주고 싶었던 것이었다. 말하자면 돈의 포기였다.

서울을 떠나면서부터 은주에게 돈을 받아가지고 오리라는 기대는 없었다. 그런 생각들은 차례로 나의 다짐 속을 성장해온 것이었다.

더위를 못 참던 흑인 병사의 유독 빨갛던 혓바닥. 내 옆자리의 양색시가 나직이 따라 부르던 유행가의 절절한 하소연. 종점으로 달리는 버스를 향해 손을 흔들던 운전사의 나른한 안도. 오십 대 가게 주인의 팔뚝에 남은 끔찍한 흉터. 손녀를 찾아 나선 노파의 기진한 보행. 그리고 임진강 나룻배와 외씨 고무신——.

이런 것들을 경험하는 동안 나의 결의는 심술궂을 정도로 다져지고 있었다. 그것은 엄청난 모험이었다. 은주를 기어코 고향으로 돌려보내겠다는 과욕이었다.

은주는 울고 있었다.

"안 주겠다는 게 아니라구우. 준다구, 준단 말야아. 씨파알, 서너 시간씩 곰삭어봐야 손에 쥐는 건 코끼리 씹에 벼룩 좆이구 말야…갑니다. 가요오. 내 뭐 영 구정물에다 혓바닥 쑤신 줄 알아요? 나두 고향에는 딸자식 있구 불쌍한 울 엄마는 가슴에다 품은 내 사진이 다 닳아졌을 거라구요. 이거 왜 이러시는 거야, 이거어?"

나는 남은 소주를 병째로 들이마시고 있었다.

"그리구 말이에요…내 팔짜가 더러워서 고까짓것 떼어먹구

튀겼지만 말이에요, 원금은 오만 원밖에 안 된다구요. 십만 원은 이자예요, 이자. …아저씨, 내가 미안해요, 미안하긴…내 풀냄비 이거 그렇게 더럽지 않아요. 임질, 바이도꾸, 굼바리 쌍두균, 이런 거 터가 쎄서 못 살아요, 못 살아. 내 대접할 게 뭐 있수? 유산이라고는 씨팔놈의 이것뿐인데. 저엉 꺼림칙하다면 콘돔은 다스로 있으니까 하나 끼워드려요? 으응."

은주는 피식 쓰러지는 것이었다. 좁은 젖가슴 위에서 가쁜 숨이 맥동하고 있었다.

나는 몽롱한 취기를 애써 다스리며 생각해내고 있었다. 어차피 다수의 군중은 우둔한 것이었다. 다만 한 사람만이라도 저렇게 미쳐 날뛰어봐야 할 것이며, 피가 솟도록 울어봐야 할 것이며, 목이 터지게 고향을 외쳐봐야 할 것이었다.

엄청난 실례의 말투로 내게 욕했던 그 양색시들로 거리는 금세 버글대고 또 텅 빈다 할지라도, 은주만이라도 그 무료한 모서리를 비워야 할 것이었다.

나는 책상 위에 뎅겅 놓인 여행용 가방을 바라다보고 있었다. 은주의 가슴은 평정되는 듯싶었다. 그녀는 울음 그친 어린애처럼 한두 번 숨을 느껴 쉬어댔다. 브래지어 모서리에 꽂혔던 달러 한 장이 마른 잎처럼 스르르 미끄러져 내리고 있었다.

비가 내리고 있었다. 나와 은주는 벌써 두 시간이 넘도록 볼품없는 야산 밑을 거닐고 있었다. 나도 은주도 옷은 젖을 대로 젖어 있었다. 은주의 장딴지로는 남색 스커트에서 흘러내리는 듯

싶은 파아란 물줄이 흥건히 내리고 있었다.

팔짱을 낀 채 아무 소리 없이 걸음을 떼놓고 있는 은주의 뒤를 따르면서 나는 반생 처음으로 행사하고 있는 집요한 나의 노력에 대해 약간 부끄러움을 타고 있었다.

은주는 어젯밤 일을 생각하고 있을 것이었다. 벽에 등을 기댄 채로 나는 곤히 자고 있었던 듯싶었다.

"아저씨 정말 좋은 분이에요."

은주의 이 같은 속삭임에 내가 눈을 떴을 때 은주의 눈은 바로 나의 이마 앞에서 글썽하게 젖어 있었던 것이었다.

"…어젯밤엔 우리 그냥 무사했던 건가요?"

"그럼요! 결코 그렇지요."

나는 약간 더듬거리며 겨우 말을 잇고 난 은주를 향해 구호를 외치듯 다급하고 단호하게 말했다.

"아저씨 정말 좋은 분이에요."

은주는 새삼스럽게 경탄하고 있었는데 그녀의 눈은 쓰리고 아린 눈물로 방울지고 있었다.

나는 그때를 놓치지 않고 사육견의 훈련사처럼 명령해버린 것이었다.

"은주! 고향으로 돌아가라! 은주가 당장 저 트렁크만 들고 나설 수 있다면 나는 모든 정성을 다할 자신이 있다."

은주는 황급히 놀라면서 뒤로 물러앉았다. 잠시 후 은주는 가볍게 고개를 내젓고 있었다.

"…싫어요. 어딜 가나 마찬가지예요. 차라리 이곳에서 들볶이며, 속을 썩이며 살겠어요."

　나는 내 편에서 한무릎 더 다가앉았다. 야릇한 분노가 가슴속
에서 끓었던 것이다.

　"왜? 용주골이 그렇게도 좋은가? 왜 못 가나? 썩은 콘돔이나
짜대는 게 그렇게 아편처럼 맛있고…."

　은주는 나의 분노가 채 끝나기도 전에 일어나 방을 나가는 것
이었다. 나는 은주를 따라 작대기처럼 매질하는 빗속으로 뛰어
들었던 것이었다.

　나는 전신을 엄습하는 오한을 느끼며 어슬렁어슬렁 은주의
뒤를 따라 걷고 있었다. 은주는 발정한 암캐처럼 앞장을 서 태연
했고, 나는 숨을 헐떡이는 수캐처럼 기진해서 그녀의 엉덩이를
바짝 따르고 있었다.

　앞서 걷던 은주가 젖은 머리칼을 털며 돌아섰다. 그리고 짜증
스럽게 내뱉는 것이었다.

　"고향에는 죽어도 갈 마음이 없군요. 감기 드시지 말고 어서 아
저씨나 올라가세요. 돈은 어떻게든 한 달 안으로 준비하겠어요."

　은주는 다소 빨리 걸음을 옮겨놓기 시작했다.

　나는 잠시 멈춰 서선 질긴 후회를 물고 있었다. 얼마나 부질없
는 욕심을 부렸던가를. 그리고 얼마나 한가한 관심 속에서 나와
아내만의 평화를 잊고 있었던가를.

　얼마 후였을 것이었다. 기겁하는 은주의 비명 소리가 더운 입
김처럼 후줄그레 젖어왔다. 은주는 뒷걸음질을 치고 있었다.

　나는 뒷걸음질을 치고 있는 은주의 어깨를 부여잡고, 그 떨고

있는 은주의 어깨 너머로 무서운 사실 하나를 눈이 아프게 담고 있었다.

노파는 엎드린 채 죽어 있었다. 그의 등에 감긴 천쪽으로는 사정없는 빗줄이 매질하고 있었고 '윤미순 19세. 고향은 전북 금마. 내 손주년을 찾아주시면 평생 은혜를 갚겠습니다'라고 새겼던 먹글씨는 물에 풀리는 선지처럼 뿌옇게 벌어 있었다. 어느 누구든지 노파의 등어리로 궂은 땟물이 흐르고 있다고만 생각할 것이었다. 그 간절했던 하소는 이미 글자도 아니었고 천을 검게 물들이고 있는 땟물 그것이었다. 나는 형체도 없는 글자를 외어대고 있었던 것이었다.

"손녀를 찾고 있었어…손녀를 찾아주면 평생 은혜를 갚겠다고 했는데…혹시 윤미순이를 모르나?"

나는 이상하게도 몹시 떨고 있었다. 뿌연 비안개보다도 더 흐린 단절이 나의 눈 안에서 일렁이고 있었다. 그것은 슬픔이었다. 밑도 끝도 없는 설움의 벼랑이었다.

은주는 열심히 생각하고 있는 듯싶었다. 잠시 후 고개를 든 은주는 빗방울을 튕기며 도리질을 하고 있었다.

"이 할머니 어제 아침에 동네를 나갔었는데…가엾어! 그까짓 년 찾긴 뭘 헌다구 찾아…?"

은주는 책상다리를 하고 질척거리는 풀 더미 위에 그대로 주저앉았다. 나는 고개를 파묻고 있는 은주의 옆에 그대로 서 있었다.

"아저씨 참 이상한 분이에요…진창 속에서 푸욱 썩어버린 하찮은 여자 하나 때문에 왜 이렇게 고생을 하시는 거지요? …고향에 가면 어떻구 이 길로다 된통 썩어버리면 어때서요…?"

은주는 턱을 고이고 앉아 물끄러미 노파의 시체를 건너다보고 있었다. 그녀의 얼굴은 조금도 섬뜩하다든가 하는 그런 상식적인 표정이 아니었다. 비를 온몸으로 맞고 앉아, 애석하다 못해 끝내는 흉측스럽기도 한 노파의 시체를 깊디깊게 관망하고 있을 정도로, 은주는 끝없이 허망하게 있었으며 지쳐 있었다.

은주 이상으로 나도 서서히 지쳐가고 있었다. 나는 하냥 겪어왔던, 그리고 경험하는 그것만으로도 훌륭한 안도가 되었던 자질구레한 평화들을 못내 그리워하고 있었다. 밥 다한 죽음기처럼 나의 허탈한 정의는 잦아들고 있었다. 성급하게 뒤틀리는 것이었다.

"서둘러서 욕심을 부릴 필요는 없는 거지. 분수에 맞게 살다 보면 생활의 마디마디가 흡족한 평화일 수도 있구 말야…이룩하는 것만이 최상의 삶도 아닌 거고 늘상 우리들 곁에 있는 것을 우둔한 마음으로 지켜가는 것도 근사한 건설이 아니겠어? …우리는 응접세트에서 믹서로 갈아붙인 당근즙을 안 마셔도 되구, 카펫이 깔린 방 안에 앉아 발 고린내를 걱정 안 해두 되구 말야. 고속도로를 질주하는 고급 승용차나 풍만한 건강으로 유원지를 행락하는 그런 것들만 풍요요 평화인가? 논길을 걸어오는 순한 선친들의 답답할 정도로 멋없고 느린 그 팔자걸음들이나 덥석 잡아주는 고향 사람들의 그 땀내 나는 손, 구린 입 냄새…이런 것들도 근사한 평화가 아니겠어? …영어 모르면 어때? 한국말만 바로 쓰고 살아도 할 말이 끝없는 것 아니겠어? 로큰롤이나 솔보다도 유행가가 얼마나 좋아? …버들잎이 외롭고, 황성 옛터에 달이 돋고….”

은주는 풀섶에 이울지는 모진 빗방울들을 바라보고 있었다. 나는 숨이 가빠갔다.

“그리구 말야, 은주의 이런 발은 나훈아의 고향의 돌담길이나 물레방아 도는 시골 같은 땅을 밟고 살 발이야. 이런 발로 라스팔마스는 너무 했잖어? 은주의 외씨 고무신 곁에는 황토로 범벅된 검정 고무신이나 코 째진 짚신 같은 것이 놓여 있으면 되는 거구….”

나는 정신없이 지껄여대면서도 뚜렷한 한 가지 사실에 대해 반성하고 있었다. 나는 왜 가엾고 측은한 은주를 깊게 안아줄 수 없는가 하는 것이었다. 은주는 백 마디의 그럴싸한 설교보다도 한 번의 포옹, 한 번의 입맞춤에서 훨씬 더 진하게 나의 뜻을 공감할는지 모를 일이었다. 이런 것을 밀어내고 있는 것은 얍삽한 위신이나 아내에 대한 정결감 같은 것은 아니었다.

나와 은주의 적요한 사이에 끼여 용주골의 하늘은 비를 채우고, 미친 듯 천둥을 울고 있었다.

광막한 들판을 질러 한 쌍의 개들이 뛰어오고 있었다. 나와 은주는 점점 다가오는 한 쌍의 개들에게 시선을 던져놓은 채 참으로 조용하게 앉았고, 또 서 있었다.

“…난 어차피 가야 할 시간이야. 그래 끝내 용주골에 남겠나?”

은주는 별안간 긴 한숨을 내뱉더니 무척 답답한 듯 가슴을 쓸어내고 있었다.

"나에게 다소의 돈이 있어요. 오만 원쯤은 은주에게 보태주고 싶군. 은주가 용주골의 한 모서리를 떠난다면 말야…."

은주는 오랜만에 샐쭉 웃었다.

"어떻게 그렇게 잘 아세요? 주인한테 꼭 오만 원의 빚이 있는데…."

나와 은주가 멋쩍게 웃고 있는 동안 우리들의 시선 앞에서는 엄청난 노동이 진행되고 있었다.

수캐는 어마어마한 체구를 자랑하며 암캐의 엉덩이 위로 댕 겅 몸을 실었고, 수캐에 비해 너무나 볼품없는 조그만 암캐는 그 때마다 중량을 감당하지 못해 풀썩 뒷다리를 꺾고 주저앉는 것 이었다.

혀를 빼문 수캐는 뾰족하게 선 귀와 늘씬한 체구를 자랑하며 몹시 함부로 암캐를 다루고 있었다. 암캐는 복날이 서러운 조그 만 재래종 황구였다.

황구는 기구한 여인처럼 사력을 다해 순종하고 있었으나 수 캐의 폭력은 절정의 극이었다. 수캐는 숫제 기진해서 무릎을 꺾 어버린 황구의 등 위로 길게 체구를 얹어 뻗고 우람한 불알통을 딸랑대며 느슨느슨 동작하고 있는 것이었다.

나는 무척 가쁜 숨을 몰아쉬고 있었다. 형언할 수 없는 분노 였다.

'황구여! 꼬리를 내려라! 제발!'

황구는 알량한 꼬리를 받쳐들고 감질거리는 쾌락을 참고 있는 모양이었다. 수캐는 여의치 않은 동작에 대해 무척 신경질이 나는 모양이었다. 큰 입을 벌려 황구의 목덜미를 덥썩 물었다 놓았다 하며 장군처럼 질겼고, 황구는 그때마다 닳아빠진 빗자루 같은 꼬리를 하늘 높이 쳐들고 뒷다리를 불끈 세어보는 것이었다.

은주는 눈을 감고 있었다. 나는 한 쌍의 개들이 벌이고 있는 적절한 기회 속에서 화급하게 나의 목적을 부르고 있었다. 나는 흠뻑 물에 젖은 돈뭉치를 꺼내 들고 오만 원을 세고 있었다.

"은주! 눈 딱 감고 떠나버려. 한두 사람 이렇게 떠나가는 거야. 그러면 되는 거야, 그러면….."

"…떠나버리면 어떡해요. 아주머니 돈은 떼어먹고 마는 건데."

그때였다. 고막이 따가울 정도로 앙칼진 황구의 비명이 터졌다. 한 쌍의 개는 서로 돌아서고 있었으나 황구의 뒷다리는 한 뼘은 실히 공중에 떠 있었다. 수캐는 황구의 불끈 들린 뒷다리를 끌고 있었다. 황구는 진창 바닥에다 턱을 끌며 그 요란스럽고 처절한 비명을 내뱉고 있는 것이었다. 황구는 죽어가는 듯싶었다.

그것은 기적에 가까운 일이었다. 은주가 몹시도 서럽게 울기 시작한 것이었다. 은주의 흐느낌 속으로 끼여드는 황구의 비명을 모진 빗발이 물컹하게 적시고 있었다.

나는 울고 있는 은주 옆에 풀썩 주저앉았다. 그리고 별안간 들먹거리는 어깻죽지를 감싸안았다.

나는 바보처럼 바쁘게 내뱉었다.

"은주! 황구는 황구끼리…황구는 황구끼리 말야…."

"가겠어요! 당장이라도 떠나겠어요."

은주는 온몸을 떨고 있었다.

은주의 젖은 등어리로부터 보릿멸 익는 듯한 비린 체취가 풍겨왔다. 나는 은주의 등어리에다 깊게 얼굴을 묻었다. 훈훈한 은주의 체온이 내 볼을 타고 온몸에 퍼져들고 있었다.

"봐요…그것 봐요…향수가 빗물에 씻겨버리고 나니깐 고향 냄새가 나잖아. 보리밭 냄새가 말야…."

나는 아내를 생각하고 있었다. 정결한 한 여인의 긴 치맛자락이 끌려가는, 아이들의 함성이 꽉 찬, 배드민턴의 어지러운 포물선들이 메운, 그리고 내 자식들이 왕사탕 가게 앞에서 군침을 삼킬 수 있는 그런 예사스러운 골목 안이라면 판잣집인들 어떻겠는가 하고──.

나는 그 방 안에서 고향에 있는 은주의 꿈을 꾸며 아내의 시들은 젖무덤에다 입을 맞출 것이었다. 서럽지 않은 황구와 황구로──.

달무리

좀산이 떨도록 어멈의 울음은 질겼다. 푸석거리는 땅으로 홍건한 핏줄이 흐르고 당산 고개 밑을 쟬쟬 넘는 당산천 물줄 속으로는 멍울멍울 굳어 섞이는 선지였다.

쑥골이 오대광신을 빼앗아, 물꼬불 산꼬불 태극의 영험을 싹 눈돌림질하고 곡간 속 알자리처럼 오붓한 씨골을 틀어앉은 죄 때문이라던가, 짐승 미간이나 패고 각살을 푸념해서 살아가던 백정이란 백정은 죄다 어깨를 쳐서 씨줄을 잘랐더니라.

태극을 돌림질한 푸짐한 얘깃거리 속에 백정이 좀산 용머리를 자른 것이 연유라 하는 어른들 말씀이고 보매, 쑥골 안 백정들이 좀서리를 맞던 옛날도 그렇게 달무리만 훤히 꼈었다. 세 사람이나 되는 백정이 가지런한 짚단 결처럼 누워 죽었는데 그 위로 써늘한 달빛이 내려, 머리에는 용갈을 씌워 섬찍한 대창질로 난도질 당한 희뿌연 허벅지들이 흡사 먹따고 늘어진 짐승들이었다.

어멈이 당사춤을 곁들일 정도로 온몸을 부들부들 떨며 아범을 업어 좀산 금송굴 속에다 숨길 때만 해도 돼지네는 기껏 열넷을 치어올라, 한창 넋 뺀 설움만 허망했을 따름이었다.

"어멈, 가스나라도 무명지 핏줄이여. …행여래두 달밤에 마슬 돌리지 말구 아조 방 속에다가 갈을 씨워. 이런 변에야 씨가름이 있을 택도 없구⋯."

초고치불에다 옴폭 파인 광대뼈를 드러내고는 금송굴이 컹컹
울리도록 한숨이 잦던 아범이었다.

열이틀 달이 가락지 같은 달무리에 싸여 노는 물방개처럼 팽
이질을 하던 날이었다.

구질스런 갈포 쪽에다 저녁참을 싸들고 좀산을 올랐던 어멈의
울음소리가 좀산 안에다 컹컹 산울림질을 했다. 입술만 떠도 쉬
쉬 지레 자지러지던 어멈이 저렇게도 맘 놓고 퍼져서는 꺼이꺼
이 울음을 터뜨릴 리 만무였다. 목구멍에다 엿물을 설쿠고 섰던
오라비가 기어코 줄달음을 났다. 오라비 손길에 끌려 금송굴로
치달은 돼지네는 헉──인중이 당기도록 신기를 물고 말았다.

사시나무 떨듯 쪽이 틀리도록 바들대며 벌써 혼이 나간 어멈
은 따글따글 골추를 떨며 달무리에다 눈길을 박았고, 오라비는
숨어 있던 숯가마 속에서 묻은 검댕이들이 눈물에 떠서는 지방
쓰고 난 붓끝에서 지는 먹물처럼 온 얼굴을 적신 꼴이, 서리 맞
은 까마죽 터지듯한 몰골이었다.

"미친놈아아. 워디를 깔대나와아──불짐 속에다 에미 던져넣
지 말고오⋯퍼뜩, 퍼어뜩 안 갈 텨어? ⋯이구우, 이구우⋯."

희끄무레한 당산 고개 위로 끌려가는 복날 개처럼, 그저 땅바
닥에 굳는 발을 억지로 끌면서, 오라비는 당산 고개를 내처 넘었
다. 달빛이 허옇게 실린 오라비의 등줄이 줄 나간 참연 꼴로 고
개마정을 넘었을 때, 돼지네는 어멈 가슴패기에 메주 묻듯 머리
통을 처박고, 그제야 용트림질 같은 울음을 내쏟았다.

그새 금송굴에 숨은 아범 동태를 눈도둑질한 사람이 있었을 터였다. 그러려니 해서 그런지, 금송굴에다 아범을 업어 나르던 날 밤 자진골 샛길에서 불쑥 지나쳤던 강생이 아범이 떠올랐다. 그 옆에 장돌뱅이 꼽추가 흘낏 눈질을 하며 따랐었다. 소 장수 강생이 아범이야 백정에다 비기면 토방 위에 앉은 양반 꼴이었다. 골목쟁이마다 헛괭이질로 담벽이 헐리고, 서너 차례 용심 쓰는 소리가 "으싸 으싸" 했다 하면 강그러지는 비명을 물며 담벽에 붙은 백정은 푸석 무릎을 꿇고 말았다.

　밑도 끝도 없이 물난리처럼 쑥골을 쓸고 간 재변은 금단이 년 무당 사설 때문이었다. 백정 통천이 녀석의 한대 얼럼질에 고치 불 꺼지듯 사지를 늘이고 만 제 영감 원귀가 그리도 성성했던 참이었겠지만, 주막집 사발 투정이 사람 명줄을 끊고 만 것은 골백 번 입을 봉해도 백정 편엔 된서리였다. 돼지네는 달빛만 깔려도 치마를 뒤집어 쓰고 움메──울었다.

　헛간 추녀께까지 널름대며 연신 피직피직 기세 좋게 타오르던 검불단 불김도, 한고비는 다 가, 희뿌연 연기만 감질나게 외줄로 솟는다. 이슬을 받아 눅눅하게 젖은 산속에서 또그르 또그르 굴러오는 밤벌레 소리만 아니라면 상여집 간막처럼 오싹 소름이 치도록 고즈넉한 밤이렷다.

　숨죽은 팥단처럼 질퍽하게 깔려, 풀섶마다 맥빠진 베네메뚜기를 엎고, 이따금 몰아가는 샛바람질에도 거푸 초랭이를 떨고 마는 질펀한 풀밭 위로 희미한 달빛만 억세게 녹는다.

　별다른 기척도 없는 동구 안은 한 식경 전에 마슬들을 끊어 이엉줄이 굽도록 속살이 차가는 박 넝쿨만 샛바람을 타고 대글대 는데, 빈 멍석 위로 깔리는 풍치라는 것이 밤새들만 허기지게 저 어가는 퀭한 달무리였다.

대숲이 띠를 두른 삽짝 아래 허리춤 풀은 개울이 찰랑찰랑 징 검다리를 넘었다.

오진 기지개 한차례에 그만 참숯불 일굴 때처럼 어지러운 별 똥이 튀어, 포오포오 마른 한숨질을 해대던 돼지네는 휑 돌아눕 고 만다. 코가 맵도록 아릿한 탱자 냄새가 풋풋한 겉살을 익히는 낌새로 비릿한 대 바람에 섞여 묻어오는 판국에도 유독 역하다.

돼지네는 엉거주춤 곁다리를 꼬고 앉으며 멀거니 상방(喪房) 을 훔쳐본다. 기껏 대추씨만 해서 문지방을 넘는 설바람기에도 호들호들 떨어대는 고치 촛불이며, 궤연을 모신 휘장이 느실느 실 춤추는 품이, 섬찍하도록 식는 가슴 속에다 오싹 저려오는 성 에를 일군다. 눈이 부시도록 새하얀 휘장께로 가 닿는 파란 향불 연기가 물 위에 떨어진 기름방울처럼 확 퍼져 부서지면서 고미 모서리로 뭉실뭉실 모여든다.

돼지네는 낫을 쥔 손에다 끄응──힘을 주고는 한차례 걸죽 한 침질까지 먹여보지만 마음속이야 가을비 맞는 연잎처럼 억 세게도 시끄럽다.

돼지 아범 혼귀도 오늘이면 상방을 떠나려니 생각하매 소상 대상 다 치르고 벌써 탈상인가 하여, 탕기와 면기를 채운 소여물 같은 밀밥이며 어금니에서 신물이 지레 솟도록 시어빠진 삽초 나물이 그 어느 때보다도 민망스럽고 죄스러운 돼지네다.

유별나게 억척스러운 흉년 속이라 탈상 대제라는 것이 동냥집 아침상 같은 꼴에다, 더욱이 손이 걸지 못해 아홉 살배기 돼지놈 혼자 상복 채로 달랑 곁마루에 올라 누워 한잠 푸짐하게 늘어져 있는 꼴이, 상방을 나가는 아범 혼귀 눈에 크나큰 설움의 가시가 되기는 십상이렷다.

돼지네는 땅이 꺼지게 늘축한 한숨을 또 한차례 쏟아놓고는 그만 허리통을 꾸욱 눌러대다 말고 자지러지는 신음을 물고 만다. 써늘한 땅섶에서 오르는 한기를 통째 씌워 받고는 그새 방정맞은 새우잠을 꼬박 시들었던 탓으로 사골 육신이 통째 저려온다.

벌써 이틀째를 꼬박 뜬눈으로 새운 참이었다. 탈상 날 상거리라도 푸짐하게 올릴 양으로 막주뜸 강생이를 찾아갔다가 되려 혼불나게 허리춤이나 붙들려 실랑이를 한 탓인지 혼귀가 나설 때를 못 참아 깜박 눈꺼풀이 지레 감겼던 터다.

멀거니 앉았던 겁다리마저 젤젤 저려와서 새끼 잃은 암소 꼴로 껌벅껌벅 넋 놓고 있으려니 새삼 장대 같던 훤칠한 키에 대골 사지가 쏘옥 빠진 돼지 아범의 생각이 한없이 몰려온다.

궤연 속에 삼 년간이나 혼귀로 죽어 있다니 망정이지 사실로야 돼지 아범이 어디 죽을 사람이었던가.

공진회를 떠들썩하게 했던 금쪽 같은 황소를 장리쌀 다섯 가마에 그만 강생이한테 뺏기고는, 막주뜸 당산 고개를 어정어정 넘어가던 황소 엉덩이에 달랑 올라 한사코 고삐를 되돌려 채려다가, 기어코는 강생이가 휘두르는 삽자루에 명치가 벼락치더니 시름시름 앓아 누웠다. 삽골은 고사하고 막주뜸에서 백 리는 실히 빠져 기피실 장터까지 쩡쩡 울리던 용심 허우대는 어디다 두고, 마냥 퍼런 육모초 즙이나 홀짝대며 핏기가 가셔가던 아범이었다.

삽골 종우(種牛)로 씨를 줘서는 애송아지 한 마리 받을 것이 있어 그것이라도 돈으로 셈해 약첩이라도 살 양이었다.

오진 가뭄 때라, 짭찔한 간수나 다름없이 바닥이 뒤집힌 샘물로 콧잔등만 씻어내 벼락질 같은 세수를 끝내고 막 삽짝을 벗어나는데, 그렁그렁 가래를 끓이던 아범이 목줄이 떨도록 힘없게 돼지네를 불렀다.

"어머엄—— 워디 가능겨?"

"송아지 씨값이나 미리 염출해서나 약첩이라도 써야 허잖어."

아범은 미간 맞은 막돼지 면상이 다 되도록 이마에다 사태 주름을 다잡고는 방정맞게 손을 내저었다.

"쌀매들년허구는, 쯧쯧——고걸 씨값으로 쳐서 월매나 쥐겠다구 지랄이여! 내가 워찌께 벌어서 키운 소구 워찌께 불려서 묻어논 송아진디. 안되여! 씨값으로는 못 받어. 송아지루 받어야 재산이 되지."

망설이고 섰는 돼지네의 허리춤을 슬며시 끌어서는 정수리를 발발 떨며 꼬아보더니 이내 숨 가쁘게 내뱉는 것이었다.

"그여 죽나 부아…그여 죽을 모양이여…."

"오두방정을 다 떠네그라. 죽긴 누가 죽는다구 그려. 돼지놈을 연줄에 걸친 모생이 종자처럼 달랑 앵겨놓구는 죽을 참이유? 나를 두고?"

꿈도 그렇게 허망할 수는 없었다. 허리춤을 아범 가랑이에다 맡기고는 싸아 도는 눈물을 막 훔치는데 허리춤을 감았던 아범의 장딴지가 푸석 방바닥으로 떨어지는 것이었다. 설마 해서 펀뜻 뒤돌아보는데 아범은 흰창을 뒤집어 까고 고미 모서리를 오기지게 흘기고 있었다.

"왜 그류? 돼지 아부지 왜 그류? 눈이 왜 이래유? 이봐유, 이봐유…."

돼지네가 짚단처럼 가슴패기로 엎어지는데 아범은 그만 꼴꼴대는 숨줄을 축 풀린 얼레처럼 잇더니 시름시름 사지를 뻗는 것이었다. 아범은 끓던 죽물 불김 잃듯이 허망하게 숨을 꺼버렸다.

싸래기꽃이 질펀하게 깔려 싸락눈 밭을 걷듯, 십오 리 길 좀 산을 치어 올라 아범을 묻고도, 돼지네는 그저 깨어날 꿈만 같은 심사였다.

삼 년 동안을 상방을 지키면서 궤연 속에서 불쑥 일어나 와락 허리춤을 껴안을 것 같은 생각으로만 푸짐하게 서러움을 달래봤으나 역시 아범은 영 죽고 만 것이었다.

돼지네는 탱자 울타리 아래로 서걱대는 기척을 듣고는 잽싸게 낫을 들어 꽉꽉한 마당을 찍어댄다.

"워떤 요귀랴! 훠이, 훠이──현벽학생부군 혼귀 나신다, 혼귀 나신다아──훠이, 훠이──."

눈물을 되로 받아냈다면 몇 말도 넘었을 것이었다. 상방에 들어설 때마다 아릿한 눈 속에다 못이 박일 정도로 담아왔던 지방 글귀가 돼지놈 이름 부르듯이 거침없다.

혼줄이 빠지게 탱자 울타리 곁을 빠져나는 쥐 잔등 위로 잔물살처럼 실린 희끄므레한 달빛이 얹혀 간다.

마음 같아서야 가슴패기가 무너지도록 텅텅 벽용을 치며, 상방 안을 파장 미친개처럼 구렁창에 엎어져 대곡을 쏟아놔도 모자랄 것이지만, 명색이 탈상인데 몸 간수 정히 갖고 혼귀 출방이나 지켜봐야 도리이거니 하는 생각이 밀리는 명치밑 뗏국처럼 갑갑하다.

탈상날 궤연답회는 고사하고 날이 시퍼런 낫자루를 든 손이 웬일이며, 가슴속은 복날 보신국 끓듯 버글대며 식은땀을 삼줄 빼듯 쏟고 있는 처지가 사뭇 꿈속 같지만, 탱자 울타리 밑에 숨어 상방을 훔쳐보는 연유도 돼지네 가슴속에선 의당한 것이렷다.

깜박 눈꺼풀이 감긴 동안이라야 기껏 마슬 참 정도인데도 오십 리 밤길속처럼 길고 소름 끼치는 것이었다.

궤연 속에서 기척이 있을 리 만무했다. 그런데도 궤연을 친 휘장이 흐늘흐늘 흔들리더니 불쑥 아범이 솟는 것이었다. 웬일로 상투는 틀었는가. 헐렁한 마포적삼 소매 속으로 앙상한 손목을 길게 내뻗고는, 엽송 긁는 갈퀴날처럼 듬성하게 오그려 붙인 손가락에다 파들거리는 사례질을 담고, 입추날 씨포도같이 잔뜩 물기를 빼 오그라진 누런 눈망울을 치뜨곤 피어오르는 향불 연기를 가르며 다가드는 것이었다.

"아버엄——."

그저 육신만 제대로 놀았을 것이고, 이미 혼쭐은 다 빼 와락 아범의 허리통을 쓸어안는데, 얼음장처럼 선뜩한 아범의 갈비뼈가 가래가래 허물 벗듯 부서져나가는 것이 아닌가. 한 아름 잡히는 것이라야 헐렁한 한 줌의 적삼이고 아범의 얼굴만 상방 안을 둥실둥실 떠다니는데 머릿골까지 텅텅 울리는 아범의 목소리가 사뭇 운다.

"워쩐 일이랴, 그저 퍼져만 누웠게. 암소는 뺏기지 말어! 종우가래를 떠서나 만든 거여, 뺏기지 말어어——낫으로 칵 찍어 그놈을…갈비에다 벼락을 쳐 꽂으란 말여…"

돼지네는 둥실둥실 떠다니는 아범의 얼굴을 따라 사뭇 미쳐 맴돌며 숨넘어가게 묻는다.

"누구를? 누구를?"

상방을 나가며 추녀귀에 잠시 머무는 아범의 옆얼굴이 소몰이하던 오라비를 쏙 뺐다. 막주뜸 좀산 벼랑 아래 자는 듯 죽어 누웠던 오라비는 목줄에서 쏟아낸 선지만 아니라면, 상기 손아귀에 꼬옥 쥔 몰이채하며 의당 소장터 파장길에 억센 소몰이를 끝내고는 한잠 깜박 시든 꼴이었다. 오라비의 피 엉킨 상투를 풀면서 여물 삼키는 소처럼 꺼이꺼이 울음을 참던 아범이 그때 그 좀산 벼랑에서 하던 말을 모가지만 둥둥 떠다니며 또 내뱉는 것이다.

"아니 누구를 누구를? ——."

돼지네는 그만 기진해서 거품을 물고 만다. 소스라쳐 일어난 돼지네의 부라려 뜬 눈 안으로 향불 연기만 휘장에 가 닿아 외줄로 오른다. 자욱한 향불 연기에 그만 숨이 막혀 한동안 떡가래질을 해대는 숨줄이고 그때마다 떨리는 사지론 흥건한 식은땀이 솟는다.

느닷없이 외양간이 시끄럽다. 새끼 뗄친 암소가 산이 울리도록 운다. 돼지네는 한달음에 내달아 외양간 속으로 쓰러진다. 고리채가 뽑히도록 낫을 벗겨들고는 어둠 속에다 눈길을 세운다. 어석거리는 소의 새김질 소리에 따라 늘축한 침줄이 돼지네의 목덜미를 적신다. 눈앞에 몽실거리는 암소 콧잔등이 푸우푸우 더운 숨을 뿜는다. 돼지네는 사지에 맥을 풀고 탱자 울타리 밑에 동냥자루처럼 비식 쓰러지고 만다.

"후유——꿈도 요상해라——오래비 상투는 워째 꾸어 달구서는…."

가물거리는 어리짐작질에도 좀산 마정테 위로 기껏 석발이 빠져 기우뚱 걸린 열사흘 달이고 보면 상기도 자시는 사뭇 먼 낌새다. 부우——부우——가슴속 풀무질이 또아리를 틀게끔 을씨년스러운 부엉이 울음이 오늘 밤 따라 좀산을 다 울린다.

자시면 틀림없이 아범 혼귀가 상방을 날 것이고 도굿대 뒤에 숨어 집안 살림 푸닥거리를 훔쳐보다가 처마줄을 타고 이엉 위에 스럼스럼 오를 것이었다. 백번이고 "쌀매들을 년!"을 그 합죽한 주둥이에 다물고 골패쪽 같은 훤한 인중이 논골이 다 되도록 혀를 차댈 것이었다. 숨 꺼지던 날 아범도 증서쪽처럼 환한 집안 꼴을 익히 알고 세상을 떠났을 것이지만 그래도 삼 년 썩은 싸리 빗자루 꼴이 다 된 추녀춤만큼은 영 가슴에 걸리는 돼지네다. 탈상 혼귀는 꼭 추녀춤을 타고 이승에 난다는 이치렷다.

무심코 추녀춤을 바라보고 있으려니 그새 얼이 빠져 잊은 것이 한두 가지가 아니다. 빈 멍석 위에다는 달빛만 실리고는 제귀 목 축일 정수한 그릇 떠논 것 없고, 그보다 추녀춤에 버선짝 거는 것을 깜박 잊었다 싶어 연신 혀질을 해대며 안방 속으로 들었다.

좀벌레들이 한창 알자리를 긁는지 헐은 반닫이 문이 열리자 마자 퀴퀴한 탕 냄새가 오장을 다 긁는다. 버선짝이라고 보름날 장터 옻판 나들이 할 때만 골라 신던 겹올 당목 버선도 그새 누 렇게 겨찜을 먹어서는 걸레쪽이나 다름없다. 중니가 시리도록 꾸욱 눌린 버선코를 물어 발을 세우고는 툭툭 털어 두 짝을 골라 잡았지만 상방을 나는 혼귀의 입성에 굿거리가 안될지 모를 일 이어서 돼지네는 또 한차례 매운 눈물이 싸아 눈알을 쏜다.

추녀춤을 잡아 버선을 걸면서 꽁지발을 섰노라니 허리춤께까 지 쩌르르 경련이 인다.

"순바람 타구 극락입성허세유 —— 보선코에다 진명을 실쿠 지름길로 퍼뜩 나세유 ——."

활대가 다 되도록 허리를 굽혀 서너 번 큰절을 올리니 눈앞으 로 다가오는 눅눅한 땅기운이 섬뜩하도록 이마 위에 실린다. 정 작 영영 마지막이다 싶은 인사 같아 새삼 상방 속이 허전한데 풀 풀 새는 향내음이 왈칵 설움을 키운다. 돼지네의 도리질이 여간 초췌하지 않다. 꿈자리 속의 아범도 그렇지만 하필이면 오라비 까지 합작해서 상방 원귀로 노는 품이 아무래도 심상치 않은 심 사다. 쪽이 뒤틀리도록 억세게 도리질을 해보지만 갈순 잦는 얼 레속처럼 끼어드는 것도 하고많다.

달무리는 물김처럼 허옇게 동구 안에 다 차 개울물 넘는 소리

까지 서늘하게 식히고, 퍼런 낫날에 엇갈리는 섬찟한 신귀가 돼
지네 가슴속을 아작아작 다 갉는다. 갑작스러운 원귀마당에 상
모굿이라도 일 참인가.

목줄에서 끈끈한 감 냄새가 일도록 오라비의 느긋한 용트림
질 속에는 얼큰한 술기운이 푸욱 떴다. 장터 행보가 벌써 두 번,
소 판 장날은 으레 심값 푸세에 명치에서 당골질 소리가 나도록
싸움질이 일기 마련이지만, 중도세를 벌써 두 심이나 느긋하게
없혀 먹은 뒤라서 그런지 오라비 장터 두 행보는 여느 때 같지
않게 상모굿처럼 기분이 들떴다.

"그만 결탁하구 쉬지그류. 두 번 심에 중매심값이 삼천 원을
없혔으면다 됐지 그여 말값이나 더 벌려구 또 장엘 갈려구유?"

아범이 한사코 팔목을 나꿔챘지만 오라비는 가당찮게 도리질
만 푸짐하게 해댔다.

"놔둬. 에미년이 쑥골로 봇짐만 안 져날랐어두 모르지만 강생
이 놈 수작에 내 팔짜가 언덕 굴른 골패실이 다 됐는데 사정볼
게 뭐여. 소판이야 내 말 한마디면 결탁금이 일 할은 더 뜨는데
제놈이 그저 편할 줄 알았남. 한정놋쿠 뿔을 세울 참이니까 이번
판에는 제놈이 헛다리 짚구 넘어지능겨. 자손대대가 백정으루다
짐승 미간만 패고 산대두 좋아, 좋아——."

막주뜸에서 읍까지 한 점 육기라도 오라비 손질 안 거치고 각
을 뜬 고기는 없었다. 보신탕 황구 오각질에서부터 염소 사추리
를 까기까지, 오라비 칼질이라면 저울질이 무색하게 소문난 어림

이었다. 친정집이 백정에다, 돼지네가 아범에게 시집오면서부터 아범마저 막주뜸 도살장에 인연이 닿아, 오라비 칼질이 무색하게 아범의 탯중질은 자로 잰 듯 한 번이면 어느 짐승이고 명을 땄다.

어언 백정 집안으로 소문이 줄을 달아 곡괭이 한 자루 빌려쓰기 어렵게끔 눈돌림을 당하는 터에, 막주뜸 강생이의 훼방질에 오라비는 아내마저 뺏기고 누이 위에 엎혀버렸다.

"강생이놈 종우가 미국 소 피를 섞었다고? 저석 간쪽에다 털 시래기도 안 얹구서 고런 고짓말루다 십만 원을 처부르라는 속셈이여? 아남? 그 소가 워떤 손지 아남?"

"워떤 소라…."

"벽제말에서 씨골을 빼구서는 벌써 퇴종한 것이랴. 당골질하다 사람 받어 죽인 그 소 있잖남, 왜 소장판마다 거랫줄이 끊겨실 대로 시어빠진 그 환갑소 말여."

오라비는 꺼억——용트림을 곁들이며 사립을 나섰다. 권세깨나 부리는 강생이 허울에다 오라비가 소면답을 걸고 훼방을 놓아봐야 빠지는 것은 감대질에 곶감일 것이 분명하여, 아범도 돼지네도 그만 소매를 잡어 앉히는데도, 오라비는 오기만 청청 밴 등줄에다 파아란 달빛만 신고는 성큼성큼 징검다리를 넘는 것이었다. 헛기침까지 곁들여 사뭇 한달음에 성황당을 돌아가버린 오라비의 기침 소리가 연신 빈 마을을 컹컹 울리고 좀산은 훤한 달빛에 뾰족한 봉우리를 걸치고는 죽어 자빠진 황소처럼 늘축하게 늘어졌었다.

아범은 홱 돌아서며 목젖이 울리도록 혀를 끌끌 차며 푸짐하게 내뱉었다.

"그여 달밤에만 나돌려구, 끌끌…백정은 달밤에라야 용심이 솟는다구들 그렇게 빈정대는데두."

돼지네는 그만 싸아 가슴이 식었다. 허연 달빛 아래다 가슴을 헤벌려 찢고는 짐승 잡는 업이나 밝혀보고 이내 죽고 싶은 마음뿐이었다.

장리쌀 다섯 가마가 새끼줄을 달아 기어코 엄두도 못 낼 서른 가마 계산이 다 되고 만 것도 오라비 장사치레에다 쓴 아범의 빚쌀이었다. 무슨 심산이었는지, 세도쟁이 출상 때나 거드름을 피우는 꽃상여까지 세 내어서는 동구 안을 한 식경은 돌리다가 사십 리 뻗친 막주뜸 소판까지 상여를 몰고 가서는, 벽주랍시고 서 말이나 되는 술을 장터에다 쏟아붓고서야 아범은 신들린 사람처럼 가슴을 치며 통곡을 해댔다. 상여 속의 오라비가 흡사 산 사람이라도 되는 듯,

"허어 참——허어 참——여봐유 성니임, 소장판에서 각뜬 고기들이 다 서럽다 하구먼은…듣고 있남유, 엉?"

밑도 끝도 없이 해괴스런 말만 넋두리로 쏟아놓고 소판을 떴다.

거적에라도 둘둘 말아 골짜기 물에 처박는대도 누구 하나 눈썹 한 번 까딱 않았을 일에 기를 쓰고는 대판 상여 출상을 벌인 연유로 공진회를 싹 쓸던 황소가 벼락같이 묶이고 말았다. 기실 백정보다 더 속창이 곯아 썩은 강생이지만 장리 빚으로 턱살을 찌우고 사는 판이라 옴싹할 수 없는 상감이었다.

서너 차례 불리어 가서 왕벌통이 줄줄이 놓인 토방 아래 꼭 동

냥자루처럼 호통을 맞던 아범이 이마 끝까지 차오르는 홧김에 강생이 멱살을 덥썩 잡고 말았다던가, 방울 소리가 나도록 사추리를 발발대며 여러 차례 지서 행보를 놓더니 기어코는 후들후들 떨리는 손으로 황소 고삐끈을 풀고 말았다.

황소를 떠밀어 보내고는 꽉꽉한 언덕배기에 풀썩 주저앉아 혀를 깨물고 앉았던 아범이 기어코 화병을 붙잡아 명줄을 놔버린 후 한 보름 남짓 보냈을까 한 밤이었다.

사태질을 하는 빗줄이 천지개벽이라도 하는 양 좀산 계곡을 다 헐고 넘쳐 마당귀에까지 차 넘실댔다. 이엉줄이 볶은 콩 튀듯 작대기 빗줄에 가마꼴이 패이고, 추녀춤 아래로 선뜩한 풀무래가 뿌옇게 일어, 상방에 앉아 한숨 깜박했던가 싶은 돼지네는 소스라쳐 눈을 뜨고 건성으로 밖을 내다봤다. 돼지네는 그만 자라목 움츠리듯 모가지를 어깻죽지 아래 묻으며 가들가들 숨줄만 떨었다. 강생인 듯도 싶고 장돌뱅이 꼽추인 듯도 싶고—— 급기야는 아범이 물속에서 갓 솟은 듯싶게 흠뻑 물줄을 뒤집어쓴 사내가 성큼 상방 안으로 들어섰다. 턱주가리를 덜덜 떨어대며 이마 위까지 내린 머리칼을 호들갑스럽게 떨어대는데 아물아물대는 눈 안으로 그저 훤칠한 중의가랑이만 떠억 벌려 장승처럼 굳었다. 선뜩한 한기가 상방을 채우고 넓죽한 발자국이 흥건한 물도장을 두서너 개 찍었을까, 보채던 촛불이 시름없이 죽는가 싶더니 벼락질이 쩡 쩌엉 온 하늘을 다 찢었다.

돼지네는 죽어갔다. 느슨느슨 조여오는 힘에 사지가 가물가물 맥을 잃어가고 뻐개지는 듯 조여오는 억척스러운 힘 속으로 말려드는 듯 싶은 것이 너울대는 궤연의 휘장 속에 겹겹이 두루 말리는 낌새다. 돼지네가 본 것은 대나무가 뽑히는 듯 쾅쾅 상방 문을 때리는 억척스러운 번개질과 바람과 그리고 넓죽한 발도 장에 묻어나는 흥건한 물줄이요 선뜩한 한기뿐이었다. 좀산이 통째로 떠흘러가고 상방이 갈갈이 찢기며 부서지는데 퍼런 번 개질이 상방 문을 밝히며 등제불 속의 툭사발처럼 쩌억쩌억 결 을 찢고 있을 것이었다.

아범의 탯줄질 한 번에 벌렁 까뒤집는 소의 눈알처럼 뱅그르 도는 달무리 안에 쾡한 달덩어리가 스런스런 간다.

추녀춤에 걸린 버선짝이 흐늘흐늘 당춤을 춘다. 눈이 시리도 록 추녀춤을 살피지만 아범이 나갈 낌새는 없다. 웬일로 달무리 는 이렇게 억척스러워서, 그새 상방을 빠져나간 아범의 혼귀불 을 그만 선놓치고 말았나도 싶은 것이 유독 꼬리를 길게 달고 퍼 런 불점을 몽울대며 꼭 추녀춤 버선 속으로 든다는 혼귀불 기척 은 까맣게 기별이 없다.

좀산 머릿봉이 엇비슷하게 되돌림질이고 보면 달빛도 골짜기 를 떠 그새 자시가 다 된 징조지만 돼지네는 낫자루 든 손을 대 구 떨어대며 좀체 상방 안에 들어설 마음이 없다. 달빛이 내려 희뿌연 등줄을 보이며 드러난 골이 아범이 묻힌 사주고랑 위일 것이며 꺼멓게 달빛을 되돌리고 섰는 대암봉 그늘이 오라비 혼 귀처일 것이었다.

시간 어림질로야 영락없는 자시였다. 추녀춤으로 모은 눈이 사뭇 시려오니 돼지네 머릿속으로는 자나 깨나 불길 같은 생각이 또 고개를 든다. 늘축거리는 새김질 침줄을 고드름처럼 달고 쇠파리를 쫓는 꼬리가 도리깨질처럼 튼튼한 어미 소만 보면 그저 신들린 밤 도깨비처럼 몽당 빗자루 자례질을 치는 푸짐한 생각이다.

아범이 종우로 묻은 송아지가 그새 커서 송아지를 질렀으나, 나흘 전 밤에 한참 배냇짓을 떨던 송아지가 흔적 없이 없어진 터에다 어미 소는 한 겹 더 떠서는 고삐살이 깃물리도록 지랄을 떠는 요즘이었다. 송아지 생각이 차일질을 치면 밤낮을 가리지 않고 외양간 서까래가 흔들리게 뿔을 세웠다.

하필이면 이런 때 재앙도 각색이어서, 아범 혼귀출방 때 송아지 면신도 못 시키고 이러는가 싶은 돼지네는, 실상 거기다 한술 더 떠 아범 혼귀가 펄쩍펄쩍 경기를 떨 만큼한 생각마저 얹힌 꼴이다.

탈상 대제만 챙기고 나면 달 없는 초이틀 밤을 날로 잡아 쑥꼴을 영 뜰 각오였다. 돼지놈 앞날에 금줄 치성은 못 드릴망정 귓속에 명주씨가 설도록 들은 백정 체신이란 말만이라도 딱 자르고 보자는 심사다.

사실 말이지 이 생각을 탈상 때는 정히 아범에게 바칠 결심이었으나, 몸 간수는커녕 호된 꿈자리 탓으로 낫자루마저 든 이 꼴로 엄두를 내다 말고 지레 체머리를 떨고 말았다.

돼지네는 쪽다리 새에 파묻었던 고개를 든다. 무심결에 상방을 살피던 돼지네는 흠칫 소름을 일구며 무릎을 세운다. 분명 기척이 일었던 듯싶었는데 뿌연 방 속에 어른대는 그림자가 설치는 꼴이다. 궤연이 옮겨 앉았을 리도 만무였고 휘장이 저렇게 춤을 춰댈 만큼 샛바람질이 거센 것도 아니다.

혹시 아범 혼귀가 자시를 나며 출방하는 낌새인가 싶어 문득 처마춤을 살피던 돼지네는 윽──하는 기겁을 물고 사레머리를 떤다. 머릿골에서부터 쩌르르한 무서움기가 발등을 쏜다. 얼마 전까지만 해도 살레살레 바람질을 받던 버선짝이 오간 데 없다. 달무리 안을 맷돌질하듯 구름을 얹고 돌던 달이 빛을 죽이면서 막 꺼멓게 시들 때였다.

상방 안이 시꺼멓게 불기를 잃는다. 그새 기름기가 다 마른 탓일까 생각해보지만 건성 어림질에도 촛불은 실히 한 가쟁이를 남기고 있었으니 닭이 홰대를 칠 때까지는 불김이 죽을 리 만무였다.

돼지네 머릿골이 쩡쩡 운다. 옷섶이 들리도록 독한 한기가 온몸을 감는다. 낫자루 쥔 손이 후들후들 떤다. 바싹 허리춤을 움츠리고는 끓는 숨을 헉헉대며 기를 쓰고 긴다.

상방 앞 댓돌 앞에 이르러 더는 발이 떨어지질 않아 오금을 꼬고 앉는데 창호지에 치잣물 살 입힐 때처럼 허연 달이 구름을 밀치고는 드러난다.

흡사 아범의 탯중질이었다. 낫자루 든 손을 들어 댓돌을 향해 턱 내려 꽂는다. 낫날 끝에서 퍼런 불꽃이 튄다. 댓돌이 불기를 얹고 사큼한 부싯돌 냄새를 얹는다.

"누구랴! 누구랴! 상방 안에 뉘기엿? 뉘기엿? 엉?"

숨줄이 벌래벌래 뜸질을 먹이는데 바싹 마른 단내만 허기지게 샌다. 상방 안에는 기척이 없다. 거스럭대는 휘장의 바람기에 향 냄새만 무진 쏟아내고 상방은 그저 궤연 속처럼 죽었는가 싶다.

또 한차례 퍼런 불꽃을 튕기며 낫끝이 댓돌을 긁는데 외양간이 텅텅 울린다. 소가 유독 크게 운다. 고삐를 채는지 결나무가 우지끈 우지끈 밝은 소리를 내고 소굽이 텅텅 용골을 치받는다.

돼지네는 상방으로 기어가던 때와는 유별스럽게 신명이 다르다. 옷섶이 휑한 바람기를 물게끔 줄달음에 외양간 마지문을 드륵 젖히고 들어선다. 뛰던 소가 요동을 멎는다. 고삐를 채며 오장이 다 썩게 울음을 뽑는다. 멍멍하게 머릿골까지 다 찬 소의 울음이 섬찟하게 찬 소름을 일군다.

"왜 그랴? 왜 그랴?"

낫날을 곧추 세우고 파들파들 떨고 있지만 소리는 그저 목젖을 넘기기 무섭게 안으로만 사그라진다. 뭉실한 소의 콧잔등에다 얼굴을 떨구고는 가슴을 쓸어내리는데 상방 문이 터억 닫기는 소리다. 불기 앞의 두꺼비 눈으로 껌껌한 외양간 속에서 건성 눈길을 세우고는 청무밭 속 독사 모가지처럼 잔뜩 고개를 세워 보지만 상방은 또 잠잠하다.

돼지네는 기어코 마음을 차리고 만다. 상방 안에 사람 기척이 있다면 필시 아범 혼귀는 아닐 것이라는 생각이다. 추녀춤에 걸린 버선짝도 없는 판에 아범 혼귀가 상방을 뜰 리 만무하고, 그보다는 언젠가 쑥골 빈 한학당을 쓸고 가버렸던 모진 빗줄이 이엉골을 가마질하던 밤, 벼락질 속에서 옴싹 없이 당해버렸던 흉한 일들이 얼핏 가슴을 채웠던 까닭이다.

말 한자리 쉽게 내쏟아보지도 못했지만, 만약 아범 혼귀가 제 몸을 손 대었기로 설마한들 입성까지 키우랴 싶었는데, 영락없이 그 일 후로 입덧이 일었던 터다.

아범이 널찍한 소머리 앞에서 억센 탯중질을 하고 있었다. 친정아버지가 달무리를 덮고 선지를 굳히고, 좀산 대왕봉을 스치는 오라비 목줄에 퍼런 낫날이 꽂히면서 자질대는 당산천 개울 속에다 푸석 머리통을 박고 엎어졌다. 금단이 년 행방을 좇아 머리채를 벽도질한 채 누런 갈포 수건 한 장 달랑 얹어 쓰고 종적을 감춰버린 친정어멈이 눈 익은 탯중질로 금단이년 멱을 따고 헐레벌떡 줄달음을 내달았다. 자진골 숯가마에 각뜬 짐승처럼 얹힌 백정들이 지글지글 기름을 내끓으며 쪼들쪼들 오그라붙었다. 그 위로, 아니 머릿골이 다 찬 수선스러운 일들 위로, 그 비릿한 선지 속으로, 도깨비불보다 더 소름 끼치는 푸르스럼한 달빛들이 스럼스럼 불길을 푸지게 쏟고 있었다.

좀산 용머리가 퀄퀄 핏줄을 내쏟으며 천수목 넘어가듯 스르르 자빠지고 백정 떼들이 초금가를 하늘이 찢기게 불러대며 길길이 날뛰었다. 쑥골이 통째 불바다가 되어 피적피적 불길을 세우는가 싶더니 소 장터 소들이 고삐를 풀고 용처럼 훨훨 하늘을 날았다.

돼지네는 앞가슴을 쥐어짜면서 헉헉 기진해 비틀댄다. 땀줄이 등골을 흘러 허리춤에 쥐어짜도록 괸다.

상방 문이 삐걱하며 못 이기는 기척을 낸다. 돼지네는 낫자루를 세워 들고 아범이 하던 양으로 눈썰미를 틀고 한 걸음 한 걸음 상방으로 걷는다. 바람기에 이렇게 튼튼하게 문이 닫길 수는 없다. 뿌연 달빛에도 문풍지까지 결을 말고 옴싹 없이 닫긴 문이 훤히 드러난다.

댓돌 앞에서 숨을 몰고 있던 돼지네는 벌써 혼이 나간다. 피식거리는 웃음마저 샌다. 그저 탯중질 못할 게 뭐며, 제 탯중질도 아범 못지않다는 생각뿐으로 어지간히 실성기마저 묻었다.

발톱이 빠져나도록 상방 문을 박차고는 한달음에 상방 속으로 뛰어든다. 혼신이 지치도록 낫날을 사정없이 내꽂는다.

갈비 가래가 엇갈리는 소리가 나도록 사정없이 내리찍는 낫날에 꽂히는 게 없다. 무작정 낫날을 휘두르며 상방 안을 돌림질하는데 기어코는 와락 돼지네에게 달겨드는 게 있다. 돼지네 살기를 짐작하기라도 한 원귀인가, 헉── 내뿜는 숨결에 뜨거운 단내가 실린다.

순간 돼지네 정신이 가물가물 갈피를 찾는다. 맞다. 대나무가 통째로 뽑히던 그날 넙죽넙죽 물도장을 찍던 우람스러운 가랑이가 풍기던 그 살냄새다.

돼지네는 소머리판을 겨냥하는 탯중질처럼 어둠 속에서 휜창을 부리려 뜨곤 있는 힘을 다해 낫날을 내리꽂는다.

"어억── 어억──."

신음을 문 물체가 돼지네를 싸안은 채 푸석 나자빠진다. 힘에 끌려 맞엎어진 돼지네의 볼에 뜨겁고 끈끈한 물줄이 흥건하게 적신다. 급기야 코가 저린 비린내가 상방 안을 다 채운다. 구름을 벗어나는지 허연 달빛이 창호지를 밝히고 문창지에 드러난 꺼먼 것이 더운 숨을 내뿜으며, 꿈틀댄다.

갑작스레 소가 운다. 상방이 다 울리도록 몇 차례 울음을 쏟던 소가 고삐를 채는지 괸나무가 뿌드득 부러지는 소리다. 텅 터엉——외양간 속이 난리더니 마지문이 덜커덩 떨어지는가 싶다.

돼지네는 허겁지겁 상방을 빠져나간다. 외양간 속에서 소가 불쑥 마당으로 나와 선다. 돼지네가 줄달음을 치는 것에 맞대어 소가 뛴다. 탱자 울타리를 받고 껑충껑충 마당 안을 뛴다.

돼지네는 소 고삐를 죽을 힘을 다해 움켜쥐고 잔등을 향해 헛다리를 짚는다. 떡메질을 하는 가슴패기가 잔등 위에 겨우 실리기 무섭게 소는 그냥 삽짝을 벗어난다.

민둥한 소 목덜미를 싸안고 돼지네는 한사코 고비를 낚아챈다.

상복을 입은 채 잠 속에 빠져 있는 돼지놈이 상기 턱마루에 누운 채다.

소는 줄달음을 친다. 황망 중에도 소가 뛰는 길이 섬찟하다. 자진골 샛길로 뛰다보면 필경 막주뜸이고 신작로가 훤하도록 길목엔 강생이네 집 달랑 한 채렸다.

"이놈의 소야! 워디로 워디로! 마주뜸엔 뭣헌다구 워디로….."

미간 맞은 탯중질에 사태 주름을 잡는 꼴은 되려 돼지네다.

철벙거리는 소 굽소리에 당산천 개울물이 홈찔 사래질을 쳐서야 돼지네는 그만 온몸에 맥이 풀린다. 그리고 초이틀 밤이 아니라 훤한 달무리가 눈싸래를 뿌리고 있는 것도 짐작한다. 소 달음에 비끼는 좀산이 당창종 덧친 목놀림처럼 머릿봉을 틀고 달무리는 쑥골을 다 담고 바싹 가락지를 조였다.

배밭굴 청무밭

장딴지가 얼얼하도록 튕겨오르는 새벽이슬이 춘삼월 이엉줄을 타고 내리는 낙수마냥 어지간히도 차다.

강아지풀이며 제비풀이 풀풀 털리는가 싶더니 가뜩 시려빠진 장딴지 위로 터덕터덕 기어오른다.

관솔 풀무질하듯 주둥이를 앞산만 하게 쭈욱 빼물고는 연신 장딴지를 쓸어 보이지만 이슬에 포옥 젖어서는 여간해 안 떨어지는 제비풀 꼬리가 따끔따끔 쏘고 찌르고 야단이다.

오늘은 그중 빨랐지 싶은 것이 샘가에 놓인 두레박 몸뚱이를 휘휘 감고 들나팔꽃이 한 무더기나 폈다.

"우짠댜? …그새 두레박을 휘휘 처감구서나…우짠댜, 이것을?"

뚜경례는 포오── 한숨을 내뱉고는 적이 울상이다.

새벽부터 죽장행보 한다는 경산댁의 수선도 수선이지만 그렇다고 두레박을 칭칭 감고는 제멋대로 핀 나팔꽃들을 돼지밥 젓듯 한손에 휘정거려버리기엔 뚜경례 속마음이 그리 모질 순 없다.

"심통도 꼭 누구 닮구나서나 지랄이여, 차암──."

뚜경례는 밭가랑을 막 푸덕대며 날아오르는 메추리를 보다 말고 투덜댄다.

두레박을 옴싹달싹 못하게 칭칭 감고 나선 나팔꽃 덤불이 꼭 곰배 속마음을 닮았다 싶다 생각하니 왜가리 미꾸리 물고 사지를 털듯 허리통이 싸아해서, 기어코는 그 자리에 풀썩 주저앉아 한 말이나 좋이 되는 웃음보를 터뜨리고 만다.

그새 뒷등에서 인기척이다. 고구마 순을 또옥또옥 딸 때처럼 얼른 주둥이를 꼬옥 다물어보지만 억척 같은 웃음기는 탱자 울타리 빠져드는 앞바람만큼이나 풀풀 샌다.

"말만한 것이 이슬도 안 말랐는디 믄 청승이데야? 물은 안 푸구서나."

뒷집 똘랭이 어미다.

"글씨 좀 보래니깐유."

"멀?"

"이 나팔 덤불 심통 좀 봐유."

"얼라? 대체 믄 지랄이데야?"

"…먼저 푸세유….."

"그랴."

똘랭이 어미는 말이 끝나기 무섭게 두레박을 칭칭 감은 나팔꽃 줄기를 참깨 털듯 털어내고는 두레박을 우물안으로 처박는다.

첨벙──하는 소리가 이슬보다도 더 춥다.

갈기갈기 찢겨 헝클어진 나팔꽃 줄기를 쓸어모아 명주올 풀듯 한 올 두 올 쓸어내던 뚜경례는 밭가랑 위에서 두런대는 소리에 흠칫 놀라 일어선다.

면사무소에서 측량 나온 사람들일 성싶은 것이, 삼줄 같은 긴 끈을 들고 밭가랑을 왼통 후적대며 농굿날 상모 놀듯 하는 꼴에다. 이장 아들 사봉이는 삼발이를 한 그 천리경인가 뭔가 하는 조그만 쇠붙이에다 눈을 처박고는 등어리는 잔뜩 휘어 꽥꽥 소리 지르는 품이 쥐약 장수 억만이의 곱사등이 다 됐다.

뚜경례는 또 피식 웃음기를 물고는 아랫배를 움켜쥔다.

"아니, 믄 일이데야? 허패 쪽에 상투바람이 들었제, 믄 일이데야? 읍내 최 주사 봉침 한 대 꾸욱 쑤셔서나 바람기를 빼사…."

말은 삼단 깁듯 오지게도 하지만 똘랭이 어미도 영문 모를 웃음기를 따라 물고 우정해보는 심사렷다.

"아니유…아니유…저어, 저 사람 사봉이 아닝게유? 그치유?"

밭가랑이 천장에 매달렸다고 꽁지발은 잔뜩 추세워 수선이람──한참 동정을 살펴보던 똘랭이 어미가

"그려, 맞구만은──."

"킥킥──."

"아니, 이 큰애기가 대체 믄 일이랴? 물 풀 생각은 않구서나 웃음보따리는 오가리채 마셨당가?"

"저 말이유, 저 천리경인가 뭔가는 눈 한쪽은 감어야 뵌다지유?"

"그랴."

"사봉이는…사봉이는 편한 일 하니께 그러치유, 안 그래유? 킥킥."

그제야 똘랭이 어미는 덩달아 허리통을 쥐어잡는다.

"이고 잡것! 잡것하고는, 이고──."

똘랭이 어미의 웃음소리가 사뭇 밭가랑을 타자 뚜겅례는 짐 짓 모르는 채 두레박 끈을 잡고 일어선다. 까치가 빼갔다는 희므 끄레한 사봉이의 한쪽 눈이 쪽제비처럼 뚜겅례를 흘겨보는 것 같아 소름기마저 쏘옥 돋는다.

첨벙첨벙——찰찰 넘치는 샘물이 두레박을 쳐올릴 때마다 얼 굴이고 허리께고 가리지 않고 더듬듯이 튀어오른다.

"차거러으 이고 차거러으——."

뚜겅례는 푸우푸우 요란스럽게도 세수를 해대다가, 섬찟 멈 췄다간 또 퍼득퍼득 목덜미에다 샘물을 앵겨붙이며 머리통을 조아리는 품이 꼭 가뭄에 오리먹질이다.

"큰애기 시수가 뭇이 이렇게두 요란하대여? 죽장 파장 때처 럼 시끌시끌 지랄이구서는——."

똘랭이 어미가 끙 하고는 물지게를 지고 일어서는데 목덜미 로 촉촉하게 엉겨붙은 머리칼을 쓸고 섰던 뚜겅례는 기겁을 하 며 돌아선다.

"왜? 왜 그랴?"

"천리경 좀 봐유, 저 천리경 좀 보라니까유!"

뚜겅례는 사뭇 발까지 동동 구르며 병아리 모래찜질하듯 방 정이다.

"빙신이 새벽부터 기분을 내느라구, 쯧쯧——아, 퍼뜩 가재 니까는 그랴."

똘랭이 어미는 이쪽으로 향했다가 그제야 슬며시 돌아서는 천리경을 흘겨보며 수선이다.

뚜껑례는 온 얼굴을 발갛게 태우고는 끄응 물지게를 진다.

"저번 때두 저 병신이 '이가 네 마리, 빈대가 여섯 마리, 겨드랑이에는 벼룩이가 알을 삼천 개나 품구 있네그랴' 하구서는 막 놀리지 않어유? 천리경을 내 몸뚱이로 돌려대구서나!"

"저도 막 대고 놀려주지그랴!"

"믓이라구유?"

"니 아랫도리에는 감자가 서 말이라구 말여! 힛힛——."

"그게 믄 말이댜? 응?"

똘랭이 어미는 대꾸도 않고 허리통을 다 흔들고는 웃어젖히더니 알자리 찾는 오리처럼 뒤뚱뒤뚱 사뭇 위태롭다.

"그러다가 넘어진대두그랴!"

"힛힛——이고 힛힛——이고 아랫도리에 맥이 빠지는데, 이고 이고——."

"얼라? 얼라?"

"이고 나 모른대두!"

방댕이가 사뭇 턱 빠진 수레바퀴처럼 뒤뚱뒤뚱 좁은 논길을 타더니 그옇고 똘랭이 어미는 물지게를 진 채 개구리처럼 발랑 나자빠지고 만다. 그 풀에 뚜껑례라고 온전할 리는 없다.

"이고 몰라여! 내가 믓이라고 했남!"

뚜껑례는 똘랭이 어미의 가슴께다 얼굴을 파묻으며 걸죽하게도 엎어져 늘어진다.

"새벽참에 믄 일이댜? 팔자에 없는 멱질을 다 하구서나!"

"누가 아니래유! 아침이 재양 맞어서나 이 꼴이지 뭐래유!"

뚜껑례 치마폭을 잔뜩 거머쥐고는 끙 일어서다 똘랭이 어미가 다시 풀썩 고꾸라지는 통에 둘이는 맞부둥켜안고 또 한 번 질퍽하게 자빠지다.

"…그런데 저 천리경은 왜 신바람이 나 저러지유?"

"청무밭으로 길이 뚫린대지 않어."

"청무밭으로유? 아니 왜 하필이면 청무밭으로유?"

뚜껑례 놀라는 품이 심상치 않다.

"내가 아남? 죽장으로 막 뚫리기가 그중 순한 길이라서 그렇대지 아마."

"…순하기도 하겠네유…."

퍼진 죽사발처럼 댕그렇게 가랑이를 벌리고 앉아서는 송편한 개쯤 좋이 얹게시리 주둥이를 쏘옥 내밀며 청승맞은 한숨 한 가닥까지 길게도 곁들인다.

"좋지 않구서나…행보길도 해안이면 네 행보는 하겠구 또 시글거리는 청무구리도 없어지구…."

똘랭이 어미가 퍼뜩 일어서면서 수선스레 치마폭을 털어대는 통에 섬뜩섬뜩한 물방울이 사정없이 돌개바람 비서리처럼 얼굴을 싸아——때린다.

"믄 생각이댜? 어서 일어나지 않구는. 글씨 뚜껑례 꼴 좀 부아! 밤도깨비도 상감이랴! 힛힛——."

뚜껑례는 무슨 일인지 곰배가 안쓰럽다.

청무밭이 길로 뚫린다고 하필이면 곰배가 이렇게도 안쓰러울까.

"아휴 깜짝이야! 잡것, 저 잡것!"

메추리가 푸득 나는 통에 그만 혼줄이 빠진 뚜껑례는 드문드문 맨살이 드러난 메추리의 앙증맞은 엉덩이에다 대고 연신 가당찮은 돌팔매질이다.

아직도 축축하게 이슬기가 밴 검불단을 깔고 앉아 맵싸한 눈물을 한 바재기쯤은 좋이 쏟으며 불을 지피고 있던 뚜껑례는 이내 신들린 듯 사립을 차고 나간다.

거렁거렁 가래 삭히는 소리에다 잔뜩 청승맞은 가락으로 육자배기를 흥얼거리는 녀석은 틀림없이 곰배렷다.

아니나 다를까, 벌써 누렇게 기름기가 든 탱자 울타리의 얽히고 설킨 틈을 발기발기 찢으며 곰배가 간다.

하냥 그랬었지만, 이제 겨우 갓 스물인 곰배가 터억하니 곰방대를 물고는, 훨훨 한량 두루마기 자락처럼 까불까불 활개을 쳐대는 동네 마슬 다니는 꼴이란 우습다 못해 기가 찬다.

그래도 이 같은 거동이 한서리 맞은 호박 넝쿨처럼 여물게도 틀이 째어서는, 지나가는 눈에 언제고 밉지 않은 것은, 워낙 녀석이 부지런하기로 배밭굴 쩡쩡 울리는 소문 하나만으론 아니다.

곰배 녀석 넉살 앞에 서면 누구고 간에 삭신이 나른해져 지레 뜬다. 포옥 곰삭은 멸치 젓국처럼——.

이내 돌아와 검불단을 지피노라 생눈물을 짜보지만 뚜껑례의 마음속이 편치 않다. 바직바직 횃불 타듯 억세게도 불기가 없는 불질만큼 속이 답답하다.

가슴을 쭈욱 펴고는 큰 숨을 몇 번 들이마셔 보지만, 그도 감질만 나, 이젠 터엉터엉 앞가슴께를 한두 차례 쳐대고 나서야 뚜경례는 가랑이를 모로 세운다. 이내 허리통이 저리도록 힘을 줘본다.

세상천지에 별난 동네도 다 생겨났지 뭔가. 사방이 훤한 황토 들판에다 나무 한 포기 억세게도 못 키워 마냥 쌀쌀한 서러움만 키우는 풍치다.

게다가 꼭 한 군데 만구산(산이라지만 기껏 일년생 소나무가 드문드문 서 있는)으로 향하는 길목엔 천수답 목줄 축여주는 열댓 가랑쯤의 방죽이 터억 길목을 눌렀다.

동네 싹 쓸어 외진 곳이라곤 배밭들뿐인데, 동냥자루 봄마슬나듯한 세상 인심 때문인지, 그나마들 어찌나 튼튼한 쇠줄들로 담을 잘랐는지 겨우 족제비 나들이나 족하렸다.

겨우 몸이라도 뉠 곳이라면 기껏 장딴지를 차는 꽤 넓은 청무밭이다.

뚜경례는 청무밭을 생각하며 제풀에 젖꼭지가 시리도록 모진 소름을 탄다.

모로 세운 무릎코에다 밥사발만 한 젖통을 터억 얹고는 꾸욱 등뼈에다 힘을 줘보지만 어지간히 뼈대힘께나 염출하는 곰배의 팔아름 또아리를 생각할라 치면 그나마 미친개 지난 자리에 솜털 앉기다.

그런데 하필이면 청무밭이 왼통 들춰엎힌다니 생각만 해도 숨이 목에 찬다.

"차암…내가 엄니 말마따나 요새 신살이 들었남…."

제풀에 화끈한 불김을 귀밑이 찌르르하도록 일구는데 경산댁이 허리통을 다 휘고는 갓 캐낸 고구마를 한 말이나 쏟아놓는다.

"그새 불김도 못 지폈능게 벼. 후딱 처질르고는 곡마단 귀경이나 허제는."

"싫네유. 엄니나 허세유. 삭신이 저려서는 한잠 포옥 시드는 게 더 나을 성싶구유."

경산댁이 뚜겅례의 포동포동 단물이 오른 몸뚱이를 핥듯 훑어내리더니만 금세 푸우 긴 한숨을 내뱉는다.

"시집갈 때가 돼서 그랴."

"치이——엄니는."

"뭣이 치이는 치이데여? 동네 너만 한 것들 한 년이라도 남았나 봐여. 서리 지난 상수리마냥 저 혼자 달랑 남아서는…안 그랴?"

"그려서 워쩌라구? 치이——."

이제는 뚜겅례가 경산댁의 상기 젊은 몸매를 마냥 훑는다.

배밭굴 싹 쓸어 딱 한 손가락에 꼽는 인물이다. 배밭굴만인가, 삼십 리밖 죽장까지 쩡쩡 울리는 미모다.

기껏 약탄재 짜다가 다 못쓰게 된 갈포 수건으로 머리를 씌우고는, 가랑이가 너줄거리도록 다 헐은 고쟁이로 몸뚱이를 쌌지만, 마흔이 넘은 경산댁의 얼굴은 이제사 한참 농익는 기껏 삼십이나 갓 채올렸을까 싶게 터무니없게도 젊다.

주둥이가 병치 입이 되도록 얌전하게 주름을 모아 새우고는 포오── 긴 한숨을 뱉던 뚜경례는 흠칫한다.

고구마를 움켜쥔 경산댁의 손이 파들파들 떨리는가 싶더니, 눈 가장 자리로는 잔뜩 명주주름을 잡고는, 장난기 서린 입술을 몇 번이고 얍싸하게 들먹들먹하더니, 끝내는 한바탕 꺼렁꺼렁한 웃음보를 터뜨려놓으며 뒤로 나동그라진다.

"워째 저런댜? 얼라? 얼라?"

경산댁은 이제 사뭇 토방을 대굴대굴 구르며 웃음을 웃노라 무진 수선이다.

고쟁이 허리춤을 잔뜩 움켜쥔 하이얀 손목이 힘을 풀 때마다 박살 같은 허리통이 다 드러난다.

"심심하던 판에 한판 자알 웃었구먼. 그것 참 그것 참, 워째 그렇게도 똑같댜? 힝힝힝──."

경산댁은 연신 웃음을 참지 못해 안달이고 뚜경례도 겉모양 같지 않게 속으론 다 안다. 경산댁이 강그라지는 연유를 백 번인들 모를까.

뚜경례는 아예 경산댁의 호들갑 따위에는 정신이 없다.

뚜경례는 몇 번이고 망설이다가 기어코는 묻고 만다.

"…지금도 청무밭에는 청무구리가 시글시글하데여?"

"청무밭에 청무구리가?"

"그려…여지 그러는가 싶어서."

"건 워째서?"

"…그냥…."

"누가 청무밭엘 들어가봤어야지. 청무구리인지 청개구락지인지 내가 워찌 안댜!"

경산댁이 건성으로 지나치는 게 뚜껑례에겐 여간 다행스럽지 않다.

청무밭 생각만 하면 으레 경산댁이 가였다.

경산댁 혼줄이 한 해면 스무 번도 넘는 일. 뚜껑례 하나 때문에 백사 마다하고 저렇게 늙어가는 경산댁이 못내 안쓰럽다.

그냥 하루빨리 곰배의 말을 듣는 편이 상책일 듯 싶고, 그러면 두 집이 다 여느 인심들 같지 않게 화목 태평하게 한판 살아볼 것도 같다.

뚜껑례 머릿속으론 처렁처렁한 청무밭이 그대로 짙푸르다. 서르르 서르르 밭가랑을 가르며 춤추는 그놈의 청무구리는 제발 씨가 말랐으면 싶다.

곰배네와 뚜껑례와는 퍽도 가까워서 배밭굴은 제쳐두고 죽장까지 그의 좋은 인심들은 벌써 다 깔린 소문이다.

곰배 아버지도 건장한 홀아비였고 사람 좋기로야 읍내까지 쩡쩡 울리는 인품인데다 핏줄이라곤 곰배 하나만 달랑 꿰찼고, 경산댁도 청청 젊은 과부에다 뚜껑례 하나만 달랑 열렸다. 사정도 같았지만 사이좋기로도 두 집이 서로 다를 바 없다.

봄부터 가을까지 행세깨나 하는 동네 가문으로부터 읍내 터줏대감까지 경산댁의 혼줄을 달고 중신아비만도 서른은 넘게 행보했지만 그럴 때마다 경산댁은 그저 뚜껑례만 보고 성화였다.

"내 걱정은 씨도 말고 니나 어서 짝 찾아 가래두그라! 나야…나야…혼자 살면 어쩌고…어떻든 니가 짝을 만나사…."

뚜경례는 순을 딴 고구마를 한 바구리 광 속에다 쏟아부으며 제딴으론 실히 큰 결심을 해본다.

'곰배 말을 들어사 될까부아. 그냥 엄니를 위해서라도 눈 딱 감고 들어사 될랑게 벼. 청무밭 길 뚫리기 전에 곰배 애기를 다 털어놓을까부아. 그래사 엄니가 심간이 편하겠잖남!'

뚜경례는 광문을 닫다 말고 저도 모르게 숨죽인 도둑 방귀마냥 안타깝게 내뱉는다.

"청무밭에는 지금도 청무구리가 서글댄다?"

"…?"

"오살 것들 믄 지랄이댜?"

"아니, 오늘사 말고 니는 으째 청무구리 타령만 한댜? 응?"

"비암은 무섭고 징그랍고…."

뚜경례는 고개를 설레설레 내저으며 가시마냥 아프게 박혀오는 경산댁의 눈길을 피하느라 목덜미가 뿌듯하도록 한사코 도리질이다.

아흐레 눈썹 같은 달이 갓 열린 오이 꼭지처럼 파랗다 못해 차가웠다.

장딴지가 흥건하도록 찬 이슬이 젖었다. 만구산 중턱쯤 될 것이렷다. 부엉부엉 부엉이가 울었다.

갓 잡아다 놓은 때까치 새끼 나불거리듯 뚜경례는 청무밭 가랑에 앉아 곰배의 억센 팔아름 또아리를 빠져나오지 못해 여간 성화였다.

"이봐! 곰배여 부엉이는 워째서 운댜?"

"저거? 지 애미 잊어뿔그는 슬퍼서 지랄인게 벼."

"치이──우는 부엉이는 새끼가 아니란디?"

"차암──그러면 저거 곰배가 우는겨…."

"아니 워째서? 응? 워째 니가 부엉이가 돼서는 운댜?"

"저놈의 부엉이가 곰배라면 말여 바로 뚜껑례 부엉이 찾느라
고 저러잖어?"

"이고, 우뭉스럽기는! 말도 요리저리 잘도 갖다붙이는 것 좀
부아."

말이 채 끝나기도 전에 곰배의 불김 같은 입김이 뚜껑례의 폭
젖은 목덜미를 태웠다.

순간, 그만 나른하게 풀리는 사지를 감당 못해 뚜껑례는 정신
을 뺏고 곰배는 꼭 뿔 자른 황소마냥 대구 날뛰었다. 곰배의 발
길에 채여 뚝뚝 청무 대가리가 부러져나갔다. 뚜껑례는 간이 타
게 종알댔다.

"곰배여! 이러지 마아! 으째 이렇게도 무섭게 군댜?"

"인제는 절대적으루 못 놔준다니께는! 이참 가슬은 안 놓친
대두그랴! 뚜껑례여! 니 내 말 듣는다구 하구서나 또 이러기남?
엉?"

꼭 어린애마냥 애가 타서 날뛰는 곰배의 더벅머리를 손바닥
으로 쓸어주며 어차피 있을 일을 어쩌랴 싶어 속을 태우다간, 그
냥 하냥 어지러운 별밭을 담고는 꼬옥 눈을 감아버리려는 바로
그때였다.

사각거리는 소리가 바로 뚜경례의 발치에서 일며 그 소리는 곧 뚜경례의 귓전을 스칠 무렵이었다.

"곰배여! 믄 소리댜? 누가 왔능게 벼!"

"응? 누가? 누가? …아무것도 아녀!"

곰배의 우악스러운 손길이 모질게도 뚜경례의 아랫도리를 헤집는가 싶더니 이내 싸아하니 허벅지 위로 찬 이슬이 뭘 때였다. 그 소리는 또 사글사글 을씨년스럽게도 일었다.

"누가 왔대두그랴! 싫대두! 싫대두! 그랴!"

"헛참, 오긴 누가 왔다구 그랴?"

"왔대니깐그려! 봐여! 저 소리! 내일 밤에! 꼭! 꼬옥!"

잠시 땅을 짚은 양어깨로 바글바글 가쁜 숨을 내쉬며 앞을 내다보던 곰배가 기어코는 가쁘게 소리치고 만다.

"쉬! 쉬잇! 저놈의 청무구리."

"에메메메, 나, 나 죽어! 나 죽어!"

뚜경례는 소스라쳐 일어나 아랫도리를 추켜 입고는 곰배의 널짝만 한 가슴팍을 파고들었다.

길기도 한 청무구리 한 마리가 꼿꼿이 선 채 여들여들 모가지 춤을 추고 있었고 곰배는 뚜경례의 손목을 이끌고 뒷걸음치며 간이 타게 중얼댔다.

"저놈의 뱀이 하필이면 오늘 밤에 웬 지랄이다! 저놈의 비암이!"

희뿌연 달빛을 받고 서선 흐느적흐느적 목춤을 추고 있는 청무구리가 둘이에겐 가슴을 다 찢는 설움만큼이나 원스러웁고 한스러웠다.

서늘하게도 하이얀 햇살이 붉은 고추 멍석 위에 다 깔렸다. 만구산 머릿봉에 두어 뼘 남짓 겨우 해가 걸려 이맘때면 게으른 장끼가 컹컹 날개를 턴다.

"나 싸게 댕겨올 테니까 검불이나 구둘 닳도록 넣어두구서… 그래야 한밤이라두 불김이 가지 요샌 새벽참으로 제법 한기가 들어서나…."

"으디 갈려구 그랴?"

"죽장 최가헌테 가서는 참깨나 곡석되로 바꾸구선 그냥 달음에 내쳐 온대두그랴."

"새벽참에 가제 인제 행보해서 은제 올려구."

"홧걸음이면 새로 한 시면 돌아오지 뭘."

뚜겅례는 여느 때 같지 않게 반지르르 동백기름까지 입히고는 서둘러대는 경산댁을 바라보며 딴 생각 하나로 벌써부터 가슴속은 풀무질이다.

'죽창 최가라면 돈푼두 만지구…그 아저씨도 사람 좋기로 이름난 홀애비니까 서로 이문 없을 테구…근데 대체 언제 저렇게들 됐댜?'

뚜겅례는 죽장 최 씨의 얼굴을 생각하다 말고 쿡 웃음기를 문다.

장롱감으로 심은 미루나무 한 삼 년 큰 짐작만큼 껑충한 키에다, 터억 뺑코 구두를 걸치고는, 낙지 발처럼 긴 팔을 흐늘흐늘거니는데, 보면 볼수록 미운 데 없는 얼굴은 어쩌자고 잔뜩 수염으로 풍년이다.

뚜경례는 피식 웃다 말고 자근자근 입술을 깨물어댄다.

'오늘은 좀 더 차분히 애기도 허구, 아주 약조 사항도 받구…
그리고 곰배가 하자는 대로 꼭 다 허구 말아야지. 하루라도 빨리
내가 곰배와 짝지어 나서야 엄니는 죽장 최 씨허구 거동도 자유
스럽구…제발, 제발 엄니를 위해서도 오늘은 꼭….'

사립을 나가는 경산댁의 활갯짓에 오늘 저녁따라 모진 힘이
밴다. 뒤뚱거리는 엉덩이가 얄팍한 인조견 치마에 감싸여 터질
듯 넓다.

해는 벌써 만구산 머릿봉 밑으로 떨어졌고 어름어름 말문을
여는 뚜경례는 오늘따라 경산댁에게 미안한 마음이 찰엿처럼
걸쭉하다.

"엄니, 나도 좀 마슬 나갔다 들어올 참인디."

"어디를?"

"그냥 동네 마슬."

"동네 마슬?"

"워째서?"

"아니, 그냥…집을 비워놓구?"

"그럼 엄니는 은제 온대유?"

"…좀 늦을지도 모르제만."

"…그랴? …."

"방문만 단속허구 핑 갔다 들어오면 돼잖어? 동네 마슬은 뭣
헌더구… 참! 곡마단 귀경이나 허제는그랴! 오늘이 끝날인디…."

"싫네유!"

"동네 마슬이면 내일 가지그랴. 오늘은 집이나 보구서나."

"꼭 나갔다 들어올 일이 있대두그랴. 내일부턴 일 년 내내 마슬 안 나가두 되여."

주둥이를 뾰죽히 내밀고는 딱따구리 떡갈나무 둥치 파듯 그렇게 조임질을 하고 섰는 딸이 오늘따라 경산댁도 더욱 가엾다.

저것이 필경은 제 어미 때문에 여태 짝도 못 찾아나서구 고명 호박처럼 달랑 매달렸나 싶다.

경산댁이 사립을 나가는데 향긋한 크림 냄새까지 곁들였다. 꼭 일 년은 쓰나 싶지. 작년 이맘때 고구마 두 말하고 바꾼 크림 생각이 번뜻 난다.

뚜껑례는 줄창 우물가로 내달아서는 푸우푸우 수선스레 세수질을 해대고 나선 미끈미끈 기름기가 오른 허연 허벅지도 정성스레 땟물을 뺀다.

콧잔등에다 물컹 크림을 떠먹이고는 밀가루 반죽 쓸 듯 대구 밀어댄다. 크림이라고 기껏 세 번인가 쓰는 걸 봤나 싶다. 그토록 경산댁이 아끼는 크림을 어깨너머로만 눈동냥하다가 듬뿍 칠을 하고 나서니 참빗질 서캐 뽑듯 여간 시원해야 말이지.

기껏 지금쯤에—— 곡식 되나 바꾼단 말이 사실이라면 콧대 높은 죽장 최 씨의 서슬 높은 부리 아래서 얍실한 입술을 꼬옥 물고 앉았을 경산댁을 생각하면 죄스러운 맘이 괜히 불길 같다.

뚜껑례가 사립을 나섰을 때 저만치 앞 탱자울타리 쪽에서 예의 귀에 익은 인기척이 난다.

바람결에 확 풍겨오는 독한 담배 냄새가 어지간히 코에 밴 곰배의 쌀거리 냄새다.

곰배는 싸리 울타리를 벗어나기 무섭게 번쩍 뚜껑례를 안아 올린다.

"웬일이여? 구라분 냄새가 천지 진동하게! 훠이 상내여!"

"하여튼지 말 갖다붙이기는 천 년 묵은 이무기여! 뭣이 또 천지 진동이남."

곰배는 뚜껑례의 훈김 밴 손을 이끌고는 조심스레 청무밭 가랑을 탄다.

"청무구리가 나오면 또 워쩐댜! 워쩐댜" 하며 벌써 열 번은 더 방정맞게 치를 떤 뚜껑례가 아니더라도 우선 제 편에서 더 가슴이 바직바직 조여들어 애꿎은 헛기침만 간이 타게 뱉어본다.

"쓰르르 쓰르르 낄낄."

밤벌레들 눈치가 상달을 넘었는지 고무신 콧날 한 뼘 앞에서만 땅이 울려도 뚝 그치곤 한다.

족제비 닭장 대들보 타내리듯 그렇게 조심조심 청무밭 가랑을 타던 둘이 흠칫 놀라 그 자리에 푸석푸석 주저앉는다.

웬일인가. 그럴 리가 없으련만 분명 청무밭 속에서 누군가 속닥거리는 소리다.

바싹 귀를 쫑그리며 참새들처럼 숨을 할딱거리던 곰배도 뚜껑례도 그만 가슴속으로 싸아 하니 서릿발이 선다.

"이봐유! 좀 고정허세유! 아휴, 좀만 고정허시래니깐유!"

"헛참, 딱두 허네그랴! 뚜껑례 어미만 좋다면 우리 둘이 합하는 거야 동네에서들 다 찬성 합의할 일 아니냠!"

"곰배 아버지 생각 좀 해보세유! 말만한 자석들이 그저 제 짝들도 못 찾어 저 꼴인데 우리가 워찌께 먼저 이러남유? 생각 좀 해보세유!"

"차암──자네는 그중 헛생각만 푸짐허게 해싸쿠먼은! 아, 어련히들 제짝들 찾어나설려구 걱정이냠! 이봐! 경산댁! 경산댁!"

"…아휴우── 몰라유! 난 몰라유!"

"내가 싫으냠?"

"…모른대니간유! 이러지 마세유! 아휴 이러지 마세유! 누가 싫다구 했남유 차암──."

"경산댁! 이봐! 이봐!"

한참 실랑이하는 소리들이 솥 끓듯 덥더니 이내 꼭 그날 밤처럼 뚝뚝 청무 대가리들이 부러져나간다.

"경산댁! 경산댁!"

"몰라유! 아휴…난, 난 어쩌면 좋지유? 난 난 몰라…몰…."

청무밭 속은 그냥 거센 훈김들만 바람 같다.

곰배가 뚜껑례를 빤히 바라다본다. 희뿌연 달빛에 곰배의 속눈썹으론 금세 또록또록 크기도 한 눈물방울들이 매달려 반짝인다.

곰배의 떨리는 목소리가 바짝 뚜껑례의 귓바퀴에다 대고 사뭇 운다.

"뚜껑례여! 뚜, 뚜껑례여!"

"…."

"뚜껑례여! 우리는 워찌 된댜? 응?"

"…몰라! 몰라!…."

"말 좀 해부아! 뭇이라고 제발 말 좀 해부아!"

"…모른대두…모른대두그랴아…."

뚜경례는 곰배의 팔아름 속을 슬며시 나오며 꼬옥 쥐었던 손아귀에 스르르 힘을 푼다.

"인자는…인자는 우리는 남남 아녀? 안 그렇남?"

곰배는 더욱더 목이 멘다.

"워디가 남남이남? …자석들이제는! 자석들이제는…."

"…차암! 그려! 그려!"

뚜경례는 핏물이 솟도록 잴금잴금 입술을 깨물어대며 용케도 설움을 참는다.

그러고는 양 무릎 사이로 휘장처럼 널린 치마폭으로 찬 이슬보다 더한 눈물들이 송알송알 떨어져내린다.

곰배는 바들바들 떨리는 손으로 연신 들먹이는 뚜경례의 등줄을 가만가만 쓸어본다. 뚜경례가 섬찟 놀라 물러앉는다.

"가여! 후딱 가여!"

"으디로?"

"뚜경례는 뚜경례 집으로 가구…나는…나는 내 집으로 가구…."

뚜경례는 애써 눈물을 삼킨다. 샐쭉 토라져보지만 이내 몽당 빗자루마냥 꼬옥 묶은 뒷머리가 할미새 꽁지 방정처럼 모질게도 떨며 대구 설움이 솟는다.

소리를 죽여가며 애써 큰 소리를 참는 뚜경례가 이렇게 측은

할 수가 없다.

곰방대에 썰거리를 재보지만 곰배라고 뚜겅례와 다를 게 없다.

"부엉부엉."

부엉이가 운다.

앞서 걷던 뚜겅례가 한눈 다 젖은 채로 곰배를 돌아다보며 우뚝 선다.

"…워쩐댜?"

"…뭘….."

뚜겅례는 금세 울 듯 목구멍까지 치솟는 설움을 참느라 두 손바닥으로 꼬옥 입을 틀어막고는 다시 후적후적 걸어나간다.

뒤따라 풀이 죽어 걷는 곰배는 그만 가슴을 싸쥐고 숨을 크게 몰아쉰다.

꼭 한 번만 저 불쌍한 뚜겅례를 꼬옥 안아주었으면 싶다.

그만 억센 도리질에 목줄이 뿌듯하다.

"참말로 워쩐댜?"

뚜겅례는 다시 돌아선 채 간이 탄다.

"…?"

"부엉이가 울면 청무구리가 설친대잖남?"

곰배는 그제야 섬칫 놀라 선다.

"차암! 그려…워쩐댜?"

"청무구리가 설치면 우리 엄닌 워쩐댜? …워쩐댜…."

둘이는 똑같이 지나온 청무밭 속을 향해 나란히 돌아선 채 애가 탄다.

작가 후기(1975)

해설: 황구의 시간, 현실을 껴안는
소설의 윤리 | 양윤의(2007)

작가 후기(1975)

　이 작품집은 내가 소위 '저(著)' 자를 붙여 세상에 내놓은 세 번째 책이 된다.

　나는 문학을 시작함에 있어, 내가 죽는 날까지 단 한 권의 작품집인들 만들어낼 수 있을까 하고, 무척 무서움을 탔었던 일을 기억한다.

　자라는 나무이매, 떡잎은 자라 세 잎을 폈음인가, 그저 백번 송구스러우면서 한편 눈물겹다.

　실린 작품들 모두가 아직은 어설프고 덜 여문 것들이지만 부끄러움 무릅쓰고 거의 고치지 않았다.

　문학이 어느 때인들 대성(大成)이 있을 것이며, 작품이 그 어느 때인들 자신만만한 정장(正裝)으로 독자들 앞에 설 수 있으랴. 해도 해도 끝없이 어려운 것이 문학이기에 피처럼 소중하고 생명처럼 고결한 것 아니겠는가.

　후기를 적다 보니 한 줄 감회가 없는 것도 아니다. 나는 명색이 1950년대 작가이면서 그 황금의 연륜 1950년대와 1960년대를 의붓자식처럼 외져서만 살아왔다. 《사상계》와 《문학예술》

같은 잡지로부터 원고 청탁서 한 장 못 받아보면서도 그 누구보다도 그 잡지들을 사랑하고 열독했을 정도로 나의 문학은 기구했었다.

이 '기구함'이야말로 내 문학이 죽는 날까지 갖는 궁극적 의분(義憤)이다. 따라서 이 의분을 절대 영양으로 하여 나의 문학적 양심은 한 삽 두 삽 다져질 것이다.

나의 소원은 너무나 단촐하다. 최후의 독자 단 한 사람에게 다시 한 번 물어볼 수 있는 내 문학의 시발(始發). 바로 이거다.

1975년 7월

해설

황구의 시간, 현실을 껴안는 소설의 윤리 | 양윤의(2007)

1

천승세는 유비(類比)에 능한 작가다. 작가는 작품 속에서 어떤 특정한 사물을 매체로 삼아 그것에 대한 관행이나 보편적인 함축을 갖도록 확장해나가는 서술 방식을 효과적으로 활용한다. 1970년대 폭력적 현실 속에서 일방적으로 희생당하고 마는 민중의 현실을 왜소한 '황구'로 표상하는 소설 〈황구의 비명〉을 그 대표적인 사례로 꼽을 수 있을 듯하다. 이때 '황구'는 민족적인 주체성 회복에 대한 작가의 강한 전언을 함축하는 표상이지만, 작가의 시선이 개인의 특정한 성향이나 성격의 문제에만 머무르지 않고 그들이 처한 공동체적 현실의 구조로까지 확장되는 양상을 보인다.

천승세는 소설가이자 시인이고, 극작가다. 그만큼 다양한 방식을 통해 현실적 문제에 천착해온 작가다. 소설가 천승세는 1958년 《동아일보》 신춘문예에 〈점례와 소〉로 입선하며 등단했다. 작가는 1971년 첫 창작집 《감루연습》의 후기에서 "삶 속에서 소설을 빼라고 신이 원한다면 나는 기꺼이 죽을 수밖에 없다"고 단언한 바 있다. 자신의 예술을 죽음과 맞바꿀 수 있다는 결연한 작가 의식이 드러나는 대목이다. 이러한 올곧은 작가 의식은 이른바 밑바닥 인생에 집요한 관심을 보이는 그의 작품을 통해 확인할 수 있다.

천승세 소설의 일관성은 1975년 발표된 그의 세 번째 창작집인 《황구의 비명》을 포함하여 그의 전작(全作)을 아우르는 중요한 특질이다. 그가 지켜온 문학적 관심을 일별하면 크게 두 가지 작품 경향으로 나눌 수 있다. 하나는 전통적이고 토속적인 세계에 관심을 보이는 작품들이다. 농어촌을 배경으로 삼아 천승세의 작가적 인장을 뚜렷하게 드러내는 중편 〈낙월도〉(1973)가 대표적이다. 다른 하나는 〈황구의 비명〉(1974)에서 드러나듯이 도시 변두리 하류 인생들을 다룬 작품군이다.

산업화가 본격적으로 진행된 1970년대의 시점에서 볼 때 작가가 관심을 갖는 토속적인 세계나 도시 변두리는 근대의 담론을 주도하는 중심적 공간과는 구별되는 공간이다. 근대적인 도시에서 멀리 떨어진 농어촌이나 혹은 도시와 인접해 있되 철저히 배제되는 변두리는 근대화의 수혜를 제대로 입지 못하면서도 산업사회의 모순이 중층적으로 얽혀 있는 복합적인 공간이기도 하다. 이러한 지역적 불평등은 근대화에 가속도가 붙을수록 오히려 심화되어왔다. 천승세는 소외된 민중의 현실과 그들이 속한 사회의 은폐된 모순을 작품 속에 부조(浮彫)한다. 때문에 그의 소설은 1970년대 산업화에 대한 비판적 성찰을 동반한 작품이 대부분이다. 주의할 점은 소위 근대성에 대한 비판이 전근대적 삶의 방식에 대한 무조건적인 옹호로 기울거나 과거를 그리워하는 낭만적인 향수로 직결된 것이 아니라는 사실이다. 작가가 그리는 농어촌의 모습은 도시인의 시각에서 그리는 아름답고 풍요로운 이상과는 거리가 멀기 때문이다. 작가가 포착한 민중적 공간은 이미 가난과 원한, 불신과 살의가 미만(彌滿)한 처절한 생존의 전장에 가깝다.

2

주지하듯이 천승세가 보여주는 고향의 모습은 '보리밭 냄새 나는' 살 만한 공간이 아니다. 향긋한 보리밭 풍경은 도시인이 꿈꾸는 낭만화된 고향의 환상에 불과할 터. 오히려 고향은 비극의 원천이다. 전통적 토속 공간인 농어촌을 배경으로 삼고 있는 〈낙월도〉 계열의 작품은 공히 천승세 문학의 본령이라고 인정받아왔다. 〈달무리〉, 〈불〉, 〈운주 동자상〉 등이 이 계열에 속하는 작품들인데 이들은 특히 무속적 모티프를 통해 공동체적 소망과 좌절을 극적으로 드러낸다는 특성을 공유한다. 그중에서도 〈낙월도〉는 민중의 비극적 운명을 낙월도 여인들의 기구한 삶으로 형상화한 밀도 높은 수작(秀作)이다. 무엇보다 전라도의 토속적 방언을 구성지게 구사함으로써 어촌 아낙네들의 한 맺힌 삶을 실감나게 현재화한다.

〈낙월도〉의 중심인물 귀덕은 몇 년째 계속된 흉어에 시달리는 낙월도에서 어머니 장성댁과 함께 힘겨운 생계를 꾸리고 있다. 귀덕의 아버지는 삼 년 전 부서 떼를 쫓다가 물사태를 만나 소식이 없다. 귀덕의 아비뿐 아니라 낙월도 뱃사내들은 삼출목 물살과 혹독한 흉어철 때문에 행방이 묘연하거나 혼백으로 돌아오곤 한다. 그들이 건강하게 살아 돌아온다고 해도 독립적으로 생산 기반을 갖지 못한 사내들은 권력가의 폭력 앞에서 무력할 수밖에 없다. 이런 상황을 이용해 최 부자와 양 서방, 석보 영감 단 세 명의 권세가는 자신들의 경제적 위력을 이용해 섬 전체를 독점한다. 아버지나 남편을 잃은 낙월도 여인들은 삼순구식(三旬九食)을 하며 근근이 연명하며 살아간다. 가난과 궁핍에 허덕이는 섬사람들의 참혹한 실존적 상황은 그 섬이 소수의 경제적 권력자, 특히 폭력적인 남성들의 욕망을 위해서 희생당하는 여성들의 처참한 운명을 통해서 여실하게 드러난다.

〈낙월도〉는 용바위 수신을 모시는 제사 장면에서 시작해 귀덕의 어머니 장성댁의 죽음을 위로하는 청백의 굿으로 막을 내린다. 표면적으로 용바위 수신님께 바치는 용바위제나 풍어제는 섬사람들이 풍어를 기원하기 위한 주술적 제의다. 〈낙월도〉의 서사적 중심이 되는 주술적 의식(儀式)은 관습과 습속을 공유해온 민족의 원형적 심상이 반영된 형성물이다. 이러한 원형적 심상은 유사한 문화적 체험을 해온 공동체 안에서 허용되는 일종의 공감대를 기반으로 유지된다. 예컨대 소설 속에 나오듯이 가축을 바다 속에 던지거나 여자들이 횃불을 들고 풍작을 기원하는 행위는 가축과 여성을 '다산성'의 상징으로 믿어온 모성 중심의 농경문화를 반영하는 주술 행위다.

이러한 기풍주술(祈豊呪術)은 그 흉풍이 어민의 생존과 직결된 문제라는 점에서 섬사람 모두의 기원을 담고 있다. 그러나 빚더미에 있는 섬사람들의 처지를 감안할 때 실제로 이들이 기대할 수 있는 수확물에 대한 지분은 거의 없다고 볼 수 있다. 그렇다면 낙월도 사람들은 용바위 신과 같이 낙월도 전체를 장악하는 또 다른 신, 즉 '물신(物神)'의 지배 아래 있는 것이다. "섬 서름은 이 놈어 용바위 때문"이라는 장성댁의 회한이 섬사람들을 종 부리 듯 하는 권력자들을 향해 던지는 원망이라는 점을 통해서 제의 가 실제로는 오로지 제주인 최 부자와 혹은 최 부자로 대표되는 "세도깨나 부리는 사람"들을 위한 것이라는 사실이 드러난다.

장성댁이 물밥알이 튀도록 연신 혀를 차대자 팥례 어미가 눈물을 팽 돌리면서 맞받는다.

"오즉허사 저려? 전번 때두 저 새파란 것이 새끼줄로 사지를 꽁꽁 처매놓구선 질질 끌고 다녔대지. 머리칼은 한줌이나 뽑아쥐구는…."

"…왜유?"

귀덕이는 넘긴 물밥이 목에 걸리는 것 같아 훼훼 꼬리께를 틀던 밴댕이를 내던지며 물었다.

"왜는 왜? 제 자식헌테 젖줄 물리다가 들켰대지 아마…쯧쯧."

"아유, 원통허여──아휴──."

귀덕이는 그만 아직도 입속에 가득한 물밥을 퉤퉤 뱉어내며 허리통을 바르르 떤다.

새삼스러운 일은 아니었지만 오늘 밤따라 그만 넘어가던 물밥이 덩이째 가슴에 걸리고 만다.(〈낙월도〉, 152쪽)

실성한 월선이 용바위 젯날 빠져 죽는 사건은 매우 상징적이다. 월선은 청자도 새댁의 유모로 들어갔다가 몰래 제 아기에게 젖줄을 물리다 들켜서 매타작을 당하고 실성하고 만다. 낙월도 처녀들은 재력가의 씨받이나 첩으로 팔려간다. 그러나 첩살이를 간다고 해도 청자도에서 데려온 새댁들의 시샘 때문에 오히려 매질을 당하고 쫓겨나기 일쑤다. 그러니 낙월도 처녀들은 "사내 계집질 제물로 바쳐지는" 제물(祭物)의 운명과 다를 바 없는 것이다. 용바위 수신이 특히 '계집불'을 즐겨 나들이한다는 전설과 섬 안의 처녀들을 모조로 첩으로 사들인다는 재력가들의 횡포는 남성적 욕망이라는 점에서 공통점이 있다. 수신제를 드려도 흉어 신세를 피할 수 없듯이 낙월도에 처녀 씨가 마르는데도 온통 "세도 부리는 놈들 시앗들만 풍년"일 뿐 섬의 불모성은 피할 수 없다.

요컨대 〈낙월도〉에서 제의가 끊임없이 반복된다는 사실은 그만큼 흉어와 가난이 지속되고 있다는 것을 말한다. 당장 연명할 끼니조차 없이 궁핍한 생활을 하는 섬사람들이 용바위 수신에게 제물을 바치는 행위는 그만큼 절박한 그들의 삶을 반증한다. 그러나 그들의 소망이 좌절되면서 제의의 효력은 전혀 다른 방향에서 발휘되기 시작한다. 즉 제의를 위해 제물이 필요한 것이 아니라 거꾸로 희생자를 만들기 위해 제의가 요구되는 전도(顚倒) 현상이 발생하는 것이다. 잦은 제사와 그때마다 바닷물에 몸을 던지는 기구한 여인들의 죽음은 탈출의 가능성이나 풍요에 대한 기대 자체를 좌절시킨다. 따라서 낙월도를 지키기 위한 명목으로 지속되었던 제의 행위는 낙월도를 벗어나지 못하게 하기 위한 지배 장치로 전락한다. 그것은 흉포한 소수 권력가들이 자신의 독점적 권력을 유지하기 위한 방편이다. 낙월도 사람들은 자연적 조건과 갈등하고 동시에 사회적 폭력과 싸우는 이중고를 감당하고 있다. 그 위에 무게를 더하는 가부장적 질서의 억압은 여성의 고통스러운 처지를 짐작하게 한다.

소설의 중심인물 귀덕은 그러한 처지에서도 건강성을 잃지 않는 긍정적 인물이다. 섬 처녀들이 생계를 위해 몸을 팔 때 그녀는 자발적 선택으로서 수절을 지킨다. 또한 그녀는 자신이 사랑하는 이에게 스스로 몸을 허락하는 건강한 소신을 보여주기도 한다. 그러나 귀덕은 아버지 제삿날에 올릴 제상거리 "가라지" 두 마리를 얻기 위해 석보 영감에게 변을 당하고 만다. 결국 다른 처녀들과 마찬가지로 귀덕 역시 곡식 세 가마니에 최 부자의 첩으로 팔려가고 마는데, 그녀가 팔려가는 마지막 장면은 낙월도의 암울한 전망을 함축적으로 보여준다. 긍정적 인물의 비극적 반전(추락)을 통해 낙월도의 피폐함과 불모성은 더욱 부각된다. 척박해져가는 낙월도와 그것을 가로막고 서 있는 우뚝한 형상의 용바위의 구도는 희생당하는 여인과 가학적 남성의 대립적 구도와 상동적이다.

〈낙월도〉에서 형상화된 비극적 운명은 고립된 섬에서 일어나는 예외적인 사건에 그치지 않는다. 최서해식의 빈궁 소설을 떠올리게 하는 굶주림과 가난, 삶의 근거를 빼앗기는 폭력의 악순환에서 벗어나지 못하는 처참한 하류 인생을 그리는 〈불〉은 한

편의 가족 잔혹극이다. 주인공 용배는 궁핍에 허덕이다가 벼 열 닷 섬을 받기로 하고 딸 은순을 최가에게 시집보낸다. 그러나 은순은 첫날밤 순결의 증표인 처녀성의 혈흔을 보이지 않았다는 이유로 매를 맞고 쫓겨오게 된다. 첫날밤 신방에서 보였어야 할 혈흔이 이튿날 집으로 쫓겨온 다음에서야 발견된다. 결국 은순은 "피에 미쳐" 실성하기에 이른다. 용배는 받기로 한 볏가마니를 받기는커녕 빚만 늘어 석조 영감에게 보리밭을 빼앗길 지경에 놓인다. 게다가 어린 딸 단님은 허기를 참지 못하고 칡뿌리를 훔쳐 먹으려다 사내아이들에게 낫으로 찍혀 처참하게 죽고 만다.

〈불〉은 게재 당시 〈보리밭〉이라는 제목으로 발표된 작품으로 가족과 삶의 터전인 보리밭을 지키지 못하는 농투성이 용배의 처참한 심경과 분노, 원한이 극적으로 표출된 소설이다. 용배네 일가는 "천장에서 피가 새는 가난"과 가족 해체의 고통을 경험한다. 울분을 참지 못한 용배가 최가를 죽이고 생계의 근거지인 보리밭에 불을 지르는 장면에서 소설은 끝을 맺는다. 여기서 드러나는 것은 나약하고 가진 것 없는 약자가 감수하는 삶의 체험 현장이다. 작품에서 설정된 극단적인 상황은 절박하되 예외적인 상황을 그리기 위한 것이 아니다. 오히려 이들을 조건 짓는 삶의 구조 자체가 비극성을 띠고 있다는 것을 드러낸다. 이들에게 현실적 비극은 싸워서 제거할 수 있는 장애물이 아니라 보다 본질적인 구조적 조건인 것이다.

그런 점에서 〈운주 동자상〉에서 운주댁의 죽음은 구습(舊習)을 상징하는 무당의 죽음과 구별될 필요가 있을 듯하다. 요컨대

〈운주 동자상〉은 운주댁이 부친의 뜻에 따라 태주 만신이 된 사연을 이야기하는 소설이다. 태주는 명두(明斗) 즉 어린아이 신을 말한다. 태주 만신이 되기 위해서는 어린아이를 죽여서 얻은 원혼이 필요하다는 속신이 있다. 운주댁은 할 수 없이 자신의 병든 아이를 항아리에 가두어 죽이는데 가슴에 그 원한이 쌓여 결국 실성하고 만다. 그 이후 운주댁은 영험한 태주만신이 되었지만, 결국 마을의 얌생이 최가에게 능욕을 당하고 죽임을 당하는 비참한 최후를 맞는다. 운주댁은 숨이 넘어가는 그 순간에 비를 맞고 있는 아이 무덤의 환영을 본다.

운주댁의 비극적인 파멸에는 남성들의 폭력적인 욕망이 결정적인 역할을 한다. 아비에 의해 강요된 운주댁의 삶이 결국 또다른 남성(최가)에 의해 파멸에 이르렀기 때문이다. 이 소설은 가부장적 질서의 여러 억압들이 착종하는 현장을 무대화한다. 여기서 모순적인 현실을 강요당했음에도 그러한 희생을 받아들이는 운주댁의 태도는 매우 의미심장하다. 영험한 예측력을 가진 운주댁의 죽음은 자신의 비극적 운명을 받아들이는 자발적 죽음에 가깝다. 즉 아이를 죽인 어미의 죗값을 죽음을 통해 스스로 감당하는 것이다. 그것은 본능적이고 원시적인 모성이 보여주는 숭고한 가치다.

요컨대 토속적인 공간을 배경으로 한 일련의 소설은 근대화의 혜택에서 배제된 영세한 어(농)촌의 현실을 사실적으로 그린다고 말할 수 있다. 작가는 그러한 비극성이 어떤 일시적인 현상으로 발견된 것이 아니고 세계의 본질을 구성하고 있다는 실존

의식을 견지한다. 인물이 죽음과 파멸을 운명적 근거로 받아들이는 처참한 과정 자체가 서사화되고 있기 때문이다. 여기서 실감나는 방언과 민간 신앙적 풍속은 단순하게 차용된 소재 차원을 넘어선다. 주술적 믿음과 생생한 구어 속에서 생동감 있게 살아 있는 인물들이 보여주는 생의 비극성은 가난과 궁핍이라는 리얼리티에 발을 디디고, 삶과 죽음이라는 보편적 주제 의식을 한국의 가부장제 문화라는 특수한 맥락 속에서 구현한다는 의미 있는 성과를 거두고 있다.

3

살펴본 것처럼 토속성을 유지하는 고립된 공간에서는 '개인과 사회의 갈등'이라는 소설적 명제가 강렬한 비극적 주조를 통해 구현된다. 작가의 시선이 점차 도시 변두리의 공간으로 옮아오면서 극적으로 외화된 갈등이 보다 일상적인 차원에서 우회적으로 제시된다. 천승세는 1970년대 근대화의 물결에서 경계 바깥으로 밀려난 주변인에 대한 애정 어린 관심을 보인다. 일종의 세태소설류에 포함될 수 있는 〈황구의 비명〉, 〈주례기〉 등은 도시 서민층과 양공주의 생활, 그들의 다양한 속물적 열망을 그린 작품들이다.

〈황구의 비명〉은 소시민의 시선을 통해 양공주의 삶을 묘사한 사실적인 작품이다. 주인공 '나'는 빌려준 돈을 받기 위해 기지촌 용주골에 있는 은주를 찾아간다. 은주는 기지촌에서 '담비 킴'라는 가명으로 몸을 파는 양공주다. 은주의 이력은 꿈을 안고 상경해 결국 도시 밑바닥으로 전락한 시골 처녀의 전형적인 성장담을 압축하고 있다. 1970년대 이농(離農)을 통한 인구 이동, 경제성장의 허상과 도시 생활의 미혹(迷惑) 등의 문제가 뒤섞인 근대화의 문제가 은주와 같은 이른바 '타락한 딸'의 이미지를 통해 표상화 된 것이다. 그러한 경향은 1970년대에 주를 이룬 이른바 '호스티스 문학' 작품들의 출현과 맥을 같이한다.

정착할 터전을 마련하지 못한 민중의 떠돌이 삶은 개인의 타락뿐 아니라 가족의 해체를 가져온다. '나'와 은주는 "윤미순 19세. 고향은 전북 금마. 내 손주년을 찾아주시면 평생 은혜를 갚겠습니다"라고 쓴 천을 두른 채 길바닥에 죽어 있는 노인을 발견한다. 이들이 노파의 주검을 발견하는 장면은 도시 변두리 삶의 매정함을 보여주는 동시에 여기를 떠난다 해도 정착할 곳이 없다는 비천한 현실을 확인하게 해주는 충격적인 장면이다. 고향에 돌아간다 해도 현재의 고향이란 더 이상 정착할 수 있는 이상향이 아니기 때문이다.

〈황구의 비명〉에서 천승세가 보여준 세태에 대한 관찰력은 쾌적하고 안락함을 추구하는 소시민의 삶과 불결하고 타락한 양공주의 삶이 대비되면서 날카로운 질문으로 심화된다. 작가는 주인공이 꿈꾸는 "정결한 여인의 긴치마", "아이들의 함성이 꽉 찬" 거리의 평화로운 풍경과 "공사장의 하수도처럼 질척거리"는 양공주의 더러운 몸을 번갈아가며 제시한다. '나'의 소박한 인정주의나 현실 안주형 태도는 현실에 전적으로 순응하며 살아가는 무력한 소시민의 전형적인 삶을 보여준다. 주목할 점은 그의 안락한 삶이 "어딜 가나 마찬가지"라는 식으로 자신의 삶을 방기한 은주의 삶과 겹쳐지는 것이다. 이때 소시민과 양공주 사이의 사회적 계급 차이가 무화되는 아이러니가 발생한다. 소시민의 삶과 양공주의 삶은 속물화와 비인간적인 비정함, 세속화된 삶에 갇힌 무력함, 수동적 순응주의 등을 보여주는 달라 보이나 다를 바 없는 예화가 되기 때문이다. 작가는 소설의 마지막에 집에 돌아가 "정결한 한 여인"과 입 맞출 순간을 상상하는 '나'의 내면을 서술하면서 소시민적 주체의 한계를 명시적으로 보여준다.

천승세는 소설 속에서 소시민의 내면을 지배하는 이중적인 성향을 정확히 포착한다. 그것은 안정된 삶에 대한 안주 의식과 소박한 윤리 의식이다. 전통적인 소통의 방식이 사라진 시대에 인정과 의리가 사라진 공간은 누구에게나 비정하고 낯설게 느껴질 것이다. 그것은 인간성의 상실이라는 점에서 일종의 타락이라고 말할 수 있다. 문제는 이러한 상실감과 거부감이 오로지 '타인'의 삶을 규정하는 데만 작동하는 윤리적인 기준이 된다는 점이다. 이것이 윤락녀의 타락과 소시민의 일상을 동일선상에 올려놓은 아이러니의 효과다. 자신의 삶을 우월하게 여기는 소시민의 한계는 이기주의적인 일상을 지배하는 속류 자본주의의 한계이기도 하다.

나는 바보처럼 바쁘게 내뱉었다.

"은주! 황구는 황구끼리…황구는 황구끼리 말야…."

"가겠어요! 당장이라도 떠나겠어요."

은주는 온몸을 떨고 있었다.

은주의 젖은 등어리로부터 보릿멸 익는 듯한 비린 체취가 풍겨왔다.(〈황구의 비명〉, 335~336쪽)

양공주와 그들이 기생하는 외세 자본의 관계는 "고무신"과 "워커"의 대비로, 그리고 왜소한 황구와 덩치 큰 수컷의 대비를 통해 강조된다. 은주를 향해 "황구는 황구끼리" 어울리고 살아야 한다는 '나'의 목소리는 민족적 동질성을 확인하고자 하는 메시지다. 동시에 그것은 제국주의적인 자본의 위력 앞에 노출된 자신의 삶과 양공주의 삶이 별반 다른 것이 없다는 것을 확인하는 행위이기도 하다.

천승세는 주변적인 인물에 애정을 보이면서도 타인의 삶에 관여하는 살핌의 태도가 때로 타인에 대한 폭력을 낳을 수 있다는 점을 경계한다. 또한 삶의 불가해함 앞에서 어떤 전망도 제시할 수 없는 현대인의 처지를 병리적인 방식으로 형상화하기도 한다. 가령 〈그날의 초록〉에서는 주인공이 느끼는 상실감이 '초록'색에 대한 강박을 통해 제시된다. 그러던 중 '나'는 자신의 의도와는 다르게 어떤 소녀를 폭행하게 된다. 이 소설은 자신이 제어하지 못하는 억압된 욕망을 타인에게 투사함으로써 죄책감과 자기 환멸이라는 악순환에 빠지게 되는 병리적 상황을 그린다. 그런가 하면 〈삭풍〉에서는 외세에 대한 결벽증적인 적의를 보이는 인물이 등장한다. '나'는 괴벽스러운 모병탁 소위의 파멸을 일정한 거리를 두고 관찰한다. 그의 죽음이 다소 과장되고 작위

적으로 그려지지만 덕분에 군대라는 억압적 규율의 위력을 분명하게 드러내는 작품이다.

또한 〈폭염〉에서는 어촌 마을에서 우연히 만난 세 남자가 자신의 고통스러운 삶에 대해 이야기한다. 그들은 타인에 대한 무관심과 매정한 이기주의가 무고한 사람을 범죄자로 만든다고 말한다. 또한 약자가 악인(惡人)이 되는 현실의 구조적 모순을 비판한다. 한편 〈주례기〉는 한 소시민인 주인공 '나'가 동네의 미친 남녀를 서로 연결해주려고 노력하는 에피소드를 담고 있다. 여기서는 도시에서 좀처럼 찾아보기 힘든 '나'의 온정적인 태도가 오히려 비정상적인 행동으로 취급받는 웃지 못할 아이러니가 두드러진다.

천승세는 인간성에 대한 인정(人情)을 보이면서도 그것이 손쉽게 구원의 가능성으로 승화되거나 무조건적인 패배주의에 젖어들지 않게 하는 윤리적 감각을 유지한다. 그의 작품들은 불만과 적의 속에서 자신이 바라보는 현실을 치열하게 경험하면서도 그것을 손쉽게 해결하지 않으려는 완고한 작가적 소신을 보여주기 때문이다. 그 완고함 안에는 민중의 현실을 외면할 수 없다는 믿음과 공동체적 연대를 꿈꾸는 인간성 회복에 대한 의지가 담겨 있다.

이 글의 서두에서 밝힌 바 있듯 '황구'와 인간의 삶에 대한 유비는 1970년대 민중의 처지를 보여주는 서글픈 비유다. 여기서 유비는 유사성을 통해 사물들이 가진 총체적인 속성을 찾아내는 수사학의 일부다. 그러니 작가의 유비는 개인이 속한 사회

전체의 구조와 질서 전체를 종합하는 안목과 비전을 보여준다고 말할 수 있겠다. 천승세가 포착한 현실은 밑바닥 인생의 변종들이 암울하게 부대끼며 사는 비천한 삶이다. 비유적으로 말한다면 그것은 삶의 밑바닥을 뒹구는 '황구'의 시간이다. 황구를 내려다보는 우월한 인간의 시선이 아니라 황구가 바라보는 세속 사회가 드러난다는 말이다. 그러니 작가 역시 공동체적 현실을 껴안은 채 아수라 세상 속에 포함되어 있다. 그들은 아무 때나 교미하는 개 떼(〈그날의 초록〉) 틈에 속해 있고 무능력한 암컷(〈황구의 비명〉)의 신세인데다, 아무 곳에나 팔려 다니는 '견족(犬族)'(〈견족〉, 1959)의 처지다. 그러나 그들은 계몽주의적 강령이나 전체주의적인 권력에 쉽게 흔들리지 않고 근대화된 질서 속에 표백되지 않는 원초적 빛깔을 지킬 수 있다.

황구의 비명

초판 1쇄 발행   2007년   9월   5일
초판 2쇄 발행   2021년   1월 18일
개정 1판 1쇄 발행   2021년 12월 31일
개정 1판 3쇄 발행   2022년 11월 25일

지은이   천승세
펴낸이   김현태
펴낸곳   책세상
등록   1975년 5월 21일 제2017-000226호
주소   서울시 마포구 잔다리로 62-1, 3층(04031)
전화   02-704-1251
팩스   02-719-1258
이메일   editor@chaeksesang.com
광고·제휴 문의   creator@chaeksesang.com
홈페이지   chaeksesang.com
페이스북   /chaeksesang   **트위터**   @chaeksesang
인스타그램   @chaeksesang   **네이버포스트**   bkworldpub

ISBN   979-11-5931-813-9 04810
ISBN   979-11-5931-812-2 (세트)